Teresa Simon

DIE
REPORTERIN

ZWISCHEN DEN ZEILEN

Roman

Band 1 der Reporterin-Reihe

WILHELM HEYNE VERLAG
MÜNCHEN

MIX
Papier | Fördert
gute Waldnutzung
FSC® C014496

Penguin Random House Verlagsgruppe FSC® N001967

Originalausgabe 03/2023
Copyright © 2023 dieser Ausgabe
by Wilhelm Heyne Verlag, München,
in der Penguin Random House Verlagsgruppe GmbH,
Neumarkter Str. 28, 81673 München
Redaktion: Katja Bendels
Printed in Germany
Umschlaggestaltung: Nele Schütz Design
unter Verwendung von Alamy Stock Foto (United Archives GmbH);
Süddeutsche Zeitung Photo (Alfred Haase); Nele Schütz Design
Satz: Uhl + Massopust, Aalen
Druck und Bindung: GGP Media GmbH, Pößneck
ISBN: 978-3-453-42407-4

www.heyne.de

Jeder spinnt auf seine Weise,
der eine laut, der andere leise.

Joachim Ringelnatz (1883–1934)

Der Schlüssel zum Glück
steckt von innen.

Lebensweisheit

Für Margaretha

EINS

Mai 1962

Da standen sie wieder an der Litfaßsäule auf der gegenüberliegenden Straßenseite, die Pickelboys, wie Marie sie insgeheim getauft hatte, jene Horde blutjunger Halbstarker, die wie junge Hirsche vorzugsweise rudelweise auftraten. Samstags, wenn der Unterricht zu Ende war, schlugen sie nach der Schule in der Schwanen-Drogerie von Maries Eltern im Münchner Stadtteil Neuhausen auf. Die beiden hatten das Geschäft von Onkel Julius übernommen, dem Erfinder der berühmten Goldtinktur, einer Essenz, die Pickel auf Gesicht und Rücken zuverlässig zum Verschwinden brachte, ohne hässliche Narben zu hinterlassen – vorausgesetzt allerdings, man brachte es fertig, nach dem hauchdünnen Auftragen einige Tage lang geduldig zu warten und nicht sinnlos an den ungeliebten Übeltätern herumzupulen. Ein Kunststück an Selbstbeherrschung, das wahrlich nicht allen gelang.

Und so riss der Strom an Hilfesuchenden seit Jahren nicht ab, sondern schwoll im Gegenteil immer weiter an. Julius Schwan hatte sich stets standhaft geweigert, sein Geheimrezept preiszugeben, egal, wie verführerisch diverse Offerten auch ausgefallen sein mochten. Natürlich war die Zusammensetzung mittlerweile trotzdem heimlich analysiert worden, und eine namhafte Kosmetikfirma hatte ein verblüffend ähnliches Produkt auf den Markt gebracht, doch nichts wirkte so zuverlässig wie Julius Schwans bewährte Goldtinktur.

Inzwischen war Maries Vater als Einziger in die Rezeptur eingeweiht und fabrizierte den Verkaufsschlager regelmäßig im Hinterzimmer der Drogerie, das er etwas hochtrabend »Labor« nannte. Theo Graf, der so gern Apotheker geworden wäre, hätte ihm der Zweite Weltkrieg nicht einen dicken Strich durch diese ehrgeizige Rechnung gemacht, verstand sich auch so als Naturwissenschaftler und liebte diese Stunden in seinem persönlichen Heiligtum. Aus Heilerde, Zinksalbe, Teebaumöl, Vitamin B5 und einer gewissen orientalischen Geheimzutat jene Mischung herzustellen, um die so viele Kunden sich rissen, war für ihn ein heiliges Ritual.

Dass ihn der Russlandfeldzug den linken Unterschenkel gekostet hatte, trug Maries Vater mit bewundernswerter Fassung. Obwohl sie wusste, wie oft ihn der leidige Stumpf quälte, kamen nur selten Klagen über seine Lippen, und er gab sich die allergrößte Mühe, mit seiner Beinprothese »ganz normal« zurechtzukommen. Er war ihr Vorbild, die Sonne in ihrem Leben. Ihrem Vater nahm sie es nicht einmal übel, dass sie auf seinen Wunsch hin den hoffnungslos altmodischen Namen Marie-Louise trug, den, abgesehen von ihm, jedoch kaum jemand benutzte. Jammern lag ihrem Vater nicht; darin ähnelte Theo Graf seinem Lieblingsdichter Joachim Ringelnatz, dem er mit der markanten Nase und der kantigen Kinnpartie auch optisch nicht unähnlich war. Dass er wegen starker Kurzsichtigkeit eine dicke Brille aufsetzen musste und ihn von seiner hochgewachsenen Frau einige Zentimeter trennten, kommentierte Theo mit erfrischender Selbstironie.

»Karin ist und bleibt meine schlesische Schönheit, zu der ich aufschaue, während ich eben etwas schief ins Leben gebaut bin«, pflegte er augenzwinkernd zu sagen. »Und selbst, wenn ich immer näher dem Boden entgegenwachse, so habe ich doch viel Sinn fürs Geschäft und kann gut mit Menschen umgehen.«

Wie sehr beides zutraf!

Wenn er hinter der Theke stand, ging so gut wie niemand aus der Drogerie, ohne etwas gekauft zu haben, während Karins zurückhaltende Art weniger gut ankam und von einigen Kundinnen sogar als Arroganz ausgelegt wurde. Auch die Pickelboys vertrauten Theo Graf grenzenlos, während sie bei seiner Frau verschämt zu nuscheln begannen. Ganz verlegen jedoch wurden sie, sobald sie Marie hinter der Theke erblickten.

»Ist doch kein Wunder. Sie finden dich eben ungemein attraktiv«, sagte ihr Vater, mit dem Marie besser zurechtkam als mit der strengen Mutter, die stets etwas zu bekritteln hatte. »Ich kann diese Jungs gut verstehen. Schließlich habe ich die hübscheste Tochter der Welt!«

Wie charmant er war. Und wie lieb er lügen konnte …

Marie selbst fand ihr Aussehen bestenfalls durchschnittlich. Im Gegensatz zu den schönen, klassischen Zügen ihrer Mutter, die oft für eine Südländerin gehalten wurde, hatte sie eine Stupsnase und helle Haut, die beim Sonnenbaden schnell rot wurde, anstatt anständig zu bräunen, wie es jetzt Jahr für Jahr immer mehr in Mode kam. Zudem konnte Mama selbst mit über vierzig essen, was sie wollte, und passte trotzdem in ihre eleganten Bleistiftröcke.

Die harte Nachkriegszeit, in der alle Deutschen kollektiv gehungert hatten, war endgültig vorbei. Inzwischen hatte das bundesdeutsche Wirtschaftswunder die Menschen im ganzen Land wieder wohlbeleibt gemacht, und so erfreuten sich in der Schwanen-Drogerie Diätpillen und vor allem Abführtees größter Beliebtheit. Auch Marie brauchte ein Stück Kuchen leider nur anzusehen, um gleich ein Kilo mehr auf die Waage zu bringen. Und wem in aller Welt hatte sie eigentlich diesen merkwürdigen Schweif an Sommersprossen zu verdanken, der sich wie eine Milchstraße über ihren Rücken zog?

Auch heute Morgen vor dem Badezimmerspiegel hatte sie wieder einmal mit ihrem Aussehen gehadert. Ihren Teint fand sie zu blass, und die lockigen rotblonden Haare erwiesen sich als störrischer denn je. Mehr als eine halbe Stunde hatte Marie sich vergebens abgeplagt, sie in eine halbwegs ansehnliche Hochfrisur zu verwandeln. Als sie schließlich entnervt die Nadeln wieder herauszog und das Gestrüpp mittels eines Gummis zum schlichten Pferdeschwanz zwang, hätte sie sich am liebsten zurück ins Bett geflüchtet, doch daraus würde leider nichts werden. Mama plagte wieder einmal Migräne, wie so oft am Wochenende, und ihr Vater war ausnahmsweise gleich nach dem Frühstück auf dem Moped zu seinem geliebten Schrebergärtchen aufgebrochen. Dort wollte er nach seinen Nutzpflanzen sehen und zwei neue Hortensiensträucher anpflanzen. Also blieb es an Marie hängen, den ganzen sonnigen Samstag über in der Drogerie die Stellung zu halten.

Die Türglocke schlug an, und Marie schob unwillig ihren Lesestoff unter den Tresen – *Der Tag*, jene neue Boulevardzeitung, die erst seit ein paar Wochen erschien und doch schon Furore machte.

Die Pickelboys draußen vor dem Laden schienen endlich Mut gefasst zu haben. Der Älteste von ihnen, mit gelfixierter Haartolle und verschwitztem Nylonhemd zwar modisch, aber leider auch geruchsintensiv gestylt, schritt zum Tresen und ergriff mutig das Wort.

»Ist denn der Herr Drogist heute gar nicht da?«, wollte er wissen.

12

»Leider nein.« Marie lächelte kurz.

»Wie schade …« Resigniert sanken seine Schultern herab. »Klassenkameraden haben uns erzählt, dass er …«

»Kann ich euch vielleicht weiterhelfen?«, bot sie an. »Ich bin ebenfalls gelernte Drogistin.«

Maries Blick flog zu dem ledergebundenen *Handbuch der Drogisten-Praxis*, das wie eine Bibel aufgeschlagen auf einem Lesepult neben dem Tresen lag. Glaubte man Onkel Julius, so fand sich darin die Lösung nahezu aller Kundenwünsche.

»Sie? Also, ich weiß nicht so recht …« Hilfe suchend drehte er sich zu den anderen um.

Die Pickelboys tauschten skeptische Blicke.

Kein Wunder, dass sie unsicher waren, denn Marie hatte auch heute wieder den weißen Kittel boykottiert, den die Eltern im Verkauf stets trugen, ebenso wie ihre bewährte Fachkraft Agnes Federl, die bereits unter Onkel Julius der gute Geist der Schwanen-Drogerie gewesen war.

»Versucht es einfach«, ermunterte ihn Marie.

»Also, wir bräuchten nämlich jenes … Zeugs.« Ein kleiner pummliger Kerl, der bislang ruhig geblieben war, räusperte sich und lief dabei dunkelrot an. »Sie wissen schon. Das Mittel gegen diese Dinger hier.« Mit dem Zeigefinger tippte er auf seine Stirn, die mit ihren Aknebeulen und gelblich gekrönten Pusteln wirklich übel aussah.

»Unsere fabelhafte Goldtinktur also«, erwiderte Marie noch eine Spur freundlicher. »Aber gerne doch. Und wie viel davon darf es sein?«

»Für jeden erst mal eine«, brummelte der Gegelte. »Also fünf. Wie teuer käme uns das?«

»6,90 pro Fläschchen«, erfolgte prompt Maries Antwort. »Das reicht dann locker für zwei Monate.«

»Dafür bekommt man ja beim Bäcker sieben Brotlaibe!«, empörte sich der Pummlige.

»Bei uns sogar acht, wenn nicht gar neun«, piepste ein kleiner Dünner, der ebenfalls hoffnungslos verpickelt war.

»Mag sein. Aber die tun nichts für die Haut. Und wenn ihr sie dick bestrichen mit Butter vertilgt habt, blüht eure Akne anschließend womöglich nur noch stärker.«

Ihr Vater hätte Marie angesichts dieser unverblümten Antwort gerügt, denn für ihn war jeder Kunde König, aber er war ja nicht da, und Marie machte das Verkaufen schon lange keinen Spaß mehr. Sie wollte in keinem Laden mehr stehen, weder hier, noch irgendwann einmal in einer Apotheke. Deshalb hatte sie nach der Lehre ihr Pharmazie-Studium auch nur so halbherzig begonnen, dass sie bereits im zweiten Semester mehr und mehr den Boden unter den Füßen verlor. Pharmazie, das war stets Papas großer Traum gewesen. Nur ihm zuliebe hatte Marie sich nach einer halbjährigen Apotheken-Famulatur an der Ludwigs-Maximilians-Universität eingeschrieben. Doch die Vorlesungen – angefangen vom Atombau und dem Periodensystem der Elemente über Thermodynamik bis hin zu Phasendiagrammen – rauschten einfach an ihr vorbei, und beim Praktikum der anorganischen Arznei-, Hilfs- und Schadstoffe im neu eröffneten Pharmazeutischen Institut ermüdete sie rasch.

Nein, ihre Interessen gingen eindeutig in eine ganz andere Richtung. Seit jeher hatten sie Zeitungen fasziniert. Manchmal kaufte sie sich ein halbes Dutzend auf einen Schlag und sog deren Inhalt begierig in sich auf. Politik, Sport, Lokales und besonders die Gesellschaftsspalten, die vom Leben der Prominenten berichteten – das alles fand sie so spannend, dass sie sogar selbst immer wieder kleine Artikel verfasste. Menschen in wenigen Zeilen zu vermitteln, was man gesehen oder gehört hatte – was konnte es Aufregenderes geben? Journalistin wollte sie werden, Artikel schreiben, am besten ein ganzes Leben lang!

»Gibt es hier vielleicht so was wie … Mengenrabatt?«, drängelte sich eine weitere kieksige Jungenstimme in ihre Gedanken. »Ich meine, weil wir doch ganz schön viele sind?«

Ausgeschlossen, wollte sie schon entgegnen. Doch nicht bei unserem Starprodukt! Dann aber fasste sie das verschreckte Rudel noch einmal intensiver ins Auge, und angesichts der offenkundigen Not überfiel sie schließlich Mitgefühl. Immerhin hatten sie sich hergetraut. Das war schon mal ein Anfang aus ihrer Misere.

»Dann will ich nicht so sein«, lautete ihre Antwort. »Ein Fünfer pro Fläschchen, okay? Aber nur heute und als absolute Ausnahme. Und hört mir bitte aufmerksam zu, wenn ich euch jetzt die Anwendung erkläre. Sonst bringt die ganze Goldtinktur nämlich nichts.«

Die allgemeine Erleichterung war mit Händen zu greifen. Gebannt lauschten sie ihr, zogen anschließend ihre Geldbörsen aus der Hosentasche und legten die blanken Markstücke auf den Tresen. Marie zählte gewissenhaft nach – den Fehlbetrag in der Kasse würde sie Papa schon erklären –, wickelte die Fläschchen ein und atmete erleichtert aus, als das Rudel mit all seinen spätpubertären Ausdünstungen den Laden wieder verlassen hatte.

Ein Blick zur Uhr.

Kurz nach eins. Ein knappes Stündchen noch, bis sie zuschließen konnte, und auch danach gab es noch jede Menge zu tun. Ein ganzer Stapel Pakete mit frisch angelieferter Ware musste ausgepackt werden. Zudem entblößte die helle

Frühsommersonne unbarmherzig die feine Staubschicht auf der alten Theke aus Nussholz, was Papa nach seiner Rückkehr aus dem Garten unweigerlich auffallen würde. In den hohen Regalen hinter Marie, wo die vielen Flaschen und Porzellangefäße standen, sah es nicht viel besser aus: Das dunkle Holz schien Staub regelrecht anzuziehen. Solange noch Kundschaft zu erwarten war, konnte Marie mit der Reinigung nicht beginnen, was bedeutete, dass sie wieder einmal länger bleiben musste ...

Ihr Seufzer kam aus tiefster Seele.

Erneut läutete die Türglocke.

»So melancholisch an diesem wunderbaren Samstag?«

Agnes Federls helle Stimme rang Marie ein Lächeln ab.

Fräulein Federl – die Anrede, auf der die über Siebzigjährige bestand – war wie immer die Perfektion in Person: Pepitakostümchen, weiße Bluse, rotes Einstecktuch, schwarze Pumps, schwarze Handtasche. Auf den silbernen, exakt ondulierten Wellen saß ein Hut mit einer kecken roten Feder. Das offizielle Renteneintrittsalter hatte sie längst überschritten. Aber was für die Allgemeinheit zutraf, galt noch lange nicht für sie!

»Raus mit dir, Mädchen. Draußen hockt deine Freundin auf einem dieser neumodischen Roller, dieser Vesna ...« Kluge graue Augen ruhten auf Marie.

»Vespa«, korrigierte Marie. »Ach, Rosie ist schon da?«

»Und ob! Hauteng Hosen hat sie an, und auf dem Kopf trägt sie als Frisur einen auftoupierten Bienenkorb, schwarz wie Lackpapier. Lass dich davon bloß nicht anstecken, Mädchen! Deine Haare sind bildschön, so wie die Natur sie dir geschenkt hat ...«

Marie nickte eilig.

»Und Sie würden wirklich für mich übernehmen ...?«

»Aber natürlich«, erwiderte Fräulein Federl ebenso freundlich, wie bestimmt. »Die Maisonne lacht. Schließlich ist man doch nur einmal jung.«

Das ließ Marie sich nicht zweimal sagen. Zeitung und Handtasche waren im Nu gepackt, und schon stand sie draußen vor Rosie, die ihren Kaugummi gerade in einer dicken rosa Blase platzen ließ.

»Ich glaub es nicht«, sagte die fröhlich grinsend. »Mademoiselle Tugendsam macht tatsächlich einmal früher blau. Geschehen ja doch noch Zeichen und Wunder! Und, was sagst du zu meinem Baby?« Ihre knallrot lackierten Fingernägel strichen zärtlich über den silbernen Lenker.

»Die gehört wirklich dir, Rosie? Hast du im Lotto gewonnen?«

»Roxy«, verbesserte ihre Freundin leicht genervt. »Roswitha ist längst tot und begraben, wie oft soll ich dir das noch sagen? Mein Lottogewinn heißt Manni. Der war so freundlich.«

»Doch nicht etwa der Manni Stritter?«, bohrte Marie nach.

»Eben jener.«

»Hattest du mir nicht erst neulich gesagt, dass du dir eigentlich nicht sonderlich viel aus ihm machst?«

Roxy verdrehte die Augen. »Na ja, ein klein wenig musste ich ihm schon entgegenkommen. Männer wollen belohnt werden, wenn sie sich derart spendabel zeigen. Aber seitdem ich sein Schneewittchen bin« – sie spielte neckisch mit einer schwarzen Strähne, die sich aus ihrer Hochfrisur gelöst hatte –, »kann er die Finger nicht mehr von mir lassen. Und das hier ist die Belohnung.« Wieder strich sie stolz über den Lenker ihrer Vespa. »Schau mich nicht so an. Wieso sollte ich mir darüber den Kopf zerbrechen? Schließlich ist Geld bei Manni kein Problem. Seine Familie hat mehrere Lokale, unter anderem das elegante Café im Botanischen Garten. Eiskaffee und Torte ganz umsonst, wie wär's damit?«

»Ich weiß nicht so recht.« Marie klang unschlüssig. »Ich lass mich nur ungern aushalten …«

»Dass ich nicht lache! Du bist jetzt Studentin, und mein Gehalt ist seltsamerweise immer schon am 20. des Monats ausgegeben. Diese Stritters sind so reich, dass die das gar nicht spüren. Außerdem reißt Manni sich darum, mir eine Freude zu bereiten. Und du solltest auch endlich klüger werden, sonst kommst du nämlich als Frau zu gar nichts.« Sie musterte Marie kritisch von oben bis unten. »An deinem Aussehen müssen wir allerdings noch feilen. Pferdeschwanz ist so was von passé, und Seidenstrümpfe bei dieser Hitze trägt heutzutage kein Mensch mehr! Dabei sind deine Beine spektakulär. Die solltest du mal zeigen …«

Marie schaute an sich hinunter.

Sie mochte das hellblaue Sommerkleid, das ihre Waden halb bedeckte, auch wenn es schon zwei Jahre alt war. Dazu trug sie Nylons, darauf legte Papa Wert, wenn sie im Laden bediente, egal, wie warm es auch sein mochte. Gegen Roxys knallenge Bluejeans und die weiße Spitzenbluse, unter der ein sexy BH durchschimmerte, kam sie natürlich nicht an. Rote BHs – wo gab es so etwas Verruchtes überhaupt? Im wieder aufgebauten Kaufhaus Oberpollinger, wo Marie seit Jahren ihre Unterwäsche kaufte, garantiert nicht. Ihre Freundin allerdings war stets nach dem letzten Schrei gekleidet, selbst damals, als sie noch gemeinsam die Berufsschule besucht hatten. Als Drogistin hatte Roxy es nur wenige Monate lang ausgehalten und sich lieber zur Kosmetikerin ausbilden lassen. Ob sie jemals eine Prüfung abgelegt hatte, darüber ließ sie ihre Umwelt im Unklaren. Aber ganz unfähig konnte sie nicht sein, sonst würde sie inzwischen nicht zur Zufriedenheit ihrer Chefin in einem renommierten Kosmetikinstitut am Marienplatz arbeiten.

»Egal, dann muss ich dich eben nehmen, wie du bist. Und jetzt steig schon auf, damit wir endlich loskönnen!«

Marie kletterte auf den Rücksitz.

»Hast du überhaupt einen Führerschein?«, fragte sie, während Roxy die Vespa startete.

»Klar hab ich den, was denkst du denn! Nur umlackiert muss mein Baby noch werden, das hab ich dem Manni schon gesagt. Rot soll es werden, rot wie die Liebe mit einem flotten weißen Rennstreifen, das passt doch viel besser zu mir.«

Roxy fuhr erstaunlich sicher, zügig, aber nicht waghalsig, und schon bald fand auch Marie Spaß daran. So entspannt an einem warmen Tag durch Neuhausen zu düsen, an das sich das weitläufiger bebaute Nymphenburg mit seinen Villen und stattlichen Gärten anschloss, war wirklich etwas anderes als die Arbeit in der Drogerie! Im Gegensatz zu anderen Stadtvierteln, wo die Bomben des Zweiten Weltkriegs so gut wie keinen Stein auf dem anderen gelassen hatten, waren hier kaum noch Kriegsschäden zu entdecken. Obwohl Marie damals noch sehr klein gewesen war, hatte sie ein paar verschwommene Erinnerungen an jene bedrückende Zeit, die sie bis heute manchmal noch als Albträume quälten.

»Schön hier, oder?«, rief Roxy ihr über die Schulter zu. »In einem dieser prachtvollen Anwesen werde ich später mal wohnen.«

»Dann musst du aber sehr reich heiraten«, erwiderte Marie lachend. »Am besten gleich einen König!«

»Mindestens! Und der ist garantiert bereits unterwegs zu mir, das spüre ich.«

Unvermittelt hielt Roxy die Vespa vor einer Villa an. Dezentes Grau mit weißen Türstöcken und lichtgrauen Fensterläden. Der Vorgarten war bestens gepflegt. Hinter der Villa erhoben sich schattige hohe Bäume.

»Wär das meins, würde ich den ganzen Garten voller Rosen pflanzen.« Roxy, die abgestiegen war, klang leicht entrückt. »In allen nur denkbaren Rot- und Rosatönen – was, glaubst du, wie herrlich so etwas aussieht! Und erst dieser Duft … riechst du ihn auch?«

Marie nickte lächelnd.

Roxy mochte manchmal ein verrücktes Huhn sein, aber sie konnte herrlich schwärmen, das gefiel Marie. Ihre eigenen Träume sahen ganz anders aus. Viele davon ruhten in der Ledermappe, die Onkel Julius ihr geschenkt hatte, niedergeschrieben auf der Princess 300, ebenfalls sein Geschenk an Marie zum bestandenen Abitur. Sie hatte sich das Zehn-Finger-System selbst beigebracht, und seitdem musste sie nicht mehr länger auf die Tasten starren, sondern konnte ihrer Fantasie freien Lauf lassen. Mit Gedichten hatte sie begonnen, mehrere Kurzgeschichten folgen lassen, bis sie schließlich bei Reportagen und kleineren Artikeln gelandet war, die ihr am meisten Freude bereiteten. Inzwischen hatte sich eine beachtliche Menge davon angesammelt, und ein Ende war nicht abzusehen. Am liebsten hätte Marie von früh bis spät geschrieben. Auf diese Weise ihren Lebensunterhalt zu bestreiten, reizte sie ungemein. Doch ihre Mutter hatte sich vehement gegen ihren Plan ausgesprochen, als sie ihr diesen anvertraut hatte, und auch ihr Vater, sonst offen für die meisten der töchterlichen Wünsche, reagierte ungewohnt skeptisch.

»Journalismus – das ist doch kein anständiger Beruf für eine junge Frau! Du bist abhängig von der Gunst deiner

Vorgesetzten, in der Regel schlecht bezahlt, und wenn du Pech hast, auch noch ständig auf Achse. Drogistin, das ist eine solide Basis. Wenn du nun noch dein Pharmaziestudium erfolgreich beendest, führst du eines Tages eine eigene Apotheke, bist wohlhabend und gesellschaftlich hoch angesehen.«

»Hallo, hallo, Erde an Marie«, sagte Roxy. »Wo bist du denn gerade? Bei meinen Rosen?«

»So ungefähr. Ich träume auch von Rosen, Roxy. Nur sind meine schwarzweiß und passen auf DIN A4.«

»Dann hast du dich tatsächlich bei dieser elitären Journalistenschule beworben? Sag bloß!«

Marie nickte wieder.

»Und? Lass dir doch nicht jedes Wort einzeln aus der Nase ziehen!«

»Ich hab meine Reportage eingereicht, ganz vorschriftsmäßig, aber leider noch immer keine Antwort erhalten. Vielleicht finden sie mein Geschreibsel ja so unterirdisch, dass sie mir nicht einmal Bescheid geben …«

»Quatsch!«, widersprach Roxy. »Den Brief, den du mir geschickt hast, als Oma gestorben ist, hab ich inzwischen bestimmt hundertmal gelesen, und er hat mich immer wieder aufs Neue getröstet. Wie feinfühlig du sie geschildert hast – als hättest du Oma seit Jahren gekannt! Dabei bist du doch nur ein paarmal zum Kaffeetrinken bei uns gewesen …«

»Freut mich, dass du das sagst. Doch leider hat so ein Kondolenzbrief nur wenig mit Journalismus zu tun«, erwiderte Marie verzagt. »Da gibt es Regeln, die man beherrschen muss, verstehst du? Fabulieren allein genügt nicht, man muss wissen, was die Leute interessiert – und das dann auch noch perfekt zu Papier bringen.«

»Aber genau um so etwas zu lernen, ist diese Schule doch da, oder etwa nicht?«, bohrte Roxy nach.

»Schon. Aber der Weg dorthin ist dornig. Wenn die Reportage ankommt, wird man zu einem zweitägigen Bewerbungstest eingeladen. Das ist dann die nächste Hürde, und wahrlich keine kleine, denn viele andere Bewerber konkurrieren mit dir.«

»Du wirst garantiert eingeladen. Worüber ging deine Reportage denn überhaupt?«

»Einen Nachmittag im Seniorenheim von Onkel Julius.«

Wie lapidar sich das anhörte – doch wie lange hatte sie daran gefeilt! Geschätzte fünfzig Mal hatte Marie den kurzen Text umgeschrieben und poliert, bis sie endlich damit zufrieden gewesen war.

»Na, dann kann doch eigentlich nichts mehr schiefgehen. Dein heißgeliebter Großonkel bringt dir garantiert Glück. Komm, steig wieder auf, wir fahren weiter!«

Die Caféterrasse im Botanischen Garten erwies sich als gut gefüllt. Alle Tische waren besetzt, Kinder wuselten lachend dazwischen herum, und keiner der Gäste machte Anstalten zu zahlen oder zu gehen.

»Kein Problem. Wir versuchen eben hinten unser Glück.« Roxy gab nicht so schnell auf. »Da gibt es seit Neuestem eine zweite Terrasse – allerdings mit Selbstbedienung.«

Doch auch dort war so gut wie alles voll. Roxy wollte gerade auf einen Tisch zugehen, an dem ein Mann mit zwei hübschen Blondinen schäkerte, doch Marie hielt sie zurück.

»Ich kann solche Schnösel nicht leiden«, sagte sie, ohne ihre Stimme allzu sehr zu dämpfen. »Der Typ in der Lederjacke ist doch mindestens fünfzig! Hast du sein zerschrammtes Gesicht gesehen? Wetten, er fährt irgend so ein Angeberauto und ködert die Mädchen mit halbseidenen Versprechungen? Warum sonst sollten ihn zwei attraktive Zwanzigjährige derart anhimmeln?«

»Ich mag Männer mit Narben und Falten«, widersprach Roxy. »Die haben wenigstens was zu erzählen. Und hast du nicht die Riesenkamera auf dem Tisch gesehen? Vielleicht ist er ja Profifotograf. Von so einem abgelichtet zu werden, wünsche ich mir schon seit Langem. Was man mit solchen Fotos alles anstellen könnte! Komm schon, lass uns …«

Doch Marie zog sie weiter.

»Nichts da. Wir setzen uns da drüben zu dem älteren Paar. Dort haben wir garantiert unsere Ruhe. Ich geh schon mal unseren Kuchen holen.«

»Lass mich das machen«, sagte Roxy. »Manni soll schließlich sehen, dass wir da sind …«

Mit gekonntem Hüftschwung stolzierte sie los.

»Sind bei Ihnen noch zwei Stühle frei?«, fragte Marie.

»Aber gerne doch«, erhielt sie als Antwort und nahm Platz.

Mit seinen weißen Haaren und der hohen Stirn erinnerte der Mann sie an Onkel Julius. Auch der hatte solch sommerliche Ausflüge ins Grüne über alles geliebt. Aber seitdem seine Augen so schlecht geworden waren, fühlte er sich draußen schnell unsicher und verließ seine Seniorenresidenz nur noch ungern. Überhaupt war er Marie bei den letzten Besuchen erschreckend mager und ein wenig schusslig vorgekommen. Ob er krank war und ihr nur nichts davon erzählt hatte? Wenn ihrem Großonkel etwas zustieß …

Sie mochte gar nicht daran denken!

»Kurze Klarstellung, junge Frau«, sagte plötzlich eine heisere Stimme neben ihr. »Die Schrammen im Gesicht verdanke ich dem Einsatz fürs Vaterland. Ein Auge hat mich dieser

Wahnsinn gekostet, und nur ein Riesendussel hat mich davor bewahrt, nicht gleich alle beide zu verlieren. Das ›Angeberauto‹, das Sie mir freundlicherweise angedichtet haben, ist in Wahrheit ein Austin Morris von 1937 mit Rechtslenkung, an dem ich mit geradezu schmerzlicher Zuneigung hänge, und meinen Fünfzigsten feiere ich erst in fünf Jahren. Krieg macht weder schöner, noch jünger, so könnte man es vielleicht auf den Punkt bringen. Noch Fragen?«

Marie spürte, wie ihr die Röte ins Gesicht schoss.

»Tut mir leid«, murmelte sie. »Ich wollte Ihnen nicht …«

»Schon gut.« Der Typ in der Lederjacke grinste. »Die blonden Ladies sind übrigens meine Nichten. Zweieiige Zwillinge, und ausgesprochen fotogen.« Sein Grinsen wurde noch breiter. »Schönen Tag noch, die Dame.«

Er ging an den Tisch zu seinen Nichten zurück.

»Was war das denn gerade?« Roxy erschien mit einem voll beladenen Tablett: zwei Gläser mit Eiskaffee und Schlagsahne, zwei Piccolos nebst Sektflöten, Obstkuchen, Prinzregententorte und eine üppige Sahneschnitte mit roten Kirschen. »Hat er dich etwa belästigt?«

»Hat er nicht«, erwiderte Marie verlegen.

»Aber?«

»Mensch, das ist ja beeindruckend, was du da alles mitgebracht hast«, versuchte Marie sie abzulenken. »Dein Manni hat offenbar die halbe Kuchentheke geleert.«

»Er wollte gar nicht mehr aufhören, unser Tablett vollzuladen.« Roxy klang stolz. »Und wir können noch nachhaben, so viel wir wollen. Weil er heute nämlich leider keine Zeit für uns hat. Hochbetrieb bei schönem Wetter, so ist das eben in der Gastronomie. Also, wer von uns beiden erbarmt sich der Holländerkirsch?«

Das Kolibri hatte schon bessere Zeiten gesehen, damals, gleich nach dem Krieg, als es eines der angesagtesten Tanzlokale der Stadt gewesen war. In den Fünfzigerjahren dann hatte der Rock'n'Roll Einzug gehalten, was sich noch immer in der grellbunten, inzwischen jedoch schon reichlich verschlissenen Wanddeko mit Gitarren und Elvis-Tollen als Scherenschnitt widerspiegelte. Heute jedoch verrenkte das meist junge Publikum seine Glieder hier beim neuesten Modetanz Twist – und Roxy war ganz in ihrem Element.

Sie hatte keine Ruhe gegeben, bis Marie sich schließlich nach dem Cafébesuch zu einem Umstyling in der kleinen Erdgeschosswohnung bereit erklärt hatte, die Roxy seit dem Tod ihrer Großmutter allein bewohnte. Besonders aufgeräumt war es nicht; das Geschirr von mindestens zwei Tagen stand in der Spüle, und Staub gewischt hatte offenbar schon länger niemand mehr. Dennoch wirkten die beiden kleinen Zimmer mit ihren bunten Bildern an den Wänden und den vielen Kissen auf dem alten Küchensofa ausgesprochen gemütlich. Und bis zum Tanzlokal waren es nur wenige Schritte.

Zuerst kamen Make-up und Haare an die Reihe, was eine ganze Weile dauerte. Bis Roxy schließlich einen Pfiff ausstieß und Marie einen Spiegel in die Hand drückte.

»Jetzt schau dich an, Süße! Na, was siehst du? Eine Schönheit, oder?«

Das sollte die biedere Marie-Louise Graf sein?

Der leicht getönte Teint war samtig. Die dunkler konturierten Augenbrauen verliehen ihrem Gesicht etwas Geheimnisvolles, was das aufgetragene Rouge auf den Wangenknochen weiter verstärkte. Die üppig getuschten Wimpern wirkten lang und dicht; ein kräftiger Lidstrich hatte ihr Katzenaugen geschenkt, und noch nie zuvor waren ihre korallenrot geschminkten Lippen so üppig gewesen. Am eindrucksvollsten aber war die Verwandlung der Haare: aus trockenem Gestrüpp hatte Roxy einen elegant hochtoupierten rotgoldenen Turm gezaubert, der den Hals perfekt in Szene setzte.

»Jetzt brauchst du nur noch was Passendes zum Anziehen …« Aus Roxys Schrank flogen Röcke und Blusen nur so aufs Bett. »Zu brav … zu doof … zu eng … zu kindisch … zu …« Sie verstummte. »Den hier«, erklärte sie entschlossen und schwenkte einen schwarzen Rock. »Und obenrum den schwarzen Pulli, vorne V, hinten V – das fetzt!«

»Ich geh doch auf keine Beerdigung«, protestierte Marie. »Und außerdem hängt mir vorn ja der halbe Busen raus!«

»Dann nimmst du eben den grünen ärmellosen Pulli.«

»Aber der ist knalleng …«

»Wozu hat der liebe Gott dir Brüste geschenkt? Damit du sie präsentierst! Außerdem sieht man jetzt endlich mal deine nackten Beine, und die können sich sehen lassen. Also nix wie runter mit den Nylons! Liebe Güte, von nichts hat sie eine Ahnung! Du bist doch nicht vom Dorf, Marie, sondern lebst mitten in der Großstadt.«

»Und wenn mir kalt wird?«

»Dir wird schon nicht kalt, dafür garantiere ich.«

Nein, kalt wurde Marie nicht, denn sie kam so schnell nicht mehr runter von der Tanzfläche, dafür gingen ihr die englischen Songs zu sehr ins Blut. Wie befreiend es doch war, nicht mehr darauf warten zu müssen, aufgefordert zu werden – und das vielleicht auch noch von einem Mann, der ihr nicht einmal gefiel. Sie tanzte, wie sie wollte, und die Kerle guckten. Sollten sie ruhig! Marie fühlte sich sicher und stark. Zuerst musste sie die Bewegungen bei den anderen noch abschauen, doch schon bald ging es wie von selbst.

»Morgen hab ich garantiert überall Muskelkater«, japste sie, als sie sich zwischendrin eine Erfrischung bestellten.

»Und wenn schon! Lohnt sich doch, oder?«, erwiderte Roxy lachend in ihrem selbstgenähten Lurexkleid, das sie wie eine silberne Spacebraut wirken ließ. »Cola pur hast du bestellt? Ist nur was für Babys. Wir trinken hier alle Cuba libre. Und natürlich lassen wir uns dazu einladen!« Huldvoll nickte sie dem jungen Mann zu, der sich spontan erboten hatte, die Rechnung zu übernehmen, und schob Marie ihr Glas rüber. »Morgen kannst du dann wieder deine Schreibmaschine rauchen lassen, aber heute wird gefeiert!«

»Ganz schön süffig«, sagte Marie nach dem ersten Schluck. »Und geht ordentlich in den Kopf …«

»Das will ich meinen! Und in die Beine. Komm schon, worauf wartest du noch?«

Come on let's twist again, sang Chubby Checker.

Wie frei Marie sich beim Tanzen fühlte – ganz leicht, fast schon übermütig! Kein Gedanke mehr an die anstehenden Klausuren, sogar ihre Ängste vor einer Absage der Journalistenschule waren für den Moment ganz vergessen. Dafür genoss sie die anerkennenden Blicke, die ihr folgten.

Du darfst in Gegenwart von Männern niemals den Verstand ausschalten, hatte ihre Mutter sie immer ermahnt. *Glaub ja nicht ihren Versprechungen! Und pass bloß auf, dass du auf keinen Hallodri hereinfällst! Sonst ist dein guter Ruf ganz schnell im Eimer …*

Dabei war sie doch selbst mit dem grundsoliden Papa verheiratet, der nur Augen für seine Karin hatte. Woher also rührte ihr Misstrauen? Weil die Gesellschaft es so von Frauen verlangte? Oder hatte sie vielleicht schlechte Erfahrungen gemacht? Egal, Mama war gerade nicht da – und Marie würde sich heute Abend nach allen Regeln der Kunst amüsieren!

»Das machen wir ganz bald wieder«, sagte Roxy, als das Kolibri um kurz nach eins schließen musste. »Versprochen?«

»Versprochen!«, erwiderte Marie.

Waren es wirklich nun vier Cuba libre gewesen? Nüchtern waren die beiden Frauen auf jeden Fall nicht mehr. Eingehakt machten sie sich auf den Heimweg und standen schon nach wenigen Metern vor Roxys Haustür.

»So was von spießig, dieses München«, maulte Roxy. »Um eins macht hier alles dicht, abgesehen von einer Handvoll sündteurer Bars. Dort brauchst du allerdings einen ganz besonders spendablen Begleiter, und die sind rar gesät. In Berlin dagegen kannst du ganz entspannt unter Mädels ohne Sperrstunde um die Häuser ziehen, das haben mir Kundinnen erzählt. Da muss ich unbedingt mal hin.«

»Berlin teilt jetzt diese furchtbare Mauer«, erwiderte Marie. »Was die Menschen dort alles zu ertragen haben, auch die im Westen ... Und wie eingesperrt sie sich fühlen müssen – selbst ohne Sperrstunde. Von Freunden und Verwandten getrennt zu sein, nie mehr ohne Kontrollen in den Rest der Republik reisen zu dürfen ...«

»Du immer mit deiner langweiligen Politik«, unterbrach sie Roxy. »Interessiert mich, ehrlich gesagt, nicht die Bohne. Leben will ich, einfach so, jetzt und hier!« Sie breitete die Arme aus und drehte sich übermütig um die eigene Achse. »Magst du vielleicht bei mir übernachten? Sonderlich breit ist mein Bett allerdings nicht ...«

»So verschwitzt, wie ich bin?« Marie zog die Nase kraus. »Das lassen wir besser. Dein Rock kommt natürlich in die Reinigung, und den Pulli bekommst du übermorgen gewaschen zurück. Dann hol ich auch die Tüte mit meinen Sachen ab.«

Roxy winkte lässig ab. »Soll ich dich schnell auf der Vespa heimbringen?«

»Bloß nicht! So beschwipst, wie du bist, fährst du noch Schlangenlinien und wirst verhaftet.«

Sie verabschiedeten sich mit einer Umarmung.

»Als Nächstes machen wir Schwabing unsicher«, erklärte Roxy beim Aufsperren der Haustür, wofür sie allerdings mehrmals ansetzen musste. »Beim Hahnhof kann man im Freien Wein trinken, im Cadore sitzen angeblich die schärfsten Typen, und im Schwabinger Nest muss es, wie ich gehört habe, später am Abend ganz besonders heiß hergehen. Das probieren wir alles aus!«

Marie lachte, winkte noch einmal und ging los.

Laue Nachtluft streichelte ihre erhitzte Haut. Die Stadt schien bereits zu schlafen, nur ein paar Autos waren noch unterwegs, so gut wie keine Fußgänger mehr. Oder tobte das Leben irgendwo anders, an Orten, von denen sie bloß nichts wusste?

»Wie vom Dorf«, murmelte sie im Gehen vor sich hin. Roxy hatte zielgenau ins Schwarze getroffen. »Und von nichts eine Ahnung. Aber damit ist Schluss! Jetzt wird gelebt und gefeiert!«

Schon bald hatte sie ihr Ziel erreicht, ein hellgraues Mietshaus mit stattlichen Balkonen in einer ruhigen Seitenstraße, in das die Familie Graf vor rund zehn Jahren gezogen war. Dort begann sie zunehmend nervöser in ihrer Handtasche zu kramen.

Verdammt, der Schlüsselbund – irgendwo musste er doch sein!

Hatte sie ihn unterwegs verloren? Vielleicht im Kolibri?

Schlagartig war Marie stocknüchtern. Nein, er lag im Labor auf Papas Schreibtisch, und sie hatte vergessen, ihn wieder einzustecken!

Und wie sollte sie nun in die Wohnung kommen?

Hilfe suchend schielte sie zum ersten Stock hinauf. Alle Fenster waren dunkel und der Balkon ohne Leiter für sie schlichtweg unerreichbar. Die Eltern schliefen garantiert längst. Sie aufzuschrecken, wäre ihr mehr als unangenehm.

Dann also doch wieder zurück zu Roxy? Aber die schlief mittlerweile sicherlich ebenfalls.

Seufzend lehnte Marie sich zum Nachdenken an die Haustür, die plötzlich nachgab. Im Freien übernachten musste sie also schon mal nicht. Vielleicht konnte sie sich unten hinlegen, wo manche Mieter ihre ausrangierten Möbel abgestellt hatten? Doch der Zugang zum Keller war abgesperrt, so wie es sich für ein anständiges Haus gehörte.

Sie zog die Pumps aus und schlich barfuß nach oben.

Wenn sie nur ganz kurz klingelte?

Papa hatte seit dem Krieg einen leichten Schlaf, der würde sie sicherlich gleich hören …

Die Wohnungstür ging auf, kaum dass sie die Klingel berührt hatte. Karin Graf im bestickten nachtblauen Seidenkimono musterte ihre Tochter vorwurfsvoll, bevor sie zur Seite trat, um sie in den Flur zu lassen.

»Fast zwei Uhr! Wo hast du dich nur herumgetrieben? Und wie siehst du überhaupt aus? Zum Fürchten!«

»Dann schau eben nicht so genau hin«, entgegnete Marie. »Wir waren tanzen, da ist es ein bisschen später geworden. Und leider hab ich meine Schlüssel in der Drogerie vergessen. Ich wollte dich nicht aufwecken. Tut mir wirklich leid.«

»Glaubst du vielleicht, ich könnte schlafen, solange du um die Häuser ziehst? Und wer ist *wir*?«

»Roswitha Bertram und ich. War ganz spontan und hat Riesenspaß gemacht …«

»Hätte ich mir ja denken können. Von dieser Bertram war ja noch nie etwas Gutes zu erwarten. Die ist doch wirklich weit unter deinem Niveau, Marie!«

»Ich mag es nicht, wenn du so über meine Freundin sprichst.«

»Freundin! Dass ich nicht lache – die nützt dich doch nur aus. War sie es, die dich so als Flittchen zurechtgemacht hat? Weißt du eigentlich, wie du gerade aussiehst? Wie ein gefallenes Mädchen! Getrunken hast du auch, und das offenbar nicht zu knapp. Du torkelst ja regelrecht!«

Marie spürte, wie sie immer ärgerlicher wurde.

»Ich bin schon lange keine acht mehr, Mama«, sagte sie ungewohnt scharf. »Ich ziehe an, was ich will. Außerdem entscheide ich selbst, ob ich Alkohol trinke und mit wem ich meine Zeit verbringe.«

»Wir machen uns Sorgen um dich, unser einziges Kind! Man kann ganz schnell abrutschen, wenn man noch so jung ist wie du, nur davor will ich dich bewahren. Wenn du in die falschen Kreise gerätst, wirst du es später einmal bitter bereuen …«

Die Mutter nahm Marie mit ihrer Überfürsorglichkeit den Atem, auch wenn es sicherlich gut gemeint war. In diesem Moment beneidete sie Roxy glühender denn je um die eigene Wohnung und ihre damit verbundene Unabhängigkeit. Ein Grund mehr, als Journalistin so schnell wie möglich auf eigene Füße zu kommen. Sie hoffte inständig, dass ihre Bewerbung Erfolg hatte. Lange hielt sie es so nicht mehr aus.

»Ich muss dringend ins Bett«, murmelte Marie, die keinen weiteren Eklat wollte.

»Das will ich meinen. Wir reden morgen beim Frühstück mit deinem Vater weiter …«

Darauf konnte sie lange warten.

Marie drehte sich abrupt zu ihrer Mutter um.

»Ich bin volljährig, Mama«, sagte sie und betonte jedes Wort. »Papa weiß das, und vielleicht solltest auch du diese Tatsache endlich zur Kenntnis nehmen.«

»Wie redest du überhaupt mit mir? Den ganzen Tag hat mich diese entsetzliche Migräne traktiert, und jetzt bist auch du noch so hässlich zu mir. Das habe ich wirklich nicht verdient!«

»Lass mich bitte in Frieden«, erwiderte Marie. »Ich bin müde und will nur noch ins Bett.«

Als sie ihre Zimmertür hinter sich geschlossen hatte, atmete sie tief aus. Als Kind hatte sie im Dunkeln nicht einschlafen können, aus dieser Zeit rührte noch die kleine, mittlerweile schon reichlich verbeulte Mondlampe, die sie jetzt anknipste. Papa hatte sie ihr von einer Wien-Reise mitgebracht, da war sie sieben gewesen, und seitdem hütete Marie die Lampe wie einen Schatz. Ihr diffuses Licht schimmerte hell genug, um sich im Taschenspiegel zu betrachten.

Die Mascara hatte sich abgesetzt, und die dunklen Schatten unter den Augen ließen sie aussehen wie ein müder Pandabär. Leicht verrucht wirkte sie, das musste sie einräumen, aber durchaus reizvoll.

»Typisch gefallenes Mädchen eben«, murmelte Marie und musste plötzlich grinsen. »Gar nicht so übel. Ich glaub, dabei bleib ich fürs Erste.«

ZWEI

Juni 1962

Marie war schon fast aus der Küche, da fiel ihr Blick auf den Brotkasten, an dem ein heller Umschlag lehnte.

»Ist schon vorgestern angekommen«, sagte ihre Mutter und legte das Silberpoliertuch zur Seite. Feiertage wie diesen nutzte sie gern zu umfangreicheren Hausarbeiten, zu denen ihr sonst die Zeit fehlte, allerdings nicht ohne sich dabei lauthals darüber zu beklagen, dass immer alles an ihr hängen blieb. »Ich muss den Brief ganz in Gedanken eingesteckt haben. Klär mich doch bitte mal auf: Wer oder was ist dieser Absender – DJ?«

Deutsche Journalistenschule.

Die Antwort war da!

Marie wurde heiß und kalt zugleich, als sie das Schreiben hastig an sich nahm. Jetzt musste sie nur noch zusehen, die Wohnung so schnell wie möglich zu verlassen, um es ungestört lesen zu können.

»Nichts Wichtiges«, erwiderte sie und war froh, dass ihre Stimme halbwegs normal klang. »Allerdings wäre es mir lieb, wenn ich meine Post zukünftig gleich bekommen könnte.«

»Musst du dich jetzt bei allem aufregen, was von mir kommt?« Maries Mutter klang vorwurfsvoll. »Manchmal weiß ich ja kaum noch, was ich sagen soll! Ich erkenne dich gar nicht

33

wieder, Marie. Wir haben uns doch immer so gut verstanden. Was ist nur in dich gefahren?«

Ja, das Eis, auf dem die beiden Frauen sich bewegten, war nach jener Nacht im Kolibri dünn geworden, und hätte Karin Graf gewusst, dass die Tochter seitdem so manchen Nachmittag keineswegs vor pharmazeutischen Versuchsanordnungen, sondern im gemütlichen Café Schneller hinter der Uni verbrachte, wäre es garantiert längst eingebrochen. Marie liebte diese gestohlenen Stunden in dem leicht dämmrigen Café, wo eigentlich nur noch ihre Schreibmaschine fehlte, um sich dort vollständig glücklich zu fühlen. Aber sie hatte stets ihr Notizbuch dabei, in das sie kleine Beobachtungsskizzen notierte, um sie später zu Hause weiter auszubauen. Es wimmelte hier nur so von skurrilen Persönlichkeiten – wie der Mann in den bunten Frauenkleidern, der mit Falsettstimme Lieder vortrug, oder die alte Dame, die erstaunliche Ähnlichkeit mit ihren beiden Möpsen besaß und sich lautstark mit ihnen in einer Fantasiesprache unterhielt.

Was hätte Maries Mutter wohl dazu gesagt?

Jetzt verplemperst du auch noch deine Zeit mit sinnlosem Herumsitzen oder etwas Ähnliches wahrscheinlich, daher sollte sie besser nichts davon erfahren.

»Ich mach mich jetzt auf den Weg zu Onkel Julius«, sagte Marie. »Wartet nicht auf mich. Könnte spät werden.«

»Aber wir wollten ihn doch ohnehin am Sonntag alle zusammen besuchen …«, hörte sie noch im Gehen.

Draußen schwang Marie sich auf ihr Fahrrad und fuhr los, langsamer als sonst, denn es war drückend heiß. Am Nymphenburger Kanal hielt sie an und suchte sich beim Hubertusbrunnen eine freie Parkbank im Schatten. Mit zitternden Händen riss sie den Brief auf.

»… müssen wir Ihnen leider mitteilen, dass Sie nicht unter den Kandidaten für die nächste Bewerbungsrunde sind …«

Sie musste die knappen Zeilen ganze drei Mal lesen, erst dann war ihr Gehirn in der Lage, die schlechte Nachricht aufzunehmen.

Der Brief sank auf ihren Schoß.

Wie hatte sie sich nur einbilden können, gut genug für diese Eliteausbildung zu sein? Natürlich hatte sie immer wieder an ihren Fähigkeiten gezweifelt – und doch gleichzeitig insgeheim so sehr gehofft, dort angenommen zu werden. Alles, *alles* in ihrem Leben hatte sie verändern wollen, und nun diese Abfuhr! Wenn sie das Pharmaziestudium schmiss, blieb ihr erst einmal nur der Alltagstrott in der Drogerie. Tag für Tag unter Mamas kritischen Blicken die Kunden zu bedienen und zugleich Papas abgrundtiefe Enttäuschung zu ertragen, weil sie aus freien Stücken aufgab, wonach er sich selbst ein Leben lang vergeblich gesehnt hatte …

Marie fröstelte bei dieser Vorstellung.

Auf der Nachbarbank saß ein innig knutschendes Pärchen, eine Bank weiter fütterte eine ältere Frau die Enten mit Brotresten. Ein Windhauch fuhr durch die Bäume. Alles um Marie herum war friedlich, nahezu idyllisch, nur in ihr selbst herrschte eisige, dunkle Leere.

Was nun? Sich einfach in den nächsten Zug setzen und alles hinter sich lassen?

Italien, ihr Sehnsuchtsland, erschien Marie verlockender denn je. Dabei war sie bislang nur bis zum Gardasee gekommen, wohin sie nach dem Abitur für ein paar Tage gefahren war. Obwohl diese kleine Reise schon drei Jahre zurücklag, war alles noch immer so lebendig in ihr gespeichert, als sei es erst gestern gewesen: der blaue See, die Berge, die bei einsetzender Abenddämmerung wie ein geheimnisvoller Scherenschnitt wirkten, die weiche Luft, aromatisiert von Blütenduft und würzigem Pinienaroma, sowie der Nachklang von Spaghetti und Rotwein auf der Zunge. Was hinderte sie daran, diesen Traum endlich wahr werden zu lassen, jetzt, wo ihr anderer Traum mit einem Schlag zerstört war?

Onkel Julius zum Beispiel, der sie bestimmt schon sehnsüchtig erwartete.

Marie stopfte den Brief in ihre Handtasche, ging zurück zum Fahrrad und stieg wieder auf. Sie fuhr noch ein Stück den Kanal entlang, dann bog sie ab und steuerte das Seniorenheim an, in dem ihr Großonkel seit einigen Jahren lebte.

Sie wusste, wie unendlich schwer es ihm gefallen war, seine Eigenständigkeit aufzugeben und sich professioneller Pflege anzuvertrauen. Doch eine fortschreitende Makula-Erkrankung erst auf dem einen, dann auch auf dem zweiten Auge hatte ihm keine andere Wahl gelassen. Julius Schwan, daran gewöhnt, mit präzisesten Mengenangaben zu hantieren, musste ertragen lernen, dass seine Welt zunehmend verschwamm. Irgendwann war er in seinem Häuschen nachts die Treppe hinuntergestürzt und hatte sich dabei einen komplizierten Knietrümmerbruch zugezogen. Es hätte noch weitaus schlimmer ausgehen können, aber auch so war er seitdem niemals wieder richtig auf die Beine gekommen. Sein Kopf jedoch funktionierte so schnell und klar wie eh und je, und sein trockener Humor war nach wie vor unwiderstehlich. Alle im Seniorenheim schätzten ihn, Marie jedoch hing mit zärtlicher Liebe an ihm. So war es schon gewesen, als sie mit den ersten unsicheren Schritten zu ihm getapst war und ihre kleine Hand in seine große gelegt hatte. Für Marie war er der Großvater – der einzige, den sie hatte. Sie war erst drei gewesen, als die Eltern ihres Vaters 1943 den britischen Bombenangriffen auf München zum Opfer gefallen waren, und der Vater ihrer Mutter war bereits vor ihrer Geburt in Schlesien verstorben. Onkel Julius aber war immer da gewesen, seit sie denken konnte, und verstand sie bis heute wie kein anderer. Manchmal hatte sie das Gefühl, er könne in ihr lesen wie in einem offenen Buch.

Julius Schwan ruhte auf dem schattigen Balkon in einem Liegestuhl, als Marie sein Zimmer im zweiten Stock betrat, ausgestattet mit einigen der liebevoll restaurierten Biedermeiermöbel und zahlreichen silbergerahmten Fotografien, die auch schon sein früheres Zuhause geziert hatten. Für einen Moment erschrak sie. Wie zerbrechlich er im Schlaf aussah, die silbernen Haare auf dem Kissen licht wie die eines Babys.

Der alte Mann schlug die Augen auf, als sie zu ihm trat. Sie waren nicht mehr so leuchtend blau wie früher, sondern inzwischen weißlich verwaschen.

»Du riechst aber gut, Malou«, sagte er schnuppernd. »Wie ein warmer Sommertag. Und wie schön dein Kleid knistert! Rot ist es, richtig? So viel kann ich gerade noch erkennen.«

Malou – der Name, der nur ihnen beiden gehörte. Marie liebte es, wenn er sie so nannte.

»Wie geht es dir?«, erkundigte sie sich, froh darüber, wie fest ihre Stimme klang. »Und natürlich hast du es richtig erkannt – ich bin heute ganz in Rot.«

»Wie soll es einem alten Knochen wie mir schon gehen? Sehen kann ich kaum noch was, Laufen wird zunehmend zum Problem, nur die Nase ist noch halbwegs zu gebrauchen – und zum Glück auch meine Ohren. Komischerweise wachsen die immer weiter. Keine Ahnung, wohin das noch führen wird! Vielleicht findest du ja eines Tages statt meiner einen Elefanten im Zimmer …« Er grinste verschmitzt, wurde jedoch schnell wieder ernst. »Was ist los, meine Kleine? Ich hör doch ganz genau, dass dich etwas bedrückt. Lass uns zusammen einen schönen Tee trinken, und dabei erzählst du mir, was es ist.«

Marie holte die Teekanne, die schon im Zimmer bereitstand, und füllte zwei Tassen.

»Kuchen?«, fragte sie, während sie sich einen Klappstuhl heranzog.

»Aber immer! Agnes, die treue Seele, war so lieb, mir gestern ihren herrlichen selbstgebackenen Nusszopf vorbeizubringen. Steht drinnen zugedeckt auf der Kommode. Was täte ich nur ohne sie? Selbst bei dieser Hitze schwingt sie das Nudelholz für mich.«

Marie schnitt von dem Kuchen ab. Dabei fiel ihr Blick auf die Fotos im Silberrahmen, die sie immer wieder gern betrachtete: Mama und Papa als Hochzeitspaar, ein süßes Babyfoto von ihr, drei junge Männer in Seglerkluft – Onkel Julius mit seinen Cousins Franz und Gustl, der eine dunkel, der andere blond.

Wie jung er damals noch gewesen war!

Ein hübscher Mann mit einer kecken Himmelfahrtsnase.

Jetzt war er alt und auf ihre Hilfe angewiesen. Marie brachte ihm das Gewünschte. Julius kostete zunächst und verzehrte danach zwei Stücke mit sichtlichem Genuss, während sie ihres auf dem Teller nur zerkrümelte.

Anschließend lehnte Julius sich mit einem behaglichen Seufzer zurück.

»Und jetzt raus damit: Was liegt dir auf der Seele?«

Jetzt kamen die Tränen doch, obwohl Marie sich felsenfest vorgenommen hatte, nicht zu weinen.

»Sie wollen mich nicht«, sagte sie schluchzend. »Die Journalistenschule, an der ich mich beworben habe, hat abgesagt. Ich fühl mich so … so …«

Sie konnte nicht weitersprechen.

»Dann probierst du es eben im nächsten Jahr noch einmal«, erwiderte Julius aufmunternd. »So mancher berühmte Schauspieler musste sich x-mal bewerben, bis ihn eine Schule angenommen hat – und heute kennt ihn ganz Deutschland. Das ist doch kein Beinbruch.« Er tätschelte zärtlich ihre Hand. »Bei jedem Versuch lernt man etwas dazu.«

»Ich will aber nicht zur Bühne …«

»Weiß ich doch, war ja nur ein Beispiel dafür, dass man niemals gleich aufgeben sollte.«

»Aber so lange halte ich es nicht mehr aus, verstehst du? Ja, ich weiß, die Drogerie war dein Leben, und bei Mama und Papa ist das nicht anders, aber ich fühle mich zwischen Vollwaschmitteln, Damenbinden, Pinzetten und Klosterfrau Melissengeist einfach nur eingesperrt. Ich könnte schreien, wenn eine Kundin mich nach Fleckenmitteln fragt, oder ich ihr teure Faltencremes empfehlen soll. Und wenn dann auch noch diese verklemmten Pickelboys auftauchen …«

»Unsere treuesten Kunden«, unterbrach er sie. »Mach mir die bloß nicht madig.«

»Mach ich doch gar nicht. Meinetwegen sollen die bis zum Kinn in deiner Goldtinktur baden. Aber ich gehe ein dabei, Onkel Julius. Und das mit der Pharmazie ist erst recht nichts für mich! Ich war zu Schulzeiten nicht einmal schlecht in Physik und Chemie, aber inzwischen verstehe ich in den Vorlesungen nur noch Bahnhof. Im Labor bin ich so was von tollpatschig, du solltest mich nur mal sehen – eine einzige Katastrophe! Weil meine Gedanken nämlich ständig abschweifen …« Sie schlug mit der Hand auf die Stuhllehne. »Journalistin möchte ich werden, und nichts anderes, verdammt noch mal!«

Er musterte sie schweigend.

»Wenn du so energisch wirst, erinnerst du mich an deine Mutter in jungen Jahren, weißt du das?«, sagte er dann. »Karin hat damals ihr Leben auch ganz fest in die eigenen Hände genommen. Da war sie kaum älter als du heute.«

»Mama? Die ist doch ganz anders als ich«, protestierte Marie. »Schon rein äußerlich, und dann auch vom Charakter her …« Sie brach ab. »Wir beide haben in letzter Zeit ganz schön oft Zoff«, räumte sie ein. »Sie will einfach nicht wahrhaben, dass ich erwachsen bin. Und wenn ich noch weiter unter ihren Fittichen bleibe, wird sich das auch so schnell nicht ändern. Am liebsten würde sie mir noch Pausenbrote für die Uni schmieren, dabei will ich doch gar nicht mehr studieren!«

»Dann hör auf, wenn das Studium dir so wenig bringt, wie du sagst. Lebenszeit ist viel zu kostbar, um sie zu vergeuden.«

»Einfach so?«

»Einfach so«, bekräftigte Julius. »Manchmal muss sich eine Tür erst ganz schließen, bevor sich eine neue auftun kann. Wovor hast du Angst, Malou? In München gibt es doch genügend Zeitungen, bei denen du dich um ein Volontariat bewerben kannst.«

»Eine Drogistin, die unbedingt zur Presse will? Ist das nicht unfassbar lächerlich?«

»Ganz und gar nicht! Du bist klug, liebst Sprache und kannst wunderbar formulieren. Außerdem strebst du ja sicherlich nicht sofort den Chefredakteurssessel an, oder?«

»Natürlich nicht. Aber …«

»Kein Aber, sondern los!«

»Du weißt, wie schüchtern ich bin«, wandte sie ein. »Mich einfach blind bewerben …« Sie schüttelte den Kopf. »Das würde mich große Überwindung kosten. Aber du hast recht. Einen Versuch wäre es auf jeden Fall wert.«

»Siehst du.« Julius wirkte zufrieden. »Alles andere hätte mich auch gewundert, ich kenne dich schließlich! Leg deiner Bewerbung unbedingt ein sympathisches Foto bei, damit sie gleich sehen, wer da bei ihnen anklopft. Aber keins aus dem Automaten, auf denen sieht man immer aus wie ein Verbrecher.«

»Einverstanden. Und wenn mich alle Zeitungen in München ablehnen?«

»Dann musst du deine Suche eben ausdehnen. Augsburg, Landshut, Regensburg …«

»Dann wäre ich allerdings weit weg von dir …«

»Schlimm für mich«, entgegnete er bewegt. »Aber mein Leben habe ich gelebt, und deines fängt jetzt erst an. Also nur Mut, Malou!«

»Ich versuche es«, sagte sie. »Nur die Eltern sollten vorerst bitte nichts davon erfahren, sonst wird mein Druck noch größer.«

»Bist du dir sicher?«

»Bin ich. Vor allem Mama reagiert immer so komisch, wenn ich das Wort Journalismus in den Mund nehme. Und Papa ist auch total dagegen, das weiß ich. Kann ich mich auf dich verlassen?«

»Was für eine Frage!« Er klang ehrlich empört. »Habe ich jemals etwas verraten, das du mir anvertraut hast?«

Marie streichelte seinen Arm.

»Nie wieder frage ich dich das«, murmelte sie verlegen.

»Versprochen.«

»Über kurz oder lang solltest du aber schon vor Karin und Theo Farbe bekennen, das ist dir doch klar, oder?«, fuhr er fort. »Sonst müsstest du ja eine Art Doppelleben führen, und so etwas geht niemals lange gut.«

Sie nickte.

»So weit wären wir also schon mal.« Julius klang zufrieden.

»Weißt du, eigentlich hab ich mein Bewerbungsschreiben sogar schon im Kopf«, sagte Marie. »Wollen wir es gleich mal zusammen durchgehen?«

»Ausgezeichnete Idee!« Julius grinste spitzbübisch und wirkte auf einmal jünger, so sehr schien ihn ihr Vorschlag zu inspirieren. »In der obersten linken Kommodenschublade findest du Papier und Kugelschreiber. Und dann nichts wie los!«

»Dein alter Onkel ist echt klasse«, sagte Roxy, während sie ihre frisch umlackierte Vespa in einer ruhigen Nebenstraße abstellte, damit sie sich unbeschwert in das abendliche Getümmel stürzen konnten. »Könntest du mir den nicht mal borgen?«

Marie hatte ihr ausgiebig von ihrer gemeinsamen Aktion erzählt, die einige Zeit in Anspruch genommen hatte, bis Julius und sie mit dem Ergebnis zufrieden gewesen waren. Jetzt musste sie die Bewerbungen nur noch ins Reine tippen, sich ansprechend fotografieren lassen und dann alles losschicken. Es hatte sich gut angefühlt, aktiv zu werden. Die erdrückende Schwärze in ihr war wieder lichter geworden. Und obwohl ihr klar war, dass sie erneut Geduld aufbringen musste, blickte sie nun wieder hoffnungsfroher in eine Zukunft ohne Verkaufstresen. Daher hatte Roxy sie zu dieser abendlichen Vergnügungsfahrt nach Schwabing nicht erst lange überreden müssen. Schließlich war heute Feiertag, die Uni morgen fiel aus, und Marie war zudem jeder Grund willkommen, die elterliche Wohnung zu meiden.

»Das müsstest du schon ihm selbst überlassen«, erwiderte Marie lächelnd, als sie Seite an Seite losspazierten. »Aber wenn Onkel Julius erfährt, dass ich meine Bewerbungsantworten an deine Adresse schicken lassen darf, damit meine Eltern nicht gleich Lunte riechen, stehen deine Chancen vermutlich ganz gut.«

Marie war schon ewig nicht mehr in Schwabing gewesen. Alles wirkte irgendwie lockerer und bunter. Es war fast neun Uhr abends, aber noch immer so warm, dass man keine Jacke brauchte. Halb Schwabing schien auf den Beinen; bärtige Studenten und feierlustige Passanten jeden Alters flanierten unter den hohen Pappeln der Leopoldstraße an Künstlern in farbigen Hemden vorbei, die auf dem Gehweg ihre Bilder zum Kauf ausstellten. Frauen und junge Mädchen zeigten, was sie zu bieten hatten – Schultern, Dekolleté, Beine. Marie war froh, dass sie ihr rotes Kleid mit dem Carmenausschnitt und der breiten Lederschärpe trug – natürlich trotzdem kein Vergleich zu Roxys aufregendem Spaghettitop in leuchtendem Zitronengelb zur passenden Caprihose, die ihr so manch bewundernde Blicke einbrachten.

Jeder Tisch im Freien war besetzt. Aus den offenen Türen der Cafés und Lokale tönte Musik.

»Dort vorn ist der Hahnhof«, sagte Roxy, die auf ihren hohen Absätzen so entspannt stöckeln konnte, als trüge sie Wanderschuhe. »Und jetzt Zähne zeigen, Schätzchen, und ganz, ganz liebreizend dreinschauen! Schließlich brauchen wir zwei freie Plätze …«

Doch auch das hinreißende Lächeln, das sie beide aufsetzten, half leider nichts, denn alles war hoffnungslos voll. Notgedrungen zogen sie weiter und ergatterten im Eiscafé Cadore ein paar Meter weiter einen der winzigen Tische. Roxy bestellte Campari, während Marie sich für einen doppelten Espresso entschied.

»Ist doch wirklich herrlich hier, findest du nicht?«, schwärmte Roxy. »Die warme Sommernacht, das bunt gemischte Publikum – und siehst du die heißen Sportwagen, die vor dem Café hupend Corso fahren? Ich wette, das sind lauter Filmproduzenten auf der Suche nach neuen Gesichtern.«

»Du willst zum Film?« Marie zog die Brauen hoch. »Das höre ich heute zum ersten Mal.«

»Warum nicht? Manni hat erst neulich wieder gesagt, wie fotogen ich bin. Warum sollte es dann vor laufender Kamera anders sein? Das bisschen Text ist doch wirklich kein Problem. Ich hab gehört, die haben da so Tafeln, von denen liest du alles ab, was du zu sagen hast. Beim Theater wäre das natürlich anders, da musst du ellenlange Monologe auswendig lernen, aber ein kurzes Wortgeplänkel mit meinem Filmpartner …«

Roxys Geplapper verschmolz mit dem Straßenlärm und dem aktuellen Schlager von Conny Froboess, der gerade aus der Musikbox neben der offenen Tür dudelte.

Zwei kleine Italiener.

Ein Ohrwurm, den man so schnell nicht wieder aus dem Kopf bekam. Beim diesjährigen Grand Prix in Luxemburg war die Sängerin damit für Deutschland angetreten und hatte es nur bis ins Mittelfeld geschafft, doch die Kassen dürften für sie klingeln, denn seitdem wurde ihr Schlager im Radio rauf und runter gespielt.

Unwillkürlich hatte Marie im Takt mitgewippt, doch sie

hörte damit auf, als ein junger Mann ungefragt auf den dritten freien Stuhl neben ihr sank.

»Was für ein gnadenloser Kitsch«, spöttelte er. »Aber damit werden die Spießer herrlich verarscht – und nichts anderes haben sie verdient!«

Er hatte ein flächiges Gesicht, große dunkelblaue Augen und trotzige Lippen. Seine Züge waren ein wenig zu grob, um anziehend zu wirken, aber er strahlte eine gewisse aggressive Sinnlichkeit aus. Das karierte Hemd war nur lässig zugeknöpft und entblößte eine glatte Brust, auf der zaghaft ein paar schwarze Haare sprossen. Nicht einmal sein blasierter Tonfall vermochte darüber hinwegzutäuschen, wie jung er noch war.

Was für ein vorlauter Pennäler, dachte Marie. Achtzehn, höchstens neunzehn. Und reißt schon so weit die Klappe auf.

»Was bist du denn für ein freches Kerlchen?« Roxy klang amüsiert. »Ich mag die Conny nämlich. Sehr sogar. Und meine Freundin mag sie auch.«

»Nicht dein Ernst, oder?« Sein Blick flog neugierig zwischen Marie und ihr hin und her. »Zwei so scharfe Chics wie ihr – und dann fliegt ihr auf so einen langweiligen Scheiß?« Er fuhr mit der Zunge über seine Lippen. »Ich bin übrigens der Baader Andi, und das hier ist mein Kiez.« Eine große Geste. »Und wer seid ihr?«

»Dornröschen und Schneewittchen«, erwiderte Marie rasch, bevor Roxy ihre echten Namen preisgeben konnte.

»Der war gut!« Andi lachte schallend. »Ich steh auf schlagfertige Weiber, musst du wissen. Aber verdammt trocken ist es hier, findet ihr nicht auch? Ich bestell uns mal was Anständiges zu trinken.« Er winkte den Kellner herbei. »Drei Gin Fizz, Angelo«, bestellte er großspurig. »Aber mit ordentlich Alkohol, wenn ich bitten darf!«

Im Handumdrehen standen die hohen Gläser vor ihnen auf dem Tisch.

»Ich kann Gin nicht ausstehen«, sagte Marie, als Andi ihr zuprosten wollte. »Und erst recht keine Milchbubis, die mir vorschreiben wollen, was ich trinken soll.«

»Milchbubi? Ich seh schon: Dornröschen stellt die Stacheln auf. Macht die ganze Angelegenheit gleich noch interessanter.« Er leerte sein Glas in einem durstigen Zug und griff dann nach Maries. »Dann werd ich mich mal gnädigerweise deines Drinks erbarmen.«

Rasch war auch ihr Glas halb leer.

»Manieren hast du aber keine, oder?«, fragte Roxy spitz. Sogar ihr schien sein Auftritt langsam zu viel zu werden.

»Nur wenn ich mag. Was allerdings relativ selten vorkommt.« Andi fläzte sich wie hingerotzt auf seinem Stuhl und rülpste ungeniert. »Lust auf richtig gute Musik? Am Wedekindplatz steigt gerade ein grandioses Livefolk-Konzert, falls ihr wisst, was das ist …«

»Blöd sind wir nicht, falls du das meinst«, fiel Roxy ihm leicht säuerlich ins Wort.

»Umso besser! Die Typen mit ihren Gitarren haben echt was drauf. Die Bullen haben sie aus dem Englischen Garten vertrieben, ungeheuer eigentlich, wo all das saftige Grün doch dem Volk gehört. Aber die Jungs haben sich zum Glück nicht einschüchtern lassen, und das werde ich mir jetzt anhören.«

Inzwischen war Maries Glas vollkommen leer.

Andi beugte sich nach vorn und sah ihr tief in die Augen.

»Also, wie wär's?«, fragte er. »Muss ja nicht unbedingt nur bei Musik bleiben. Rotblonde Wildkatzen rangieren bei mir nämlich ganz weit oben, damit du Bescheid weißt. Und ich hätte heute ganz zufällig sturmfrei …«

»Null Komma null Interesse, damit *du* Bescheid weißt. Aber lass dich bloß nicht aufhalten«, lautete Maries kühle Antwort. »Wir wollen nämlich endlich unsere Ruhe haben.«

»Verklemmte Zicke.« Er sprang auf, versetzte seinem Stuhl einen wütenden Tritt und zog ab.

»Ich fass es nicht.« Roxy starrte ihm hinterher. »Soll ich ihm nach? Der Kerl hat glatt zwei Drinks gesoffen und nichts bezahlt. Uns auf der Zeche sitzen zu lassen, so was macht doch kein anständiger Mann …«

»Vergiss es«, entgegnete Marie. »Der hat sich garantiert schon irgendwo verdrückt. *Und das ist mein Kiez.*« Sie imitierte seinen blasierten Tonfall. »Andi Baader oder wie auch immer er heißt kennt sich hier definitiv besser aus als wir. Wenigstens hat er uns seine Zeitung dagelassen. Und schön platt gesessen hat er sie zudem.«

Sie griff nach den Blättern, auf denen Andi gelümmelt hatte.

»Sieh an, *Der Tag!* Das liest er also. Kauf ich mir jeden Morgen.«

»Meine Chefin Frau von Lindenthal hat sogar ein Abo. Und die hat definitiv Geschmack und Stil.«

»Auf meiner Liste der Bewerbungsschreiben rangiert *Der Tag* ganz weit oben.« Marie seufzte. »Dort arbeiten zu können, wäre …«

»Dann drück ich dir mal ganz fest die Daumen«, sagte Roxy. »Ich weiß übrigens, wo die Redaktion ist, fast am Sendlinger Tor. Bin neulich nach der Arbeit vorbeispaziert, da hab ich das große Schild gesehen. Vielleicht solltest du einfach mal hingehen und dich persönlich vorstellen …«

»Träum weiter, Roxy, so läuft das nicht. Ich bewerbe mich schriftlich, nur so könnte es mit ganz viel Glück vielleicht klappen.«

Inzwischen herrschte im Cadore allgemeine Aufbruchsstimmung.

»*Mi dispiace*, aber wir müsse schließen um zehn, *belle signorine*«, sagte Angelo bedauernd, als er die Rechnung brachte.

Die beiden Freundinnen teilten sich den Betrag, wobei Roxy erst protestierte, weil sie ja viel mehr konsumiert habe, sich dann aber doch rasch von Marie überzeugen ließ.

»Und wohin jetzt?«, fragte sie.

»Nach Hause?«, schlug Marie vor.

»Auf keinen Fall. Wir gehen jetzt erst mal beim Schwabinger Bräu vorbei, dann sehen wir weiter.«

Vor der Tür stand ein kräftiger Mann, der ihnen den Eintritt verwehrte.

»Heute geht da gar nichts mehr, die Damen«, lautete sein Kommentar. »Die Dixie-Session ist fast vorbei.«

»Dann eben zur Schwabinger 7«, sagte Roxy schulterzuckend. »Obwohl es dafür eigentlich noch zu früh ist, aber was willst du machen? Einfach rechts und dann immer geradeaus.«

Doch sie kamen nicht sehr weit, denn auf dem Bürgersteig standen die Menschen dicht gedrängt.

»Gibt es da was umsonst?« Roxy hatte Maries Arm gepackt und versuchte sich irgendwie durchzudrängeln.

»Musik«, erwiderte ein bärtiger Typ. »Und sogar ziemlich gute, hört ihr das? Ein paar Nachbarn haben sich bereits beschwert, eine Oma hat Wasser heruntergeschüttet, und angeblich soll die Polizei im Anmarsch sein.« Er lachte. »Aber haben die eine Chance gegen uns alle? Haben sie nicht!«

Roxys Zielstrebigkeit war es zu verdanken, dass sie inzwischen den Musikern ein gutes Stück näher gekommen waren. Die jungen Männer standen mit ihren Gitarren an dem kleinen Brunnen und spielten gerade ein russisches Lied. Natürlich verstand Marie vom Text kein Wort, aber die Melodie klang fröhlich und lud zum Mitsingen ein.

»Lauter Kommunisten!« Neben ihr spuckte ein älterer Mann mit Halbglatze verächtlich aus. »Einsperren sollte man das ganze arbeitsscheue Gesindel – und dann nichts wie ab nach Dachau!«

»Hatten wir schon mal, ist uns aber verdammt schlecht bekommen. Aber ihr Braunen seid ja offenbar einfach nicht auszurotten«, konterte der Mann in Lederjacke, der links neben Roxy stand. Er zückte seine Kamera und betätigte den Auslöser.

Ein Blitz flammte auf.

Der Ältere mit der Halbglatze hob protestierend die Hände.

»He, was machen Sie denn da, Sie unverschämter Kerl? Das dürfen Sie nicht!«, beschwerte er sich.

»Und ob ich das darf im öffentlichen Raum. Stets auf der Suche nach Motiven für meinen Fotoband *Die Nazis sterben niemals aus*«, erwiderte der Fotograf seelenruhig. »Und leider finde ich sie noch immer überall.«

Roxy stupste Marie an. »Du, das ist doch der Typ aus dem Botanischen Garten«, flüsterte sie.

»Sei bloß still«, flüsterte Marie zurück. »Sonst kommen wir auch noch auf seinen Film!«

Doch der Fotograf hatte seine Kamera schon auf den grünen Kastenwagen gerichtet, der aus der anderen Richtung im Schritttempo herankroch, und fotografierte ohne Unterlass.

Er hält mit seinen Bildern fest, was gerade passiert, dachte Marie. Vermutlich ein Pressefotograf.

Ihr ganzer Körper begann zu prickeln. Aufmerksam alles aufnehmen, was an spannenden Dingen geschah, und anschließend darüber berichten – genauso stellte sie sich auch ihre eigene Zukunft vor.

»Hier spricht die Polizei!«, dröhnte es aus einem Lautsprecher. »Es ist nach zweiundzwanzig Uhr, und uns liegen mehrere Beschwerden wegen nächtlicher Ruhestörung vor. Wir fordern Sie auf, die Musik sofort zu beenden!«

Die drei Musiker spielten und sangen ungerührt weiter. Die Zuschauermenge klatschte und johlte.

Raszwetali jabloni i gruschi
Paplyli tumany nad rekoj.
Wychadila na bereg Katjuscha,
Na wyssoki bereg na krutoi ...

»Das Lied heißt *Katjuscha*.« Roxys Augen glänzten. »Kenne ich. Das hatte meine Oma auf Platte.«

»Wir fordern Sie auf, unverzüglich die Instrumente wegzulegen, sonst sind wir gezwungen, Sie festzunehmen!«, dröhnte es wieder aus dem Polizeilautsprecher. »Und die Zuschauer sollen sich ebenfalls zerstreuen, das ist eine Anweisung der Polizei ...«

Niemand rührte sich vom Fleck. Die Musiker vollendeten ihr Lied und stimmten ein neues an.

»Die haben vielleicht Mumm.« Roxy schob sich weiter vor, um bloß nichts zu verpassen. »Meine Güte, so ein bisschen Musik in einer Sommernacht, da kann doch wirklich niemand etwas dagegen haben. Und siehst du den Kerl dort drüben? Das ist doch eindeutig Andreas Baader, unser unverschämter Zechpreller. Den kauf ich mir jetzt!«

Sie zwängte sich durch die Zuschauer auf die andere Straßenseite.

»Komm zurück!«, rief Marie ihr hinterher, doch die Musik war zu laut. Roxy reagierte nicht.

Plötzlich ging alles ganz schnell.

Ein Trupp Polizisten fiel über die Musiker her, legte ihnen Handschellen an und drängte sie zum Kastenauto.

»Nazi-Polizei!«, ertönte aus der Menge.

»Vopos, Vopos!«, begann Andi lautstark zu skandieren, und die Zuhörer fielen grölend mit ein. »Vopos, Vopos …«

»Den Vogel kenn ich«, sagte der Fotograf neben Marie, während er Bild um Bild schoss. »Immer ganz vorn mit dabei, wenn es um Krawall geht. Dabei wollte ich heute eigentlich einen ruhigen Abend haben …«

»Wollt ihr sie etwa so wegfahren lassen?«, schrie Andi. »Oder sollen wir sie nicht lieber noch ein bisschen schweben lassen?«

Er lief auf den Kastenwagen zu, andere ihm hinterher. Schließlich waren es mehr als zwanzig junge Leute, die unter den großen Wagen langten, ihn ein Stück hochhoben und krachend wieder fallen ließen. Erst nach einer Weile fuhr der Kastenwagen schließlich los, zuckelnd, denn im Hinterreifen fehlte mittlerweile die Luft.

Inzwischen hatten neun weitere Polizeiautos noch mehr Polizisten ausgespuckt, die nun die Demonstrierenden mit Gummiknüppeln angingen.

»Jetzt wird es definitiv ungemütlich.« Der Fotograf packte Marie am Gürtel und zog sie ein Stück nach hinten. »*Weltstadt mit Herz* – diesen Slogan von Oberbürgermeister Vogel sollten Sie aktuell ganz schnell vergessen. Ich habe, was ich brauche. Und auf eine Nacht in der Zelle wahrlich keine Lust. Sie?«

»Nein. Natürlich nicht. Aber meine Freundin ist noch dort drüben, mitten in der Menge …«

»Zu der kommen Sie jetzt nicht mehr durch. Keine Chance.« Er hatte recht, Roxy war von Polizisten umzingelt. »Worauf warten Sie?«

Er fing an zu laufen, und Marie folgt ihm zögernd, musste aber bald ihr Tempo steigern, um mit ihm mitzuhalten, denn für sein Alter war er erstaunlich schnell. Sie keuchte, als sie die nächste Straße erreicht hatten, wo er in einer Einfahrt verschwand, die in einen dunklen, von einer Funzel mickrig erleuchteten Hinterhof führte.

»Hier sind wir erst mal sicher«, sagte er. »Der Hof gehört zum ›Laden‹, wie die Lach- und Schieß-Gesellschaft von Eingeweihten genannt wird. Ist Ihnen dieses wunderbare politische Kabarett ein Begriff?«

»Nur aus dem Fernsehen«, erwiderte Marie. »Mein Vater ist ganz verrückt danach.«

»Live sind die noch um Klassen besser, und dazu diese hinreißend heruntergekommene Kaschemme – einfach wunderbar!« Er grinste. »Hildebrandt ist so ein frecher Hund. Muss man natürlich mögen.« Er wurde wieder ernst. »Und sich für Politik interessieren, sonst gehen die Gags an einem vorbei.«

»Das tue ich«, versicherte Marie. »Ich liebe nämlich Zeitungen. Ich kann gar nicht genug davon bekommen.«

»Ach, wirklich?« Er klang ehrlich überrascht. »Nicht unbedingt üblich bei jungen Frauen. Meine Nichten zum Beispiel sind vollkommen unbedarft in dieser Richtung. Mode, Frisuren, Reisen – viel mehr passt offenbar nicht in ihre hübschen Köpfe.«

»Kann ich gar nicht verstehen! Ich will doch mitbekommen, was im Land geschieht. Geht uns schließlich alle etwas an.« Maries Tonfall war jetzt leidenschaftlich geworden.

»Gefällt mir«, sagte er. »Nur weiter so. Schließlich sind Sie die Generation, die nun auslöffeln muss, was unsere ihr eingebrockt hat – und natürlich erst recht die davor. Und das ist leider eine ganze Menge.«

»Machen Sie wirklich dieses Buch über die Nazis?«, fragte Marie. »Ich hab vorhin mitbekommen, was Sie zu diesem Mann gesagt haben …«

»Nicht ganz«, erwiderte er. »Das sage ich nur, wenn ich auf besonders Gestrige treffe, um sie aus der Deckung zu locken. Klappt übrigens fast jedes Mal. Sie wissen genau, dass sie mächtig Dreck am Stecken haben, auch wenn sie das natürlich niemals zugeben würden. Doch es gärt in ihnen, ob sie es nun wollen oder nicht.« Er grinste, dann wurde er wieder ernst. »Ein Buchprojekt gibt es aber tatsächlich. Allerdings arbeite ich nicht allein daran, sondern zusammen mit einem lieben Freund. Und mit den dunklen Seiten unserer Gesellschaft hat es durchaus zu tun. So viel kann ich Ihnen verraten.«

Es klang so abschließend, dass Marie nicht weiterbohren mochte.

Was sollte sie nun tun?

Zurücklaufen und nach Roxy Ausschau halten? Aber fiel sie damit nicht auch unweigerlich der Polizei in die Hände?

Und was würde dann aus ihren Plänen werden?

Eine vorbestrafte Journalistenanwärterin war sicherlich keine gute Idee …

Marie starrte den Mann an, den sie bei ihrem ersten Zusammentreffen so schnell verurteilt hatte, jetzt aber mit jedem Satz, den er von sich gab, immer mehr mochte. In Zukunft würde sie sich hüten, vorschnell den Stab über fremde Menschen zu brechen, das nahm sie sich in diesem Moment vor.

Was mochte er wohl über sie denken?

Besonderes Interesse schien er nicht an ihr zu haben, denn nach ihrem Namen hatte er sie nicht gefragt, geschweige denn seinen eigenen preisgegeben.

»Ich glaube, wir können uns jetzt wieder rauswagen«, sagte er. »Wo müssen Sie hin?«

»Neuhausen«, erwiderte Marie nach kurzem Zögern. Näheres über ihre Adresse würde sie ihm nicht verraten.

»Na, dann nichts wie rein in die Tram«, sagte er. »Mein Wagen parkt am Englischen Garten, hoffentlich unbeschädigt. Dorthin muss ich jetzt allerdings zügig. Mein eigentlicher Job fängt nämlich jetzt erst an.«

Was hatte er vor in dieser Stadt, in der schon bald alles für die Nacht schließen würde? Liebend gern hätte Marie mehr gewusst, aber sie traute sich nicht nachzufragen.

»Was wird die Polizei mit den Festgenommen anstellen?«, fragte sie stattdessen. »Weil doch vielleicht meine Freundin darunter sein könnte …«

»Alles halb so schlimm. Die Personaldaten werden aufgenommen, notfalls hat sie eine unangenehme Nacht in der Arrestzelle vor sich, aber wenn sie sich bislang noch nichts hat zuschulden kommen lassen, ist sie morgen früh wieder draußen.«

»Sie sprechen wohl aus Erfahrung …«

»Exakt. Und genau deshalb hab ich auch so wenig Lust, diese Prozedur nochmals zu durchlaufen. Meine Kamera kann da nämlich ziemlich eigen reagieren. Was erst recht für mein Glasauge gilt. Zudem sind sie sauteuer in der Wiederbeschaffung – alle beide.«

Er wandte sich zum Ausgang, und Marie folgte ihm.

»Die Luft ist rein«, sagte er, nachdem er um die Ecke gespäht hatte. »Keine Polizei weit und breit. Wir können los, ich nach rechts, Sie nach links. *Keep care.* Die Welt braucht junge Frauen mit Köpfchen wie Sie.«

*

Als »Schwabinger Krawalle« wurden diese Nächte im Juni von der Presse bezeichnet, denn jener ersten folgten noch vier weitere. Nacht für Nacht versammelten sich immer mehr Menschen in Schwabing, spontan, unorganisiert, bis der Verkehr auf der Leopoldstraße vollständig zum Erliegen kam und auch die Straßenbahn nicht mehr fahren konnte. Bald schon strömten auch Bewohner anderer Stadtviertel hinzu, und es war sogar die Rede davon, dass gewaltbereite Auswärtige busseweise aus dem Umland angereist seien, um bei dem Spektakel mitzumachen. Wütende Horden demolierten Autos, blockierten Straßen und beschimpften die Ordnungshüter. Diese kesselten im Gegenzug die Massen jeden Abend aufs Neue ein. Hoch zu Pferd ritten bewaffnete Polizisten über die Bürgersteige und schlugen mit Knüppeln auf alle ein, die sich nicht schnell genug davonmachten. Sogar Rentner und Priester verschonte man nicht, ebenso wenig wie Journalisten und Fotografen. Es gab Dutzende von Festnahmen, vierzehn Schwerverletzte, darunter einen Studenten, der nach einem Leberriss sogar in Lebensgefahr schwebte. Als schließlich auch noch der amerikanische Vizekonsul von Polizisten angegriffen und durch die Gummiknüppel der Ordnungshüter verletzt wurde, eskalierte die Lage.

»Die Nacht der Gummiknüppel« textete die *AZ,* und *Der Tag* schrieb von einem »echten Polizeiskandal in München«, während konservativere Blätter »studentische Ausschreitungen« beklagten, die »bürgerkriegsartige Zustände« hervorgebracht hätten und »nichts Gutes für die Zukunft verhießen«.

Oberbürgermeister Hans-Jochen Vogel, der sich schließlich persönlich ins Krisengebiet begab, um den Tumult durch eine Ansprache zu beenden, wurde einfach niedergebrüllt. Steine, Stinkbomben und Bierflaschen flogen, bis er in seinen Dienstwagen flüchtete und frustriert den Rückweg antrat.

Dass nicht noch mehr Menschen verletzt wurden, war schließlich einem Wetterumschwung zu verdanken. Die Temperaturen fielen am Ende der Krawallwoche von dreißig auf dreizehn Grad, und strömender Regen setzte ein.

»Wegen schlechter Witterung fällt das Polizeisportfest heute aus«, stand auf kleinen Zetteln, die man an die Pappeln der Leopoldstraße geklebt hatte. Ironie also anstelle neuerlicher Randale.

Der Tag veröffentlichte das Foto auf der ersten Seite.

Marie verschlang jede Zeile, während Roxy nichts davon wissen wollte.

»Diese ganzen Berichte können mir gestohlen bleiben. Ich bin nämlich in dieser Arrestzelle fast gestorben, musst du wissen«, klagte sie. »Nicht einmal sitzen konnten wir, so viele hatten sie da reingepfercht. Die ganze Nacht hab ich gestanden, nichts zu trinken gab es, und aufs Klo durfte man erst nach Stunden. Und wie die alle gestunken haben! Ein Käfig voll verschwitzter Körper ist nicht gerade ein sinnliches Vergnügen, das kann ich dir verraten. Amtlich erfasst bin ich jetzt auch noch. Wenn nur Frau von Lindenthal nichts davon erfährt, sonst bin ich geliefert! Ja, ich weiß, ich bin selbst schuld, weil ich nicht auf dich gehört habe und unbedingt diesen unverschämten Andi dingfest machen wollte, und ich ärgere mich über meine eigene Blödheit.«

»Und hast du ihn auf der Wache dann gestellt?«, fragte Marie.

»Leider nein. Der war offenbar mit anderen Randalierern eingesperrt, während ich ja nur aus Versehen dazwischengeraten bin.« Sie senkte traurig den Kopf, schien plötzlich an etwas ganz anderes zu denken. »Und weißt du, wie ich am nächsten Morgen mein Baby vorgefunden habe? Spiegel abgebrochen und lauter Kratzer im frischen roten Lack! Pleite bin ich auch noch. Jetzt muss ich wohl oder übel wieder Manni anhauen, damit der Schaden repariert wird – Mensch, der wird denken, ich bin nicht einmal in der Lage, auf meine Sachen aufzupassen!«

Roxy zog die Schultern hoch wie früher in der Berufsschule, wenn sie wieder einen Test vergeigt hatte.

»Ich hab hier übrigens was für dich«, sagte sie und überreichte Marie zwei Umschläge. »Du wolltest es ja so, aber es ist wirklich kein schönes Amt, das du mir da zugeschustert hast.«

Süddeutsche Zeitung und *Abendzeitung*.

Marie ahnte den Inhalt bereits, noch bevor sie die Schreiben aufgerissen und gelesen hatte. Der *Münchner Merkur* hatte schon vor zwei Tagen einen negativen Bescheid geschickt.

»Wieder mit Formbrief abgesagt«, murmelte sie bedrückt. »Schöner Mist. Jetzt muss ich wohl doch die *Nürnberger Zeitung* oder das Schweinfurter *Tagblatt* anschreiben, damit irgendwas aus mir wird.«

»Immerhin waren sie schnell«, erwiderte Roxy. »Jetzt weißt du wenigstens Bescheid. *Der Tag*, dein Favorit, hat noch nicht reagiert?«

»Die sagen auch ab, das habe ich schon im Blut. Dann muss ich wohl für immer in unserer Drogerie versauern.« Marie war den Tränen nahe.

»Oder du überwindest deine Schüchternheit und gehst doch in der Sendlinger Straße vorbei. Die Redaktion ist noch neu in der Stadt. Und wenn sie dich erst einmal kennen …«

»Vergiss es«, unterbrach sie Marie. »Du brauchst gar nicht weiterzureden. Niemals im Leben, Roxy!«

DREI

Juli 1962

»Kann ich Ihnen vielleicht behilflich sein?«

Die blonde Empfangsdame hinter dem erleuchteten Tresen schien Maries Zögern bemerkt zu haben und lächelte sie aufmunternd an. Sie mussten ungefähr im gleichen Alter sein, doch an der Rezeptionistin war alles makellos: der blütenweiße Blusenkragen, der unter dem weinroten Blazer hervorblitzte, der perlrosafarbene Lippenstift, vor allem aber die schulterlangen Haare, die sie in einer perfekten Außenrolle trug. Marie dagegen hatte eine unbequeme Nacht mit einem Kopf voll dicker Lockenwickler hinter sich, um ihr Gekrausel halbwegs glatt zu bekommen, doch eine solche Perfektion würde sie niemals erreichen. Vor lauter Aufregung begann sie zu schwitzen, was nichts Gutes für ihre festgesprühte Frisur bedeutete. Und wenn sich nun auch noch Schweißränder unter den Achseln bildeten?

Schon jetzt bereute sie den Kauf des frühlingsgrünen Etuikleides im Modehaus Charme & Chic, das die Verkäuferin ihr aufgeschwatzt hatte und in dem sie sich ohnehin reichlich madamig vorkam. Aber sie hatte möglichst seriös wirken wollen und bei ihrem ermüdenden Stadtbummel nichts anderes gefunden. Das passende Leinenjäckchen konnte sie nun keinesfalls mehr ausziehen, egal, wie heiß ihr noch werden würde.

»Falls Sie die Anzeigenschalter suchen«, setzte die Empfangsdame nach, weil Marie bislang stumm geblieben war, »die wären dort drüben, genau gegenüber ...«

Der Tag residierte mit seiner Redaktion in zwei alten Bürgerhäusern, die man mittels geschickter Durchbrüche zu einem repräsentablen Verlagsdomizil umgestaltet hatte. Die jahrhundertealten Balken der Deckenkonstruktion waren restauriert und in der Eingangshalle mit hypermodernen Büromöbeln aus Stahl und Glas kombiniert worden. Große, herabpendelnde Lampenschirme in einem weichem Cremeweiß sorgten für angenehme Beleuchtung.

Alles hier wirkte hell und ausgesprochen edel.

»Nein, nein, keine Anzeigen. Ich möchte vielmehr den Chefredakteur sprechen«, entgegnete Marie und war froh, dass ihre Stimme sich fast wie immer anhörte. »Graf ist mein Name. Marie-Louise Graf.«

»Herrn Hornberg?« Die schmal gezupften Augenbrauen ihres Gegenübers hoben sich kurz. »Sie haben einen Termin?«

Jetzt musste Marie Farbe bekennen.

»Meine Bewerbungsunterlagen liegen bei ihm, und das schon seit Wochen. Da wollte ich mal persönlich nachfragen ...«

Ein kleines Lächeln, in dem eine Spur Mitleid schwang.

»Dann bekommen Sie sicherlich bald Bescheid, Fräulein Graf. Die Zeitung wird derzeit von Anfragen geradezu überflutet, müssen Sie wissen. Alle wollen sie zum *Tag*.« Sie seufzte. »Kann ich gut verstehen, denn auch ich arbeite ausgesprochen gerne hier. Aber aktuell sind die Sekretariate leider vollständig besetzt.«

»Ich habe mich nicht als Sekretärin beworben«, erwiderte Marie. Vor lauter Aufregung war ihre Aussprache offenbar ein wenig feucht geworden, denn die Empfangsdame wich hinter ihrem Tresen leicht zurück, was Maries Nervosität noch weiter steigerte. »Es geht vielmehr um ein Volontariat in der Redaktion …« Sie atmete tief durch. Wie sehr sie ihre Schüchternheit hasste! Daran musste sie dringend etwas ändern, wenn es als Journalistin klappen sollte. Aber jetzt gab es sowieso kein Zurück mehr. »Könnte ich nicht vielleicht doch Herrn Hornberg persönlich sprechen? Nur ganz kurz? Bitte!«

»Tut mir leid, aber das ist vollkommen ausgeschlossen. Der frühe Vormittag ist ihm heilig, da darf niemand stören.« Sie blickte nach oben und verdrehte dabei die Augen. Offenbar lag Hornbergs Büro im ersten oder zweiten Stock. »Außerdem beginnt schon bald die tägliche Redaktionskonferenz, dann geht ohnehin gar nichts mehr. Ich bedauere, aber Sie haben sich wohl ganz umsonst hierherbemüht.«

Verbindlich lächelnd wandte sie sich einem jungen Mann zu, der ein großes Paket unter dem Arm trug.

»Hallo Herr Vogel, Sie wollen sicher zum Herstellungsleiter? Einfach nach hinten durchgehen, Sie kennen ja den Weg. Herr Eickel erwartet Sie bereits in seinem Büro.«

Hätte sie doch nur niemals auf Roxy gehört!

Die Empfangsdame beachtete Marie nicht mehr. Nie zuvor hatte sie sich überflüssiger gefühlt. Für einen Moment blitzte Zorn in ihr auf. Sie hatten sich nicht einmal die Mühe einer Absage gemacht. Was, wenn sie einfach an der perfekten blonden Frau vorbeispurtete und die Treppe hochlief? Die Redaktionsräume waren doch sicherlich alle beschriftet. Vielleicht hatte sie ja Glück und fand Hornbergs Büro auf Anhieb …

Dann würde sie erst recht rausgeworfen werden, und das vermutlich nicht ohne einiges Aufsehen.

Resigniert und mit weichen Knien ging Marie zum Ausgang. Sehen konnte sie plötzlich auch nicht mehr ganz scharf.

Wäre sie sonst draußen direkt vor der Eingangstür mit diesem schlanken älteren Herrn zusammengestoßen, der ganz offenbar noch wackliger auf den Beinen war als sie? Reflexartig schlang sie beide Arme um ihn und verhinderte so, dass er zu Boden fiel. Jetzt stand er wieder halbwegs sicher, atmete aber noch immer viel zu schnell.

Er roch nach Alkohol, und das nicht zu knapp. Aber in seinem blauen Hemd und dem beigefarbenen Leinensakko nebst passender Hose wirkte er dennoch elegant, fast nobel.

»Ich bin untröstlich, gnädiges Fräulein«, stieß er hervor. »Wie kann ich diese Ungeschicklichkeit wiedergutmachen? Ich habe Sie doch nicht etwa verletzt?«

Eine Stimme wie ein Filmstar, dunkel, weich, ungeheuer sympathisch. Ein leichter Akzent schwang darin, den Marie nicht auf Anhieb zuordnen konnte.

»Mir geht es gut«, entgegnete sie. »Und Ihnen?«

»Bestens«, versicherte er. »Alles wieder im Lot. Ich hatte da nur gerade etwas ungemein Störendes im Auge ...«

Eine Ausrede, die sie weglächelte, was ihn zu beruhigen schien.

»Ich würde mich gern mit einer Einladung revanchieren, falls das Ihre Zeit erlaubt«, setzte er hinzu. »Trinken Sie einen Kaffee mit mir. Sie dürfen nicht Nein sagen!«

Offenbar brauchte er den Kaffee dringender als sie, denn seine Hände zitterten.

»Sie wollten doch gerade in die Redaktion, da möchte ich Sie nicht aufhalten«, erwiderte Marie.

»Aber ich bitte Sie, Sie halten mich doch nicht auf! Nur ein paar Schritte weiter ist das Café Mozart, dort sitzt man halbwegs komfortabel. Kommen Sie, lassen Sie uns gehen.«

Warum eigentlich nicht? Er hatte etwas Anziehendes an

sich, Fahne hin oder her. Und noch mehr konnte heute ohnehin nicht mehr schiefgehen.

»Einverstanden«, antwortete Marie. »Ein Stündchen Zeit hätte ich. Dann muss ich zurück in die Uni.«

Jetzt schwankte er nicht mehr, wie sie bemerkte, sondern schien seine Schritte in den handgenähten Schuhen eher lässig zu setzen. Solche Schuhe waren für ihn vermutlich eine Selbstverständlichkeit, so sicher, wie er sich darin bewegte. Maries Vater besaß nur ein einziges Paar solcher Schuhe, das er hingebungsvoll pflegte, weil er stolz darauf war, dass man in ihnen seinen künstlichen Fuß nicht sofort bemerkte.

Heil am Café angelangt, hielt ihr Begleiter Marie sichtlich erleichtert die Tür auf.

»Der Herr Baron, wie schön! Wünsche einen herrlichen Tag«, begrüßte sie ein zaundünner Kellner mit tiefen Magenfalten. »Ihren Tisch wie immer?«

»Aber sicher doch, Herr Blüml.«

Sie steuerten eine kleine Nische an. Maries Begleiter rückte ihren Stuhl zurecht, bevor sie sich hinsetzte. Alles hier war plüschig in dunklem Rot möbliert; Spiegel in schweren Goldrahmen verstärkten das nostalgische Feeling. Außer ihnen saß nur eine Handvoll älterer Damen an weiteren kleinen Tischen.

Maries Begleiter bestellte sich gleich zwei doppelte Moccas auf einmal, sie entschied sich für ein Kännchen Filterkaffee und ein kleines Wasser.

Nach der ersten Tasse, die er nahezu inhaliert hatte, schien er sich gefasst zu haben, und sein eben noch bleiches Gesicht hatte wieder etwas Farbe angenommen. Er trug die Haare länger als die meisten Männer; hellbraun waren sie, leicht gewellt und reichlich von Silberfäden durchzogen. Markante, fleischlose Nase, die Lippen schmal und energisch.

»Für meine Manieren muss ich mich heute wirklich entschuldigen«, sagte er. »Aber ich habe eine grauenhafte Nacht hinter mir. Sie wissen ja noch nicht einmal, mit wem Sie es zu tun haben. Mein Name ist Viktor Bárthoy, und in der Regel bin ich um einiges galanter zu jungen Damen, vor allem, wenn sie so hübsch sind wie Sie.«

Er war aufgestanden und verneigte sich leicht.

»Baron Bárthoy?«, fragte Marie, nachdem er sich wieder gesetzt hatte, weil der Kellner ihn mit diesem Titel begrüßt hatte.

Eine lässige Handbewegung, bei der der weiße Seidenschal, den er trug, leicht verrutschte.

»Das war einmal. Die Kommunisten haben uns 1945 abgeschafft und unsere einstigen Güter parzelliert. Die letzten von uns sind 1956 aus Ungarn geflohen und fristen nun ein mehr oder minder kümmerliches Dasein in Deutschland oder Österreich. Was mich betrifft, so bin ich inzwischen, ehrlich gesagt, ganz gern bürgerlich, denn ohne das ganze aufgesetzte Brimborium lebt es sich um einiges einfacher. Ein paar der alten Privilegien sind aber zum Glück geblieben: Man kennt sich, man trifft sich, man unterhält sich. Nur dass ich jetzt als V. B. darüber schreibe und Geld dafür bekomme. Bestimmt nicht die schlechteste Lösung.« Sein Lächeln war warm.

»V. B. – dann sind *Sie* der Mann von der *Leute-heute*-Seite!«, sagte Marie überrascht. »Jetzt erkenne ich auch Ihr gezeichnetes Profil wieder.«

Er wandte kurz seinen Kopf zur Seite und nickte.

»Das mit der Profilskizze war die Idee unseres Verlegers, der sich für gewöhnlich zum Glück so gut wie gar nicht in redaktionelle Angelegenheiten mischt. Eine Zeichnung, die geht immer, während Fotos gelegentlich doch ganz schön decouvrierend sein können, hat er gesagt. Und mit wem habe ich das Vergnügen?«

»Ich heiße Marie Graf, und ich liebe Ihre täglichen Artikel über die Prominenz. Stets informativ, niemals verletzend, aber dennoch mit Biss – das muss man erst einmal hinbekommen!«

Sein Lächeln vertiefte sich.

»Kam nicht von heute auf morgen. Nach dem Krieg war ich zunächst eine Art Mädchen für alles bei der *Wiener Zeitung* und später bei den *Salzburger Nachrichten*, doch dann hat es mich wegen einer schönen Frau nach München verschlagen. Himmelsmacht Liebe, Sie verstehen? Allerdings hatte sie leider nicht lange Bestand, die schöne Frau hat sich für einen anderen entschieden und mit ihm die Stadt verlassen, ich dagegen bin geblieben. Als *Der Tag* dann seine Redaktion zusammengestellt hat, bin ich dazugestoßen. Seitdem schreibe ich dort als Gesellschaftskolumnist.« Ein kurzes Grinsen, das ihn jünger machte. »Manche bezeichnen mich auch als Klatschreporter, aber Ersteres hört sich doch um einiges gepflegter an.«

»Sie Glücklicher«, sagte Marie mit einem tiefen Seufzer. »Bei mir ist es leider nicht so gut gelaufen.«

»Sie arbeiten auch als Journalistin, Fräulein Graf?«

»Schön wär's! Ich möchte unbedingt zur Zeitung, aber den Weg dorthin hatte ich mir nicht derart kompliziert vorgestellt.«

Er zog die Stirn kraus.

»Das klingt nach einer spannenden Geschichte. Erzählen Sie!«

Zu Maries eigener Überraschung fiel ihr das gar nicht schwer. Sie begann bei der Bewerbung für die Journalistenschule, fügte die bislang fehlgeschlagenen Blindbewerbungen an und kam schließlich auf ihre Mappe mit den Artikeln und Reportagen zurück.

»Ich liebe es, zu schreiben! Aber ich muss noch so viel lernen. Und vom Alltag in einer Redaktion habe ich natürlich keine Ahnung – wie denn auch?«

»Momentan sind Sie also noch Studentin …«

»Leider. Nur meinem Vater zuliebe habe ich mich für Pharmazie eingeschrieben, aber es nervt mich immer mehr. Jeder Tag im Institut kommt mir vor wie die reinste Zeitverschwendung. Anstatt vor Versuchen zu hocken, die mir nichts sagen, könnte ich doch viel besser unterwegs sein, Leute interviewen und über spannende Themen berichten.«

Bárthoy schmunzelte.

»Sie brennen für Ihre Idee, das gefällt mir«, sagte er. »Auch wenn ich Ihnen jetzt leider sagen muss, dass ein Journalistenalltag mitnichten nur spannend ist. Man muss oft ganz kleine Brötchen backen, wie es so schön heißt, besonders als Anfängerin, über Themen schreiben, die die anderen nicht wollen …«

»Und wenn schon, das würde mir nichts ausmachen. Hauptsache schreiben.« Maries Augen glänzten. »Sagen Sie, dieser Chefredakteur Hornberg, ist der sehr streng?«

»Der gute Jörn?« Bárthoy lachte. »Streng ist vielleicht nicht ganz das richtige Wort. Eitel ist er, ungemein belesen, dazu äußerst hierarchiebewusst, aber ein verdammt guter Journalist. Er weiß vor allem, wie man einen Laden führt, das muss man ihm lassen. ›Die besten Leute für das beste Blatt‹ lautet sein Motto, und das gefällt mir.«

Maries Mut sank erneut.

»Dann wird er mir garantiert ebenfalls absagen«, sagte sie leise. »Oder vielleicht nicht einmal das …«

»Jetzt lassen Sie doch nicht gleich die Flügel hängen, Fräulein Graf! Manchmal werden kleine Wunder wahr, daran sollten Sie immer glauben.« Bárthoy legte seine Visitenkarte auf den Tisch. »Ich muss jetzt in die Redaktion, sonst bekommt Hornberg einen Anfall, weil er nichts so sehr hasst wie Unpünktlichkeit, aber ich würde doch sagen, wir bleiben in Kontakt.« Er lächelte sie an. »Und Sie sind wie zu erreichen?«

»Ich habe leider keine Karte …«, murmelte Marie verlegen.

»Kein Problem.« Bárthoy griff in die Innentasche seines Saccos, zog ein kleines Notizbuch heraus und riss ein Blatt heraus. »Hier, bedienen Sie sich.«

Sie nahm seinen eleganten schwarzen Kugelschreiber, den er ihr ebenfalls reichte, und notierte Adresse sowie Telefonnummer.

»Eine Kleinigkeit noch«, sagte er, nachdem er alles eingesteckt hatte. »Sie haben so bezaubernde Locken, lassen Sie die sich doch ganz unbeschwert kringeln.«

»Meinen Sie wirklich?« Marie berührte ihre halb aufgelöste Frisur. »Aber so trägt man es jetzt doch gar nicht …«

»Und wenn schon! Haben Sie Mut, Sie selbst zu sein. Dieses Steife, Hingetrimmte passt so gar nicht zu Ihnen.«

Er wird sich ohnehin niemals melden, dachte Marie, als sie sich vor dem Café mit Handschlag verabschiedet hatten und sie zur Straßenbahn ging, selbst wenn ihm meine Locken noch so gut gefallen! Und dennoch war es reizend von ihm, mich gefragt zu haben …

*

Die letzten Julitage vergingen drückend heiß. Marie schwitzte über den Klausuren zu »Physik für Pharmazeuten« und »Arzneiformenlehre«, die sie lustlos herunterschrieb, bereits ahnend, dass es keine Glanzleistungen werden würden. Die dritte Statistikklausur schwänzte sie mit schlechtem Gewissen. Karin und Theo Graf erwarteten, dass ihre Tochter in den Semesterferien wie gewohnt in der Drogerie aushelfen würde, doch Marie gab ihnen erst einmal einen Korb. Sie brauchte dringend Zeit für sich, um nachzudenken, wie es mit ihr weitergehen sollte. Da Roxy aktuell keinen Urlaub bekam, fuhr sie ein paar Tage hintereinander allein mit dem Rad ins Dantestadion, wo sie viele Runden schwamm, um es sich anschließend an einem schattigen Plätzchen mit Eis am Stiel und mitgebrachtem Lesestoff gemütlich zu machen.

Doch der erhoffte Genuss wollte sich nicht wirklich einstellen, denn zu sehr quälten Marie die Sorgen um ihre weitere Zukunft. Die vorlesungsfreie Zeit, die vor ihr lag, war genau besehen nichts anderes als ein Aufschub. Ende Oktober würde das ungeliebte Studium erneut beginnen – und was dann?

Ihre schriftlichen Blindbewerbungen bei den Zeitungsverlagen waren allesamt negativ beschieden worden. Offenbar wollte niemand Marie für ein Volontariat engagieren. Natürlich konnte sie es bei weiteren Zeitungen versuchen, doch dazu fehlte ihr momentan die Kraft. Nicht einmal Onkel Julius mochte sie mit ihren Misserfolgen behelligen. Er würde sie trösten, doch das half ihr nicht weiter.

Und der charmante Baron aus Ungarn?

Kein Wort mehr hatte sie von ihm gehört.

Vermutlich fehlte ihr eben doch das notwendige Talent, um in den Journalismus einzusteigen, wenn sie bereits an dieser ersten Hürde scheiterte. Das war wahrlich kein angenehmer Gedanke, aber doch einer, an den Marie sich mühsam zu gewöhnen versuchte.

Das ungeliebte Studium jedenfalls würde sie nicht weiterführen, dazu war sie inzwischen fest entschlossen. Sie musste mit den Eltern reden, die Karten endlich offen auf den Tisch legen. Vielleicht konnte sie ihnen ja glaubhaft vermitteln, wie wenig die Pharmazie sie interessierte – auch wenn sie ihren Vater damit zutiefst enttäuschte.

Um es für alle einfacher zu machen, beschloss Marie schließlich, wenigstens für eine angenehme Atmosphäre zu sorgen und ausnahmsweise für die Eltern zu kochen. Mit der anspruchsvollen schlesischen Kost ihrer Mutter, die ihr Vater so liebte, konnte sie es allerdings nicht aufnehmen. Mama verteidigte die Küche als ihr angestammtes Reich und hatte Marie bislang nur selten zusehen lassen. Außerdem waren viele der Gerichte der alten Heimat deftig und passten eher in die kühlere Jahreszeit als zu einem warmen Sommerabend.

Was dann?

Es sich leicht machen, beim Wienerwald gegrillte Hähnchen einkaufen und sie mit einem gemischten Salat servieren?

Ihr Vater wäre durchaus aufgeschlossen für diese kulinarische Abwechslung, das wusste Marie, während ihre Mutter alles »Fertigessen« mit Verachtung strafte. Auch der angesagte »Toast Hawaii« mit Schinken, Ananas und überbackenem Käse, den Tochter und Vater gern mochten, traf so gar nicht ihren Geschmack. Nach einigem Grübeln fiel Marie schließlich etwas ein, das ihre mangelnden Fähigkeiten am Herd nicht überstrapazieren und trotzdem allen munden würde. So besorgte sie auf der Heimfahrt einen Strauß Sonnenblumen als Tischdekoration und kaufte zwei Flaschen Chianti, dazu Paprika, Zwiebeln, Hackfleisch, Fleischsalat und Tomaten.

Zu Hause angelangt, versuchte sie sich an einem Hackbraten.

Als Marie den Fleischlaib, vermischt mit Eiern, gehackten

Brötchen, Zwiebeln und Paprikastückchen, in den Backofen geschoben hatte, atmete sie erleichtert auf und versank für eine halbe Stunde in ihre Zeitungslektüre.

Mit leisem Bedauern faltete sie den *Tag* schließlich wieder zusammen und machte sich an die Zubereitung der Vorspeise. Sie war gerade dabei, die Tomaten vorsichtig mit einem Teelöffel auszuhöhlen, als das Telefon klingelte.

»Graf, hallo«, meldete sie sich.

»Zum Glück erwische ich Sie endlich!« Marie erkannte Bárthoys Stimme sofort. »Wissen Sie, wie oft ich heute bereits angerufen habe? Ich dachte schon, Sie seien ausgewandert, oder die Nummer, die Sie mir gegeben haben, sei falsch. Hätten Sie morgen um 14 Uhr Zeit?«

»Zeit? Wozu?«

»Nun, ein gewisser Herr Hornberg möchte Sie gerne kennenlernen. Jörn Hornberg. Sie erinnern sich?«

Maries Kehle wurde auf einmal ganz eng.

»Der Chefredakteur?«, krächzte sie.

»Eben jener. Die Adresse kennen Sie ja.«

»Aber weshalb auf einmal? Was haben Sie ihm denn gesagt?«

»Dass Sie seinen fantastischen Gesellschaftskolumnisten vor einem blutigen Sturz gerettet haben, ohne Krankenhaus und das ganze lästige Trallala.« Er lachte. »Unsinn, ich konnte bei geeigneter Gelegenheit quasi nebenbei fallen lassen, dass Sie noch immer auf eine Antwort warten und es durchaus lohnend sein könnte, Sie einmal persönlich in Augenschein zu nehmen.« Sein Ton wurde wieder ernst. »Den Rest müssen Sie allerdings allein stemmen. Lassen Sie Ihre Locken tanzen, trauen Sie sich, charmant zu sein, aber bleiben Sie auf der Hut: Hornberg ist knallhart.«

»Ich weiß gar nicht, was ich jetzt sagen soll …«, murmelte Marie überwältigt. »Danke. Danke!«

»*Szívesen*«, erwiderte Bárthoy.

Was meinte er damit? Sie hatte dieses Wort noch nie zuvor gehört.

»Ich fürchte, ich habe Sie gerade nicht verstanden …«

»Das ist Ungarisch und bedeutet ›gern geschehen‹. Viel Glück, Fräulein Graf! Ich drücke fest die Daumen.«

Leicht benommen legte Marie auf.

Da hatte sie gerade mühsam damit begonnen, sich in das scheinbar Unabänderliche zu fügen – und nun diese Nachricht! Plötzlich meldete sich die verlorene Hoffnung wieder zurück. Natürlich würde sie hingehen, natürlich versuchen, diese einmalige Chance zu nutzen, aber was sollte sie sagen?

Und was anziehen?

Sie lief in ihr Zimmer, öffnete den Schrank und musterte ihren Bestand. Viel war es nicht, das Gnade vor ihren Augen fand. Das grüne Ungetüm vom letzten Mal fiel sofort durch. Lieber das rote Kleid vom letzten Jahr? Nicht gerade ideal zu ihrer Haarfarbe. Vielleicht dann eher die schwarze Hose, zu der Roxy sie neulich überredet hatte, kombiniert mit einem luftigen Oberteil?

Besser nicht. Viele Männer mochten keine Frauen in Hosen.

Obwohl: Kleideten sich Journalistinnen denn nicht selbstbewusst und modern?

Sie hatte leider nicht die geringste Ahnung …

Aus der Küche roch es durchdringend nach Hackbraten.

Himmel – wenn ihr im letzten Moment jetzt noch alles anbrannte! Marie rannte zurück und riss den Backofen auf. Der Braten war ziemlich braun geworden, wirkte jedoch noch genießbar. Aber die Tomaten hatten noch keine Füllung, was sie schleunigst änderte, und weil sie so aufgeregt war, fielen die anmutigen Majonnaisetupfer auf den Tomatendeckeln, die eigentlich eine Zierde sein sollten, leider reichlich grobschlächtig aus.

Ihr Vater lächelte trotzdem erfreut, als er wenig später an der Seite seiner Frau die Küche betrat.

»Unsere Tochter hat gekocht«, sagte er. »Ich glaub es nicht! Und frische Blumen stehen auf dem Tisch! Was hast du ausgefressen, Marie-Louise? Raus damit!«

»Gar nichts«, erwiderte sie rasch und senkte den Kopf, weil sie den argwöhnischen Blick ihrer Mutter spürte. Sie konnte ihnen nicht von dem morgigen Termin erzählen, nicht solange sie nicht wusste, ob sie wirklich angenommen war. »Ich dachte nur, weil es doch Sommer ist und ihr den ganzen langen Tag in der Drogerie gestanden seid …«

»Dann wollen wir es uns mal schmecken lassen! Wein hat sie auch besorgt, Chianti mitten unter der Woche, aber warum eigentlich nicht?« Er zog den Korken, roch daran, nickte und schenkte dann allen ein.

»Auf uns, die formidablen Grafs! Prosit!«

Zu Maries Überraschung schmeckte es gut; ihr Vater aß drei Scheiben Hackbraten, und sogar Mama ließ sich nachgeben. Zum Schluss befand sich nur noch ein kümmerlicher Rest im Bräter, und von den gefüllten Tomaten war gar nichts mehr da.

»Einen mittelgroßen Puter leicht anbraten, drei Gläser Wacholderschnaps dazu, zwei Gläser Whisky, einige Spritzer Madeira, das Ganze kräftig mit Slibowitz abschmecken, dann warten, bis der Braten abgekühlt, und ihn zum Fenster hinauswerfen. Aber die Sauce – die ist klasse …«

Theos Augen glänzten. Die erste Weinflasche war bereits

leer. Und wenn er seinen Lieblingsdichter Ringelnatz zitierte, wie eben, war das stets ein Indikator für allerbeste Laune.

»Und ähnliche Köstlichkeiten setzt du uns jetzt jeden Abend vor, Marie-Louise?«, scherzte er weiter. »Dann darfst du auch gern die Drogerie immer zwei Stunden früher verlassen!«

»Ich fürchte, daraus wird leider nichts, Papa.« Der ungewohnte Weingenuss hatte auch Maries Zunge gelockert. »Ihr werdet mich womöglich in den nächsten Wochen tagsüber gar nicht zu Gesicht bekommen.«

Jetzt war es raus.

»Dann hast du tatsächlich den Ferienjob im Institut bekommen, von dem du uns vor einiger Zeit erzählt hattest?« Er strahlte über das ganze Gesicht. »Gratulation! Ich wusste doch, wie schlau mein Mädchen ist.«

»Nein, nein«, widersprach Marie rasch. »Noch ist nichts entschieden, Papa. Erst morgen bekomme ich definitiv Bescheid.«

»Wenn du gut in deinem Fach bist, werden sie dich auch nehmen«, kommentierte ihre Mutter. »Würde mich sehr freuen, wenn es so wäre.«

Ahnte sie, wie kümmerlich Maries Leistungen in Wirklichkeit waren? Mama besaß bisweilen so etwas wie einen siebten Sinn, auch wenn ihre Mutmaßungen oftmals eher negativen Charakter hatten.

Warum den Eltern also nicht endlich offenbaren, was sie schon so lange bedrückte? Dann hätte sie es endlich von der Seele und könnte wieder unbeschwerter atmen. Marie wollte schon zu reden beginnen, da kam ihr der Vater zuvor.

»Natürlich ist sie gut!«, protestierte er. »Und schon bald werden ihre pharmazeutischen Kenntnisse auch meinen Forschungen zugutekommen. Ich bin nämlich gerade dabei, eine fantastische Anti-Faltencreme zu entwickeln, und wenn die erst einmal so weit ist, werden unsere Kundinnen diese überteuerte Hormocenta Creme und Konsorten, auf die sie bislang schwören, ratzfatz vergessen! Das könnte genauso eine Goldgrube werden wie unser Pickelelixier, du wirst schon sehen. Unsere Tochter und ich als geniales Erfinderduo – einfach unschlagbar!«

Er strahlte Marie an. Wie sollte sie ihm da mit ihren Enthüllungen das Herz brechen?

Mit einem Mal fühlte Marie sich schrecklich elend.

Hätte sie doch bloß den Mund gehalten! Aber jetzt war es zu spät; doch weiter zu gehen, traute sie sich auch nicht. Sollte sie tatsächlich als Volontärin bei der Zeitung angenommen werden, würde sie die Eltern sofort einweihen.

»Eigentlich ist eure Generation zu beneiden«, sagte ihre Mutter plötzlich sehnsüchtig. »Ihr dürft in Frieden und Wohlstand aufwachsen und etwas Ordentliches lernen, während wir jahrelang unter Diktatur und Krieg zu leiden hatten. In deinem Alter hatte ich nicht nur meine Heimat verloren, sondern auch ein kleines Kind zu versorgen – wahrlich kein einfacher Start ins Erwachsenenleben.«

Sie redete nur selten von zu Hause. Weil sonst schmerzliches Heimweh sie überwältigt hätte? Oder weil sie ihre frühen Jahre an der Oder lieber vergessen wollte?

Marie hatte ihre Mutter immer wieder zum Erzählen gedrängt, bislang jedoch nur winzige Schnipsel erfahren, die sich zu keinem schlüssigen Bild fügen wollten. Dabei interessierte sie sich für die Region im Osten, in der ihre Mutter Kindheit und Jugend verbracht hatte. Eigentlich wusste sie so gut wie nichts über dieses Schlesien, das nach 1945 polnisch geworden war und in dem ihre Vorfahren viele Generationen lang gelebt hatten. Umso sehnlicher hätte sie sich gewünscht, mehr von ihrer Mutter darüber zu erfahren.

Doch Karin Graf war auch heute keineswegs in Plauderlaune, das erkannte Marie daran, wie fest sie nun die Lippen aufeinanderpresste.

»Zum Glück war ich dann bald an deiner Seite, Liebling«, sprang stattdessen Maries Vater ein und streichelte liebevoll den Arm seiner Frau. »Wozu so ein fehlender Unterschenkel doch alles gut sein kann. An die Front zurückgeschickt zu werden, war damit jedenfalls schon mal ausgeschlossen. Den Bombenhagel der Alliierten auf München zu Kriegsende konnte ich natürlich nicht verhindern, aber zumindest dafür sorgen, dass meine beiden Goldstücke heil überleben, sonst säßen wir jetzt nicht alle so gemütlich hier beisammen ...«

Marie hielt es keinen Augenblick länger aus.

»Kann ich das Geschirr einfach so stehen lassen?«, fragte sie und stand auf. »Ich würde mich gern für morgen noch ein bisschen vorbereiten.«

»Geh nur, Kind«, sagte ihr Vater lächelnd. »Ruh dich aus und strahl morgen wie ein leuchtender Stern!«

*

»Das wäre nun also das berühmte Fräulein Graf.« Hornbergs schmale Augen musterten Marie neugierig. Er besaß eine gewisse Ähnlichkeit mit dem dunkelhaarigen Schauspieler und Frauenschwarm Horst Buchholz und bildete sich garantiert jede Menge darauf ein. »Sie hatten Zuspruch von ganz oben. Wussten Sie das?«

Marie rutschte unruhig auf dem Besucherstuhl hin und her. Keine drei Stunden Schlaf lagen hinter ihr, der Magen war vor

Aufregung wie zugekleistert, und als die blonde Empfangsdame sie reichlich kühl bei der Chefsekretärin angekündigt hatte, hätte sie vor Nervosität am liebsten auf der Stelle wieder kehrtgemacht. Frau Noelle, die sie dann im Vorzimmer begrüßte, war rundlich und zum Glück ausgesprochen freundlich. Maries Hände waren trotzdem nach wie vor eiskalt.

»Ich weiß nicht, was Herr Bárthoy Ihnen erzählt hat ...«

Sie hielt inne. Hätte sie lieber Baron Bárthoy sagen sollen?

»Der gute Viktor?« Hornberg lachte schallend. »Ich schätze sein weit gespanntes Beziehungsnetz über alle Maßen, aber in Personalfragen wäre er vermutlich dann doch ein wenig überfordert. Nein, ich spreche von *ganz oben*. Unser Verleger hat mich gebeten, Sie heute einzuladen. Irgendetwas in Ihren Bewerbungsunterlagen scheint ihn mächtig beeindruckt zu haben.«

Wovon redete er?

Ihr Schreiben war klar und kurz gewesen, und praktische Erfahrungen im Pressewesen hatte Marie bekannterweise nicht vorzuweisen.

»Und nun sitzen Sie hier vor mir«, fuhr Hornberg fort. »Lockig, jung und äußerst sympathisch, wie ich einräumen muss. Deshalb bedaure ich auch, dass ich gleich mit einer schlechten Nachricht aufwarten muss: Ich kann Ihnen derzeit kein Volontariat offerieren.«

Schimmerten seine dunklen Augen jetzt nicht eine Spur boshaft?

Diese Absage hätte er ihr ebenso schriftlich zustellen lassen können. Was sollte dann diese seltsame Veranstaltung?

Weshalb hatte er sie hier antanzen lassen?

»Dann will ich Ihre kostbare Zeit nicht länger beanspruchen.« Marie war brüsk aufgestanden.

»Moment, Moment.« Hornberg hatte sich ebenfalls erhoben. »Nicht ganz so flugs, meine Liebe. Eine gute Journalistin wirft die Flinte nicht gleich beim ersten Hindernis ins Korn, das sollten Sie sich merken. Wenn Sie also freundlicherweise wieder Platz nehmen würden?«

Marie setzte sich erneut, allerdings nur auf die vorderste Kante. Der bunte Tellerrock, für den sie sich schließlich entschieden hatte, kombiniert mit einer gestärkten weißen Bluse, war zum Glück mit tiefen Taschen ausgestattet, in denen sie ihre unsicheren Hände vergraben konnte.

»Wie gesagt, gibt es derzeit bei uns kein freies Volontariat«, wiederholte Hornberg, der ebenfalls wieder auf seinem Stuhl Platz genommen hatte. »Aber ich könnte Ihnen ein dreimonatiges Praktikum anbieten, sozusagen zum Reinschnuppern. Damit lernen Sie uns kennen, und wir Sie. Und wenn es danach für beide Seiten passt, könnte sich ein Volontariat durchaus anschließen. Was meinen Sie zu diesem Vorschlag?«

Marie nickte aufgeregt. Hatte sie das soeben wirklich richtig verstanden?

»Praktika sind üblicherweise unbezahlt, muss ich leider hinzufügen, so ist das Usus in unserer Branche.«

»Kein Problem.« Endlich hatte sie ihre Sprache wiedergefunden. »Ich möchte Journalismus lernen. Von der Pike auf. Nur darauf kommt es mir an. Und verhungern werde ich schon nicht gleich.«

»Sehr gut. Aber wir wollen Sie natürlich nicht ausbeuten. Siebzig Mark monatlich könnte ich Ihnen als Entgegenkommen unsererseits anbieten. Einverstanden?«

»Einverstanden.«

»Ausgezeichnet. Dann gehen Sie morgen früh um acht als Erstes mit Ihren Unterlagen ins Personalbüro, damit alles seine

Ordnung hat. Lohnsteuerkarte, Krankenversicherung, Sie wissen schon …«

»Gleich morgen?«, unterbrach sie ihn.

»Ganz genau. Wir haben keine Zeit zu verlieren. Sie?«

»Nein.« Marie begann zu lächeln. »Natürlich nicht.«

Hornberg erhob sich und streckte ihr die Hand entgegen.

»Dann auf gute Zusammenarbeit!« Marie schlug ein. Sein Händedruck war angenehm – energisch, aber nicht zu fest. »Sie fangen in der Sportredaktion an, da sind wir im Moment krankheitsbedingt personell ein bisschen schwach auf der Brust. Aber unser pfiffiger Herr Krenkl packt das schon. Also dann …«

Leicht benommen ging Marie hinaus, lächelte die Sekretärin leicht abwesend an und wusste hinterher kaum, wie sie die Treppe hinuntergekommen war. Erst im Freien begannen ihre Gedanken wie wild Karussell zu fahren.

Sie durfte anfangen!

Und natürlich würde sie alles tun, damit das Praktikum in ein Volontariat mündete. Krankenversichert war sie, da ja noch immer immatrikuliert, und die Lohnsteuerkarte lag bei ihr in der Schreibtischschublade, da sie während des Semesters nur stundenweise in der Drogerie aushalf und den Lohn dafür nicht ganz legal bar auf die Hand bekam.

Nein, sie würde den Eltern erst einmal nichts über diese unerwartete Chance erzählen, beschloss Marie in diesem Augenblick. Nicht, bis das Volontariat unter Dach und Fach war.

Dann war sie bereit für die Wahrheit.

Und in der Zwischenzeit?

Musste eben die Arbeit im Institut als Alibi herhalten.

VIER

September 1962

Inzwischen musste Marie lächeln, wenn sie an ihren Anfang beim *Tag* dachte. Wie aufgeregt sie da gewesen war, ein einziges Nervenbündel! Höchstens die Hälfte von dem, was Heribert Klein vom Lokalteil ihr beim ersten Rundgang erklärt hatte, erreichte überhaupt ihr Gehirn. Mürrisch hatte er sie in Empfang genommen und keinen Hehl daraus gemacht, wie wenig Lust er auf diese »Kükenbetreuung« hatte, zu der Chefredakteur Hornberg ihn offenbar verdonnert hatte, weil sein Kollege Krenkl aus der Sportredaktion gerade unabkömmlich war. Marie hatte versucht, sich von seiner miesen Laune nicht beeindrucken zu lassen, nach allen Seiten hin freundlich gelächelt und sich bemüht, wenigstens ein paar der vielen neuen Namen zu behalten. Ihr Herz schlug schnell vor freudiger Erregung. Sie war im Verlag angekommen – und alles, *alles* hier gefiel ihr. Besonders hatte es ihr das Herzstück der Redaktion angetan: der große Raum mit seiner breiten Fensterfront und den Schreibmaschinen, an denen die Journalistinnen und Journalisten arbeiteten. Sie sah sich schon dort sitzen und schreiben – und konnte es kaum erwarten!

»Unser Verleger hat da ganz offenbar ein paar romantische Ami-Filme zu viel gesehen, deshalb wurde dieser Großraum so eingerichtet – alle zusammen, alle ungeheuer kommunikativ, alle gleich. Zumindest in der Theorie. Ein paar von uns sind allerdings gleicher.« Diesen bitteren Kommentar von Klein hatte Marie noch immer im Ohr. Wer ihm wohl zu diesem unglücklichen Cäsarenhaarschnitt geraten hatte, der seinen Kopf noch kantiger wirken ließ? »Politik, Feuilleton und der Operetten-Heini aus dem Balaton haben ein eigenes Büro. Was selbstredend auch für unseren Herrn Chefredakteur gilt. Aber dessen geheiligte Räume kennen Sie ja bereits, wie man mir versichert hat.«

Daher also wehte der Wind.

Klein hielt sie für ein Betthäschen des Chefs. Sollte sie sich darüber empören?

Marie entschloss sich, stattdessen ruhig zu antworten.

»Ich habe mich ganz normal beworben«, erwiderte sie. »Und Herrn Hornberg bislang nur ein einziges Mal gesehen.«

Kleins Schnauben klang nicht sonderlich überzeugt.

Umso größer war Maries Erleichterung, als er sie dem Sport-redakteur vorstellte.

»Das ist die Kleine, die du unter deine Fittiche nehmen sollst«, brummte Klein. »Anweisung von Hornberg. Ich geh dann mal wieder weitermalochen.« Er schlurfte zurück in seine Ecke.

»Freddy Krenkl. Sehr erfreut!« Ein warmes Lachen, das blitzend weiße Zähne entblößte. Alles an Maries Gegenüber war freundlich und hell: der blonde Haarschopf, die blauen Augen, das weiße, kurzärmelige Hemd, die legere graue Hose, die er dazu kombiniert hatte. Er wippte beim Reden in seinen weißen Turnschuhen, was ihm etwas ungeheuer Dynamisches verlieh.

»Marie Graf. Ich freue mich auch!«

»Dann wollen wir gleich mal loslegen. Vier Seiten Sport pro

Tag machen sich nämlich nicht von alleine. Ich nehme an, Sie mögen Sport? Welche Disziplinen haben Sie so drauf?«

Beim Lächeln bekam er links ein tiefes Grübchen.

»Mögen – ja«, erwiderte Marie, der ganz warm in seiner Nähe wurde. »Aktiv betreiben – eher nein. Bis auf Radfahren und Schwimmen. Und ein wenig Schlittschuhlaufen, aber das ist, ehrlich gesagt, kaum der Rede wert.«

»Also nichts mit Skifahren?«

»Leider nicht.«

»Eishockey?«

»Ebenso wenig.«

»Nach Segeln brauche ich wohl gar nicht erst zu fragen, oder?«

»Richtig erkannt«, erwiderte Marie. »Ich könnte lediglich Rudern auf dem Kleinhesseloher See im Englischen Garten anbieten.«

»Tennis, Badminton, Tischtennis – wie steht es damit?«

»Federball mit Mama. Hin und wieder. Aber da war ich noch winzig«, musste sie einräumen. »Meine Eltern haben einen Laden. Da ist Freizeit leider immer sehr knapp. Und Papa fällt mit seiner Kriegsverletzung ohnehin aus.«

»Und die Ballsportarten?«, hakte er nach. »Handball, Volleyball und natürlich König Fußball? Sind Ihnen da zumindest die Spielregeln geläufig?«

Marie schüttelte den Kopf.

»Dann müssen wir das schleunigst ändern! Man kann nämlich nur über Dinge schreiben, die man auch versteht. Ich nehme Sie am besten gleich mal mit ins Fußballstadion. Dort lernen Sie am allerschnellsten.«

Marie war mit dem Nicken gar nicht mehr nachgekommen. Sie fand Freddy Krenkl ungeheuer sympathisch; hoffentlich hielt er sie jetzt nicht für einen sportlichen Totalausfall!

»Was ist mit Pferden?«, fragte der Sportredakteur, während er sie an einen kleinen Schreibtisch führte. »Mögen Sie die?«

»Ich liebe Pferde!«, versicherte Marie wahrheitsgemäß.

»Als kitschiges Teenie-Poster über dem Bett oder auch real? Schon mal selbst geritten?«

»Ja, aber lediglich auf Wies'nponys.«

»Und Daglfing? Unsere schöne Trabrennbahn? Ist die Ihnen ein Begriff?«

Sie starrte auf ihre Schuhspitzen und schämte sich in Grund und Boden.

»Nur Mut«, hörte sie ihn sagen. »Das sind alles Dinge, die sich erlernen lassen. Sie haben einen wachen Blick, das ist mir gleich aufgefallen. Sie schaffen das!« Er öffnete die rechte Schreibtischschublade und zog ein zerfleddertes, abgegriffenes Buch heraus.

Fußball. Regeln, Maße, Abläufe las Marie. Verfasst von einem gewissen Fritz Schulte. An die dreihundert Seiten dick musste es sein, wenn nicht sogar mehr. Und das sollte alles in ihren Kopf?

Dafür würde sie Monate brauchen!

»Das hier ist eine Art Bibel.« Sein spitzbübisches Grinsen war ansteckend. »Steht alles drin, was es zu wissen gibt. Jetzt aber bloß keine Panik: Man muss nicht gleich jede Seite inhalieren. Und abgefragt wird auch nicht sofort. Allerdings hat es bislang noch keinem geschadet, mal reinzuschauen.«

»Sie können sich auf mich verlassen«, erwiderte Marie, sehr wohl leicht panisch. »Wenn mich etwas interessiert, gelangt es auch schnell in meinen Kopf.«

»Das hoffe ich doch, wenn wir eng zusammenarbeiten wollen! Bin übrigens dafür, dass wir diese steife Siezerei gleich bleiben lassen. Ich bin der Freddy.«

»Gerne. Und ich die Marie.«

Ein zupackender Händedruck, an den sie noch immer gern zurückdachte.

Mittlerweile war Marie im Fußballwälzer bereits auf Seite 171 angekommen. Und den Geruch des Stadions an der Grünwalder Straße hatte sie nach drei aufregenden Spielbesuchen nun auch für immer in der Nase: Männerschweiß, Bier, Bockwurst – und jede Menge Begeisterung. Sogar die komplizierten Abseitsregeln kannte sie nun, wusste, wann die gelbe Karte drohte, und konnte zumindest halb so schrill pfeifen wie Freddy, wenn zu hart gefoult wurde.

Eigentlich hatten sie vereinbart, bis zu Maries erstem Einsatz auf der Sportseite noch ein wenig zu warten. Doch dann zog Freddy sich beim Tauchen eine schmerzhafte Mittelohrentzündung zu, und so stand nach gerade einmal drei Wochen beim *Tag* Maries erstes eigenständiges Interview bevor.

Na ja, halbwegs eigenständig jedenfalls, denn natürlich hatte sie alle Fragen zuvor bis ins Detail mit Freddy abgesprochen.

Trotzdem war sie mehr als nervös, aber er ermunterte sie liebevoll.

»Das schaffst du, Marie! Ich zähl auf dich. Wirst schon sehen, am Ende werden alle Spieler wollen, dass immer du ins Stadion kommst …«

Mit den anderen aus der Redaktion konnte Marie ihre Sorgen nicht teilen, denn die gesamte Belegschaft befand sich im absoluten Frankreich-Rausch, ebenso wie ganz München: Überall war die Trikolore in den Schaufenstern zu sehen, und sogar alteingesessene Traditionsbäckereien versuchten sich an exotischem Gebäck wie echten Pariser Croissants. General Charles de Gaulle wurde im Rahmen seines ersten deutschen Staatsbesuchs in wenigen Tagen auch in München erwartet, ein Ereignis, auf das alle hinfieberten. Auch beim *Tag* schien es kein anderes Thema mehr zu geben – da fühlte sich Marie mit ihrem Fußballer-Interview fast ein wenig poplig.

Trotzdem bereitete sie sich sorgfältig darauf vor, ging ihr Skript immer wieder durch, um ja nicht zu patzen, und fuhr schließlich gepflegt zurechtgemacht in weißer Bluse und blauem Rock mit der Straßenbahn zum Grünwalder Stadion.

Der baumlange serbische Torwart namens Petar Radenković, auf den sie dort vor leeren Tribünen traf, lächelte zwar freundlich zu allem, was sie ihn fragte, sprach aber offenbar noch zu schlecht Deutsch, um selbst zu antworten. Statt seiner ergriff Max Merkel, der Trainer des TSV 1860, das Wort, ein hektischer Österreicher mit Pilotensonnenbrille, an der er ständig herumnestelte. Er wirkte genervt und reagierte knapp und ungehalten auf Maries Fragen.

Ob es an ihr lag?

Sie fühlte sich jedenfalls von Frage zu Frage immer unwohler.

»Klar sind wir von seinen Qualitäten überzeugt, sonst hätten wir ihn ja nicht für teures Geld den Wormsern abspenstig gemacht«, raunzte Merkel schließlich. »Radenković ist ein Ballfänger im reinsten Sinn, jemand, der unter der richtigen Führung noch ganz groß werden kann – wofür ich sorgen werde. Das wird die Konkurrenz schon sehr bald zu spüren bekommen.«

»Fühlen Sie sich denn wohl in München, Herr Radenković?«, wandte sich Marie an den Torwart, eine Frage, die ihr spontan eingefallen war und vom Katalog abwich. »Gefällt Ihnen unsere Stadt?«

Der Torwart nickte und begann in seiner Muttersprache loszureden.

Oje, auch das noch – die Tonbandkassette war schon fast voll! Wenn nun etwas Wichtiges nicht mehr draufpasste, was dann? Marie hatte ohnehin mit der Technik des Philips-Rekorders zu kämpfen, den Freddy ihr für das Interview anvertraut hatte. Ein Probegerät, das offiziell noch nicht auf dem Markt war und das er nur durch gute Beziehungen leihweise bekommen hatte. *Das machst du mit links, Marie, einfach Aufnahme oder Stopp drücken – mehr musst du gar nicht wissen …*

Der hatte gut reden!

Kurierte sich aus in seiner gemütlichen Wohnung über den Dächern Schwabings, von der er ihr vorgeschwärmt hatte, während sie schweißgebadet bereits einige Male irgendwo verkehrt herumgedrückt hatte. Außerdem war der Rekorder, der halb aus ihrer Umhängetasche ragte, auf Dauer ganz schön schwer. Und Marie von der angepriesenen Qualität des Mikrofons leider ganz und gar nicht überzeugt.

»Wissen S' was, Fräulein?«, unterbrach Merkel den serbokroatischen Redefluss des Torwarts abrupt. »Des langt jetzt mit dem Privaten. Was soll diese ganze Fragerei überhaupt? Fußball und alles, was damit zu tun hat, gehört doch eindeutig in Männerhand. *Der Tag* soll beim nächsten Mal wieder den Krenkl schicken. Der weiß, was die Leute wissen wollen. Und damit servus für heute!«

Freddy lachte schallend, als Marie ihm anschließend tief empört am Telefon davon berichtete.

»Dieser elende Macho! Als Trainer hat er durchaus was drauf, auch wenn seine Sprüche manchmal ordentlich unter die Gürtellinie gehen. Im Umgang mit Frauen jedoch könnte Merkel offenbar noch so einiges dazulernen.«

»Nicht eine Sekunde hat der mich ernst genommen«, beklagte sich Marie. »Ich hatte das Gefühl, er hat einfach irgendetwas geantwortet, ganz egal, was ich den Torwart auch gefragt habe. So läuft doch kein Interview!«

»Natürlich nicht, und das darf sich auch ein Merkel nicht leisten. Wir vergessen das jetzt mit dem Interview. Stattdessen schreibst du einen zündenden Artikel und beweist ihm damit, dass mit jungen Sportjournalistinnen durchaus zu rechnen ist. Exakt vierzig megastarke Zeilen möchte ich von dir lesen, denn auch Präzision gehört zu unserem Job.«

»Kann ich ganz offen schreiben?«, wollte sie aufgeregt wissen.

»Und ob du das kannst! Und witzig darf es auch ruhig sein.«

Leichter gesagt, als getan – witzig auf Knopfdruck!

Marie fluchte leise vor sich hin, als sie den Recorder hervornahm und ihre Aufnahme abhörte. Es fiel ihr schwer, einen guten Einstieg zu finden; sie begann zu tippen, riss das Blatt aus der Maschine und fing von Neuem an. Sie dopte sich mit unzähligen Tassen Kaffee, hätte um ein Haar als Nichtraucherin sogar zur Zigarette gegriffen, weil der Artikel zu blumig und zu lang ausfiel, tippte erneut – und verwarf es wieder.

Was war nur mit ihr los?

Exakt auf diese Chance hatte sie doch nur gewartet! Schreiben fiel ihr sonst immer leicht, und auch Glossen lagen ihr, das hatte sie schon ausprobiert. Heute aber glühte ihr Kopf, die Augen brannten, der Nacken war vor Anspannung steinhart, und noch immer hatte Marie nichts wirklich Brauchbares zustande bekommen. Freddy Krenkl würde schon nach den ersten Zeilen ihr Versagen bemerken – ausgerechnet Freddy, an dessen Meinung ihr doch so viel lag! Zunehmend verzweifelt hockte Marie vor der Schreibmaschine, während die Redaktion sich immer mehr leerte.

»So kompliziert?«

Adrienne Riehl vom Feuilleton ließ ihre riesige weinrote Handtasche auf den freien Stuhl neben Marie plumpsen. Ob sie wirklich ihr halbes Leben mit sich herumschleppte?, überlegte Marie. Man munkelte, dass sie keine eigene Wohnung besäße, sondern wechselweise bei verflossenen oder aktuellen Liebhabern unterschlüpfte. Sogar mit dem Verleger sollte sie schon was gehabt haben, aber vielleicht war das ja auch nur boshafter Klatsch. Auf jeden Fall wirkte die Riehl nicht nur extravagant, sie schien auch für alle nur denkbaren Eventualitäten gerüstet. Wie immer trug sie von Kopf bis Fuß Weiß; die federkurzen Haare schimmerten platinblond. Blasse Lippen, schwarz umrandete Augen. Drei dicke silberne Armreifen links, die bei jeder Bewegung klimperten, rechts ein Ring mit einem fetten roten Funkelstein. Obwohl sie erst knapp vierzig war, galt sie bereits als *grande dame* der Filmkritik. Bis auf einen freundlich-zerstreuten Gruß hatte Marie noch nie ein persönliches Wort mit dieser schillernden Persönlichkeit gewechselt.

Sie nickte matt.

»Dann hilft nur Schokolade.« Aus den Tiefen ihrer Tasche zog die Riehl eine angebrochene Tafel heraus und streckte sie Marie entgegen. »Hier. Nehmen Sie.«

Marie brach zwei Rippen davon ab und steckte sie sich in den Mund.

»Ich fürchte, bei mir hilft leider gar nichts mehr«, klagte sie bedrückt. »Je öfter ich den Text umschreibe, desto idiotischer finde ich ihn. Noch nie zuvor bin ich mir derart talentlos vorgekommen!«

Ein rauchiges Lachen.

»Kennen wir alle. Und wissen Sie was? Das kann Ihnen unter Umständen auch nach zig-Berufsjahren noch passieren. Ich darf doch mal?«

Sie griff nach dem obersten Blatt auf dem beachtlichen Stoß, der sich im Lauf der Stunden neben Marie angesammelt hatte, und begann zu lesen. Marie beobachtete sie gebannt.

»Gar nicht übel«, sagte die Riehl schließlich, als sie fertig war. »Sie trauen sich was, das mag ich. Könnte allerdings noch pointierter sein. Nehmen Sie ein paar Adjektive raus, und machen Sie die Sätze kürzer, dann passt es.«

»Finden Sie? Ich wollte eigentlich gerade noch einmal ganz von vorn beginnen …«

»Nix da!«, fiel die Riehl ihr ins Wort. »Zeitungsarbeit ist Terminarbeit. Und so etwas wie Welpenschutz kennen wir hier nicht. Hat Freddy Ihnen das nicht beigebracht?«

»Schon. Aber ich dachte, beim allerersten Mal …«

»Bei uns finden ausschließlich Premieren statt, keine Generalproben. Sie schließen den Text jetzt so ab, wie ich es Ihnen empfohlen habe, und dann gehen Sie nach Hause. Ausreichend Schlaf ist die Grundlage für ordentlichen Journalismus. Wir sollten alle halbwegs erholt sein, bevor dieser deutsch-französische Wahnsinn endgültig über uns hereinbricht. *Alors, ma chère, bonne nuit.*«

Sie griff nach ihrer Tasche und stöckelte hinaus.

Marie tat, was die Riehl vorgeschlagen hatte, und auf einmal las sich ihr Artikel um einiges professioneller. Sogar das mit den vorgegebenen Zeilen hatte sie hinbekommen.

Ob er es in die Zeitung schaffen würde?

Welche Artikel in die nächste Ausgabe kamen, wurde in der Verlagskonferenz entschieden, die sicherlich wieder vollständig im Zeichen des De-Gaulle-Besuchs stehen würde. Doch gerade fühlte Marie sich so ausgelaugt, dass es ihr beinahe egal war.

Todmüde machte sie sich auf den Heimweg.

Die Eltern saßen vor dem Fernsehapparat, vertieft in das Ratespiel *Was bin ich?* mit Robert Lembke. Papa hatte die Prothese abgelegt und massierte seinen Stumpf, was er nur tat, wenn es besonders unerträglich war, und was Marie wie jedes Mal zu Tränen rührte. Weil er es hasste, bedauert zu werden, streckte Marie nur kurz den Kopf ins Wohnzimmer und murmelte »Guten Abend«.

»Abendbrot steht im Kühlschrank«, sagte ihre Mutter. »Mein schlesischer Kartoffelsalat mit Apfel und Hering, den du so gerne magst. Kannst ruhig alles aufessen, bist ohnehin richtig schmal geworden in den letzten Wochen. Die nehmen dich ganz schön her in deinem Institut. War denn vereinbart, dass du so viele Überstunden leisten musst?«

Marie hatte sie noch immer nicht eingeweiht, und es lastete von Tag zu Tag mehr auf ihr. Onkel Julius bedrängte sie inzwischen regelrecht, diese Beichte endlich hinter sich zu bringen, und auch Roxy hatte sie erst gestern wieder beschworen, mutig mit der Wahrheit herauszurücken. Die lag Marie unter der Zunge wie ein dickes Brett, das ihr mehr und mehr die Luft nahm, aber sie brachte es trotzdem nicht über sich, sie auszusprechen.

»So läuft das wohl im akademischen Leben«, orakelte ihr Vater, der die Universität nur von außen kannte. »Wer es da zu etwas bringen will, darf offenbar nicht zimperlich sein. Sie können eben nicht genug von ihr bekommen, so ist es doch, Tochter, oder?«

»So ähnlich. Lasst euch bitte nicht stören. Ich hau mich gleich aufs Ohr. Wird morgen wieder ein anstrengender Tag.«

»Aber ausnützen dürfen sie dich auch nicht«, rief ihr die Mutter hinterher. »Wer das nämlich mit sich machen lässt, ist bald gar nichts mehr wert, so ist es überall, nicht nur in der Uni. Sollen wir als deine Eltern vielleicht einmal mit dem Professor reden?«

»Bloß nicht!« Marie war erschrocken stehen geblieben. »Bitte mischt euch da nicht ein. Ich arbeite nur, so viel ich will – und ich tue das ausgesprochen gern.«

»Schon gut, schon gut«, setzte ihre Mutter hinzu. »Ihr jungen Leute wisst ja ohnehin immer alles besser …«

In ihrem Zimmer angelangt, lehnte Marie sich seufzend gegen die Tür. Die Eltern im Institut – und ihr fragiles Kartenhaus aus Ausreden und Lügen würde auf einen Schlag in sich zusammenfallen.

Wenn sie doch nur endlich ihre eigenen vier Wände hätte!

Dann könnte sie jetzt laut Musik aufdrehen, um sich abzuregen, ihre neue Single von Ray Charles *I cant't stop loving you* zum Beispiel, sich ein Glas Wein einschenken, oder auch zwei, ohne kritische mütterliche Kommentare fürchten zu müssen, mit Roxy alles durchtelefonieren, bis der Apparat glühte – einfach tun und lassen, was immer sie wollte. Hungrig war sie kein bisschen mehr. Sie hatte den Kartoffelsalat nicht angerührt und würde ihn sich morgen als Mittagessen mit in den Verlag nehmen.

Nach einer ausgiebigen Dusche kroch Marie ins Bett, schloss die Augen und dachte an den nächsten Tag. Die tägliche Redaktionskonferenz setzte ihr längst nicht mehr so zu wie in den ersten Wochen. Wie hibbelig sie da noch gewesen war, voller Furcht, sich eine Blöße zu geben! Inzwischen hatte sie gelernt, dass es in der Regel eher leger dabei zuging, manchmal sogar ein wenig flapsig, wenngleich sich hinter scheinbar lockeren Sprüchen durchaus Animositäten verbergen konnten. Zumeist gab Jörn Hornberg Ton und Tempo an, aber es hatte auch schon Vormittage gegeben, an denen Adrienne Riehl oder Dietrich Schenk, Leitender Politredakteur und Hornbergs Stellvertreter, mit ihren Beiträgen bestimmend gewesen waren. Marie misstraute Schenk, dessen Augen einen fiebrigen Glanz annahmen, wenn sie an ihm vorbeiging, obwohl der breite goldene Ring an seiner rechten Hand nicht zu übersehen war. Ob sie demnächst einmal mit ihm kegeln gehen wolle, hatte er sie erst vorgestern gefragt.

Garantiert nicht!

Schenk war ihr zu alt, zu aufdringlich und zu verheiratet.

Viktor Bárthoy dagegen, Maries Mentor der ersten Stunde, benahm sich ihr gegenüber tadellos, und ihn kostete es keinerlei Anstrengung, in der Runde zu glänzen. Mit seinem Charme, seiner gepflegten Ausdrucksweise und dem unwiderstehlichen Akzent hörte man ihm gern zu, sobald er das Wort ergriff. An manchen Vormittagen sah man ihm zwar an, wie lang – und vor allem wie feucht – die vergangene Nacht wieder gewesen sein musste, aber er fehlte niemals in der Konferenz, wenngleich er bisweilen leicht derangiert wirkte. Und seine Artikel, die er über die Prominenz lieferte, hatten jedes Mal Klasse. Viele Leser stürzten sich als Erstes auf die *Leute-heute*-Seite. Angeblich gab es sogar eingefleischte Bárthoy-Fans, die sie ausschließlich lasen.

Marie hatte ganz schön schlucken müssen, als sie noch ein weiteres bekanntes Gesicht in der Redaktionskonferenz gesehen hatte. Bei dem Mann, der neben Bárthoy gesessen hatte, handelte es sich nämlich um niemand anderen als um jenen Fotografen mit dem verbeulten Gesicht aus der Nacht der Schwabinger Krawalle. Inzwischen wusste sie, dass er Siegfried Samtner hieß und auf den Spitznamen Samy hörte. Er beschränkte sich, sofern er überhaupt etwas in der Runde äußerte, auf knappe, durchweg treffsichere Kommentare.

Samtner war nicht fest angestellt wie die anderen, sondern ein Freelancer, worauf er offensichtlich großen Wert legte.

»So sieht man sich wieder«, hatte er grinsend zu ihr gesagt. »Na, dann auf gute Kollegenschaft, junge Lady.«

Und dann war da natürlich noch Freddy aus dem Sportressort, der Maries Gedanken inzwischen sogar beschäftigte, wenn sie nicht im Verlag war.

Ob ihm gefallen würde, was sie heute geschrieben hatte?

Je länger sie darüber nachgrübelte, desto unschlüssiger wurde sie. Marie hatte mehr und mehr das Gefühl, dass zwischen ihnen noch etwas anderes mitschwang als berufliche Nähe – zumindest von ihrer Seite.

Was war Freddy eigentlich für sie? Ein liebenswerter Kollege? Ein Freund?

Oder vielleicht doch mehr?

Sie war nicht mehr richtig verliebt gewesen, seit ihr Freund Richard sie damals während der Abiturfeier betrogen hatte. Aber da waren sie beide fast noch Kinder gewesen, so kam es Marie jedenfalls inzwischen vor. Zu jener Zeit war Richard Marie für sein Alter erstaunlich erwachsen erschienen; heute jedoch könnte sie mit seiner steifen, überhöflichen Art, die vor allem ihrer Mutter imponiert hatte, vermutlich nicht mehr viel anfangen.

Freddy dagegen war locker, schlagfertig und weltoffen.

Schon wieder Freddy!

Was war sie eigentlich für ihn?

Nur eine wissbegierige Praktikantin, die er pflichtschuldig unter seine Fittiche genommen hatte, oder eine attraktive junge Frau, die ihn anzog?

Dass er sie mochte, war zu spüren, aber wie weit ging das wohl? Freddy brachte sie zum Lachen, scherzte mit ihr, erklärte ihr, was sie wissen wollte, doch geflirtet hatten sie noch nicht. Weil er Arbeit und Privatleben fein säuberlich voneinander trennte? Oder weil er längst in festen Händen war, das aber aus verschiedensten Gründen für sich behielt?

Marie hatte beobachtet, wie blitzschnell er sich verschließen konnte. Ein falsches Wort, eine unangebrachte Bemerkung aus dem Kollegenkreis, und der sonst so heitere Sunnyboy mutierte zum zurückhaltenden, fast emotionslos wirkenden Mann, der seine Gesprächspartner kühl auf Distanz hielt. Vielleicht hatten ihn frühere Erfahrungen misstrauisch werden lassen. Vielleicht verbarg sich hinter seiner fidelen Kulisse aber auch ein ganz anderer Mensch.

Das herauszufinden, reizte Marie, doch sie würde keinesfalls den ersten Schritt machen, auch wenn es sie immer wieder mal dazu drängte. Ein wenig hatte sich ihre beklemmende Schüchternheit in den vergangenen Wochen gelegt, was den Alltag in der Redaktion einfacher für sie machte. Doch von einer Draufgängerin war sie noch immer weit entfernt.

Männer werben um Frauen – niemals umgekehrt.

Dieser Satz ihrer Mutter war Marie in Fleisch und Blut übergegangen.

Du musst sie zu dir kommen lassen, nur dann fühlen Männer sich stark und sicher. Aber du kannst durchaus einiges dazu beitragen, dass sie in Bewegung geraten …

Der Rat stammte von Roxy, die auf dem Liebessektor über eindeutig mehr Erfahrungen verfügte als Marie, auch wenn es mit ihrem Manni aktuell ein wenig stockte.

Aber was bedeutete das konkret im Fall von Freddy? Wie sollte Marie sich ihm gegenüber verhalten?

So professionell wie möglich – etwas Besseres fiel ihr gerade nicht ein. Wenn er sie erst einmal als Kollegin schätzte, würde er sich vielleicht irgendwann auch zu ihr als Frau hingezogen fühlen.

Also geduldig abwarten?

Morgen würde sie erneut reichlich Gelegenheit erhalten, sich darin zu üben ...

*

Doch der nächste Tag verlief anders, als Marie es sich vorgestellt hatte. Die quirlige Nervosität, die in der Luft lag, war ihr gleich nach ihrer Ankunft in der Redaktion aufgefallen. Freddy war schon da, als sie überpünktlich an ihren Schreibtisch hastete. Er wirkte angespannt und war weitaus weniger mitteilsam als sonst. Ihren Artikel hatte er geprüft, das erkannte Marie an seinen Korrekturen am Seitenrand – doch sie brachen mitten im Text einfach ab.

Weil sich das Weiterlesen nicht gelohnt hatte?

Maries Magen zog sich leicht zusammen.

»Der Alte ist heute im Haus«, erhielt sie als kurze Antwort, als sie sich schließlich nachzufragen traute. »Ganz überraschend, nicht einmal Hornberg war offenbar informiert. Er wird an der Redaktionskonferenz teilnehmen, die seinetwegen ausnahmsweise früher stattfindet. Das ist natürlich sein gutes Recht, aber ...« Freddy stockte.

»Aber?« Marie sah ihn aufmunternd an.

»Irgendwie seltsam. Für gewöhnlich hält er sich nämlich aus dem Redaktionsbetrieb komplett raus. Vielleicht hat er heute ja etwas in petto, von dem wir alle nichts wissen.« Sein kurzes Grinsen wirkte aufgesetzt. »Hab erst neulich läuten hören, das Anzeigengeschäft könnte deutlich besser laufen. Möglicherweise hat Winkler vor, den ganzen Laden über kurz oder lang

93

wieder zu schließen und sein Geld anderswo zu investieren – was gelinde gesagt eine Katastrophe für uns alle wäre! Gute Journalistenjobs liegen nämlich nicht gerade auf der Straße.«

Das konnte nicht sein Ernst sein!

Wenn schon ein erfahrener Sportreporter wie Freddy um seine Stelle bangte, was war dann erst mit ihr, einer Praktikantin mit gerade ein paar lächerlichen Wochen Berufserfahrung? War Maries schöner, bunter Traum von der Journalistenkarriere schon ganz bald wieder ausgeträumt?

Sie sah ihn so verzweifelt an, dass er sich ein Lächeln abrang.

»Komm schon, Marie«, munterte er sie auf. »Nicht gleich die Flügel hängen lassen. Wird schon schiefgehen!«

Sie folgte ihm aus dem Großraumbüro hinaus auf den Gang. Einen Stock drüber lag der Konferenzsaal, in dem die täglichen Zusammenkünfte stattfanden. Freddy und Marie waren die Ersten, so sehr hatten sie sich beeilt. Nur der Platz am Tischkopf, sonst Hornberg vorbehalten, war bereits belegt.

Der große Mann im eleganten grauen Anzug, eine perfekte Kombination zu seinen aschblonden, welligen Haaren, dem weißen Hemd und der dunkelgrünen Krawatte, lächelte sie an, und der Fältchenkranz um seine hellen Augen vertiefte sich dabei.

»Fräulein Graf, wenn ich mich nicht irre? Guten Morgen.«

Er hatte schlanke, elegante Hände, die er beim Reden einsetzte, und Marie sah, dass sie von Sommersprossen bedeckt waren. Auch einer, der die Sonne meiden muss, wenn sie zu stark herunterbrennt, dachte sie. Ein Schattenfreund wie ich.

»Guten Morgen«, erwiderte sie leicht verlegen, weil der Verleger sie als Erste angesprochen hatte.

»Und guten Morgen auch Herr Krenkl, inzwischen wieder genesen, wie ich sehe. Sehr schön, Sie beide mit an Bord zu wissen, denn in den kommenden Tagen brauchen wir hier jeden klugen Kopf.«

»Guten Morgen, Herr Winkler«, erwiderte Freddy förmlich. »Sie hatten eine gute Fahrt?«

»Einwandfrei. Meine Frau kommt mit der Tochter nach. Einen veritablen französischen Staatspräsidenten live wollen die beiden sich natürlich nicht entgehen lassen. Der Filius studiert ja derzeit in England, wie Sie wissen. Der kann den Deutschlandbesuch also leider nur im TV verfolgen. Chris schwärmt übrigens noch immer vom letzten Stadionbesuch mit Ihnen. Muss ja ziemlich feuchtfröhlich geendet haben ...«

»Wo der FC Bayern doch so haushoch verloren hat, da brauchten wir dringend flüssigen Trost!« Freddy lächelte. »Grüßen Sie Chris bitte von mir. Ihr Sohn ist ein feiner Kerl.«

»Mach ich gern. Gefällt es Ihnen denn beim *Tag*, Fräulein Graf?«, wandte sich der Verleger nun direkt an Marie. »Bringt man Ihnen hier was Ordentliches bei?«

»Und ob.« Wider Willen errötete sie. »Ich bin derzeit in der Sportredaktion ...«

»Ich weiß«, unterbrach sie Winkler. »Und bereits dabei, sich einen Namen zu machen.«

»Ich verstehe nicht ganz ...« Irritiert sah sie ihn an.

»Nun, Trainer Merkel hat mich gestern angerufen und ziemlich herumlamentiert. Er mag offenbar keine Frauen beim Fußball. Hält Sie für, sagen wir, ›nicht ganz so informiert‹.«

Inzwischen brannte Maries Gesicht.

»Er hat mir keine Chance gegeben, sondern einfach irgendwas geantwortet, das Radenković in seiner Muttersprache garantiert gar nicht gesagt hat ...«

»*Ich* mag Frauen beim Fußball«, stellte Winkler fest. »Und was Sie da geschrieben haben, liest sich durchaus amüsant –

zumal für eine Berufsanfängerin. Ich war so frei, mir eine Kopie Ihres Artikels zu besorgen. Drucken werden wir ihn trotzdem nicht. Max Merkel könnte den TSV 1860 zur Meisterschaft führen, sobald die Bundesliga im nächsten Jahr erst einmal richtig angelaufen ist, den sollten wir besser nicht schon im Vorfeld verärgern. Aber keine Angst: Wenn Sie ihm das nächste Mal ein Mikrofon vor die Nase halten, wird er sich benehmen, darauf können Sie sich verlassen.«

Freddy nickte zufrieden.

Jetzt strömten auch die anderen Redakteure herein, sodass Marie gar keine Chance hatte, etwas zu erwidern. Jeder nahm seinen gewohnten Platz ein, nur Hornberg setzte sich mit leicht indignierter Miene auf den freien Stuhl neben Winkler.

Der kam sofort zur Sache.

»Die kommenden Tage sind extrem wichtig für unsere junge Zeitung«, sagte er. »Das wissen Sie natürlich alle – und trotzdem möchte ich es jedem Einzelnen heute noch einmal ganz besonders ans Herz legen: Der Besuch des französischen Präsidenten ist unsere Chance, Flagge zu zeigen und unseren Lesern zu beweisen, was wir können – von den Anzeigenkunden ganz zu schweigen. Mich interessiert weder, was die *Bonner Nachrichten* über de Gaulle schreiben, noch die Artikel in der *Rheinischen Post*. Sogar das *Hamburger Abendblatt* kann mir mit seiner Berichterstattung gestohlen bleiben, ebenso wie die anderen Zeitungen seiner diversen deutschen Stationen. Am 9. September geht es einzig und allein um den französischen Staatspräsidenten in *München*. Ich möchte, dass *Der Tag* mit seiner Berichterstattung so politisch ist wie die *Süddeutsche*, boulevardesker als die *Abendzeitung*, unsere härteste Konkurrenz, und selbstredend besser informiert als die *Bunte* mit ihren farbigen Klatschstorys.«

Sein Blick flog zur Viktor Bárthoy, der auffallend blass wirkte.

»Keine Abstürze, haben wir uns verstanden? Auch nicht im Dienst der Sache, Herr Baron. Ich will im *Tag* Geschichten lesen, die sonst keiner hat, delikate Köstlichkeiten am Rande des Protokolls – keine Peinlichkeiten. Haben wir uns da verstanden?«

»Natürlich, Herr Winkler, stets zu Diensten.«

Machte er sich über den Verleger lustig?

Für einen Moment war Marie unschlüssig, doch der Ungar meinte es offenbar ernst.

»Selbstredend muss alles opulent bebildert sein. Das Foto mit dem drei Meter langen Prunkbett aus der Residenz, in dem der große General schläft – wie steht es damit?«, wandte Winkler sich nun an Samy, den Fotografen.

»Bereits im Kasten.« Samy grinste. »Die korpulente Dame von der bayerischen Schlösser- und Seenverwaltung war so freundlich. Allerdings haben wir nur das leere Bett. Ob der General sich tatsächlich darin liegend ablichten ließe, bezweifle ich.«

»Natürlich wird er das nicht! Aber Sie bleiben mit Ihrer Kamera an ihm dran. Ich will im *Tag* nicht zu sehen bekommen, was alle anderen bringen, sondern etwas Ausgefallenes. Den General ganz privat sozusagen. Neue, bislang unbekannte Seiten des französischen Staatsoberhaupts.«

»Ich versuche mein Bestes. Ein Assistent ist bereits engagiert. Wird trotzdem nicht ganz einfach werden angesichts all der Personenschützer und Polizisten, die ihn umschwirren«, gab Samy zu bedenken. »Es gibt Gerüchte von mehreren Anschlägen gegen ihn, die gerade noch verhindert werden konnten. Die Bayerische Staatsregierung wird alles aufbieten, damit es hier zu keinem unliebsamen Vorfall kommt.«

»Für das Einfache werden Sie nicht bezahlt«, erwiderte Winkler kühl. »Sie wissen, was ich von Ihnen erwarte.« Jetzt kamen die anderen an die Reihe. »Im Feuilleton so weit alles klar?«

»Natürlich.« Adrienne Riehl schien bereits auf ihren Einsatz gewartet zu haben, während der zweite Kulturredakteur Egon Gantert, der Marie mit seiner überschlanken, ellenlangen Gestalt immer an eine Giraffe erinnerte, wie meistens schwieg. »Ich habe etwas für jeden Geschmack: *Jules und Jim*, eine bezaubernde Dreiecksgeschichte von Truffaut mit Jeanne Moreau und Oskar Werner, dann Action pur in *Der Teufel mit der weißen Weste* mit einem fabelhaften Belmondo. Und als Letztes eine brandneue Rarität der Nouvelle Vague, *Mittwoch zwischen 5 und 7* von Agnes Varda, das ist dann allerdings eher was für die wahren Connaisseurs.« Sie spielte mit dem Klunker an ihrer Hand und lächelte dabei maliziös.

»Hört sich interessant an.« Winkler wirkte zufrieden. »Und nun zum politischen Teil: *Bayern und Frankreich im Lauf der Jahrhunderte* – diese Serie gefällt mir. Gut recherchiert, ansprechend aufgemacht. Bei der Darstellung des Ersten Weltkriegs und seiner Folgen jedoch ist Vorsicht geboten …«

»De Gaulle war Kriegsgefangener in Franken«, sagte Schenk. »Das wissen wir natürlich. Auf der Wülzburg bei Weißenberg. Wir werden im Artikel nur ganz knapp darauf eingehen, um alte Wunden nicht neu aufbrechen zu lassen.«

»Aber genau das halte ich für verkehrt! Behandeln Sie es ruhig ausführlich, umso deutlicher wird, dass aus den erbitterten Feinden des Ersten und Zweiten Weltkriegs nun Freunde geworden sind. Frankreich und Deutschland, Seite an Seite, ein wahrhaft großer europäischer Gedanke – speziell für meine Generation, die aktiv am Kriegsgeschehen beteiligt sein musste und bis heute darunter leidet. Wollen wir den Text noch einmal gemeinsam durchsehen?«

Marie betrachtete Winkler fasziniert.

Auch ohne große Gesten füllte er mit seiner sonoren Stimme den ganzen Raum. Ein starker, selbstbewusster Mann, der es gewohnt war zu befehlen und im Mittelpunkt zu stehen. Die anderen kamen ihr neben ihm plötzlich kleiner vor – selbst Hornberg, der ihn physisch sogar um ein paar Zentimeter überragte. *Der Alte*, so hatte Freddy ihn genannt, doch der Spitzname traf, fand Marie, so gar nicht ins Schwarze, es sei denn, er meinte damit die Autorität, die dieser Hans Wolfgang Winkler ausstrahlte.

Wie wohl die Frau an seiner Seite war? Seine Tochter?

Und der Sohn?

Sicherlich eine Bilderbuchfamilie, in der alles stimmte.

Wieso schaute Winkler eigentlich immer wieder zu ihr herüber, während er redete? Beinahe schien es, als sei ihm wichtig, was sie von dem hielt, was er sagte – aber das war natürlich nur Einbildung. Marie fragte sich nach wie vor, wieso er sich wohl für ihre Einstellung eingesetzt hatte.

Nachdenklich kehrte sie nach der Konferenz an ihren Arbeitsplatz im Großraumbüro zurück.

»Mein Artikel ist also verbrannt«, sagte sie.

Freddy nickte.

»Definitiv. Wenn der Alte das so entschieden hat, ist da nichts mehr zu machen. Aber vielleicht ist das gar nicht mal die schlechteste Lösung. Sonst hättest du dir gleich im ersten Anlauf den eitlen Merkel zum Feind gemacht. Du wirst deinen Namen schon noch im *Tag* zu lesen bekommen, dauert halt noch ein wenig.«

Seine Worte hallten in ihr nach.

Daran hatte sie ja noch gar nicht gedacht! Wenn die Eltern die Zeitung zufällig in die Hand bekommen hätten …

»Schwamm drüber«, sagte Marie, bemüht, sich ihre Erleichterung nicht anmerken zu lassen. »Ist ja schließlich kein Weltuntergang. Soll ich den Artikel über den Daglfinger Pferdeschänder einkürzen? Wir brauchen acht Zeilen weniger, hast du gesagt …«

»Einverstanden«, erwiderte Freddy. »Mein Ohr pocht schon wieder so komisch. Ich glaub, ich lass den Herrn Doktor vorsichtshalber noch einmal gründlich innen reinleuchten. Kommst du einstweilen allein zurecht?«

»Ich werde natürlich bitterlich weinen.« Marie zog eine Grimasse. »Natürlich! Und jetzt hau schon ab, ich halte einstweilen die Stellung.«

Wer tat so etwas edlen Tieren an?

Zwei Pferde waren in ihren Ställen am Hals mit einem Messer verletzt worden, eine Stute und ein Wallach. Zum Glück hatten beide Tiere den Anschlag überlebt; bislang fahndete die Polizei vergeblich nach dem oder den Schuldigen. Marie suchte nach Worten oder Satzstücken, die sich aus dem Artikel streichen ließen, ohne die Empörung über solch eine feige Tat abzuschwächen. Als sie mit den Änderungen fertig war, öffnete sie ihre Lunchbox.

Plötzlich spürte sie eine Bewegung hinter sich und fuhr herum.

Winkler – was wollte der denn hier? Ausgerechnet jetzt, wo sie ihr mitgebrachtes Essen auspackte …

»Falls Sie Herrn Krenkl suchen«, sagte sie rasch, um ihre Verlegenheit zu überspielen, »der ist noch einmal schnell zum Arzt gegangen. Besser heute, meinte er, weil Sie doch sagten, Sie brauchen uns alle …«

»Alles gut, Fräulein Graf.« Hans Wolfgang Winkler beugte sich tiefer und schnupperte. »Rieche ich da etwa schlesischen Kartoffelsalat?«

»Sie riechen goldrichtig«, erwiderte Marie. »Ein Rezept aus der alten Heimat meiner Mutter. Mein Vater und ich sind ganz verrückt danach.«

»Diese gute, herzhafte Küche, die man niemals vergisst!« Er lachte. »Schlesien war einst auch meine Heimat, und ich vermisse vieles davon noch heute.«

»Sie kommen ebenfalls aus Schlesien?«, fragte Marie überrascht. »Meine Mutter stammt ursprünglich aus Brieg.«

»Eine geborene Bednarz, soweit ich mich richtig erinnere.«

»Stimmt«, sagte Marie verblüfft. »Woher wissen Sie …«

»Diesen schönen schlesischen Namen habe ich aus Ihren Bewerbungsunterlagen in Erinnerung behalten.«

Hatte er sie deshalb eingestellt? Weil sie die Tochter einer Schlesierin war?

»Sie erinnern mich an meine kleine Schwester«, fuhr er fort. »Rita war der Sonnenschein unserer Familie, und wir beide standen uns sehr nah. Ich war so gern ihr großer Bruder! Leider hat uns dieser verdammte Krieg getrennt. Als er vorbei und die bitteren Jahre der Gefangenschaft endlich ausgestanden waren, konnte ich sie nirgendwo mehr finden. Rita war wie so viele andere aus Schlesien vertrieben worden, so viel war klar, aber wo war sie abgeblieben? Himmel und Hölle habe ich in Bewegung gesetzt, alles nur Menschenmögliche unternommen, um sie ausfindig zu machen. Doch meine Schwester blieb ›auf der Flucht verschollen‹. So nannte man das damals.«

»Tut mir sehr leid«, murmelte Marie. »Muss schwer für Sie gewesen sein.«

»Da sagen Sie etwas. Ich konnte und wollte es einfach nicht

glauben. Vielleicht bin ich ja deshalb überhaupt ins Verlagswesen eingestiegen, obwohl ich zunächst ganz andere Pläne hatte«, fuhr Winkler fort. »Weil Worte Menschen verbinden.«

»Oder auch trennen«, sagte Marie. »Denken Sie bloß an Herrn Merkel!«

Beide lachten, und für ein paar Augenblicke hatte Marie ihre Schüchternheit ganz vergessen.

»Ich muss weiter.« Winkler stand noch immer wie festgewurzelt neben ihrem Stuhl.

»Soll ich Herrn Krenkl etwas ausrichten?« erkundigte sich Marie. »Er wird, wie gesagt, jeden Moment wieder da sein.«

»Nicht nötig. Ich wünsche Ihnen noch einen schönen Tag, Fräulein Graf.«

Jetzt setzte er sich in Bewegung, und Marie sah ihm nach, bis er aus dem großen Büro verschwunden war.

Natürlich erzählte sie Freddy davon, als dieser vom Arzt zurückkam, in der Hand ein Fläschchen mit einer desinfizierenden Tinktur, die er sich mehrmals am Tag einträufeln sollte. Er begann gleich damit, legte seinen Kopf auf den Schreibtisch und bat sie, ihm einen Stoß Blätter unterzuschieben, damit er einfacher hantieren konnte.

Wie gut er roch!

Nach grünen Gräsern, einem Schuss Pfeffer, einer Spur Zitrusaroma. Nicht einmal der Anflug von frischem Schweiß störte sie. Am liebsten hätte sie ihn spontan umarmt, so anziehend fand sie diese männliche Mischung, doch dazu fehlte ihr der Mut.

»Der Alte scheint sich ehrlich für dich zu interessieren«, lautete Freddys abschließender Kommentar, nachdem er sich wieder erhoben hatte. »So persönlich, wie er geworden ist. Mich hat er damals ganz andere Dinge gefragt.«

»Zum Beispiel?«, wollte Marie wissen.

»Ob ich Frauen mag.« Freddy grinste.

»Und was hast du ihm geantwortet?«

»Wenn sie nett sind – durchaus. Und jetzt lass uns die Sportseiten fertigbekommen, damit wir unseren Job noch lange behalten!«

Nach der Arbeit schaute Marie noch bei Roxy vorbei, die echten Liebeskummer zu haben schien.

»Das wird nichts mit dem Manni«, sagte sie bedrückt. »Der macht sich immer rarer. Und eine andere soll er auch schon haben, hat man mir erzählt. So eine Blonde, Elegante aus betuchter Familie. Lackpumps und lauter teure Kostümchen aus der Theatinerstraße. Da kann ich nicht mithalten.«

»War es dir denn wirklich so ernst mit ihm?«, fragte Marie.

»Immer mehr, je näher wir uns seelisch gekommen sind. Im Bett hat es ja ohnehin von Anfang an funktioniert. Meiner Chefin hab ich ihn sogar als meinen Verlobten vorgestellt …«

»… vielleicht ein klein wenig voreilig, meinst du nicht? Oder hat Manni dich gefragt, ob du ihn heiraten willst?«

»Hat er nicht. *Noch* nicht, hab ich gedacht. Aber angefühlt hat es sich schon so. Ich bin doch sein Schneewittchen. Das hat er immer wieder gesagt.« Roxys Augen füllten sich mit Tränen. »So weh hat er mir getan! Da hab ich ihm einfach eine gescheuert, als er gegangen ist.«

»Du hast ihn geohrfeigt?«, fragte Marie perplex.

»Ja, hab ich. Und das hatte er auch verdient! Ich bin eben nicht wie du, immer so bedacht und vernünftig. Ich bin spontan, vielleicht sogar ein bisschen *crazy*, und mache manchmal Dinge, die mir hinterher leidtun …«

»Ich und bedacht?« Marie legte den Arm um sie. »Da kann ich ja nur lachen! Feige bin ich – im Gegensatz zu dir. Vorhin, da hätte ich am liebsten meinen Kollegen spontan in den Arm genommen, weil ich ihn so anziehend fand. Aber habe ich mich getraut? Natürlich nicht!«

»Diesen Freddy, von dem du schon so viel erzählt hast?«

»Genau den! Weißt du, Roxy, ich hab diesen Kerl richtig gern – vielleicht zu gern …« Marie brach ab.

»Und er?« Roxy wirkte plötzlich hellwach und schien den eigenen Kummer für den Moment ganz vergessen zu haben. »Wie ist er zu dir?«

»Nett«, erwiderte Marie nach kurzem Überlegen. »Immer freundlich. So richtig kollegial …«

»Klingt nicht gerade berauschend«, sagte Roxy. »Wenn du meine ehrliche Meinung hören willst. Weißt du denn, ob er eine Freundin hat? Wenn Freddy so gut aussieht, wie du sagst, ist er doch bestimmt nicht allein.«

»Keine Ahnung. Er lässt so gut wie nichts Privates raus«, entgegnete Marie.

»Dann musst du eben mal bei den Kollegen nachbohren. Die kennen ihn schließlich schon länger.«

»Ihn ausspionieren? Das mache ich nicht! Und speziell einer der Kollegen mustert mich ohnehin schon ständig lüstern. Für den wäre das bestimmt ein gefundenes Fressen …«

»Aber du wüsstest Bescheid. Oder du fragst Freddy ganz direkt. Auch eine Möglichkeit«, sagte Roxy.

»Hast du mir nicht gepredigt, dass man die Männer kommen lassen soll, damit sie sich gut fühlen?«

»Eigentlich ja. Aber wenn sie das aus freien Stücken nicht tun, musst du eben ein wenig nachhelfen. Schlag deinem Schwarm Freddy doch einen gemeinsamen Kinobesuch vor.

Oder einen Tanzabend im Kolibri. Dann siehst du ja, wie er reagiert.«

»Ich weiß nicht …«

»Was riskierst du schon? Mehr als Nein sagen kann er schließlich nicht. Und selbst wenn – dann gründen wir beide eben den ›Club der verschmähten Schachteln‹ und begeben uns gemeinsam auf Männerfang!«

Es war schon nach Mitternacht, als Marie zu Hause ankam. Roxy hatte eine Flasche Lambrusco geköpft und ein paar Schmalzbrote geschmiert, die sie bis zum letzten Fitzelchen aufgegessen hatten. Eigentlich war Marie davon ausgegangen, dass die Eltern bereits im Bett seien, doch als sie die Wohnungstür aufschloss, fiel noch ein Lichtstrahl von der Küche in den Flur.

Ihre Mutter saß mit steinernem Gesicht am Tisch.

»Ist etwas mit Papa?«, fragte Marie beklommen. »Mit seinem Bein? Er musste doch nicht etwa ins Krankenhaus?«

»Mit Papa? Das Herz hast du ihm gebrochen. Das ist los! Und mir dazu«, erhielt sie als Antwort. »Wie konntest du uns nur derart hintergehen? Uns – deine Eltern!«

»Was soll das heißen?«

»Das soll heißen, dass ich heute Nachmittag im Pharmazeutischen Institut am Alten Botanischen Garten war. Mit einem selbstgebackenen Marmorkuchen als Überraschung für dich und deine Kollegen. Weil ihr Ärmsten immer so lange arbeiten müsst.« Sie schnaubte verächtlich. »Nur – dort kennt man dich nicht, wie man mir versichert hat. Es gibt keine Ferienjobs mit stundenlangen Überstunden, schon gar nicht für Studenten mit so wenig überzeugenden Zensuren wie den deinen. Deine letzten Klausurergebnisse müssen ja die reinste Katastrophe gewesen sein. Das alles musste ich mir anhören, während ich mit meinem Kuchen wie eine Vollidiotin vor dem

Professor stand, den man zur Klärung schließlich herbeizitiert hatte. Ich hab mich unsterblich blamiert!«

Marie angelte nach einem Stuhl, so schwindelig war ihr auf einmal.

»Wo also hast du dich stattdessen die ganze Zeit herumgetrieben, Marie-Louise?« Die Stimme ihrer Mutter war schneidend. »Tagelang, wochenlang? Was um Himmels willen hast du gemacht? Und wage es bloß nicht, mir neue Lügen aufzutischen!«

»Ich mache ein Praktikum beim *Tag*. Der Winkler Verlag gibt mir drei Monate lang diese Chance. Danach kann ich vielleicht …«

»Du machst … was?«

»Ich möchte Journalistin werden, Mama! So oft hab ich euch das gesagt, auch wenn ihr es nicht hören wolltet. Das mit der Pharmazie ist nichts für mich. Ich bin nicht gut darin, weil es mich eben nicht interessiert. Die Drogistenlehre hab ich euch zuliebe absolviert, um des lieben Friedens willen, aber jetzt will ich Artikel schreiben, Menschen interviewen, über spannende Ereignisse berichten. Die Journalistenschule, an der ich mich zunächst beworben hatte, hat mich leider nicht angenommen, aber jetzt kann ich alles in der Praxis …«

»Beim *Tag* – ich fass es nicht! Ausgerechnet bei diesem verkommenen Blatt!« Ihre Mutter sank in sich zusammen.

»Jetzt übertreibst du aber maßlos!«, verteidigte sich Marie. »*Der Tag* ist eine respektable Zeitung, übrigens eine große Konkurrenz für die *Abendzeitung*. Wir holen gerade gewaltig auf. Vielleicht können wir deren Verkaufszahlen ja schon bald überflügeln.«

»Du gehst da nicht mehr hin, hörst du? Ich verbiete es dir!« Mit wilden Augen starrte ihre Mutter sie an.

»Das kannst du nicht. Ich bin volljährig ...«

»Wenn du das tust, will ich dich nicht mehr um mich haben. Verlasse diese Wohnung und sieh zu, wie du mit deinem Journalistenpack zurechtkommst!«

Die Frau mit dem verzerrten Gesicht erschien Marie wie eine Fremde. Hatte ihre Mutter den Verstand verloren? Oder warum führte sie sich gerade derart auf?

Marie schwankte zwischen Fassungslosigkeit und Zorn, eine Kombination, die sie zunächst verstummen ließ.

»Doch wohl kaum mitten in der Nacht«, brachte sie schließlich mühsam hervor. »Außerdem hat da Papa sicherlich auch noch ein Wörtchen mitzureden.«

Sie wollte zur Tür, um ihn zu holen.

»Wag bloß nicht, ihn aufzuwecken!«, fuhr die Mutter sie giftig an. »Jetzt, wo das starke Schlafmittel endlich gewirkt hat. Dass er nicht ganz gesund ist, weißt du, aber kümmert es dich? Nicht die Spur! Ich werde nicht zulassen, dass du ihm weiterhin wehtust, diesem herzensguten Vater, den du gar nicht verdient hast.«

Sie richtete sich zu voller Größe auf.

»Theo ist natürlich auf meiner Seite. Theo ist immer auf meiner Seite, das solltest du inzwischen wissen!«

Schweigend funkelten sie sich an.

»Ist das wirklich dein Ernst, Mama?«, fragte Marie schließlich, insgeheim noch immer auf Versöhnung hoffend. »Du weist mich mitten in der Nacht aus der Wohnung, nur weil ich nicht die Wahrheit ...«

Die Stimme ihrer Mutter wurde schrill.

»Du weißt genau, wie sehr ich Lügner hasse. Du hast uns maßlos enttäuscht, Marie-Louise, und diesen Umgang werden wir nicht dulden, ganz egal, wie alt du bist. Bleib meinetwegen, bis es hell geworden ist. Aber danach will ich dich hier nicht mehr sehen.«

Wie endlos eine Nacht sein konnte!

Immer wieder horchte Marie in den Gang hinaus, ob sich die Tür des elterlichen Schlafzimmers nicht vielleicht doch öffnete und ihr Vater herauskam.

Doch alles blieb still.

Mit zittrigen Händen füllte sie schließlich einen Koffer mit Kleidungsstücken und ein paar ihrer persönlichen Habseligkeiten, nur für die allernächsten Tage, wie sie sich sagte, denn dieser Wahnsinn konnte ja eigentlich nicht lange andauern. Mama würde schon zur Besinnung kommen und wieder einlenken, spätestens wenn Papa merkte, dass die Tochter fort war.

Und wenn nicht?

Ihre Mutter konnte stur sein bis zur Selbstverletzung, das hatte Marie schon in anderen Fällen erlebt, wo sie nicht einmal halb so wütend gewesen war. Ja, sie hätte ehrlich zu den Eltern sein sollen, das warf sie sich selbst vor – aber diese überzogene Reaktion überraschte sie jetzt doch.

»Schließlich arbeite ich beim *Tag* und nicht in einem Bordell«, murmelte Marie vor sich hin, während sie ihre Lockenwickler in eine Einkaufstasche stopfte, weil diese sowie drei Paar Schuhe und weiterer Krimskrams beim besten Willen nicht mehr in den Koffer passten. »Und dass ich nicht mehr studieren will, ist ganz und gar meine Angelegenheit. Da hat sie mir nicht dreinzureden!«

Dennoch liefen ihr immer wieder Tränen über die Wangen.

Wo sollte sie nun wohnen?

In der Seniorenresidenz bei Onkel Julius gewiss nicht. Der

würde Augen machen, wenn er von dem Schlamassel erfuhr! Zum Glück hatte ihre Mutter nicht gefragt, ob er eingeweiht gewesen war, was Marie entweder zu neuerlichen Lügen gezwungen oder dafür gesorgt hätte, dass der alte Mann mit Vorwürfen überhäuft worden wäre.

Bei Roxy, die ihr als Nächstes einfiel, war es für zwei definitiv zu eng, es sei denn, man war ein turtelndes Liebespaar. Doch ein paar erste Nächte auf dem Küchensofa, bis sie etwas anderes gefunden hatte, würde ihr die Freundin sicherlich nicht verwehren.

Das waren keine rosigen Aussichten angesichts ihres schmalen monatlichen Budgets. Zum Glück gab es wenigstens noch einen kleinen Betrag auf ihrem Sparbuch, aber der würde nicht lange reichen.

Eine eigene Wohnung – so gut wie ausgeschlossen.

Wer vermietete schon an eine ledige Praktikantin ohne geregeltes Einkommen?

Marie musste zusehen, dass sie ein günstiges Untermietzimmer ergatterte, und am Wochenende oder abends irgendwo Zusatzschichten schieben, um ihr Leben zu finanzieren, doch auch so etwas fand sich sicherlich nicht von heute auf morgen.

Und wenn sie doch noch einmal versuchte, mit den Eltern zu reden, um alles wieder einzurenken?

Marie schob die Schultern zurück, ging über den Flur hinüber zum Schlafzimmer und klopfte leise an.

Keinerlei Reaktion.

Sie klopfte fester, aber noch immer war von drinnen nichts zu hören.

Sie drückte die Klinke herunter. Zugesperrt.

Dann sollte es jetzt eben so sein.

Unter Tränen nahm Marie Koffer und Tasche und verließ

die Wohnung. Ein paar Spatzen tschilpten, sonst war die Straße noch dunkel und leer. Mit schwerem Herzen schaute sie noch einmal nach oben, bevor sie zu ihrem Fahrrad ging. Den Koffer band sie mit einem alten Gürtel provisorisch auf dem Gepäckträger fest; die schwere Tasche hing sie an den Lenker. Auf den Sattel zu steigen und loszufahren, war mit dieser wackligen Last unmöglich, aber vorsichtig schieben ließ sich das Rad, ohne dass alles herunterfiel.

Die Sonne ging gerade auf, als sie Roxys Wohnung erreichte. Marie atmete tief aus.

Dann drückte sie fest auf den Klingelknopf.

FÜNF

Oktober 1962

Das Untermietzimmer bei Frau Barth war dunkel und muffig. Küchenbenützung war zwar erlaubt, aber de facto unerwünscht, so argwöhnisch, wie die Vermieterin jedes Mal hinter Marie auftauchte, sobald die sich dem uralten Gasherd näherte. Um sich wenigstens morgens nicht ganz so observiert zu fühlen, hatte sie auf dem Flohmarkt einen gebrauchten Zweiplattenkocher für ihr Zimmer erstanden, auf dem allerdings das Teewasser selbst in einem nur halb gefüllten Topf eine halbe Ewigkeit brauchte, um heiß zu werden. Ins Bad durfte Marie ganz offiziell, obwohl die Witwe jedes Mal den Mund verzog, wenn sie wagte, sich ein Vollbad einzulassen, denn das war in Barths Augen die reinste Geldverschwendung. Ähnliches galt für das Telefon. Marie konnte angerufen werden, *in dringenden Fällen*, wie die Witwe mit leicht drohendem Unterton gesagt hatte. Über jeden von ihr selbst getätigten Anruf im Stadtgebiet hatte sie Buch zu führen und jeweils ein 50-Pfennigstück in eine kleine gelbe Sparbüchse zu werfen. Besuch war ebenfalls nicht gern gesehen, machte er doch Lärm und Schmutz; Herrenbesuch war, wenn überhaupt, bis maximal 22 Uhr erlaubt, man war ja schließlich ein anständiger Haushalt.

Selbst Maries bunte Kissen und ihr Plattenspieler konnten

die Trübnis dieser Behausung nicht vertreiben. Die Schlaf-couch quietschte bedenklich bei jeder Bewegung, die beiden Sessel hatten ihre besten Zeiten längst hinter sich, und der kleine Tisch war so windschief, dass sie für ihre Schreibma-schine eine Blockade aus Büchern bauen musste, damit sie nicht seitlich hinunterrutschte. Lediglich Papas alte Mond-lampe aus Wien spendete einen gewissen Trost, doch oftmals konnte Marie sie gar nicht anschalten, weil sie sonst unwei-gerlich erneut in Tränen ausgebrochen wäre. Dafür lag die Miete bei nur siebzig Mark monatlich, und bis zum Verlag brauchte sie zu Fuß lediglich zehn Minuten. Ohne die heim-liche Unterstützung von Fräulein Federl, mit Witwe Barth seit Urzeiten aus dem Kirchenchor bekannt, wäre sie nicht ein-mal an diese Unterkunft gekommen, jetzt, wo die Uni wieder angefangen hatte und Tausende von Studenten noch immer vergebens auf Zimmerjagd waren. Fräulein Federl, stets loyal bei allem, was die Schwanen-Drogerie betraf, hatte zutiefst bestürzt auf das Zerwürfnis im Hause Graf reagiert, als Ma-rie sich ihr in ihrer Not anvertraut hatte, und sogar mutig angeboten, bei den Eltern ein gutes Wort für sie einzulegen. Doch Marie hatte die alte Dame dringend gebeten, sich aus dem Familienzwist rauszuhalten. Und natürlich hatte sie auch kein Geld von ihr angenommen, obwohl Fräulein Federl sie dazu gedrängt hatte.

Auch von Onkel Julius, der Maries Bericht über das Zer-würfnis besorgt angehört hatte, lehnte Marie zunächst jede finanzielle Unterstützung ab, dann jedoch besann sie sich und steckte den Umschlag mit den Banknoten doch ein, den er für sie auf der Kommode bereitgelegt hatte.

»Nur übergangsweise«, betonte sie. »Sobald ich richtig ver-diene, bekommst du alles auf Heller und Pfennig zurück.«

»Ihr seid euch geradezu erschreckend ähnlich, Karin und du«, hatte er betrübt gesagt. »Bloß nicht nachgeben. Immer mit dem Kopf durch die Wand. Willst du nicht doch versuchen einzulenken, Malou? Ihr tut euch doch nur gegenseitig weh.«

»Und mein Praktikum aufgeben?«, hatte Marie gefragt. »Das würde ich mir niemals verzeihen!«

An diesem Tag verabschiedete sie sich bereits früher als üblich von ihm; zu vieles kreiste durch ihren Kopf.

Lediglich drei Nächte hatte Marie es auf Roxys Küchencouch ausgehalten, dann konnte sie die bohrenden Fragen ihrer Freundin nicht mehr ertragen, die beim besten Willen nicht verstehen wollte, warum Marie sich nicht mit ihrem geliebten Vater gegen die Mutter verbündete.

Leichter gesagt als getan!

Theo Graf war regelrecht vor seiner Tochter geflohen, als sie ihn in der Drogerie zur Rede stellen wollte. Er verschanzte sich im Labor, doch Marie ließ sich nicht abweisen. Stur wartete sie, bis er wieder hervorkam, und atmete dabei den Geruch nach Bohnerwachs, Waschmittel und 4711 ein, der ihr bereits seit frühesten Kindheitstagen vertraut, an diesem Tag jedoch unerträglich war. Nein, die Drogerie war nicht länger ihre Welt – vielleicht war sie das ja niemals gewesen.

»Sei doch vernünftig, Marie-Louise!«, hatte der Vater gefleht, als er schließlich wie ein Häuflein Unglück vor ihr stand. »Setz dein Studium fort, und verbau dir nicht aus einer Laune heraus die gesamte Zukunft – *unsere* Zukunft! Wir hatten doch noch so viel gemeinsam vor, du und ich, die Kosmetikwelt wollten wir neu erfinden, Seite an Seite …«

»Pharmazie war immer dein Traum, Papa. Meiner heißt Journalismus. Ich wollte zur Zeitung, immer schon. Und jetzt habe ich die einmalige Chance dazu. Ich muss sie nutzen!«, sagte sie bittend.

Er *musste* sie doch verstehen – wer, wenn nicht er?

Doch sein Gesicht war nicht offen und freundlich wie sonst, sondern verschlossen.

»Deine Mutter quält eine Migräne nach der anderen, so tief hast du sie getroffen …«

»*Sie* hat *mich* aus der Wohnung geworfen«, unterbrach ihn Marie.

»Weil du uns wochenlang belogen hast, alle beide.«

»Es stimmt, ich habe euch nicht die Wahrheit gesagt, aber doch nur, weil ich nicht wusste, wie ich euch meine Entscheidung beibringen sollte – und es tut mir auch von Herzen leid, dass ich so feig war. Bei Mama habe ich mich bereits entschuldigt, aber sie hat mir gar nicht zugehört, so wütend war sie.«

»Du weißt doch, wie sie ist – sensibel, verletzlich und schnell gekränkt, weil sie schon so viel durchmachen musste. Und dann hast du sie mit ihrem Kuchengeschenk auch noch öffentlich bloßgestellt, das war das Allerschlimmste für sie! Aber sie liebt dich und will immer nur dein Bestes. Wenn du nun endlich wieder Vernunft annimmst, wird Karin dich mit offenen Armen empfangen – und ich natürlich ebenso. Komm zurück zu uns, und lass uns das Ganze schnell vergessen. Besinn dich, Kind! Noch ist es nicht zu spät.«

»Und wenn nicht? Was, wenn ich meinen Traum weiterhin lebe? Bist du dann auf meiner Seite, Papa?«

Sein Mund wurde schmal.

»Ich stelle mich nicht gegen meine Frau«, sagte er mit zittriger Stimme. »Das weißt du doch. Dazu kann niemand auf der Welt mich zwingen. Nicht einmal meine geliebte Tochter.«

So war Marie wenige Tage später, während ihre Eltern in der Drogerie arbeiteten, ein letztes Mal in die elterliche Wohnung zurückgekehrt, hatte Winterkleidung, Schlittschuhe und Stiefel eingepackt, zwei Garnituren Bettwäsche, ihre LPs und ein altes Kofferradio. Das zarte Flussperlencollier, ein Geschenk von Mama aus deren Jugendzeit, war in einem Lackschächtelchen verwahrt. Marie steckte es ein, zögerte, dann legte sie es wieder ins Regal zurück. Es mitzunehmen, während sie beide so zerstritten waren, kam ihr falsch vor. Vor einiger Zeit war es beim Anlegen gerissen; sie hatte bislang noch keine Gelegenheit gehabt, es reparieren zu lassen.

Andererseits: Bildete die zerrissene Kette nicht genau das ab, was zwischen Mama und ihr gerade geschah? Nach kurzem Nachdenken steckte Marie sie doch wieder ein und verließ ihr Zimmer.

Wenn die Eltern abends aus der Drogerie nach Hause zurückkehrten, würden sie Maries Wohnungsschlüssel auf dem Küchentisch vorfinden.

Sollte sie noch etwas dazu schreiben?

Im Moment wären ihr nur bittere Bemerkungen eingefallen, also ließ sie es lieber sein.

Am nächsten Morgen radelte Marie zur Uni und exmatrikulierte sich dort in der Studentenkanzlei – ein gewagter Schritt, der ihr leichtes Schwindelgefühl bescherte, denn von nun an würde sie ohne Netz und doppelten Boden zurechtkommen müssen. Trotzdem fühlte sie sich auf dem Rückweg in den Verlag wie befreit, und ein Hauch von Zuversicht stieg in ihr auf. Schon bald waren die drei Monate ihres Praktikums vorbei. Im Anschluss daran war ihr von Hornberg ein Volontariat in Aussicht gestellt worden – warum sollte sie kein Glück haben?

Sie liebte die Arbeit in der Redaktion. Und ungeschickt

angestellt hatte sie sich bislang auch nicht, ganz im Gegenteil. Freddy fand, dass sie Talent besaß, und die ersten Miniartikel, die sie verfasst hatte, lasen sich ganz gut.

Seit dem De-Gaulle-Besuch war es für den *Tag* zahlenmäßig aufwärts gegangen, das bekamen alle in der Redaktion zu spüren. Viktor Bárthoy war es tatsächlich gelungen, vor dem abendlichen Dinner zu dem von Tausenden Münchnern begeistert umjubelten General durchzudringen und mit ihm ein kleines, sehr persönliches Interview zu führen, wobei sein geschliffenes Französisch sich als äußerst hilfreich erwiesen hatte. Samys passende Bilderstrecke präsentierte einen gut gelaunten, entspannten Präsidenten, der fast privat wirkte. Am stärksten war das letzte Porträt, de Gaulle ruhig, sehr nachdenklich, die Hand am Kinn, das berühmte Profil vor dem hellen Hintergrund scharf wie ein Scherenschnitt.

»Das ist Fotokunst!«, hatte Hornberg begeistert gerufen, und auch das Lob des Verlegers ließ nicht lange auf sich warten. Winkler stellte zudem eine Verlagsparty in Aussicht, sobald die Auflage die 50 000 überschritt. Die Euphorie unter den Kollegen hielt an. Nur Heribert Klein vom Lokalteil blieb als Einziger bei seinem mürrischen Dauerbrummeln und schob nach wie vor Dienst nach Vorschrift, während die anderen Redakteure alles gaben, um den Erfolg weiter auszubauen.

Nach Freddy Krenkls Sportredaktion, die sie mit großem Bedauern verließ, wechselte Marie weiter ins Feuilleton, das ab sofort in *Kultur* umbenannt wurde, um, wie der Verleger meinte, »noch näher am Leser zu sein«. Ein bisschen bang war ihr anfangs schon zumute, weil sie die kapriziöse Adrienne Riehl so wenig einschätzen konnte. Doch im Tagesgeschäft entpuppte sich die Journalistin als handfeste, nimmermüde Arbeiterin, von der Marie sich jede Menge abschauen konnte.

Natürlich durfte sie nicht an die berühmten Filmrezensionen, die gab die Riehl nicht aus der Hand, aber sie konnte dabei zusehen, wie sie entstanden – und bekam zudem Buchtipp um Buchtipp.

Marie hatte immer schon gern gelesen, in diesen Herbstwochen jedoch verschlang sie die Romane und Erzählungen regelrecht. Tag für Tag zog die Riehl neue Werke aus den Untiefen ihrer Beuteltasche, Bücher, die Marie sich niemals hätte leisten können, und ließ sich anschließend in schriftlicher Form über das Gelesene berichten. Auf diese Weise lernte Marie quasi nebenbei, prägnante Inhaltsangaben zu formulieren, in die sie nach und nach immer mehr eigene Eindrücke einfließen ließ.

»Selbstredend sollten Sie die zeitgenössische deutsche Literatur parat haben, aber natürlich auch die großen internationalen Erfolge kennen. Hier zum Beispiel: *Wer die Nachtigall stört* – einfach nur großartig!«

Der Roman von Harper Lee über Rassendiskriminierung in den USA berührte Marie tief, in zwei Nächten hatte sie ihn durch und hätte liebend gern noch mehr zu diesem Thema gelesen, doch der Nebenjob, den sie angenommen hatte, zwang sie zu einer gewissen Ökonomie. Um nicht ausschließlich von Tee und Haferflocken zu leben und ihr Erspartes nicht vorschnell aufzubrauchen, bot sie zusätzlich zur Arbeit in der Redaktion freitags und samstags in diversen Restaurants und Bars bis zur Sperrstunde überteuerte Rosen an. Ihr Chef war der undurchsichtige Russe Igor, der von einem ramponierten Blumenladen in Bahnhofsnähe aus seinen kleinen Rosentrupp in die Nacht ausrücken ließ – ein heißer Tipp von Roxy, die ihn allerdings nicht ohne eine gewisse Besorgnis an die Freundin weitergegeben hatte.

»Ein Schlitzohr, dieser Typ, nimm dich also bitte in Acht! Seine Freundin Oxana ist Stammkundin bei uns im Kosmetik-institut, und auch ihr ist nicht ganz zu trauen, wenn du mich fragst, und wenn sie noch so dick mit Gold behängt ist. Aber du kriegst immerhin dein Geld auf die Hand, und wenn du dich einigermaßen geschickt anstellst, kann das ganz schön viel sein …«

Es gab gute Nächte und schlechte.

Marie hatte schon bald raus, in welchen Lokalen spendier-freudiges Publikum anzutreffen war. Manchmal allerdings konnte sie die anzüglichen Sprüche der »Kavaliere« kaum ertragen, die sie mit billigen Komplimenten überhäuften oder sogar zum Mitfeiern nötigen wollten. Am widerlichsten jedoch fand sie die Männer, die im Lokal mit einer jungen schönen Frau feierten und dann noch schnell ein paar Alibirosen für »Mutti daheim« kauften. An anderen Abenden wiederum perlte alles einfach an ihr ab, und sie freute sich über die Münzen und Scheine in ihrem Portemonnaie. Von jeder verkauften Rose bekam sie 1,50 DM, und es konnte durchaus vorkommen, dass sie einen ganzen Strauß auf einmal loswurde – zuzüglich Trinkgeld. Immer öfter allerdings fror Marie jämmerlich auf ihren nächtlichen Touren, die sie per Fahrrad absolvierte, die Rosen gegen die Kälte dick in Zeitungspapier gewickelt und in einem tiefen Korb am Lenker verstaut, den ein freundlicher Fahrradverkäufer eigens konstruiert hatte. Der gesamte Herbst war ungewöhnlich kühl gewesen, und inzwischen war bereits der drohende Biss des Winters zu spüren, da halfen auch die drei Schichten Kleidung nicht mehr, einschließlich der ver-gilbten Russenmütze aus Kunstfell, die Roxy spendiert hatte. Mehr als die Kälte setzte Marie jedoch die ständige Angst zu, während ihrer Rosentour auf Bekannte zu treffen oder, schlimmer noch, auf Kollegen aus dem Verlag, was zum Glück jedoch bislang noch nie passiert war.

Kein Wunder, denn nie zuvor waren Überstunden in der Redaktion angesagter gewesen als in jenen Wochen. Parallel zur *Spiegel*-Affäre, in deren Verlauf zwei Staatssekretäre entlassen wurden und Bundesverteidigungsminister Franz Josef Strauß aus dem Kabinett Adenauer ausscheiden musste, spielte nun auch die Weltpolitik verrückt – und sie alle waren mittendrin: Bereits im Sommer hatte der BND über sowjetische Raketenbasen auf Kuba berichtet. Dazu waren im September US-Aufklärungsfotos vom sowjetischen Frachtschiff *Poltava* erstellt worden, das sich, beladen mit Militärgütern, auf dem Weg nach Kuba befand. In der dritten Oktoberwoche spitzte sich der Konflikt zwischen den USA und der UdSSR zu: US-Aufklärungsflüge bewiesen die Existenz diverser Mittelstreckenraketen auf der Insel mit einer Reichweite bis zu 4500 Kilometer – was nicht nur Washington bedroht hätte, sondern auch andere amerikanische Großstädte. Die US-Generäle spalteten sich in zwei Lager: Die »Falken« plädierten für Luftangriffe und eine Invasion Kubas, die »Tauben«, zu denen auch Robert F. Kennedy, Justizminister und Bruder des amtierenden Präsidenten John F. Kennedy gehörte, für die friedlichere Option einer Seeblockade.

Nicht nur die Redaktion des *Tags*, sondern auch die gesamte westliche Welt hielt in den kommenden Tagen den Atem an: Rund zweihundert amerikanische Kriegsschiffe waren vor Kuba in Stellung gebracht worden; Kanada, Großbritannien, Frankreich und die BRD versicherten den USA ihre volle Unterstützung. In einer international übertragenen Fernsehansprache informierte Präsident Kennedy die Welt über die sowjetischen Raketen auf Kuba und forderte den sowjetischen Regierungschef Nikita Chruschtschow zum unverzüglichen Abzug dieser Waffen auf – sonst drohe ein atomarer Gegenanschlag.

Der Dritte Weltkrieg, nach gerade einmal siebzehn Jahren teuer erkämpftem Frieden?

Dazu durfte es nicht kommen.

Irgendwann eskalierte die Lage zwischen den beiden Machtblöcken derart, dass die britischen Nuklearwaffenträger in unmittelbare Alarmbereitschaft versetzt wurden, was jedoch später wieder rückgängig gemacht wurde. Nach längeren Verhandlungen stimmte der US-Präsident schließlich dem von der UdSSR geforderten Abzug der in der Türkei stationierten US-Jupiterraketen zu, und Chruschtschow erklärte sich daraufhin bereit, die sowjetischen Atomraketen aus Kuba zu entfernen.

»FRIEDEN GESICHERT«, lautete die fette Schlagzeile, mit der *Der Tag* punkten konnte, und in der Redaktion fielen sich alle erleichtert in die Arme. Chefredakteur Hornberg bestellte Marie noch am selben Nachmittag in sein Büro, und dieses Mal saß sie ihm wesentlich entspannter gegenüber als bei ihrem ersten Besuch.

»Was soll ich erst um den heißen Brei herumreden, Fräulein Graf«, sagte er. »Sie sind fleißig, pünktlich, und wie man mir sportlich versichert hat, durchaus talentiert.« Sein Zwinkern verriet ihr, dass er keinen anderen als Freddy damit meinte, und eine warme Welle der Zuneigung erfasste Marie. »Wir mögen Sie – und Sie passen gut in unser Team. Wollen Sie als Volontärin beim *Tag* einsteigen?«

Was für eine Frage! Natürlich wollte sie das, und wie!

Aber vor lauter Aufregung blieb ihr erst einmal die Sprache weg.

»Ja, ich will«, krächzte sie schließlich. »Und ich freue mich sehr darüber!«

»Dann hätten wir das geklärt. Wir einigen uns auf zunächst zwölf Monate, das müsste eigentlich ausreichend sein, um Sie zu einer versierten Journalistin zu machen. Den Rest muss ohnehin die Praxis formen. Sagen wir 400 Mark monatlich?«

Ein ganzes Stück besser als bisher, aber immer noch ziemlich mager, um durch den ganzen Monat zu kommen.

Marie gab sich innerlich einen Ruck.

»Sagen wir 450«, erwiderte sie, und dieses Mal klang ihre Stimme fest. »Damit wäre ich einverstanden.«

»Sie kann also nicht nur lächeln, sondern auch handeln, schau einer an.« Hornberg grinste. »In Ordnung.«

Sie hatte es geschafft!

Eigentlich ein Grund, sich glücklich zu fühlen, doch der innere Überschwang blieb aus, und Marie wusste auch, weshalb. Wie schön wäre es jetzt gewesen, zum Hörer zu greifen und den Eltern von diesem Erfolg zu berichten, auf den sie lange hingebibbert hatte, doch der Kontakt zu ihnen war ja seit Wochen abgerissen. Aber Onkel Julius konnte sie es erzählen, Fräulein Federl – und natürlich Roxy, die immer an sie geglaubt hatte …

»Prima, oder?« Freddy ging breit grinsend an ihrem Schreibtisch vorbei. »Gratuliere. Gut gemacht – nicht, dass ich jemals an dir gezweifelt hätte.«

»Du hast es schon gewusst und kein Sterbenswörtchen gesagt?« Marie sprang auf und boxte ihn spielerisch.

Er wich geschickt aus.

»Seit gestern, aber Hornberg hat mich zum Schweigen verdonnert. Ab und zu will auch er mal der Überbringer guter Nachrichten sein. Jetzt kannst du rauschend mit deinen Liebsten feiern!«

Freddy wusste nichts von dem Zerwürfnis mit ihren Eltern

und ihrer prekären Wohnsituation. Niemand in der Redaktion wusste davon.

Maries belegter Gesichtsausdruck schien Freddy stutzig zu machen.

»Kein rauschendes Fest?«, hakte er nach. »Sag bloß!«

Sie schüttelte den Kopf.

»Dann hängt der Haussegen schief? Kenne ich aus eigener Erfahrung. Ich hatte auch oft genug Probleme mit Erwartungen meiner Eltern, die ich nicht erfüllen konnte oder wollte. Falls du reden magst …«

»Ein anderes Mal vielleicht.« Sie zwang sich zu einem Lächeln. »Aber danke für das Angebot. Ich muss mich jetzt um die Agenturfotos der Tschechowa-Dynastie kümmern. Die Riehl braucht sie für ihren Artikel.«

Als es dunkel wurde, erschien der Verleger höchstpersönlich mit diversen Sektflaschen und zwei Bierkästen zur versprochenen Verlagsparty, und wenig später lieferte der Käfer-Partyservice plattenweise Häppchen, die im Konferenzsaal aufgebaut wurden und sofort reißenden Absatz fanden.

»Ich gratuliere«, sagte Winkler bewegt in seiner kleinen Ansprache. »Wir sind alle noch am Leben, und das zählt. Hätte auch ganz anders ausgehen können, glauben Sie mir. Mit sinnlosem Gemetzel kenne ich mich aus. Unsere Berichterstattung über die Kuba-Krise war 1A. Was für eine geniale Idee, das Ganze im Tagebuch-Stil zu verfassen, das hat die Leser berührt! *Der Tag* hat inzwischen die 50 000 geschafft und sogar übertroffen. Unsere Auflage steht mittlerweile bei fast 52 000, und das ist, wenn Sie mich fragen, noch lange nicht das Ende der Fahnenstange. Was für ein tolles Team!«

Alle prosteten sich zu.

Bei Ella Weiss, der bescheidenen rechten Hand von Heribert Klein in der Lokalredaktion, sprudelte nur Mineralwasser im Glas, fiel Marie auf. Freundlich, aber bestimmt hatte sie alle alkoholischen Getränke abgelehnt.

»Hab erfahren müssen, dass es besser ist, einen klaren Kopf zu behalten«, sagte sie mit einem feinen Lächeln. »Und bei dieser Erkenntnis bleibe ich lieber bis auf Weiteres.«

Manch anderem Kollegen schien der Sekt jedoch nicht stark genug zu sein. Marie beobachtete, wie Wodka und Whiskeyflaschen erst unauffällig, bald jedoch ganz offen die Runde machten. Besonders Dietrich Schenk sprach dem Hochprozentigen eifrig zu; seine Sprache wurde verwaschen, sein Gang unsicher, er jedoch schien allerbester Laune.

»Ist gerade noch mal gut gegangen, Leute!« Er führte einen kleinen Freudentanz auf. »Ich hab die Bomben schon über unseren Köpfen zischen hören. Aber dann wären wir alle heute nicht mehr hier, das kann ich euch sagen! Große Weltpolitik – und *Der Tag* immer mit dabei. Geschichte hautnah sozusagen. Und wie waren wir? Spitze, oder?«

»Spitze!«, echoten die Kollegen.

Fehlt nur noch, dass er sich wie ein Gorilla auf die Brust trommelt, dachte Marie. Bei ihren Rosentouren bekam sie reichlich Gelegenheit, männliches Revierverhalten zu studieren, das ihr besonders in dieser zugespitzten Form, wie Schenk sie demonstrierte, absolut zuwider war.

Sie verließ den Konferenzsaal, wo die Party immer mehr an Fahrt aufnahm, und zog sich auf die Damentoilette zurück. Insgeheim hatte sie gehofft, dass Hans Wolfgang Winkler auch ein paar Takte über sie sagen würde, aber er hatte ihr nur freundlich zugenickt und war rasch wieder verschwunden.

Doch was glaubte sie auch, wer sie war?

Das Volontariat war ihr jetzt zwar sicher, doch mehr als ein kleines Licht unter all den versierten Kollegen war sie nicht. Marie ließ sich kaltes Wasser über die Handgelenke laufen, um wieder festen Boden unter den Füßen zu bekommen. Das war ein Trick von Fräulein Federl, und er funktionierte auch jetzt.

Marie betrachtete ihr Spiegelbild.

Was sie da sah, war kein Landei mehr, so viel stand fest. Die Haare, nicht länger zu einer missglückten Außenrolle gezwungen, fielen schulterlang und natürlich gelockt. Ihre kindlich wirkenden Hamsterbäckchen, mit denen sie früher oft gehadert hatte, gehörten der Vergangenheit an. Das Gesicht, das ihr ernst entgegenschaute, war schmaler geworden und wirkte erwachsener. Jetzt traten die hohen Wangenknochen deutlicher hervor, die auch ihre Mutter hatte.

Unser slawisches Erbe, dachte Marie, und ich weiß so gut wie nichts darüber.

Um nicht in Melancholie abzugleiten, holte sie den Lippenstift aus der Tasche und schminkte sich nach. *Brigitte* und andere Frauenzeitschriften empfahlen als neuesten Schrei zarte Perlmutt-Töne, angeblich besonders weiblich und verführerisch, doch damit sah Marie aus wie eine Wasserleiche. Stattdessen setzte sie auf einen Lippenstift von Helena Rubinstein, Cherry Blush hieß der und war kirschrot. Wenn sie ihn beim Rosenverkaufen einsetzte, brachte sie an manchen Abenden doppelt so viele Blumen an den Mann, deshalb schminkte sie sich stets, bevor sie loszog.

Bei der Rückkehr in den Saal wurde sie von Ukuleleklängen empfangen. Egon Gantert aus der Politikredaktion hatte sein Instrument ausgepackt und intonierte mit überraschender Musikalität einen Song.

There is a house in New Orleans
They call the Rising Sun
And it's been the ruin of many a poor boy
And God I know I'm one …

»Der kann ja richtig gut singen«, sagte Marie zur Riehl, die auf einem der Tische saß und mit ihren schlanken Beinen im Takt mitwippte. »Hätte ich ihm gar nicht zugetraut, so trocken, wie er sonst immer rüberkommt.«

»Kann er«, nickte die. »*Never judge a book by its cover.* Die besonders stillen Wasser haben oft ganz erstaunliche Untiefen.« Sie nahm einen tiefen Zug aus ihrer Zigarette. »Kennen Sie die Originalversion?«

Marie schüttelte den Kopf.

»Die Band nennt sich The Animals und ist große Klasse – zumindest galt das, bis dieser junge Ausnahmetyp den Song gecovert hat. Schon mal was von ihm gehört?«

Sie holte zwei LPs aus ihrer Tasche.

»*Bob Dylan*«, las Marie auf dem ersten Plattencover. »*Joan Baez in Concert.*« So hieß das zweite. »Nein, beides sagt mir leider gar nichts …«

»Das Beste, was mir in letzter Zeit über den Weg gelaufen ist. Zwei ultrastarke Sänger, gegensätzlicher, wie sie kaum sein könnten. Rebell und Lerche sozusagen. Angeblich miteinander verbandelt, aber wer weiß darüber schon so genau Bescheid? Überzeugen Sie sich selbst. Ich leih Ihnen die Platten, wenn Sie wollen. Einen Plattenspieler haben Sie?«

Marie nickte eifrig.

»Danke sehr, das ist sehr lieb von Ihnen …«

»Lieb bin ich niemals«, fiel die Riehl ihr ins Wort. »Dieses Wort existiert nicht in meinem Vokabular. Aber ich mag junge

Leute, und vor allem lege ich Wert auf eine Kollegin, die weiß, wo in der Szene der Hase läuft. Kulturell ist gerade eine ganze Menge im Wandel; es lohnt sich, die Nase in den Wind zu halten.« Sie hielt ihr die Hand entgegen. »Übrigens herzlichen Glückwunsch zum Volontariat. Ich dachte ja eigentlich, der liebe Jörn verkündet es ganz offiziell, aber dazu haben diverse Kollegen vielleicht schon zu viel intus.«

Doch sie hatte sich getäuscht.

Hornberg klopfte an sein Glas, und der allgemeine Geräuschpegel sank.

»Es gibt noch etwas, auf das wir heute anstoßen wollen«, sagte er. »Unser Team erweitert sich um eine charmante Mitarbeiterin, die Sie bereits kennen: Marie Graf. In den nächsten zwölf Monaten wird sie als Volontärin in alle Ressorts hineinschnuppern und sich dabei erste Sporen verdienen. Seid hilfreich, Kollegen, aber bleibt anständig!«

Die Gläser klirrten. Maries Wangen färbten sich rosig.

Hätte er sich diesen letzten Satzteil nicht sparen können?

»Ich freue mich sehr für Sie«, sagte Viktor Bárthoy, der ihre Verlegenheit offenbar bemerkt hatte. »Manchmal werden kleine Wunder eben doch wahr, liebe Marie.«

»Danke«, sagte sie bewegt. »Wenn Sie nicht gewesen wären …«

»Dann hätten Sie es eben auf andere Weise geschafft. Sie haben Biss und Format, das gefällt mir. Ich bin mir sicher, Sie werden eine fantastische Journalistin.«

»Glauben Sie wirklich?«, fragte Marie atemlos.

Wie gern sie ihn hatte – mit seinem weißen Flatterschal, dem unorthodoxen Haarschnitt und dem bezaubernden Dialekt! Ein Herr mit viel Herz, Kavalier vom Scheitel bis zur Sohle.

Bárthoy schüttelte lächelnd den Kopf.

»Ich weiß es«, sagte er. »Du musst sie mir übrigens morgen ausleihen, liebste Adrienne«, wandte er sich an die Riehl.

»Wozu?«

»Für das Interview mit Vera Tschechowa. Sie ist aktuell in der Stadt, und ich bin zum Lunch mit ihr verabredet.«

»Falls du vorhaben solltest, mir in mein Drei-Generationen-Porträt zu pfuschen …«

»Mitnichten«, versicherte Bárthoy. »Nichts läge mir ferner. Meine federleichten Fragen werden lediglich den Akkord zu deiner feinsinnigen Komposition bilden. Ich musste feststellen, dass unser Bildmaterial der jungen Dame schon ein bisschen ranzig, will sagen überholt ist, findest du nicht auch? Deshalb soll Samy ein paar brandneue Fotos schießen, jetzt, wo sie ausnahmsweise wieder einmal in München ist. Und damit die möglichst entspannt ausfallen, möchte ich gern Marie Graf als Begleiterin. Jugend zu Jugend, du verstehst? Die sind gleich alt. Die junge Tschechowa gilt als ausgesprochen verschlossen, was private Dinge betrifft. Fräulein Graf könnte helfen, sie gesprächsbereiter zu machen.«

Die Riehl schaute leicht grimmig drein, war schließlich jedoch einverstanden.

»Ich will jede Zeile vorab lesen«, forderte sie.

»Kannst du natürlich. Sind Sie denn damit einverstanden, mich zu begleiten?«, fragte er Marie.

Die nickte begeistert.

»Ich komme sehr gerne mit«, versicherte sie.

»Dann bis morgen Mittag. Wir gehen zum Milan am Dom, dort speist man fantastisch.« Mit einem Mal wirkte er leicht fahrig. »Finden Sie nicht auch, dass die Luft hier im Saal geradezu unerträglich trocken ist? Ich brauche dringend etwas, um meine Kehle zu befeuchten …«

Während er in Richtung der provisorischen Bar ging, suchte Marie sich ein ruhiges Plätzchen, um seine Worte in sich nachhallen zu lassen.

Der Baron glaubte an sie!

Er hatte sie sogar für einen ersten gemeinsamen Arbeitseinsatz angefordert, wie aufregend!

»Hierher also hat sie sich verzogen.« Schenk kam leicht schwankend mit einer Whiskeyflasche unter dem Arm auf sie zu und setzte sich ungefragt neben sie. »Jetzt lach doch endlich auch mal, Mädchen«, forderte er Marie auf. »Grund dazu hast du ja. Ganz schön clever, wie du sie alle um den kleinen Finger gewickelt hast – *chapeau!* Aber ab jetzt musst du mittrinken. Guter Journalismus ohne Sprit – das läuft nicht!«

Er rutschte näher und legte ihr den Arm um die Schulter. Ein Schwall seines säuerlichen Mundgeruchs traf sie, sie drehte den Kopf zur Seite und versuchte sich zu befreien, doch sein Griff war unangenehm fest.

»Frag mich ohnehin schon 'ne ganze Weile, was du abends wohl so anstellst, wenn du flink wie ein Mäuschen aus dem Verlag wuselst. Wartet da schon einer auf dich? Oder vielleicht sogar mehrere?« Er spitzte anzüglich die Lippen. »Tust du vielleicht nur so unschuldig und bist in Wirklichkeit ein gefallener Engel? Komm schon, kleine Goldmarie, trink einen Schluck und klär den lieben Didi mal auf ...«

»Lass sie in Frieden, Dietrich«, sagte Freddy, der Maries vergebliche Bestrebungen, sich zu befreien, offenbar beobachtet hatte. »Was soll sie schon mit einem alten Kerl wie dir?«

»Ich geb dir gleich ›alt‹!«, plusterte Schenk sich auf. »Bin ein Mann in den allerbesten Jahren, und das in jeglicher Hinsicht. Wieso mischst du dich überhaupt ein? Ist ja ganz was Neues, dass du dich für Damen stark machst! Bisher hatte es eher den Anschein, dass du mehr auf ...«

»Ein Wort noch, und du kannst gleich eins in die Fresse haben!« Freddy sprach gefährlich leise. »Ich mag es nicht, wenn Menschen bedrängt werden – egal welchen Geschlechts. Marie ist eine junge Kollegin, und genauso hast du sie gefälligst zu behandeln.«

»Schon gut, schon gut.« Mit erhobenen Händen zog Schenk sich zurück. »Ihr seid doch alles Banausen, die nicht mal einen kleinen Spaß verstehen – wie öde ist das denn! Da geh ich doch lieber wieder zu meiner Bettina aus dem Vertrieb, die weiß meine Gesellschaft wenigstens zu würdigen ...«

»Danke«, murmelte Marie, während er davonstakste. »Du hast mich gerade gerettet, Freddy. Normalerweise kann ich mich ganz gut selbst wehren, aber hier, vor all den Kollegen, wollte ich keine Szene machen.«

»Darauf spekuliert er doch, dieser Möchtegern-Don-Juan. Sucht sich immer die Jungen, noch ein wenig Unsicheren, die noch nicht so fest im Sessel sitzen, und die gräbt er dann an. Dabei hat er zu Hause eine reizende Frau und mit ihr zwei goldige Jungs, aber sobald ihm die Hormone durchgehen, zählt seine Familie nicht mehr. Ich kann sie nicht leiden, diese verlogenen Typen«, schäumte Freddy. »Nach außen hin auf gutbürgerlich tun, und sich dabei heimlich nehmen, was sie wollen, ohne Rücksicht auf andere. Bis hierher habe ich sie!«

Er fuhr sich mit der Hand quer über den Hals.

Marie sah ihn verblüfft an. So laut und so emotional hatte sie ihn bisher noch nie erlebt.

Doch so schnell sein Ausbruch gekommen war, so rasch war er auch wieder verschwunden. Ja, es schien ihm plötzlich sogar peinlich zu sein. Freddy strich sich das Haar aus der Stirn, und sein Tonfall wurde wieder ruhiger.

»Was fangen wir beide jetzt mit diesem angebrochenen Abend an?«, fragte er. »Hast du noch Lust auf ein Feierabendbier – ganz ohne übergriffige Kollegen?«

Wie sehr hatte Marie diesen Moment herbeigesehnt!

Aber sie hatte Igor zugesagt, für einen erkrankten Rosenverkäufer einzuspringen, und noch konnte sie den Zusatzverdienst nicht entbehren. Ihre Winterstiefel waren nicht mehr ganz dicht, der Mantel war vom Radeln hinten abgeschabt, und der erste anständige Lohn würde erst am Monatsende in der Tüte stecken. Sie hätte Hornberg um Vorschuss bitten können, doch dazu war sie zu stolz gewesen.

»Sehr gern, aber heute kann ich leider nicht«, sagte sie. »Bitte nicht böse sein. Wir holen es ganz schnell nach!«

»Machen wir.« Er war doch leicht verschnupft, das erkannte Marie daran, wie Freddy sein Kinn vorschob. »Dann viel Vergnügen.«

Das Vergnügen hält sich in Grenzen, dachte Marie, als sie sich später durch ihre abendliche Tour quälte. Heute schienen vor allem Geizhälse unterwegs zu sein, und vermutlich war der Zeitpunkt so kurz vor Allerheiligen ohnehin nicht günstig für opulente Rosengeschenke. Die Lokale waren leerer als sonst, und wenn nicht noch in den Bars ein paar spendierfreudige Gönner auftauchten, hätte sie sich diese Stunden in der Kälte ebenso gut sparen können.

Selbst im Königshof war der Umsatz heute mau. Zudem gab ihr der sonst so charmante französische Sommelier unmissverständlich zu verstehen, dass die Zeit der Rosenverkäufe in der Hotelbar zu Ende war.

»Der Chef will euch hier nicht mehr sehen«, sagte er. »*Je suis vraiment désolé*. Er sagt, ist ihm ein bisschen zu viel Harmarkt …«

»Jahrmarkt?« rätselte Marie.

»Jahrmarkt, *c'est ça*!«

Irgendwie schien sie ihm leidzutun, wie sie da in ihren zahllosen Pullovern mit den Rosen im Arm vor ihm stand.

»Aber ihr braucht das Geld, *n'est-ce pas?*«, sagte er leise.

Marie zuckte erst nur mit den Schultern, dann nickte sie.

»*Alors*, dann nehme ich privat elf Stück. Für meine Freundin!«

Der Schein, den er ihr dafür in die Hand drückte, war viel zu groß, aber er weigerte sich, Wechselgeld anzunehmen.

»Such dir einen anderen Job«, riet er Marie noch, als sie sich zum Gehen wandte. »So spät in der Nacht ist nicht gut *pour une jolie jeune fille* …«

»Den hab ich schon«, murmelte Marie, während sie die Treppen hinunterstieg. »Und zwar den allerschönsten auf der ganzen Welt!«

Viele Rosen hatte sie nicht mehr, und eigentlich verspürte sie große Lust, die Tour zu beenden und nach Hause zu fahren. Ihr Bett lockte sie, und der Böll-Roman *Das Brot der frühen Jahre*, da sie morgen doch mit Bárthoy beim Lunch auf Vera Tschechowa treffen sollte, die in der Verfilmung die weibliche Hauptrolle gespielt hatte. Aber Igor konnte ganz schön ungemütlich werden, wenn man zu viele unverkaufte Blumen wieder zurückbrachte, und so entschloss sich Marie, ihr Glück noch in der Regina Bar zu versuchen.

Das Etablissement im Keller des gleichnamigen Palasthotels war schummrig illuminiert und erstaunlich gut besucht. Marie hängte ihren Mantel an einen freien Haken neben der offiziellen Garderobe und knöpfte die dicke Strickjacke auf, bevor sie an die Tische trat. Figur zu zeigen schadete niemals, wenn man viele Rosen verkaufen wollte, das hatte sie inzwischen gelernt. Sie zog sich die Mütze vom Kopf und frischte vor einem der Spiegel ihren Lippenstift auf.

Unter einer stilisierten Marmorsonne an der Decke unterteilten vier massige Säulen das Souterrain in mehrere Séparées, die dunkelrot bestuhlt, mit kleinen Tischen und dezenten Lämpchen ausgestattet waren. Ein Herrenterzett spielte internationale Barmusik. Elegante Ober in schwarzen Anzügen brachten die Getränke zu den Gästen.

An den ersten beiden Tischen hatte Marie Glück und wurde gleich mehrere Rosen los; am dritten Tisch wurde sie abgewiesen, ziemlich brüsk sogar, was es ihr nicht leicht machte, ihr stoisches Lächeln beizubehalten. Sie war fast schon am vierten Tisch angelangt, als sie plötzlich stutzte.

Das Profil und vor allem die Stimme – den Mann kannte sie doch!

Verleger Winkler saß da, rauchend und mit einer dunkelhaarigen, sehr attraktiven Frau, die er gerade zum Lachen gebracht hatte. Vom Typ her war sie Maries Mutter nicht unähnlich, aber um einiges jünger. Als sie sich bewegte, schimmerte ein breiter Goldarmreif an ihrem Handgelenk. Um die Schultern trug sie eine kostbare Silberfuchsstola.

Seine Frau? Oder eine heiße Affäre? Was auch immer – er durfte Marie auf keinen Fall sehen!

Sie drückte sich an die Wand. Ihr Herz pochte bis zum Hals.

Erst vorhin war im Verlag ihr Einstand als junge Kollegin verkündet worden – und nun tauchte sie hier auf wie ein armes Rosenresli, das sich mühsam ein paar Mark dazuverdiente.

Sie musste raus – und das so schnell wie möglich.

Marie machte ein paar Schritte rückwärts, dann drehte sie sich um und lief los. Im Vorbeilaufen riss sie ihren Mantel vom Haken, warf ihn sich über den Arm und atmete erst wieder auf, als sie die Bar verlassen hatte und in der kalten Spätherbstluft stand.

Das war gerade noch einmal gut gegangen.

Oder war ihr Quickstart von Winkler bemerkt worden? Dann würde sie vor Peinlichkeit sterben!

Der Aufhänger war hinüber, musste Marie feststellen, als sie zurück in den Mantel schlüpfte, noch ärger jedoch sahen die Rosen aus, von denen sie in der Hektik auch noch zahlreiche geköpft hatte.

Sie stopfte die verdorbene Ware zurück in den Korb und fuhr zum alten Blumenladen.

Igor machte ein Riesentheater, als sie ihm das Malheur präsentierte, schimpfte, dass sie ihn ruinieren würde, und drohte mit Rauswurf. Eine ganze Weile versuchte Marie ihn vergebens zu beruhigen, bis schließlich auch sie die Geduld verlor.

»Weißt du was?«, schrie sie. »Ich höre auf – und zwar jetzt und hier! Such dir eine andere Dumme für deine schmierigen Geschäfte!«

»Das wirst du noch bereuen!«, konterte er wütend. »Geh, wenn du es dir leisten kannst, ich halte niemanden auf. Aber wenn du dann wieder angekrochen kommst, weil du deine Miete nicht mehr bezahlen kannst, ist diese Tür für immer zu. Und du wirst für jede zerstörte Rose bezahlen, für jede einzelne, das schwöre ich dir …«

»Spar dir deine Vorhaltungen. Ich behalte vom heutigen Umsatz die zwanzig Mark, die du mir noch schuldest, und damit sind wir beide mehr als quitt. Mich hast du heute hier zum letzten Mal gesehen. Aber vielleicht wirst du schon bald meine Artikel in der Zeitung lesen.«

Der Russe starrte sie verblüfft an, und plötzlich fühlte Marie sich ganz leicht.

Den restlichen Inhalt des Geldbeutels schüttete sie auf den zerkratzten Tresen. Angesichts der vielen silbernen Fünf-Mark-Stücke, die auf den Stein klimperten, keimte ein Anflug von Bedauern in ihr auf, aber er war rasch wieder verflogen.

Sie würde auch so zurechtkommen. Sie *musste* es einfach schaffen!

»*Do svidaniya, Igor*«, sagte sie beim Hinausgehen. »Auf Wiedersehen.«

*

Niemals zuvor hatte Marie grünere Augen gesehen.

Sie beherrschten das schmale Gesicht der jungen Schauspielerin und passten vorzüglich zu deren dunklen Locken und dem makellosen Porzellanteint. Vera Tschechowa war das, was man eine Schönheit nannte, real noch viel mehr als auf den Fotos, die Marie von ihr kannte.

Samy schien das auch zu sehen.

Sichtlich angetan wuselte er mit seiner Kamera um den Tisch herum, um sie in möglichst günstiger Position aufzunehmen.

»Hören Sie sofort damit auf, Sie machen mich ja ganz nervös.« Die eben noch sanfte Stimme klang plötzlich rau. »Als ob ich irgendein beliebiges Objekt wäre, nur weil ich beruflich vor der Kamera stehe! Wir wollten uns zum Reden treffen, so war es ausgemacht. Ich will nicht ständig nur auf mein Aussehen reduziert werden. Und Sie wissen, dass meine Zeit knapp ist. Zu Hause wartet Nikolaus auf mich – der einzige Mensch, bei dem ich niemals zu spät kommen werde …«

»Tut mir leid, gnädige Frau«, sagte Bárthoy galant, »aber ich muss einräumen, dass ich meinen alten Freund verstehen kann. Wann bekommt ein Fotograf schon etwas derart Bezauberndes wie Sie vor die Linse? Er hat sich hinreißen lassen, verzeihen Sie ihm bitte.«

»Sie Schmeichler«, sagte Vera Tschechowa scheinbar herablassend, doch um ihre Lippen spielte ein winziges Lächeln.

»Ich? Niemals«, versicherte Bárthoy. »Aber natürlich werden wir reden, dazu haben wir uns ja getroffen. Und Ihren Zeitplan halten wir selbstredend ein. Darf ich Ihnen etwas von der Speisekarte empfehlen?«

Sie nickte.

»Kosakenspieß mit Djuvec-Reis mag in Ihren Ohren vielleicht banal klingen, ist aber die Empfehlung des Hauses – und die meinige ebenfalls.«

»Dann gern.«

»Dazu passt vorzüglich ein trockener Rosé …«

»Ich trinke tagsüber nicht«, unterbrach ihn Vera Tschechowa. »Genau genommen trinke ich gar keinen Alkohol. Zu viele unliebsame Beispiele in meiner Familie – die Russen, Sie verstehen …«

Marie grinste heimlich in sich hinein.

Einen größeren Gefallen hätte die Schauspielerin dem Baron gar nicht erweisen können, denn so musste auch er notgedrungen nüchtern bleiben, obwohl er Marie bereits auf dem Weg ins Lokal von den edlen Tropfen im Milan vorgeschwärmt hatte.

Bárthoy ließ sich seine Enttäuschung nicht anmerken. Er bestellte dreimal die Empfehlung des Hauses, für die auch

Marie sich entschieden hatte, dazu Mineralwasser und eine Karaffe Orangensaft. »Sie wissen schon, wie immer.«

Nachdem die Getränke serviert worden waren, schickte er Samy kurzerhand weg.

»Komm wieder in einer guten Stunde«, sagte er. »Oder noch besser in anderthalb. Dann bekommst du deine Bilder.«

Danach begann er mit seinen Fragen, und die Art, wie er das anstellte, war wahrlich beeindruckend. Er gab der jungen Schauspielerin ein väterliches Gefühl der Sicherheit, ließ sie in Ruhe ausreden, setzte nach, wenn sie bei einem Thema abbrach, nötigte sie aber nicht zu Antworten, die sie offensichtlich nicht geben wollte. Trotzdem wirkte Vera Tschechowa die ganze Zeit über leblos, wie unbeteiligt. Kurz hatten sie ihre Großmutter Olga gestreift, ein Stummfilmstar der Zwanzigerjahre, bevor sie im Kassenerfolg *Die Drei von der Tankstelle* auch im Tonfilm berühmt geworden war.

»Dass meine Großmutter auch unter den Nazis erfolgreich war und vielen Männern jener Zeit den Kopf verdreht hat, nehmen manche Leute ihr bis heute übel«, sagte Vera Tschechowa. »Dabei war sie bei Weitem nicht die einzige Diva, die im ›Dritten Reich‹ gedreht hat. Babuschka hat die Konsequenzen gezogen und sich schon vor Jahren vom Schauspielberuf zurückgezogen. Aber sie hat einen quirligen Kopf und steckt nach wie vor voller Ideen. Man wird schon bald wieder von ihr hören. Ich darf heute nur noch nicht verraten, was es sein wird.«

Sie hatte gerade mal zwei kleine Stücke von ihrem Fleischspieß verzehrt und höchstens drei Gabeln Reis, während Maries Teller bereits blitzblank war.

Wie lange hatte sie nicht mehr derart köstlich gegessen!

Spielend hätte sie noch eine zweite Portion geschafft.

»Ich habe als Kinderstar angefangen«, erzählte Vera Tschechowa, »und dann kamen diese seichten Komödien der Fünfzigerjahre, alle mit demselben Schema – einfach grauenhaft! Als Künstler verarmt man dabei innerlich richtiggehend. Und wenn man sich dann als Teenager aus Versehen ein paarmal mit einem berühmten Sänger zeigt, wird man sofort als ›Flittchen‹ deklariert, so schnell geht das in diesem Land.«

»Elvis Presley muss aktuell schwer um Popularität ringen. Sie dagegen haben ganz neue Wege beschritten«, erwiderte Bárthoy, der sein Essen ebenfalls kaum angerührt hatte. Vom Orangensaft dagegen war nur noch ein winziger Rest übrig, und die Wangen des Barons hatten sich stark gerötet. »Filmband in Gold als beste Hauptdarstellerin für *Das Brot der frühen Jahre* – das ist doch etwas, auf das Sie sehr stolz sein können.«

Vera Tschechowas ebenmäßiges Gesicht wirkte plötzlich wie verklärt.

»Weg vom konfektionierten Mittelmaß«, sagte sie träumerisch. »Hin zu raffinierten Bildkompositionen, rasanten Schwenks und temporeichen Montagen. Die Franzosen machen es uns gerade in ihrer *Novelle Vague* vor. Ich bete zu allen Filmgöttern, dass auch wir Deutsche den Mut dazu haben werden!«

»Das sagt die Nachfahrin von Anton Tschechow«, kommentierte Bárthoy schmunzelnd.

»Nein, das sagt eine Frau, die sich wünscht, dass ihr Sohn eines Tages stolz auf seine Mutter sein wird.«

»Er heißt Nikolaus?«, warf Marie ein.

»So heißt er – und ist das wundervollste kleine Wesen, das je gelebt hat!« Vera Tschechowa begann in ihrer Tasche zu kramen, zog ein schmales Album heraus und schob es ihr rüber. »Er hat gerade erst Gehen gelernt und beginnt bereits zu tanzen, wenn er Musik hört. Sehen Sie selbst!«

»Hinreißend«, bestätigte Marie beim Betrachten der Fotos. »So ein süßer Knopf!«

»Sein Vater hat leider nicht den Mut gehabt, sich zu uns zu bekennen. Ängstliches Mittelmaß auch da, obwohl er um einiges älter und welterfahrener ist als ich. Was soll man da machen? Dass er bereits gebunden war, wusste er, bevor unsere Beziehung begann. Aber wir kämpfen uns schon durch, mein Kleiner und ich.«

»Sie sprechen von Ihrem Schauspielkollegen Hartmut Reck?«, erkundigte sich Bárthoy.

»So ist es. Und das können Sie gerne schreiben: Dass seine Liebe nur ein Strohfeuer und nicht stark genug für uns war. Soll seine Frau ihm ruhig die Augen auskratzen, wenn sie das liest. Nichts anderes hat dieser Schuft verdient.«

Aus der edlen Schönheit war im Nu eine wütende Wildkatze geworden.

Bárthoys unbestimmte Geste verriet alles und nichts.

Inzwischen hatte Samy mit seiner Kamera dezent wieder das Lokal betreten.

»Ja, jetzt bin ich bereit für Ihre Fotos«, sagte Vera. »Aber ich will einen lebendigen Menschen darauf sehen, kein Marmorporträt – also strengen Sie sich gefälligst an.«

Samy begann seine Bilder zu schießen, nahm sie von allen Seiten auf, und man konnte spüren, wie beide dabei immer mehr in Fahrt gerieten.

»Ausgezeichnet«, flüsterte Bárthoy Marie zu. Die beiden hatten sich in die gegenüberliegende Ecke zurückgezogen, um die kurze Fotosession nicht zu stören. »Mit der Frage nach Nikolaus haben Sie sie geknackt. Jetzt hätte sie mir alles erzählt. Aber so viel soll ja gar nicht in der Zeitung stehen.«

Marie sah ihn überrascht an.

»Viele dieser Künstler muss man vor sich selbst schützen«, erklärte er leise. »Sonst zerbrechen sie. Das ist wohl eine der heikelsten Aufgaben eines Gesellschaftskolumnisten. Wenn Sie diese Klaviatur der menschlichen Gefühle beherrschen, ist auch der Rest nicht mehr schwer. Diskretion, Diskretion und noch einmal Diskretion, so lautet mein Credo. Andere Kollegen mögen es anders halten und die Verkaufszahlen explodieren lassen, doch ich kann und will nicht aus meiner Haut.« Er nuschelte leicht und wirkte plötzlich erschöpft. »Ich schreibe meinen Text zu Hause. Sagen Sie im Verlag Bescheid, dass er für die morgige Ausgabe steht.«

Marie sah ihm nach, als sie sich schließlich vor dem Milan voneinander trennten. Samy ging an seiner Seite, und nach ein paar Schritten reichte der Fotograf Bárthoy den Arm, weil der Baron nicht mehr ganz sicher ging.

Der Grund dafür offenbarte sich Marie, als sie noch einmal ins Lokal zurückkehrte, weil sie ihren Schal vergessen hatte: Auf dem Tresen neben der Karaffe mit Orangensaft stand eine halb leere Wodkaflasche.

SECHS

Winter 1962/1963

Heribert Klein von der Lokalredaktion konnte Marie nicht ausstehen, davon war sie inzwischen fest überzeugt. In seinen Augen war und blieb sie offenbar das Flittchen, das nur durch einen einflussreichen Gönner an die Stelle im *Tag* gekommen war – und das ließ er sie Tag für Tag spüren.

Von wegen selbstständig kleine Artikel verfassen.

Diese schönen, lehrreichen Zeiten unter Freddy Krenkls und Adrienne Riehls Ägide waren vorbei. Unter Klein wurde Marie zur bloßen Handlangerin herabgestuft. Sie sollte Kaffee kochen, aufräumen, in der Redaktionskonferenz Protokoll führen und danach Geschirr und Gläser spülen, sich als Telefonistin betätigen, Leserbriefe vorsortieren und die Nachrichtenmeldungen, die ständig über den Fernsprecher hereintickerten, in der Redaktion verteilen. Einzig Ella Weiss, Kleins Mitarbeiterin, hatte Marie es zu verdanken, dass sie nicht trübsinnig wurde, weil diese ihr unauffällig ab und zu doch ein paar eigene Zeilen zuschusterte. Dabei hätte Marie die kleine Frau mit der großen Brille anfangs beinahe übersehen, so unsichtbar konnte die sich machen. Niemand wusste wirklich etwas über Ella Weiss, oder wie sie zur *Tag*-Redaktion gestoßen war. Wenn sie allerdings zu reden begann, vergaß man sie nicht so schnell wieder, so warm und melodisch klang ihre Stimme.

Witwe sei sie und habe schwere Zeiten hinter sich, raunte man in der Redaktion, weitere Einzelheiten jedoch waren leider nicht bekannt. Zudem stehe sie unter der besonderen Protektion des Verlegers, was ihre Aura noch geheimnisvoller machte. Stets in gedeckten Tönen gekleidet, die sie älter erscheinen ließen, als sie vermutlich war, uneitel und freundlich, war sie so etwas wie die graue Eminenz der Redaktion. Ihr Wort besaß Gewicht, was Marie erst nach und nach auffiel. Sogar Chefredakteur Hornberg hörte genau zu, wenn Ella Weiss ihre Meinung kundtat. Klein und sie waren ein seltsames Gespann – er laut und polternd, sie leise und besonnen.

Und klug dazu, sehr klug sogar, wie Marie schon bald registrierte.

Souverän und ohne viel Aufhebens bügelte Ella Weiss zahlreiche Fettnäpfchen wieder aus, in die Klein mit seiner unwirschen Art tapste. Zudem besaß sie einen fantastischen Riecher, welche Themen bei den Leserinnen und Lesern besonders gut ankamen – vom neuesten Modetanz Madison, nach dem die halbe Stadt verrückt war, über einen schonungslosen Artikel, wie sehr Farbige in Münchner Nachtlokalen benachteiligt wurden, bis hin zu ihrer viel beachteten Serie *Studieren in München*, in der sie auch vor Problemen wie Wohnungsnot und Geldsorgen nicht zurückschreckte, die die jungen Menschen plagten.

»Die Jugend ist unsere Hoffnung«, schrieb sie. *»Wer, wenn nicht sie, kann dafür sorgen, dass unsere Zukunft besser wird? Wir haben schon einmal den unverzeihlichen Fehler begangen, sie in toxische Bahnen zu leiten, das darf niemals wieder passieren. Wir sollten sie vielmehr unterstützen, nicht maßregeln, sie ermuntern, nicht von oben herab belehren. Die Jugend braucht Toleranz und*

Verständnis, nur so kann sie gedeihen. Lass sie aufmüpfig, stür-misch, ja, sogar schamlos sein, das ist ihr Privileg. Wann, wenn nicht in jenen Jahren, wo alles noch möglich scheint ...«

Klein hatte getobt und als Negativbeispiel die Schwabinger Krawalle ins Feld geführt, die so viel Chaos gestiftet hätten, Ella Weiss aber ließ sich von ihrem Text nicht abbringen.

»Die Jugend lässt sich nicht mehr alles gefallen – und recht hat sie«, sagte sie zu Marie, nachdem er sich wieder halbwegs beruhigt hatte. »Selbst wenn es dabei gewisse Übertreibungen geben mag, das Einzige, was zählt, ist doch das Resultat: Sie denken eigenständig, sind keine Schafe mehr, die andere über sich bestimmen lassen wie noch die Generation vor ihnen. Wie hat Günter Eich das so schön in seinem Hörspiel *Träume* formuliert? ›Seid unbequem, seid Sand, nicht das Öl im Ge-triebe der Welt!‹«

Was für eine ungewöhnliche Frau.

Mehr als einmal war Marie versucht, bei ihr etwas von ihrem Seelenmüll abzuladen, denn zwischen den Eltern und ihr herrschte noch immer bleierne Funkstille. Und nun, da das Weihnachtfest immer näher rückte, litt sie besonders da-runter. Sie vermisste die gemütlichen Sonntage, wo zu Hause klassische Musik lief, die Kerzen am Adventskranz brannten und Schlesische Pfeffernüsse, Mohnkringel und Butterhupferl auf dem Tisch standen, allesamt Köstlichkeiten aus Mamas verlorener Heimat.

Sollte sie einen Anruf wagen?

Von Onkel Julius wusste Marie allerdings, dass ihre Mutter noch immer nicht bereit war, ihr zu vergeben.

Und Papa?

Der litt unter der Trennung, auch das wusste Marie, aber er hielt weiterhin eisern zu seiner Frau.

Nein, sie würde Ella Weiss nicht mit ihrem unseligen Familienzwist behelligen. Was sollte diese kluge, stille Frau auch dazu sagen? Irgendetwas sagte Marie, dass Ella Weiss selbst Schlimmes erlebt haben musste, etwas, das sie zu dieser heroischen, fast weise wirkenden Frau hatte werden lassen, die sie heute war.

Und so biss Marie weiter die Zähne zusammen und machte ihren Kummer mit sich selbst aus. Tagsüber in der Redaktion funktionierte das noch ganz gut. Trotz Kleins Bärbeißigkeit und seiner ständigen Spitzen versuchte Marie schnell und freundlich zu erledigen, was immer ihr aufgetragen wurde. Sie scheute sich auch nicht vor Überstunden, die sie sogar begrüßte, um der Trübseligkeit ihrer Untermietbude möglichst lange zu entfliehen. Nicht einmal richtig warm zu bekommen war ihr Zimmer in diesen eisigen Vorweihnachtswochen, die manch einer schon mit dem Jahrhundertwinter 1946/47 verglich, in dem Tausende am »Weißen Tod« gestorben waren. Tag für Tag tiefe Minusgrade, die Straßen vereist, die Gehsteige die reinsten Rutschpartien. Der uralte Kohleofen bei Witwe Barth ließ sich nur mühsam anheizen und ging bald wieder aus, und Marie wachte jeden Morgen frierend auf. Es kostete sie große Überwindung, sich im ebenfalls frostigen Bad optisch für die Redaktion zu rüsten.

Am schlimmsten aber waren die Wochenenden, die sich endlos hinzogen. Natürlich besuchte sie regelmäßig Onkel Julius, natürlich wärmte sie sich in Roxys gemütlicher Küche ein paar Stunden lang auf, doch für die Unternehmungen, die die Freundin vorschlug, zeigte Marie keinerlei Interesse. Nur mit viel Überredungskunst ließ sie sich am zweiten Advent schließlich doch auf einen Schlittschuhnachmittag auf dem zugefrorenen Nymphenburger Kanal ein.

Es war eine Szene wie aus einem Brueghel-Gemälde: Das bucklige Eis war voll dick verhüllter Menschen. Unter dem blanken Winterhimmel jagten sich spielerisch Kinder, ein zartes Mädchen drehte verträumte Pirouetten, einige ältere Paare liefen Hand in Hand. Auch die beiden Freundinnen gaben ihr Bestes, um der Kälte zu trotzen, und blieben deshalb ständig in Bewegung. Der Leib blieb dabei halbwegs warm, so viele Schichten trugen sie übereinander. Doch trotz Fäustlingen und zwei Paar Wollsocken verwandelten sich Hände und Füße viel zu bald in Eiszapfen, und Marie sehnte sich nach der Rückkehr ins Warme.

Während sie sich noch aus den Schlittschuhen schälte, hatte Roxy bereits eine Unterhaltung mit einer Gruppe junger Leute angefangen, die ein Stück entfernt beim Eisstockschießen offenbar viel Spaß hatten.

»Dürften wir vielleicht auch einmal, meine Freundin und ich?«, fragte sie mit einem schelmischen Augenaufschlag. »Nur probeweise? Wir sind blutige Anfängerinnen, aber eigentlich sieht es ja gar nicht so schwierig aus …«

»Dazu musst du aber deine Kufen ablegen.«

»Klar. Mache ich sofort. Dürfen wir also?«

»Warum nicht?« Der schlanke Dunkelhaarige im bunten Norwegerpullover hatte sich gegen die Kälte mit einem breiten Fellstirnband geschützt, das ihm das Aussehen eines Polarforschers gab. Er wartete, bis Roxy die Schlittschuhe gegen ihre Stiefel getauscht hatte. Dann reichte er ihr seinen Eisstock. »Das dort vorn ist die Daube, so nennt man das Ziel. Je näher du ihr kommst, desto besser für dein Team …«

»Roxy«, sagte Marie, die ihr nachgegangen war. »Was mich betrifft, so will ich lieber gleich nach Hause. Mir ist nämlich eiskalt …«

»Marie? Was treibt dich denn her?«, ertönte plötzlich eine fröhliche Männerstimme.

Marie erstarrte.

Freddy – inmitten der jungen Leute! Er trug einen wattierten Anorak in leuchtendem Azur, der teuer aussah und seine Augen unter der schwarzen Wollmütze noch blauer wirken ließ. Dicht neben ihm stand eine grazile Frau ganz in Rot, die mit einem kleinen Mädchen schäkerte. Obwohl die drei sich nicht berührten, wirkten sie sehr vertraut. Die Kleine lief zu Freddy und schlang ihre Arme fest um seinen Bauch – und plötzlich begriff Marie.

Er hatte Familie!

Deshalb ließ Freddy sich auf keinen Flirt mit ihr ein …

»Ist das etwa jener gewisse …«, flüsterte Roxy, die Maries Reaktion beobachtet hatte. »Schnuckelig, muss schon sagen. Und du siehst auf einmal aus wie ein Reh, wenn es donnert.«

»Ja, das ist mein Kollege«, flüsterte Marie zurück. »Und wehe, du sagst jetzt was Falsches! Das würde ich dir niemals verzeihen.«

Roxy schüttelte stumm den Kopf.

»Och, einfach mal raus bei diesem schönen Wetter«, erwiderte Marie so lässig wie möglich in Freddys Richtung. »Meine Freundin Roxy und ich wollten ein bisschen frische Luft schnappen.«

»Ganz genau«, versicherte Roxy. »Und jetzt krönen wir den winterlichen Nachmittag noch mit einer kleinen Probepartie Eisstockschießen.«

Der Dunkelhaarige grinste. Roxys direkte Art schien ihm zu gefallen.

»Ihr seid also Roxy und Marie, und ich bin der Werner«, sagte er. »Dann versucht mal euer Glück, Mädels!«

Roxy holte aus, doch ihre Sohlen waren zu glatt, um auf dem Eis Halt zu finden. Ihr Stock deidelte nach links und kam weit vor der Daube zum Stehen.

»So ein Mist aber auch!«, rief sie unbekümmert. »Ich hab's total verpatzt!«

Werner drehte die Hände zum Himmel und grinste noch breiter.

»Na ja, für den Anfang gar nicht so übel«, sagte Freddy tröstend. »Und jetzt du, Marie. Trau dich!«

Alle starrten sie an, und sie wäre am liebsten im Eis versunken, so sehr genierte sie sich. Zaghaft holte Marie aus, als sie plötzlich einen anderen Körper dicht hinter sich spürte.

»So wird das nichts«, sagte Freddy an ihrem Ohr. »Ich werde dich mal ein wenig unterstützen. Aber du musst dich führen lassen, okay?

»Okay«, murmelte Marie, der trotz Kälte plötzlich ganz warm geworden war.

Seine Hand auf ihrer, sein Schwung, der ihre Zaghaftigkeit in eine gezielte Bewegung verwandelte. Der Stock schoss nach vorn und kam erst knapp vor der Daube zum Stehen.

Alle klatschten.

»Tolles Team«, sagte Werner anerkennend, während die zierliche Frau in Rot ein wenig den Mund verzog.

»Und das nicht nur auf dem Eis«, sagte Freddy, der nun nicht mehr ganz so dicht hinter Marie stand, was sie bedauerte. »Meine junge Kollegin ist auch in der Redaktion die reinste Freude.«

»Er übertreibt maßlos«, widersprach Marie verlegen. »Ich bin dort nur die neue Volontärin.«

Sie fühlte sich von Minute zu Minute unsicherer. Und wurden die Blicke der Frau in Rot nicht auch immer finsterer? Weil sie glaubte, Marie wolle etwas von ihrem Mann, was ja – ehrlich gesagt – der Wahrheit ziemlich nah kam? Aber doch nur, weil sie das mit seinem Anhang nicht gewusst hatte! Weshalb stellte er sie Roxy und ihr nicht einfach als seine Frau vor?

»Eine erfreulich begabte Volontärin«, korrigierte Freddy, der sich im Gegensatz zu Marie kein bisschen unbehaglich zu fühlen schien. »Von der werdet ihr noch zu lesen bekommen, das sag ich euch.«

»Jetzt lasst uns aber erst einmal unsere angebrochene Partie fortsetzen, Freddy«, sagte Werner. »So mittendrin aufhören ist doch nichts.« Er wandte sich an Roxy und Marie. »Kommt doch einfach später mit dazu, wenn wir uns in der Schlosswirtschaft aufwärmen. In der Schwaige am Schlossrondell schenken sie einen fabelhaften Glühwein aus, und auch der Kaiserschmarrn ist dort nicht von schlechten Eltern. Eine besonders angenehme Form, Advent zu begehen, behaupte ich mal. Sagen wir so in einer Stunde? Dann ist die Sonne weg, und nichts hält einen noch auf dem Eis.«

Roxy nickte begeistert, während Marie den Kopf schüttelte.

»Geht leider nicht. Ich muss noch zu meinem Onkel«, murmelte sie. »Also dann, servus!«

»Was ist denn schon wieder in dich gefahren?«, fragte Roxy, als sie ein paar Schritte gegangen waren.

»Hast du nicht gesehen, wie giftig Freddys Frau dreingeschaut hat?« konterte Marie. »Ich setz mich doch nicht mit denen an einen Tisch und lass stundenlang pures Familienglück auf mich tropfen!«

»Welche Frau?«

»Na, die Dünne, ganz in Rot. Und die Kleine ist die gemeinsame Tochter.«

»Woher willst du das denn wissen?«, fragte Roxy. »Hat dein Freddy dir das gesagt?«

»Brauchte er nicht. Das sieht doch ein Blinder.«

»Ich hab gar nichts gesehen.« Roxy war abrupt stehen geblieben. »Marie, Marie, Mariechen. Deine Fantasie in allen Ehren, aber was du dir da immer zusammenreimst, ist schon erstaunlich. Da war eine Gruppe junger Männer, und ja, eine Frau und ein Kind waren auch darunter. Punkt. Ich hätte übrigens ziemlich Lust, der Einladung zu folgen. Gegen einen kleinen Flirt gäbe es nämlich gar nichts einzuwenden, jetzt, wo Manni mich so schmählich abserviert hat. Diesen Werner fand ich ziemlich süß, und ich hatte den Eindruck, dass auch er ...«

»Das wirst du schön bleiben lassen.« Marie zerrte sie weiter.

»Wie bitte? Du willst mir verbieten, mit ihnen zu feiern?«, fuhr Roxy auf. »Das geht jetzt aber entschieden zu weit!«

»Ich will nur nicht, dass sie dich über mich ausfragen.«

»Ich werde schweigen wie ein Grab«, versprach Roxy.

»Eben nicht. Wenn du Alkohol trinkst, wirst du jedes Mal zur Plaudertasche, das musst du zugeben. Freddy hat seine Geheimnisse, ich hab die meinen. Und daran wird nicht gerührt.«

Sie gingen weiter, beide schweigend.

»Du hast vielleicht ein Glück, dass ich dir niemals lange böse sein kann«, sagte Roxy nach einer Weile. »Keine Ahnung, wie du das anstellst, aber es funktioniert. Okay, dann mach ich eben, was du willst, aber nicht gern, das solltest du wissen.«

»Danke«, erwiderte Marie. »Du hast was bei mir gut.«

»Eigentlich könntest du Freddy doch auch ganz einfach fragen. Was wäre schon dabei? Gleich morgen früh, wenn du ihn in der Redaktion siehst ....«

»Vergiss es!«, fiel Marie ihr ins Wort.

»Und warum nicht, wenn ich fragen darf?«, bohrte Roxy nach.

»Weil er sonst denkt, ich hätte es auf ihn abgesehen.«

»Aber genau das hast du doch, oder etwa nicht?«

»Roxy!« Jetzt blieb Marie mitten auf dem Gehsteig stehen. »Kannst du bitte sofort damit aufhören? Freddy ist vergeben. Schluss. Aus. Wir sind Kollegen – nichts als Kollegen!«

Doch natürlich arbeitete es trotzdem weiter in Marie. Als sie Freddy in der Redaktion über den Weg lief, war der so freundlich und gut aufgelegt wie eh und je, sie dagegen innerlich verkrampft. Ein paarmal war sie fast so weit, Roxys Empfehlung nachzukommen und ihn direkt auf das Treffen am Kanal anzusprechen, ließ es dann aber doch im letzten Moment lieber sein. Verheiratet oder nicht – er wollte definitiv nicht mehr von ihr als freundliche Kollegialität, und damit hatte sie sich gefälligst abzufinden.

Und doch: Als sie wenige Tage später vom Verlag aus mit den Kollegen über den tief verschneiten Marienplatz am eisbezapften Fischbrunnen vorbei zur Weihnachtsfeier spazierte, ging Freddy genau vor ihr, sportlich und dynamisch, und ihre Sehnsucht erwachte erneut.

Reiß dich gefälligst zusammen, befal sich Marie, während sie scheinbar gefesselt Hornbergs Ausführungen über die Bayerische Staatsoper lauschte, die gerade in neuem Glanz entstand.

»In knapp einem Jahr wird hier glanzvolle Neueröffnung sein. Über sechzig Millionen kostet der Spaß, und die Karten werden vermutlich so teuer, dass sie sich kaum noch einer leisten kann – aber die Stadt wird dieses neue Opernhaus natürlich schmücken. Und selbstredend wird *Der Tag* ausführlich darüber berichten. Bárthoy, da zähle ich ganz fest auf Sie!«

Der Gesellschaftskolumnist hatte sich mit Samy ein wenig zurückfallen lassen, holte jetzt aber pflichtschuldig auf.

»Ich spinne bereits die Fäden«, sagte er. »Seit Kurzem ist ja bekannt, dass sie mit der Oper *Die Frau ohne Schatten* starten werden …«

»Und wen genau haben Sie da im Visier?«, hakte Hornberg nach.

»Maestro Strauss selbst kann ich ja leider nicht mehr befragen, der ist seit fast fünfzehn Jahren tot, und Pauline, seine geliebte Frau, ebenfalls. Zum Glück gibt es aber Alice Strauss, die Schwiegertochter, einst seine rechte Hand und eine höchst interessante Persönlichkeit. Mit der stehe ich bereits in Kontakt.«

»Aber bloß nicht wieder dieses pflichtschuldige Betroffenheitsblabla«, verwahrte sich Hornberg. »Das will doch keiner mehr lesen! Ja, ich weiß, diese tschechische Fabrikantentochter hatte es als Jüdin unter Hitler schwer, aber dank ihres berühmten Schwiegervaters hat sie immerhin überlebt.«

»Ihre Mutter leider nicht«, erwiderte Samy kühl, der ebenfalls aufgeschlossen hatte. »Die ist in Theresienstadt umgekommen, ebenso wie zahlreiche andere jüdische Verwandte dieser Familie. Alice Strauss ist einer ersten Verhaftung nur entgangen, weil sich der damalige Gauleiter Wagner für sie eingesetzt hat. Gelitten hat sie trotzdem: Ihren Pass hat man einkassiert, ebenso wie Jagdschein und Führerschein. Sie musste sich immer wieder in windigen Hütten verstecken und durfte nicht einmal mehr die Opern ihres eigenen Schwiegervaters im Theater anhören. Auch ihre Söhne – gemäß der Nazi-Ideologie Mischlinge ersten Grades – mussten um ihr Leben fürchten.«

Inzwischen hatten sie das hell erleuchtete Spatenhaus erreicht, direkt gegenüber der riesigen Baustelle der künftigen Münchner Staatsoper. Sie wurden vom Wirt sehr freundlich empfangen und gelangten über schmale Stiegen hinauf in den ersten Stock, wo die Residenzstube festlich eingedeckt war. Holzdecke, antikisierende Gemälde sowie eine dezente Beleuchtung sorgten für gemütliche Atmosphäre. Und es war erfreulich gut eingeheizt, eine Wohltat nach dem Spaziergang durch die klirrende Kälte.

»Immerhin hat Richard Strauss dafür gesorgt, dass der Grundstock der GEMA gelegt wurde«, nahm Hornberg das Gespräch wieder auf, nachdem alle ihre Plätze an den langen Tischen gefunden hatten. »Ohne ihn würden viele Erben von Komponisten heute auf dem Trockenen sitzen.«

Marie war froh, dass Freddy ein Stück entfernt saß; sie hatte man zwischen Samy und Bárthoy platziert.

Ella Weiss saß genau gegenüber.

»Vorausgesetzt, es waren arische Komponisten«, korrigierte die. »Seine eigene Familie hat dieses Engagement jedenfalls sehr reich gemacht. Und als Präsident der Reichsmusikkammer war er ebenfalls nicht gerade zimperlich. Er hat zum Beispiel nichts dagegen unternommen, als in Dresden Dirigent Fritz Busch und Generalintendant Alfred Reucker aus ihren Ämtern gejagt wurden – obwohl er beiden die Uraufführung der ihnen gewidmeten Oper *Arabella* versprochen hatte. Und er unternahm auch nichts gegen die Amtsenthebung des Leipziger Generalmusikdirektors Gustav Brecher, der zu seinen frühesten und treusten Unterstützern zählte. Im Gegenteil: Er sprang in Berlin für den verjagten Dirigenten Bruno Walter ebenso bereitwillig ein wie in Bayreuth für Toscanini, der seine Teilnahme an den Festspielen abgesagt hatte. Und er gehörte zu den Mitunterzeichnern des öffentlichen ›Protests der Richard-Wagner-Stadt München‹ gegen Thomas Mann, der den Schriftsteller schließlich ins Exil zwang.«

»Gut, dass das mal jemand laut sagt«, pflichtete ihr Adrienne Riehl bei. »Ich kann diese Vergangenheitsverschleierung nämlich nicht mehr ertragen.«

»Die Münchner lieben ihn trotzdem«, knarzte Heribert Klein dazwischen. »In Bogenhausen wurde eine Straße nach ihm benannt. Dieser Richard Strauss ist keiner, für den man sich schämen muss – ganz im Gegenteil. Daher finde ich es auch nur logisch, das neue Opernhaus mit einem seiner Werke zu eröffnen.«

»Mit ein wenig mehr Rückgrat hätte er in der Nazizeit für verfolgte Kollegen durchaus einstehen können«, beharrte Ella Weiss. »Gerade wegen seiner internationalen Reputation. Auch wenn es dann vielleicht unbequemer für ihn gewesen wäre. Er aber hat es vorgezogen …«

»Ella«, unterbrach sie Hornberg. »Muss das alles unbedingt ausgerechnet jetzt auf den Tisch – bei unserer Weihnachtsfeier? Es bringt doch wirklich nichts, auf Toten herumzuhacken. Strauss hat gravierende politische Fehler gemacht, das ist allgemein bekannt, aber er musste Hitler bei Laune halten, um seine Familie zu schützen. Trotz allem bleibt er ein Künstler mit Weltruhm. Und ein erfrischend natürlicher dazu. Während ein Thomas Mann sich wohl Satz für Satz herausquälen musste, sprudelte bei ihm die Kreativität bis ins hohe Alter. ›Ich komponiere so, wie die Kuh Milch gibt‹, hat er einmal gesagt – ich liebe diesen Ausspruch!«

Ein paar pflichtschuldige Lacher. Samy, Adrienne Riehl und Ella Weiss blieben ernst, ebenso wie Marie.

»Unser Verleger würde mir nicht den Mund verbieten«, sagte Ella Weiss leise, aber deutlich vernehmbar. »Auch nicht an Weihnachten. Gerade da nicht. Der hat deutlich mehr Mumm als du, lieber Jörn.«

Hornberg stierte auf die Speisekarte, offensichtlich bemüht, das leidige Thema endlich zu beenden.

»Selleriesuppe, Ente mit Rotkraut an Maronenmus und als Nachtisch warmer Apfelstrudel mit Vanillesoße – das lass ich mir doch gefallen«, las er gönnerhaft vor. »Und ihr hoffentlich auch. Greift zu, Leute! *Der Tag* darf heute seinen bemerkenswerten Lauf gebührend feiern!«

»Kommt Herr Winkler nicht mit dazu?«, fragte Marie ihren Nachbarn.

Viktor Bárthoy schüttelte den Kopf.

»Er besucht mit Frau und Tochter den Sohn in London, soweit ich weiß«, erwiderte er. »Schade eigentlich. Unserer Runde hier hätte er sicherlich gutgetan ...« Er hielt seine Hand über das Glas, als der Kellner ihm Weißwein einschenken wollte. »Für mich nicht, danke sehr. Bringen Sie mir lieber Orangensaft.«

»Sehr gern, der Herr.«

Marie linste nach rechts zu ihm hinüber.

Würde sich sein Besäufnis von neulich wiederholen?

Doch die Flasche Saft, die der Kellner schließlich servierte, wirkte ganz und gar ungepantscht. Offenbar war der ungarische Baron entschlossen, diesen Abend nüchtern zu begehen.

Ganz im Gegensatz zu anderen Kollegen.

Während Marie mit Genuss die liebevoll zubereiteten Speisen verzehrte, schien Dietmar Schenk vor allem dem süffigen Wein zuzusprechen.

»Im neuen Jahr kommen Sie dann ja endlich zu mir, und darauf freue ich mich schon.« Er prostete Marie über den Tisch hinweg zu. »Kann es kaum erwarten, Ihnen die ganz große Politik näherzubringen, auf meine ureigene Weise ...«

»Das wüsste ich aber«, widersprach Bárthoy. »Mit unserem

Chefredakteur ist vereinbart, dass Fräulein Grafs nächste Station bei mir sein wird.«

Marie musterte ihn erstaunt.

»Soll sie vielleicht Saufen bei dir lernen?« Schenks Stimme klang verwaschen. »Oder was sonst kann so ein verlebter Klatsch-Heini wie du einer jungen Frau schon beibringen?«

»Das sagt gerade der Richtige«, erwiderte Bárthoy spitz. »Takt und Fingerspitzengefühl besitzt sie bereits, so etwas lässt sich nicht ohne Weiteres erlernen, wie man ja an dir sieht. Vielleicht kann sie sich noch ein wenig Sicherheit im Auftreten abschauen, das kann bei einem Journalisten niemals schaden. Prominente sind oft bemerkenswert labil, auch wenn sie das hinter ihrem exaltierten Auftreten verbergen. Man sollte ihnen freundlich begegnen, mit einer gewissen Festigkeit. Wenn sie entspannt sind, fangen sie an zu reden, ohne sich decouvriert zu fühlen. Das führt meiner Erfahrung nach zu den interessantesten Resultaten.«

»Ach, in Wahrheit willst du deine ganzen Promis ja doch nur bloßstellen. Immer auf der Jagd nach Skandalen, die die Auflage steigern sollen«, erwiderte Schenk streitlustig. »Das Einzige, was dich wirklich interessiert …«

»Deine Worte verraten, dass du von meinem Metier nicht die geringste Ahnung hast, lieber Dietrich. Nicht nur in deiner Welt der Politik ist Diplomatie das höchste Gut. Wenn ich jemanden verletze, mache ich ihn mir zum Feind und verliere ihn damit für alle Zeiten als Quelle. Ein Gesellschaftskolumnist, dem das unterläuft, wäre – mit Verlaub gesagt – ein Vollidiot.«

Gebannt lauschte Marie dem Schlagabtausch.

Die Aussicht, bald schon gemeinsam mit dem Baron arbeiten zu können, drängte sogar ihre Gedanken an Freddy in den Hintergrund, der am anderen Ende der Tafel saß. Wenn es mit der Liebe schon nichts wurde, würde sie sich eben ganz auf die Karriere konzentrieren, nahm sie sich vor.

»Ich finde, wir sollten keine Zeit verlieren, Fräulein Graf«, wandte sich Bárthoy nun direkt an Marie. »Notieren Sie sich doch schon mal den 26. Januar als festen Termin.«

Marie sah ihn fragend an.

»Da findet wie jedes Jahr im Deutschen Theater der Münchner Presseball statt«, fuhr Bárthoy fort. »Film und Fernsehen, Sport und Politik, alle sind sie mit dabei. Eine gute Gelegenheit, Sie einzuführen. Kontakte, Kontakte und noch einmal Kontakte – das ist die goldene Basis, auf der unser Beruf fußt.«

Der Münchner Presseball! Für einen Moment verschlug es Marie die Sprache.

Wie herrlich aufregend!

Aber würde sie da auch bestehen können? Und in welcher Aufmachung?

Ein neues Abendkleid lag weit jenseits ihrer finanziellen Möglichkeiten. Und bis auf die Granatohrhänger ihrer toten Großmutter besaß sie keinen echten Schmuck.

»Geht es dort nicht sehr fein zu?«, fragte sie leicht beklommen.

»Ach wo, die Damen kommen in der Regel in schlichter Abendgarderobe, die Herren im dunklen Anzug oder Smoking.« Der Baron lächelte. »Machen Sie sich da mal keine unnützen Gedanken, Marie! Sie schmückt die Jugend, und das ist wesentlich attraktiver als aller glitzernder Tand.« Er wurde wieder ernst. »Aber bevor wir dort das Tanzbein schwingen, brauche ich Sie noch für einen besonderen Einsatz: Sylvia Cossy, die Tochter von Vera Brühne, hat mir ein Exklusivinterview angeboten. Sie beide sind fast der gleiche Jahrgang, da möchte ich Sie gerne wieder dabeihaben.«

»Die Tochter der Mörderin?«, fragte Marie. »Hat sie nicht die eigene Mutter beschuldigt? Stand in jeder Zeitung.«

»Vorsicht, Vorsicht«, mischte Samy sich ein. »Immer halblang mit solchen Bezichtigungen. Außerdem hat Sylvia Cossy alles vor Gericht widerrufen.«

»Aber die Brühne wurde doch rechtskräftig verurteilt«, wandte Marie ein.

»Was noch lange nicht heißt, dass sie die Tat auch begangen hat«, erwiderte Samy. »In meinen Augen war das ein schlampig geführter Indizienprozess mit vielen offenen Fragen, künstlich hochgespielt zum Sittenskandal. Womöglich einer jener Fälle, die sich niemals vollkommen aufklären lassen, aber die Staatsanwaltschaft brauchte ja offenbar um jeden Preis einen Täter. Würde mich nicht wundern, wenn alles in Wahrheit ganz anders gewesen wäre. Stil und Klasse hat die Brühne, das steht fest, sie ist keinesfalls die brünstige Hexe, zu der man sie abgestempelt hat. Sogar in Gefangenenkluft bleibt sie ganz Dame. Da fehlt es bei der Tochter noch weit.«

»Du wirst trotzdem perfekte Fotos von Sylvia Cossy schießen«, unterbrach ihn Bárthoy. »Und das bereits nächsten Montag. Sie hat uns nämlich in ihre Wohnung gebeten. Der Revisionsantrag ihrer Mutter wurde abgelehnt. ›Es gibt Redebedarf‹, hat sie gesagt.«

*

Dass der Heilige Abend nicht so deprimierend ausging, wie er für Marie begonnen hatte, war Onkel Julius und Fräulein Federl zu verdanken.

Marie hatte sich überwunden und nachmittags bei den Eltern angerufen. Zum Glück ging ihr Vater ans Telefon, was sie zunächst als gutes Omen deutete. Wie sehr hatte sie seine Stimme vermisst!

Vielleicht wurde jetzt doch alles wieder gut ...

»Ich wollte euch frohe Weihnachten wünschen«, sprudelte sie hervor. »Und fragen, ob wir uns heute vielleicht sehen wollen?«

»Dann bist du also endlich zur Vernunft gekommen, Marie-Louise?«

Seine Frage ernüchterte sie jäh.

»Ich stecke mitten in meinem Volontariatsjahr, Papa«, erwiderte sie. »Und werde es auf alle Fälle been...«

Aufgelegt.

Mitten im Satz.

Marie brauchte eine ganze Weile, um sich wieder zu fassen. Jedes weihnachtliche Gefühl hatte sich jäh verflüchtigt.

Sollte sie sich mit einem Buch im Bett verkriechen und das ganze Brimborium an sich abtropfen lassen? Oder doch bei Roxy vorbeischauen, die bei ihren Nachbarn eingeladen war und sie ebenfalls dazugebeten hatte?

Nein, das konnte sie Onkel Julius nicht antun.

Also zog sie ihre festlichste Bluse an und machte sich auf den Weg zu ihm und Fräulein Federl ins Seniorenheim.

Auch Julius hatte sich mit weißem Hemd, Onyx-Manschettenknöpfen, Fliege und Samtweste fein herausstaffiert. Marie zuliebe hatte er auf die Teilnahme der Weihnachtsfeier im Speisesaal verzichtet. Stattdessen brannten in seinem Zimmer Kerzen an einer kleinen Tanne; es duftete nach Zimtsternen, und auf dem Rechaud wartete eine köstliche Feuerzangenbowle.

Marie hatte für ihn einen Italienbildband besorgt, über den

er sich sehr freute. Lesen konnte er wegen seiner Augenerkrankung ja kaum noch, an den großformatigen Landschaftsaufnahmen jedoch fand er noch immer Vergnügen. Agnes Federl, die Unentwegte, schick in einem schiefergrauen Plisseekleid aus knisternder Seide, hatte ihm eine dicke dunkelblaue Strickjacke mit Zopfmuster gestrickt.

Sichtlich bewegt küsste er sie auf die Wange.

»Was täte ich nur ohne dich, liebste Agnes«, flüsterte er. »Und das schon all die langen, langen Jahre …«

Jetzt hatte auch Fräulein Federl feuchte Augen.

»Für dich doch immer, mein Julius«, sagte sie mit leicht bebender Stimme. »Ich hoffe, das weißt du.«

Die beiden waren so anrührend, dass Marie aussprach, was sie schon lange bewegte.

»Wieso habt ihr eigentlich nie geheiratet? Dass ihr euch liebhabt, sieht man doch.«

Die beiden tauschten einen langen Blick.

»Julius war bereits gebunden, als ich in der Drogerie anfing«, sagte Agnes Federl schließlich nach einem kleinen Räuspern. »Und mich in eine Beziehung zu drängen, hat mir noch nie gelegen.«

»Du warst verheiratet, Onkel Julius?«, fragte Marie überrascht. »Davon höre ich heute zum ersten Mal.«

»Ich war nicht verheiratet«, erwiderte er belegt. »Eine Ehe war leider nicht möglich.«

Marie sah ihn fragend an.

»Du bist inzwischen alt genug, um die Wahrheit zu erfahren«, sagte er schließlich und fuhr nach einer kurzen Pause fort: »Ich habe mich schon als sehr junger Mann zu Menschen des gleichen Geschlechts hingezogen gefühlt. Gustl war meine große Liebe …«

»Ich dachte immer, Gustl ist dein Cousin«, unterbrach ihn Marie. »Der mit den kessen Locken auf dem Foto!«

»Nein, nur Franz ist mein Cousin, das mit Gustl haben wir einfach erfunden. Diese verwandtschaftliche Tarnung lief eine Zeit lang ganz gut; Gustl und ich haben sogar zusammengewohnt, was eine Weile niemanden groß interessiert hat. Doch 1938 wurden wir verpfiffen, und alles flog auf. Meinen Schatz haben sie verhaftet, gefoltert, anschließend ins KZ nach Dachau verfrachtet und dort jämmerlich krepieren lassen.«

»Aber das ist ja furchtbar!«, rief Marie erschrocken.

»Das ist es, und ich bin bis zum heutigen Tag nicht darüber hinweg. Wieso musste er sterben, und ich durfte leben? Diese Frage quält mich noch immer.«

»Aber warum hast du denn nie etwas davon erzählt?«

»Weil nach dem Krieg alle genug mit ihrem eigenen Leben zu tun hatten. Dein Vater Theo mit seinem verlorenen Bein, Karin, die so früh Mutter wurde und in diese neue Rolle erst hineinwachsen musste, und du warst ohnehin noch viel zu klein. Dazu all diese Ruinen, wohin man auch schaute, dann der Wiederaufbau, der so mühevoll und kräftezehrend war, bis die Schwanen-Drogerie instandgesetzt war und wieder richtig lief. Außerdem wird die Liebe zwischen Männern bis heute als Straftat verfolgt, in unserer schönen neuen Demokratie nicht anders als damals unter den Nazis, da war es klüger, sehr diskret zu agieren.« Er schwieg und blickte in die Ferne. »Weißt du, Malou, ich bin kein Mönch, bin niemals einer gewesen, und natürlich gab es nach dem Krieg Begegnungen mit anderen Männern, aber nichts Festes mehr, denn innerlich habe ich mich seit Gustls Tod als Witwer gefühlt.«

Er sandte Agnes Federl einen langen Blick.

»Könnte ich Frauen so lieben, wie dieses wundervolle Wesen es verdient, ich hätte sie längst zu meiner Gattin gemacht. Aber für faule Kompromisse waren wir uns beide zu schade.«

Fräulein Federl nickte. Jetzt weinte sie.

»Ich darf dich platonisch lieben«, sagte sie schluchzend. »Das ist schon eine ganze Menge ...«

Marie war so berührt, dass auch ihre Augen feucht wurden. Wie kompliziert Liebe doch sein kann, dachte sie. Dabei hoffte man doch, sie sei das Einfachste auf der Welt ...

»Wir sind Freunde, Agnes.« Julius nahm ihre Hand und drückte sie fest. »Die allerinnigsten Herzensfreunde. Wie viel mir das bedeutet! Und jetzt pack endlich dein Geschenk aus, sonst wird das hier heute vor lauter Rührung nichts mehr!«

Als sie das dunkelblaue Samtetui geöffnet hatte, leuchtete ihr eine Kette mit zartrosa Perlen entgegen.

»Engelshautkoralle von der Trauminsel Capri«, sagte Julius zufrieden, weil sie vor lauter Freude kein Wort herausbekam. »Für den Engel an meiner Seite. Frau von Sternberg, meine Zimmernachbarin, ist noch recht gut zu Fuß und war so liebenswürdig, sie für mich zu besorgen.«

Marie legte sie ihr um und half mit einem Taschenspiegel aus, damit sich die Beschenkte bewundern konnte.

»Sie sehen hinreißend damit aus«, versicherte sie. »So frisch und jugendlich! Dagegen fällt mein Band mit den Eugen-Roth-Gedichten leider ziemlich kümmerlich aus ...«

»Ich liebe Eugen Roths Verse und freue mich. Danke sehr.« Fräulein Federls Augen strahlten. »Jetzt aber du, Marie. Ich war dafür extra im Fachgeschäft am Marienplatz. Eigentlich sollte ich ja längst Sie sagen, so erwachsen, wie du inzwischen bist.«

Ein wunderschöner Füller, schwarz mit goldabgesetzter Kappe.

»Danke!«, sagte Marie überwältigt. »Und bitte bleiben Sie beim Du – unbedingt!«

»Ich weiß, als Journalistin arbeitest du an der Schreibmaschine, aber vielleicht findet sich ja doch die eine oder andere Gelegenheit, ihn einzusetzen.«

»Ganz bestimmt! Ich werde ihn hoch in Ehren halten«, versprach Marie.

»Und jetzt zu uns, Malou«, sagte Julius. »Ich habe lange hin und her überlegt, womit ich dir eine Freude machen könnte. Schließlich bin ich auf das hier gekommen.« Er überreichte ihr ein flaches Päckchen. »Weil ein bisschen Luxus niemals schaden kann, wenn man jeden Pfennig umdrehen muss …«

»Eine Stola«, sagte Marie überrascht, nachdem sie es ausgepackt hatte. »Und was für eine schöne Farbe, dieses warme Creme!« Sie legte sich das zarte Gespinst um die Schulter. »Blitzt da nicht auch ein bisschen Gold?«

»So ist es.« Er lächelte zufrieden. »Feinstes Kaschmir aus dem Hindukusch, mit eingewobenen Lurexfäden. Freut mich sehr, dass es so gut bei dir ankommt.«

»Bist du eigentlich Hellseher, Onkel Julius? Ich muss beziehungsweise darf nämlich im Januar auf den Presseball. Und ich habe dafür gar nichts anzuziehen.«

»Dann hilft der zweite Teil meines Geschenks ja vielleicht ein wenig weiter.«

Der Umschlag aus elfenbeinfarbenem Büttenpapier war mit blauen Scheinen gefüllt.

»Du bist total verrückt!«, rief Marie. »Das sind ja sechs Hunderter – so viel verdiene ich nicht einmal im Monat!«

»Och, die Kleider bei Couture Hélène in der Theatinerpassage sind schick, aber meines Wissens nicht ganz günstig«, sagte Julius schmunzelnd. »Dazu kommen noch Schuhe, ein Täschchen und der ganze Kleinkram, den eine Frau so braucht, damit alles harmoniert. Ich möchte doch, dass meine Großnichte elegant beim Presseball erscheint.«

»Du bist der Allerbeste!« Marie flog ihm um den Hals. »Und dieses Mal nehme ich dein Geschenk aus vollem Herzen an. Liebe Güte, ist das aufregend! Ich inmitten all der Größen aus Film, Kultur und Sport. Aber Viktor Bárthoy hat versprochen, mir beizustehen. Ich glaube, er mag mich, und er hält mich für talentiert, das hat er jedenfalls gesagt.«

»Dann hast du also eine gute Zeit beim *Tag*?«, fragte Julius. »Und deinen Entschluss nicht bereut?«

Über Maries Gesicht ging ein Schatten.

»Was ich bereue ist, dass es dafür zum Bruch mit den Eltern kommen musste«, sagte sie und verschwieg das missglückte Telefonat vom Nachmittag.

Agnes Federl öffnete den Mund, schloss ihn aber wieder, ohne etwas zu äußern. Maries dringliche Bitte, sich keinesfalls einzumischen, wirkte offenbar noch immer nach, obwohl es der treuen Seele sichtlich schwerfiel.

»Aber meine Entscheidung war richtig«, fuhr Marie fort. »Obwohl es natürlich in der Redaktion nicht nur nette Kollegen gibt.« Beim Gedanken an Schenk und Klein verzog Marie unwillkürlich das Gesicht.

»So schlimm?«, fragte Julius besorgt nach.

»Ach wo! In der Regel läuft alles gut, und ein paar Armleuchter finden sich schließlich überall. Außerdem ist mein Mentor große Klasse, das wiegt alles auf. Von dem kann ich so viel lernen! Wisst ihr, wo wir beide erst vor wenigen Tagen waren, zusammen mit unserem Hausfotografen Samy?«

Sie setzte eine gekonnte Kunstpause.

»Sag schon, wo?«, drängte Agnes Federl.

»In der Wohnung von Sylvia Cossy, der Tochter von Vera Brühne! Viktor Bárthoy hat ein fesselndes Porträt über sie verfasst, Samy tolle Fotos geschossen. Gedruckt wird der Artikel allerdings erst nach dem Fest, das hat unser Chefredakteur so beschlossen.«

»Bei dem Mädchen mit den eiskalten Augen?«, fragte Agnes Federl neugierig.

»Da seht ihr mal, wie manipulativ die Presse sein kann«, entgegnete Marie. »Sie hat grauen Star, deshalb sind ihre Augen so seltsam, eine sehr ungewöhnliche Erkrankung für eine Zwanzigjährige, aber das hat viele Schmierfinken nicht weiter interessiert. Die Mutter eine Kurtisane, die Tochter ein labiles Wrack – und schon ist die auflagenstarke Skandalstory im Kasten.«

»Und wie ist sie wirklich, diese Sylvia?«, wollte Julius wissen. »Öffentlichen Radau zumindest hat sie ja reichlich veranstaltet.«

»Schwer zu durchschauen, da sind Viktor Bárthoy und ich einer Meinung. Offen und freundlich in einem Moment, im nächsten verschlossen und spröde. Mir kam sie zwischendrin restlos überfordert vor, da nützte auch ihre damenhafte Aufmachung nichts. Ihre *Mamska*, so nennt sie ihre Mutter, ist für sie der Mittelpunkt der Welt, vielleicht weil sie ohne ihren berühmten Schauspieler-Vater aufwachsen musste, den sie nach der Scheidung der Eltern nur ab und zu sehen durfte. Jetzt wird Sylvia allerdings sehr lange ohne ihre Mamska auskommen müssen, denn die Revision wurde abgelehnt. Vera Brühne muss ihre lebenslange Strafe absitzen.«

»Aber die Brühne *hat* den Dr. Praun doch umgebracht«, sagte Agnes Federl. »Zusammen mit ihrem Handlanger, diesem windigen Johannes Ferbach. Ich war selbst einen Tag im

Justizpalast. Der Lichthof war voller Menschen, wie in einem Amphitheater. Kameras, wohin man schaute …«

»Genau das meine ich«, sagte Marie. »Gesellschaftliche Vorverurteilung, so hat mein Mentor das genannt. So eine Frau wie Vera Brühne passt einfach nicht ins Bild – zu attraktiv, zu verführerisch, zu unangepasst. Sylvia Cossy hat beteuert, wie sehr sie ihre Mamska gerade deswegen liebt. Die Brühne hat der Tochter die Sache mit dem falschen Geständnis übrigens verziehen, behauptet jedenfalls Sylvia Cossy. Jetzt sollen sich die beiden wieder sehr nahestehen.«

»Na ja, kann sie leicht sagen, wenn die Mutter hinter Gittern sitzt«, sagte Agnes Federl. »Ich traue der einen ebenso wenig wie der anderen.«

»Mütter und Töchter«, sagte Julius mit einem tiefen Seufzer. »Die engste aller Verbindungen, möchte man meinen, und doch manchmal leider trotzdem so schwierig – oder vielleicht gerade deshalb.«

Sein vielsagender Blick glitt zu Marie.

»Ich möchte jetzt endlich ein Glas von der Feuerzangenbowle probieren«, unterbrach die ihn beherzt, bevor die Unterhaltung noch weiter in gefährliche Gewässer abdriften konnte. »Und wie steht es mit euch beiden?«

*

War das wirklich sie?

Als Marie, die lindgrünen Einkaufstüten mit dem goldenen Schriftzug in der Hand, die Wohnung betreten hatte, war sie beinahe in die Witwe Barth hineingerannt, und die hatte den Mund kaum noch zubekommen.

»Aus der Theatinerstraße – ich glaub es ja nicht! Haben

Sie im Lotto gewonnen? Dann kann ich die Miete ja guten Gewissens anheben. Ich muss schließlich auch auf meine Kosten kommen ...«

Marie hatte sie reden lassen und anschließend für Stunden das Bad blockiert. Dieses Mal hatte sie Roxys Hilfe nicht in Anspruch genommen, sondern ganz auf die eigene Eingebung gesetzt. Das Ergebnis ihrer Bemühungen konnte sich sehen lassen. Die frisch gewaschenen Haare umschmeichelten ihr Gesicht. Marie hatte am Make-up nicht gespart, aber zarte Töne verwendet, ein helles Mandel für den winterlichen Teint, bräunliches Rouge, um die Wangen zu betonen, Koralle für die Lippen. Nur die Mascara war schwarz, ein perfekter Rahmen für ihre grünen Augen.

Den Vogel jedoch schoss ihr Kleid ab, ein Einzelstück, wie die Verkäuferin von Couture Hélène versichert hatte, aus schimmerndem Goldlamé, der seine Schattierung bei jeder Bewegung veränderte. Marie hatte schon aufgeben wollen, weil sie sich in all den zuvor probierten Modellen so gar nicht gefallen hatte. Die einen waren zu eng, die anderen zu verspielt, die meisten jedoch für ihren Geschmack viel zu tief ausgeschnitten.

»Ich stell doch nicht meine Brüste der Allgemeinheit zur Schau«, hatte sie in Hemd und Höschen in der Umziehkabine gemurmelt und dabei an Schenks gierige Blicke gedacht. Männer wie ihn gab es garantiert in mehrfacher Ausführung. »Und meinen Rücken erst recht nicht.«

»Dabei haben Sie einen so hübschen Rücken ...«

»Bis auf das da.« Marie deutete nach hinten.

Die Verkäuferin lächelte. »Sie meinen diesen Schweif aus Muttermalen? Also, ich finde ihn, ehrlich gesagt, sehr charmant. Erinnert mich an die nächtliche Milchstraße.«

Marie schnaubte. »Schon im Kindergarten wurde ich deswegen gehänselt. Und in der Schule ging es weiter damit, nur noch schlimmer. ›Hast du dich da nicht gewaschen, Marie? Ist das Dreck? Darf ich mal rubbeln?‹ Bis ich die Nase voll davon hatte und es einfach immer versteckt habe. Dann war endlich Ruhe.«

Die Verkäuferin sah Marie einen Augenblick lang nachdenklich an. »Wissen Sie was? Ich glaube, dann habe ich genau das richtige Modell für Sie …«

Das Abendkleid war vorn und hinten züchtig hochgeschlossen, zeigte jedoch viel freie Schulter, was ungemein raffiniert wirkte. Ein normaler BH hätte darunter gestört, und in dem trägerlosen Modell, das Marie extra für diesen Anlass erstanden hatte, fühlte sie sich leicht frivol. Zufrieden betrachtete Marie sich im Spiegel. Durch den hochgeschlossenen Schnitt des Kleids brauchte sie keine Halskette, was ihr sehr gelegen kam, denn außer Mamas gerissener Perlenschnur, die erst neu geknotet werden musste, besaß sie keine. An ihren Füßen glitzerten goldene Peeptoes, die das Outfit perfekt vervollständigten. Mit stolzen sieben Zentimetern Absatz waren sie höher als alle Schuhe, die Marie jemals besessen hatte. Abzuwarten, wie lange sie darin ohne Schmerzen stehen konnte …

Ungeduldiges Klopfen.

»Da ist ein Herr für Sie gekommen, Fräulein Graf. Er will sie zum Ball abholen …«

Viktor Bárthoy war schon da!

Ein letzter prüfender Blick in den Spiegel. Wie er wohl auf die neue Marie reagieren würde?

Sie prüfte noch einmal den Sitz von Omas Granatohrringen, legte die zarte Stola um, drehte den Schlüssel im Schloss und kam heraus.

Doch nicht der Baron stand im engen Flur, sondern Freddy, der einen leisen Pfiff ausstieß, als Marie ihm entgegentrat.

»Du siehst umwerfend aus, Goldmarie«, sagte er anerkennend. »Ganz große Klasse, ehrlich! Keine Angst, unser charmanter ungarischer Kollege ist nicht etwa indisponiert. Er wollte nur vor dem Event geschwind noch Max Schmeling und seine bezaubernde Gattin Anny Ondra im Hotel Vier Jahreszeiten interviewen und kommt dann nach. Wenn du mir also bis dahin die Ehre erweisen würdest?«

Galant half er ihr in den Mantel, dabei roch sie sein frisches Rasierwasser und bekam sofort am ganzen Körper eine Gänsehaut. Leicht verlegen angelte sie nach ihrer Abendtasche.

»*Skin Bracer* von Mennen«, beantwortete Freddy grinsend die Frage, die Marie gerade gedacht hatte. »Riecht gut, oder? Meine Schwester ist auch ganz verrückt danach.«

»Du hast eine Schwester?«, fragte Marie, als sie Seite an Seite die Treppe hinuntergingen.

»Und ob! Du kennst sie doch. Ingrid war mit dabei auf dem Eis. Sie drangsaliert mich, seit ich auf der Welt bin. Dabei ist sie gerade mal lächerliche zwei Jahre älter.« Er lachte. »Aber Maja, ihre Kleine, gibt ihr inzwischen ordentlich Kontra. Das gefällt mir!«

Die zierliche Rote und das kleine Mädchen – das waren Freddys Schwester und seine Nichte gewesen!

Vor Erleichterung wäre Marie beinahe umgekippt, aber Freddy reagierte blitzschnell und hielt sie fest.

»Schon ein wenig Mut angetrunken, was?«, scherzte er und führte sie zum wartenden Taxi.

Sie nahmen auf der Rückbank Platz, und jetzt konnte Marie Freddys Nähe ganz unbeschwert genießen.

»Sag mal, das ist ja eine ganz schön üble Bude, in der du

da wohnst«, sagte Freddy. »Dieser Drache von Vermieterin wollte mich zuerst gar nicht reinlassen. Ich musste all meinen Charme aufbieten, um überhaupt einen Fuß über die Schwelle zu bekommen. Wirst du da auf Dauer nicht trübsinnig?«

»Schon«, sagte Marie. »Aber find mal in München was Bezahlbares als alleinstehende junge Frau mit kleinem Salär.«

»Stimmt«, räumte Freddy ein, während das Taxi durch die winterliche Stadt fuhr. Der rieselnde Schnee, die Lichter, die schneeweißen Fahrbahnen, Freddy neben ihr – Marie fühlte sich wie in einem Wintermärchen. Von ihr aus hätte diese Fahrt ewig dauern können. »Ich hab damals großes Glück gehabt«, fuhr er fort. »Mein Freund Kalle ist in die USA gegangen und hat mich als Nachmieter empfohlen. So hat es schnell und einfach geklappt.«

»Beneidenswert«, erwiderte Marie. »So etwas bräuchte ich auch.«

»Und wenn du doch noch einmal zu deinen Eltern zurückgehst?«, fragte er. »Ich meine natürlich nur so lange, bis du richtig verdienst? Wäre das nicht einfacher?«

Marie schüttelte vehement den Kopf, während das Taxi in die Schwanthalerstraße einbog und dort nach wenigen Metern hielt. »Heute will ich nicht daran denken«, sagte sie. »Heute wird gefeiert!«

Freddy stieg als Erster aus und hob Marie, die beim Verlassen des Wagens zögerte, kurzerhand über den am Straßenrand aufgetürmten Schneehaufen, in dem sie mit ihrem zarten abendlichen Schuhwerk unweigerlich versunken wäre. Jetzt war Marie ihm noch näher. Für einen Augenblick glaubte sie ihre Herzen im Takt schlagen zu spüren, dann ließ Freddy sie zu ihrem Bedauern schon wieder herunter.

»Noch ein kleiner Tipp von einem Profi«, sagte er, während

sie durch den Torbogen schritten. »Die vielen neuen Namen wirst du dir vermutlich auf Anhieb nicht merken können, und das ist auch nicht weiter schlimm. Aber eines solltest du heute niemals vergessen: lächeln, lächeln, und noch einmal lächeln …«

Und so lächelte sie bereits, während er ihr an der Garderobe aus dem Mantel half, und lächelte weiter, als sie Seite an Seite den Festsaal betraten. Rechts und links an den Seiten reihten sich die Tische, vorn hatte man die Bühne für die Musiker aufgebaut und in der Mitte eine große freie Fläche gelassen, die zum Tanz einlud.

Sie waren ein ansehnliches Paar, das bewiesen die Blicke, die Marie und Freddy streiften, und Marie genoss jeden einzelnen davon. Freddy sah aber auch zu gut aus in seinem Smoking, den er sich beim Kostümverleih besorgt hatte, wie er ihr grinsend zugeraunt hatte. Dass ihr goldenes Abendkleid ein Hingucker war, erkannte Marie daran, wie eilig manche Damen ihren Begleiter an ihr vorbeischleusten.

Der Tisch für den *Tag* befand sich ziemlich nah der Max Greger Band, die zur Einstimmung beschwingte Songs von Glenn Miller und George Gershwin spielte.

»Ganz schön laut!«, rief Marie Freddy zu, nachdem sie Platz genommen hatten.

»Dafür mittendrin in Geschehen. Schau dich doch bloß mal um – Promis über Promis!«

Während die Getränke serviert wurden, Sekt für sie, ein kühles Bier für ihn, folgte Marie seiner Aufforderung. Viele der Gesichter kannte sie von der Filmleinwand, aus dem Fernsehen oder der Zeitung: Dort drüben scherzte Marianne Koch mit ihrem Ehemann; Oberbürgermeister Hans-Jochen Vogel und Frau waren anwesend, sowie Toni Sailer, der »Schwarze

Blitz aus Kitz«, Christel Sembach-Krone, die Zirkusdirektorin, Sabine Sinjen, Heidelinde Weis und Doris Kunstmann, drei vielversprechende Jungschauspielerinnen, der Eiskunstläufer Manfred Schnelldorfer, Ministerpräsident Alfons Goppel und viele, viele andere.

»Darf ich bitten?«

Die Band spielte gerade Cha-Cha-Cha, und Marie folgte nur zu gern Freddys Aufforderung. An die Schritte aus der Tanzschule konnte sie sich zum Glück noch erinnern. Nach wenigen Takten war sie wieder drin, und es machte Spaß, sich zur Musik zu wiegen. Dass als Nächstes ein langsamer Walzer folgte, machte Marie gar nichts aus – im Gegenteil.

Jetzt konnte sie die Nähe zu Freddy ganz unverhohlen genießen, und schon bald kam es ihr vor, als würde sie ein wenig schweben. Sie schloss die Augen, um diese kostbaren Momente festzuhalten, als sie plötzlich Bárthoys Stimme vernahm.

»Danke, lieber Kollege Krenkl«, sagte er. »Sie waren, wie ich sehe, ein fantastischer Statthalter. Aber ab jetzt gehört Fräulein Graf mir.«

Der Baron sah aus, als sei er schon im Smoking zur Welt gekommen – elegant, souverän, jeder Zentimeter ein Gentleman. Samy dagegen, der ihm wie ein Schatten mit seiner Kamera folgte, wirkte selbst im dunklen Anzug leicht abgerissen. Bárthoy nahm Maries Hand und drehte sie langsam einmal um die eigene Achse.

»*Formidable*«, lobte er. »Die reinste Augenweide. Aber ich hatte, ehrlich gesagt, auch nichts anderes erwartet.«

Während Freddy an den Tisch zurückkehrte, tanzte Bárthoy mit Marie die nächsten beiden Musikstücke. Alle im Saal schienen ihn zu kennen. Lächeln, Nicken und ein paar Worte flogen ihm zu.

»Wir drehen ein wenig später zusammen noch die ganz große Tour«, sagte er zu Marie. »Aber erst einmal sollen sie ruhig neugierig werden, was für eine bezaubernde Begleitung ich da im Arm halte …«

»Ihr Töchterchen, Herr Baron?«, rief ihnen Alfons Goppel zu, der sich neben ihnen mit seiner Frau auf dem Parkett redlich abmühte. »Ich gratuliere!«

»Das ist meine junge Kollegin Marie Graf, Herr Ministerpräsident«, erwiderte Bárthoy. »Sie wird mich in der nächsten Zeit innerhalb und außerhalb der Redaktion unterstützen.«

»Ja, Journalist müsste man sein …« Das Ehepaar Goppel walzte schwerfällig weiter.

»Der merkt Sie sich, und das ist schon einmal gut für künftige Interviews.« Bárthoy wirkte zufrieden. »Manchmal wollen nämlich auch Politiker prominent sein. Das können dann ein wenig heikle Momente werden.«

Die Musik endete, und sie kehrten an den Tisch zurück. Ernst Müller-Meiningen jr., der Vorsitzende des Deutschen und Bayerischen Journalistenverbands, ergriff das Wort und begrüßte die anwesenden Gäste. Marie hatte gelesen, dass er unter den Nazis aus politischen Gründen Berufsverbot erhalten hatte und quasi seit Gründungstagen bei der *Süddeutschen Zeitung* arbeitete. Sein Ruf war legendär. Was sie überraschte, war der feine Humor, der in seiner kurzen, sehr prägnanten Rede mitschwang, in der er die demokratische Pressefreiheit beschwor.

Es folgte ein Auftritt der Clowns vom Circus Krone, die auf ihren Blechinstrumenten den anwesenden Journalisten symbolisch den Marsch bliesen.

Danach begann erneut die Max Greger Band zu spielen.

»Wir starten jetzt unsere Runde«, forderte Bárthoy sie auf.

»Keine Angst, Sie müssen sich heute nicht gleich alle Namen und Gesichter merken. Bei den besonders Wichtigen berühre ich leicht Ihren Arm, die anderen lassen Sie innerlich am besten durchlaufen.«

In wie viele Gesichter Marie gelächelt, wie viele Hände sie geschüttelt, wie oft sie ihren Namen wiederholt hatte, weil der Sound der Band recht durchdringend war, hätte sie Stunden später nicht mehr genau sagen können. Ihr Mund fühlte sich starr an vom Dauerlächeln, und in ihrem Kopf flogen unzählige Namen durcheinander wie ein aufgescheuchter Vogelschwarm.

Doch ihr Mentor schien zufrieden.

»Die Society hat Sie wahrgenommen«, sagte er, während sie sich mit einem Glas Sekt erfrischten. »Genau das wollten wir erreichen. Aber das ist natürlich erst der Anfang. Die Prominenten müssen Vertrauen zu Ihnen fassen, nur so läuft unser Job. Bislang sind der Presseball und Marie Graf jedenfalls ein voller Erfolg. Und falls Sie Lust haben sollten zu tanzen ...«

Hatte sie. Aber wo war Freddy?

Der unterhielt sich am anderen Ende des Saals sichtlich angeregt mit einer zierlichen blonden Frau.

»Marika Kilius«, soufflierte der Baron. »Auch genannt die Eisprinzessin. Ein ganz großes Talent im Paarlauf mit ihrem Partner Hans-Jürgen Bäumler. Sie wird es noch weit bringen ...«

Was hatte Marie schon gegen eine veritable Eisprinzessin zu bieten?

Ihr sehnsüchtiger Blick war Bárthoy wohl aufgefallen, denn er schmunzelte.

»Ich muss Sie warnen, meine Liebe«, sagte er. »Romanzen unter Kollegen sind immer so eine Sache. Sie erscheinen verführerisch und so naheliegend, und solange es gutgeht, können sie wahrlich beglückend sein, doch wenn die Gefühle erkalten, dann hat man Stress auf allen Ebenen: privat *und* im Beruf ...«

Marie seufzte. »Aber ich mag ihn doch so sehr.«

Hatte sie das gerade wirklich gesagt?

»Ist mir schon aufgefallen«, erwiderte Bárthoy beinahe zärtlich. »Passen Sie bitte auf sich auf. Freddy Krenkl ist ein netter Kerl, aber ein Mensch mit Tapetentüren.«

»Was genau meinen Sie damit?«, fragte Marie. »Verheiratet ist er nicht, aber hat er eine feste Freundin? Wissen Sie das?«

»Das, meine Liebe, sollten Sie am besten selbst herausfinden. Es steht mir nicht zu, mich da einzumischen. Und jetzt schauen Sie nicht gleich so bedröppelt drein!« Er lächelte. »Der alte Bárthoy redet manchmal daher, als hätte er die Weisheit mit Löffeln gefressen ...«

Aber natürlich bekam Marie seine Worte nicht mehr aus dem Kopf. Den ganzen Abend über klangen sie in ihr nach, besonders beim Tanzen mit Freddy, der sie erneut aufgefordert hatte. Er amüsierte sich prächtig, wirkte lustig, ein klein wenig angeschickert, wie er Marie zuflüsterte, und bewegte sich immer ausgelassener.

»Macht ganz schön hungrig, diese Tanzerei«, stöhnte er irgendwann. »Wie wär's, schöne Goldmarie? Lust auf einen mitternächtlichen Happen unten im legendären Kellergewölbe? Frische Würste, Gulaschsuppe, belegte Brote, da gibt es beinahe alles, was das Herz begehrt.«

»Ich bin dabei«, sagte Marie und folgte ihm die Treppen hinunter. Vielleicht war das die Gelegenheit, ihm endlich auf den Zahn zu fühlen.

Der Keller war erst zur Hälfte mit Gästen gefüllt, und sie

fanden mühelos einen freien Tisch. Freddy labte sich an frisch gebrühten Würsten mit Senf und trank dazu Bier, Marie entschied sich für Selters.

»Herrlich, so was Deftiges nach all den feinen Häppchen«, sagte er genießerisch. »Die einfachen Dinge sind halt oft auch die besten.«

Marie nahm ihren ganzen Mut zusammen. Und wenn die gesellschaftlichen Konventionen hundertmal dagegensprachen, sie würde jetzt tun, was ihr Herz ihr befahl!

»Ich mag dich, Freddy«, sagte sie und sah ihm dabei in die Augen. »Ich mag dich sogar sehr. Aber bevor ich mich da weiter in etwas hineinsteigere, was mich vielleicht nur unglücklich machen würde, brauche ich Gewissheit. Magst du mich denn auch?«

»Spürst du das denn nicht?«, konterte er gut gelaunt.

»Nicht immer. Manchmal bist du so schwer zu fassen. Weil du bereits gebunden ist? Bitte antworte mir jetzt ganz ehrlich: Hast du eine feste Freundin?«

Freddy verschluckte sich fast und schien für einen Moment zu erstarren.

Schließlich nickte er.

Eine heiße Welle schoss durch Marie. Hatte sie sich gerade unsterblich blamiert?

Selbst wenn. Sie musste es wissen.

»Schon lange?« Ihre Stimme war plötzlich ganz dünn.

»Es werden jetzt bald drei Jahre, kommt mir aber sehr viel kürzer vor. Wir passen zusammen, als seien wir füreinander gemacht. Es tut mir leid, wenn ich dich damit verletze, Marie, aber du wolltest ja die Wahrheit hören.«

»Alles gut. Ja, genau das wollte ich.«

Sie schwiegen beide.

»Eine letzte Frage noch, Freddy«, nahm Marie schließlich einen neuerlichen Anlauf, so schwer er ihr auch fiel. »Wie heißt sie?«

»Bruno«, erwiderte Freddy mit einem Lächeln, das leicht verlegen begann, dann jedoch schnell breit und strahlend wurde. »Er heißt Bruno.«

SIEBEN

Frühling 1963

Als Mitte April die Kirschbäume in Blüte standen, bat Hans Wolfgang Winkler Marie zum Vier-Augen-Gespräch ins Verlegerbüro. Sie war nicht die Einzige aus der Redaktion, die dazu eingeladen wurde, gehörte jedoch zu ihrer großen Überraschung zu den Ersten. Sein Büro lag ganz oben unter dem Dach und wurde nur selten genutzt, da der Verleger nicht sehr oft im Haus war – was sich allerdings nun ändern sollte, wie Marie schon gerüchteweise gehört hatte.

Weiße Stringregale, vor den schrägen Fenstern ein großer Schreibtisch mit Glasplatte, der fast schon futuristisch anmutete. Der Besuchersessel war knallrot und drehbar. Trotzdem wirkte der Raum merkwürdig unbelebt. Daran änderten auch die kniehohen Zeitungsstöße links und rechts des Schreibtischs nichts.

Noch bevor Winkler zu reden begann, spürte Marie wieder seine bezwingende Präsenz. Er war so ganz da – als ob ihm die ganze Welt gehöre. Er hatte nichts von dieser resignierten, geduckten Art wie so manch anderer seiner Generation, und auch nicht diese forsche Aufdringlichkeit, die so schnell lästig werden konnte. Gelebte Männlichkeit, selbstbewusst und gelassen, das imponierte ihr.

»Wie Sie vermutlich bereits gehört haben, ziehe ich dem-

176

nächst mit meiner Familie nach München«, begann er, nachdem Marie Platz genommen hatte.

Sie nickte.

Hätte sie gewusst, dass ihr Gespräch mit dem Verleger bereits heute stattfinden würde, hätte sie sich sorgfältiger gekleidet. Wenigstens trug sie das türkisfarbene Twinset, das ihren Teint so schön frisch wirken ließ. Ihre dunkelblauen Pumps vom letzten Jahr, die schon reichlich abgelaufen waren, fielen dann hoffentlich nicht mehr so auf.

Ihr Gegenüber wirkte wie immer sehr gepflegt. Winklers Anzug war sandfarben, und er hatte ihn mit einer frischen grünen Krawatte kombiniert, was ihn jugendlich wirken ließ.

Wie alt er wohl war?

Sie musste Viktor Bárthoy fragen, der würde es wissen.

»In Harlaching haben wir nach langer Suche nun endlich ein Haus gefunden, das uns gefällt«, fuhr er fort. »Und eine passende Schule für unsere Tochter Nathalie liegt zum Glück auch ganz in der Nähe. Damit fällt die lästige Fahrerei aus Salzburg nun weg, und ich werde häufiger in der Redaktion sein können.«

Bei diesen Worten sah er Marie so intensiv an, dass sie innerlich ganz kribbelig wurde. Warum erzählte Winkler das ausgerechnet ihr, der Volontärin? Wollte er ihr damit etwas sagen?

Und wenn ja – was?

Vielleicht war ihm durch Hornberg zu Ohren gekommen, wie unglücklich sie darüber gewesen war, im neuen Jahr nicht gleich unter Bárthoy arbeiten zu können. Stattdessen hatte sie wochenlang weiter beim Lokalteil ausharren müssen, weil Heribert Klein überraschend schwer erkrankt war und Marie Ella Weiss entlasten sollte, soweit es möglich war. Meist hatte

Marie das tägliche Klein-Klein verfasst, ohne das ein Boulevardblatt wie *Der Tag* nicht auskam – Artikelchen über Ausstellungseröffnungen, Ordensverleihungen, Verkehrsunfälle und Ähnliches. Doch es hatte auch eine stattliche Ausnahme gegeben, die sie sehr glücklich gemacht hatte.

»Gefällt Ihnen Ihre Tätigkeit beim *Tag*?«, fragte er.

Marie beschloss, ganz ehrlich zu sein.

»Ja, ich fühle mich sehr wohl in der Redaktion. Natürlich wäre ich am liebsten sofort mit dem Baron auf Promijagd gegangen«, gestand sie. »Doch so gab es eine andere Chance für mich, die ich Ella Weiss verdanke. Man kann so viel von ihr lernen. Und sie vermittelt ihr immenses Wissen ohne jeden Druck, das mag ich sehr.«

»Sie sprechen von der Serie *Münchens Montmarte in Vergangenheit und Gegenwart?*«, fragte Winkler. »Sehr anständig geschrieben. MG – das sind doch Ihre Initialen?«

»Ja«, erwiderte Marie freudig, weil sein Lob sie ermunterte. »Frau Weiss und ich fanden es angemessen so, weil ich doch noch in der Ausbildung stecke. Über Schwabings bunte Historie zu recherchieren, hat mir Riesenspaß gemacht – und mich gleichzeitig auch ein wenig sehnsüchtig werden lassen. Dort zu wohnen, was für ein Traum wäre das!«

»Wer so schreiben kann, braucht sich künftig nicht zu verstecken. Marie-Louise Graf – das klingt hochanständig, aber auch ein ganz klein wenig bieder, wenn ich so offen sein darf.«

»Ich weiß. Marie-Louise ist hoffnungslos altmodisch. Der Name war Papas ausdrücklicher Wunsch.«

»Ihr Vater in allen Ehren, aber haben Sie vielleicht noch weitere Vornamen?«

»Leider nein.« Sie überlegte kurz. Wurde es jetzt zu persönlich? Dann gab sie ihren Kosenamen doch preis. »Wie wäre es mit Malou? Mein Großonkel nennt mich so, seit ich auf der Welt bin.«

»Malou …« Winkler lauschte dem Klang nach. »Malou Graf, ja, das klingt absolut pressetauglich! Sie haben ganz offenbar einen Großonkel mit gutem Geschmack.« Er lächelte. »Sie fragen sich sicherlich, weshalb ich Sie heute heraufgebeten habe.«

Jetzt nickte sie stürmisch.

»Unser Blatt hat sich gut eingeführt, der aktuelle Lauf ist zufriedenstellend, und dennoch gibt es noch Luft nach oben«, sagte Winkler. »Wenn wir neben der Konkurrenz bestehen wollen, werden wir expandieren müssen, personell ebenso wie inhaltlich. Die bundesdeutsche Presselandschaft erlebt momentan umgreifende Veränderungen, wer da nicht mitzieht, wird früher oder später untergehen. Alte Zöpfe müssen dringend ab, lieb gewonnene Ansichten neu überdacht werden. Die Ära Adenauer geht definitiv zu Ende, und mit dem Aufräumen des Schutts aus der Nachkriegszeit ist nun endgültig Schluss – auch wenn noch nicht alle Kollegen das bemerkt haben. Deshalb setze ich speziell auf junge Kräfte wie Sie. Sie sind sozusagen die Saat der Zukunft!«

Er schien fast vergessen zu haben, dass Marie vor ihm saß, die jedes seiner Worte inhalierte.

»Die Leser werden zunehmend kritischer«, sagte sie. »Das sieht man auch an den Briefen, die zu uns in die Redaktion kommen.«

»Und das ist gut so.« Winklers Augen leuchteten. Ihre Antwort schien ihm zu gefallen. »Meine Generation wurde noch zu stumpfem Gehorsam erzogen – fragen Sie nur Ihre Eltern. Die Jungen von heute dagegen denken selbstständig und …«

Marie musste unwillkürlich das Gesicht verzogen haben, denn Winkler hielt mitten im Satz inne.

»Habe ich etwas Falsches gesagt? Ihre Eltern sind doch hoffentlich wohlauf?«

»Das sind sie«, erwiderte Marie rasch, obwohl sie es nur aus zweiter Hand von Onkel Julius wusste. Fehlte noch, dass der Verleger von ihrem unseligen Familienzwist erfuhr – wie peinlich! »Aber was Sie über den stumpfen Gehorsam der letzten Generation gesagt haben, trifft für keinen von beiden zu. Mein Vater hat im Krieg einen Unterschenkel verloren, weil er sich mutig einem Befehl widersetzt hat, den er für falsch hielt. Und Mama ist sehr jung ganz allein durch halb Deutschland gefahren, um ein neues Leben zu beginnen. Dass sie nie mehr nach Hause zurückkehren würde, konnte sie damals noch nicht ahnen.«

Winkler erhob sich, ging zum Fenster und öffnete es. Warme Frühlingsluft flutete herein, und das Büro wirkte plötzlich freundlicher und heller.

»Das klingt spannend«, sagte er. »Endlich einmal nicht die üblichen Biografien, die man bereits überhat. Und dazu diese begabte Tochter, die ihren Weg geht – Ihre Eltern müssen ungeheuer stolz auf Sie sein.«

Wieder hatte Marie ihre Gesichtszüge nicht ganz im Griff. Sie spürte selbst, wie ihre Mundwinkel leicht nach unten sackten.

»Sie sind es nicht?«, fragte Winkler überrascht. »Das wundert mich. Unsere Nathalie wird erst zwölf, aber wenn sie in zehn Jahren nur halb so gut formuliert wie Sie, würde mich das sehr glücklich machen.«

»Meine Eltern hatten sich einen ganz anderen Beruf für mich vorgestellt«, sagte Marie. »Papa hat eindeutig für Pharmazie plädiert, Mama sogar für Medizin. Alles, bloß keine Zeitung …«

»Und doch sind Sie hier beim *Tag* gelandet.«

»Ja, das bin ich, und für mich war diese Entscheidung genau richtig.« Maries Stimme hatte zum Glück ihre Festigkeit wiedererlangt.

»Und wo soll es nun weiter für Sie hingehen? Wo sehen Sie Ihre Perspektiven?«

»Als Gesellschaftsreporterin«, erwiderte sie, ohne zu zögern. »Am liebsten möchte ich in die Fußstapfen von Viktor Bárthoy treten, obwohl ich natürlich weiß, wie groß diese sind.«

»Was genau fasziniert Sie daran?«, fragte Winkler. »Das prickelnde Luxusleben mit Reisen und tollen Partys? Klickende Kameras, wohin auch immer man geht? Oder sind es die Villen und Traumautos?«

»Nichts von alledem!«, antwortete Marie. »Im Grunde geht es doch um Menschen und ihre Schicksale, um Hoffnungen und Enttäuschungen, um Aufstieg und Fall, Liebe und Hass – die ganze Skala der Emotionen, die in jedem von uns stecken. Menschen verlieben sich, heiraten, bekommen Kinder, lassen sich wieder scheiden, gehen Geschäfte ein, die mal erfolgreich sind und mal nicht – das ganz normale Leben. Bei den sogenannten *celebrities* kommt uns das alles nur viel größer und bunter vor, weil wir wie mit einer Lupe auf sie starren. Dabei sind sie eigentlich nicht sehr viel anders als wir – nur eben prominent.«

Der Blick des Verlegers war nachdenklich geworden.

»Eine erstaunlich reife Sichtweise für eine so junge Frau«, sagte er. »Wie alt waren Sie gleich noch mal, Fräulein Graf?«

»Dreiundzwanzig«, erwiderte Marie. »Und so jung komme ich mir gar nicht mehr vor. Andere meines Jahrgangs haben bereits ein Studium absolviert, sportliche Rekorde erzielt oder etwas Bedeutsames für die Menschheit erfunden. Von alldem bin ich leider meilenweit entfernt. Manchmal geht mir alles viel zu langsam!«

Jetzt schmunzelte Winkler.

»Selbstkritik ist also vorhanden«, sagte er. »Eine gute Voraussetzung für unseren Beruf. Und was nicht ist, kann ja noch werden. Talent und Biss haben Sie jedenfalls und konkrete Ziele dazu, das gefällt mir. Geduld bringt einem das Leben schon bei, da muss man selbst gar nichts dazutun.«

Er stand auf und reichte ihr die Hand.

»Danke für diese interessanten Einblicke«, sagte er. »Ich gebe Sie hiermit offiziell frei für die Arbeit mit unserem charmanten ungarischen Baron.«

Marie strahlte.

»Gleich heute?«, vergewisserte sie sich.

»Wenn Sie wollen – sofort.«

»Hatte ich, ehrlich gesagt, schon gehofft«, gestand sie. »Viktor Bárthoy braucht mich nämlich ganz aktuell, hat er vorhin gesagt.«

»Dann passt es ja. Schicken Sie mir doch bitte als Nächstes Herrn Krenkl herauf.«

Beim Abstieg zum Großraumbüro im ersten Stock, wo die Kollegen emsig telefonierten und texteten, hatte Marie noch immer Wolfgang Winklers amüsierte Miene vor Augen.

War sie zu weit gegangen? Eine junge Frau wie sie, die dem Großmeister des Promiklatsches nacheiferte?

Träumen darf man ja schließlich, dachte Marie in einem Anflug von Trotz. Außerdem hat er mich direkt gefragt. Hätte ich da vielleicht lügen sollen?

Betont lässig schlenderte sie zu Freddys Schreibtisch.

Seit jenem Abend im Keller des Deutschen Theaters waren sie beide sich mit Vorsicht begegnet. Ein paar belanglose Sätze, bloß nichts, was in die Tiefe ging. Marie hatte eine ganze Weile gebraucht, um ihre Enttäuschung zu überwinden.

Freddy liebte Männer.

Und sie hatte ihm beim Ball quasi eine Liebeserklärung aufgedrängt …

Sie schämte sich noch immer, wenn sie daran dachte. Aber woher hätte sie so was auch wissen sollen? Auf der anderen Seite fühlte es sich irgendwie beruhigend an, dass Freddy ihr keine andere Frau vorzog, sondern einen Mann. Liebend gern hätte Marie mehr über ihn erfahren, doch sie hatte es nicht gewagt, das heikle Thema anzuschneiden – erst recht nicht im Verlag, wo es so viele neugierige Ohren gab. Vor allem Dietrich Schenk hatte Freddy auf dem Kieker, das war Marie in den vergangenen Monaten immer deutlicher geworden. Sein Frotzeln kippte immer wieder ins Beleidigende, und obwohl Freddy sich verbal meist redlich schlug, spürte sie doch, wie sehr es ihm zusetzte. Für Schenk, der sich wie ein balzender Pfau aufführte, war der smarte Sportreporter kein richtiger Mann, und das gab er ihm unmissverständlich zu verstehen.

»Das mit der Braut wird bei dir wohl nichts mehr, Krenkl, oder?«, hatte Schenk erst heute wieder mit einem fiesen Grinsen gefragt. »Weil du nicht magst? Oder weil du nicht kannst? Oder vielleicht sogar beides auf einmal?«

Freddy war blasser als sonst und ungewöhnlich still, fiel Marie auf, und sie musste wieder an das denken, was Onkel Julius an Weihnachten erzählt hatte. Dessen große Liebe Gustl hatte bitter für sein Anderssein büßen müssen, und auch er trug bis heute eine Wunde im Herzen.

»Wollen wir beide vielleicht auf ein Bier gehen?«, fragte sie ihn spontan.

»Gern.« Da war es wieder, sein strahlendes Lächeln, das sie so mochte. »Gleich heute nach der Arbeit? Diese neue Bundesliga kostet mich noch den letzten Nerv. Ich könnte ein bisschen Ablenkung gut brauchen ...«

»Einverstanden. Ich fahre mit Samy und dem Baron an den Tegernsee zu einer Schönheitsfarm. Jetzt bin ich nämlich ganz offiziell bei Bárthoy, stell dir vor! Bis spätestens sieben müssen wir zurück in der Stadt sein. Da wartet schon der nächste Termin auf die beiden.«

»So eine Schönheitsfarm hast du eigentlich gar nicht nötig, Mariechen«, sagte Fredy grinsend. »Bist doch frisch und glatt wie der junge Frühling!«

»Quasselkopp!« Sie versetzte ihm einen spielerischen Hieb und genoss es, wieder die alte Unbeschwertheit zwischen ihnen zu spüren. »Ich lass mich doch nicht bearbeiten! Die Kessler-Zwillinge sind derzeit unter anderem dort Gästinnen.«

»Gästinnen – was soll das denn für ein Wort sein, Fräulein Volontärin?«, neckte er sie. »Bei mir haben Sie das aber nicht gelernt.«

»So nennt Gertraud Gruber die Damen, die ihre Dienste in Anspruch nehmen. Und warum eigentlich nicht einmal eine weibliche Form? Muss doch wirklich nicht alles auf der Welt männlich sein!«

Im Auto mit Samy am Steuer kamen sie erneut auf dieses Thema zu sprechen.

»Emanzipation, ick hör dir trapsen«, seufzte der Fotograf, während er seinen uralten Austin Morris beschleunigte.

Beim ersten Kennenlernen hatte Marie ihm einen topmodernen Sportwagen angedichtet. Inzwischen war sie glücklich, sich auf der unbequemen Rückbank zusammenzufalten, während das Grün des Hofoldinger Forsts an ihnen vorbeirauschte. Hatte Samy sein Vorkriegsmodell in der Werkstatt tunen lassen? Jedenfalls musste man sich in ordentlicher Lautstärke unterhalten, denn viel an Dämmung besaß das Modell offenbar nicht.

»Mit eurer Schönheit macht ihr uns doch schon seit Jahrtausenden fertig!« Samy unterstrich seine Worte mit einem Schlag auf das Lenkrad. »Ich bin ja bereit, euch Frauen hemmungslos anzubeten und mich immer wieder aufs Neue von euch verführen zu lassen. Mit dem allergrößten Vergnügen sogar. Aber müsst ihr nun auch noch die gleichen Rechte einfordern? Wohin soll das alles bloß noch führen …«

»Mir gefällt die Idee einer weiblichen Welt«, entgegnete Bárthoy. »Die männliche hat doch wirklich mehr als genug Unheil angerichtet. Lass es die Frauen versuchen! Könnte mir durchaus vorstellen, dass es mit ihnen für uns alle besser wird.«

»Du nun wieder!«, spöttelte Samy. »Klar, dass du das sagen würdest. Aber dann gehen die Damen dir auch nicht mehr so schnell auf den Leim, mein Bester. Weil sie nämlich deine Komplimente gar nicht mehr nötig haben. Du müsstest dein bewährtes Konzept leider ändern.«

»Etwas Nettes hört doch jeder gern, egal ob Frau oder Mann«, sagte Marie. »Und wenn es dann auch noch so charmant formuliert ist wie bei Ihnen, lieber Herr Bárthoy, ist es besonders schön.«

»Was für eine stattliche Schleimspur, liebes Fräulein Graf«, kommentierte Samy. »Unser Viktor weiß doch bereits, dass er großartig ist.«

»Ich hab kein bisschen geschleimt«, verteidigte sie sich, »sondern nur gesagt, was ich denke.«

»Okay, okay, okay, ich merke schon, dass zwischen euch beide kein Blatt passt. Mein Vorschlag zur Güte: Wollen wir uns nicht duzen, wo wir doch von nun an so eng zusammenarbeiten werden?«

»Gerne«, sagte sie freudig.

»Ich bleibe der Samy und du …«

»Malou«, sagte sie. »Mein Großonkel hat mich schon immer so genannt, und unserem Verleger gefällt der Name auch. *Pressetauglich*, so hat er ihn genannt.«

»Malou«, wiederholte der Baron. »Geheimnisvoll, anziehend, mit einem Hauch *surprise* – ja, das merkt man sich.«

»Dann hat der Alte ja mal was Gutes angestoßen«, sagte Samy. »In nächster Zeit wird er sich ohnehin mehr in den Laden einmischen, was garantiert nicht allen in der Redaktion passt. Das Startkapital für den *Tag* stammt übrigens von seiner Frau. Er hat sich eine reiche Erbin geangelt, und wie man so hört, war auch die erste Frau Winkler aus schwer betuchtem Hause.«

Inzwischen hatten sie die Bundesstraße erreicht und fuhren in das Tegernseer Tal.

»Ganz schön viele Autos«, kommentierte Bárthoy. »Bin froh, dass ich in der Stadt meist nicht so lange Wege habe.«

»Das ist heute noch gar nichts«, erwiderte Samy. »Am Wochenende muss man hier inzwischen mit einer wahren Blechlawine rechnen. Der Städter hat das Alpenvorland als Freizeitvergnügen entdeckt. Jetzt gibt es keine Gnade mehr.«

Malou schaute aus dem Fenster. Der blaue Himmel, der schmale See in weiteren unendlichen Blauschattierungen, umstanden von noch immer schneebedeckten Bergen – es war alles so idyllisch, dass sie innerlich ganz ruhig wurde.

»Gertraud Gruber ist eine selbstbewusste Person, die weiß, was sie will«, sagte Bárthoy auf dem Vordersitz. »Ich hatte schon einmal das Vergnügen mit ihr. Die Kessler-Zwillinge treffe ich heute zum ersten Mal. Alles mal zwei, man wird sehen, wie das funktioniert.« Er drehte sich halb zu Malou um. »Die beiden wurden schon unzählige Male interviewt – Flucht aus dem Osten, dann für den Lido entdeckt, nun Auftritte im italienischen Fernsehen … Aber vielleicht gelingt es uns ja, etwas Neues für die Leser aus ihnen herauszukitzeln. Das wäre *superb*, finden Sie nicht?«

»Unbedingt«, erwiderte Marie. »Darf ich auch einfach so Fragen stellen, wenn mir etwas einfällt?«

»Ich bitte sogar darum. Deshalb sind Sie ja schließlich mit dabei.«

»Und Sie werden wie immer ohne Technik arbeiten?«, fragte sie nach.

»Moderne Aufnahmegeräte machen die Menschen stumm oder lassen sie zu Schwätzern werden. Das Wichtigste speichere ich in meinem Kopf. Und für Details habe ich mein Notizbuch.«

Die Schönheitsfarm in Rottach-Egern bestand aus mehreren Gebäuden im Landhausstil, verstreut in einer weitläufigen Gartenanlage. Gertraud Gruber empfing sie lächelnd und führte sie zu einer sonnenbeschienenen Terrasse, auf der einige Tische und bequeme Stühle standen. Sie war eine zarte, kleine Frau, dezent in Beige und zartem Rosé gekleidet.

»Bitte«, sagte sie und wies auf einen der Tische, auf dem bereits Gläser und eine Karaffe standen. »Setzen Sie sich. Hier draußen können Sie Ihr Interview führen. Die inneren Räumlichkeiten werden ausschließlich von meinen Gästinnen betreten.«

»Keine Ausnahme?«, fragte Samy. »Ich hätte zu gern ein paar Fotos von innen geschossen …«

»… was leider gegen meine Philosophie verstoßen würde.«
Grubers Lächeln war fein, aber unerbittlich. »Erholung an
Körper und Geist. Innere Harmonie. Absolute Ruhe. Absolute
Diskretion. Meine Einrichtung ist alles andere als eine ›Run-
zelranch‹, wie die Presse vor Jahren fälschlicherweise geurteilt
hat. Es geht nicht darum, an den Damen kosmetische Op-
timierungen vorzunehmen, obwohl unsere Produkte selbstredend hochklassig und naturbelassen sind, sondern sie von
außen und innen zu neuer Vitalität, Ausstrahlung und Schönheit zu führen. All das funktioniert, wie die langjährige Erfahrung gezeigt hat, am besten ohne Männer.«

Jetzt bekam ihr Lächeln etwas Schelmisches.

»Stärken Sie sich inzwischen mit frischer Ingwerlimonade.
Ich gehe die Damen Kessler holen.«

»Was ist das denn für ein scheußliches Zeug!«, prustete
Samy nach dem ersten Schluck. »Das stinkt ja wie Medizin!«

»Schmeckt doch ganz gut«, widersprach Malou, die mit
Sorge beobachtete, wie der Baron nicht nur sein Notizbuch,
sondern auch einen lederbezogenen Flachmann aus der Anzugs-
innentasche zog, ihn aufschraubte und an die Lippen setzte.

»Schon dein dritter heute, Viktor«, sagte Samy mahnend,
während Bárthoy trank. »Pass ein bisschen auf. Nuschelnd
wirst du vermutlich keinen besonders guten Eindruck auf die
beiden Tanzmäuse machen. Außerdem haben wir anschließend ja auch noch was vor …«

»Mit läuft es einfach besser«, erwiderte der Baron lakonisch
und ließ den Flachmann wieder verschwinden. »Habe ich dich
außerdem jemals enttäuscht? Na also!«

Er stand geschmeidig auf, als die Kessler-Zwillinge erschienen, beide in wadenlangen weißen Bademänteln, auf der Nase
übergroße dunkle Sonnenbrillen.

»Sehr erfreut. Mein Name ist Viktor Bárthoy, Gesellschafts-reporter beim *Tag*. Die junge Dame hier ist meine Assistentin Malou Graf, und das ist unser Hausfotograf Sieg...«

»Keine Fotos.« Eine der Zwillinge hob abwehrend die Hand, während sie sich in den Gartenstuhl sinken ließ. »Überhaupt haben Sie sich wohl leider ganz umsonst hierherbemüht.«

»Aber unser Termin war doch fest vereinbart«, widersprach Bárthoy konsterniert.

»Das ist wahr, aber unser Management hat uns in letzter Minute dringend abgeraten«, erklärte Zwilling zwei, die sich ebenfalls in einem Stuhl niedergelassen hatte. »Man hat in der Redaktion Bescheid gesagt, aber da waren Sie offenbar bereits unterwegs.«

»Und weshalb, wenn ich fragen darf?«

»Können Sie sich das nicht vorstellen?« Zwilling eins nahm die große Brille ab. »Wir sind jetzt siebenundzwanzig und seit mehr als zehn Jahren im Geschäft. *Aus für die Kesslers? Die Kessler Zwillinge brauchen eine Schönheits-OP. Ist der Lack schon ab?* Hatten Sie an solche Schlagzeilen gedacht? Aber da-raus wird nichts. Wir beide haben die ewige Jugend gepachtet. Punkt. Meinetwegen reden Sie mit uns, wenn Sie sich schon herbemüht haben. Aber es wird keine Bilder von diesem Ort geben.«

»Ellen hat recht.« Jetzt zog auch ihre Schwester die Brille ab. »Wenngleich sie häufig erst redet oder agiert und dann denkt, während ich lieber ausgiebig überlege, bevor ich etwas zum Besten gebe.«

»Und dann oft gar nichts mehr sagst oder tust, liebe Alice«, kam als giftige Antwort. »Wir sind nur rein optisch fast iden-tisch. Eben aus einem Ei geschlüpft. Charakterlich aber sind wir so verschieden wie Tag und Nacht.«

Gebannt schaute Malou von einer zur anderen.

Identisch waren die beiden tatsächlich nur bedingt. Gut, da waren die berühmten Endlosbeine, die unter dem Bademantel hervorschauten; die Frisur war, abgesehen von der Seite des Scheitels, gleich, die Augenfarbe – ein helles Graugrün – ebenfalls, aber Ellens Gesicht war breiter und flächiger, ihre Lippen weicher, während Alice ein spitzeres Kinn und schärfer konturierte Wangenknochen besaß.

»Immer alles auf der Bühne synchron auszuführen«, fragte Malou spontan. »Ist das manchmal nicht einfach nur nervig?«

»Davon leben wir«, erwiderte Alice. »Eine allein würde vermutlich kein Mensch engagieren bei dieser Flut an schönen jungen Frauen im Showbiz.«

»Und ob das nervt«, seufzte Ellen. »Und du darfst niemals patzen, denn du kannst ja nichts heimlich korrigieren, weil die andere im Takt bleibt und die Zuschauer es sofort merken würden. Wissen Sie, was? Im nächsten Leben werde ich Opernsängerin und Einzelkind.«

Alle lachten.

»Sie haben ganz früh mit dem Tanzen begonnen, nicht wahr?«, fragte Malou weiter.

Ellen nickte. »Nicht ganz freiwillig. Unser Vater hat uns getrimmt. Wir mussten Akkordeon spielen lernen und Akrobatik. Das haben wir dann im Park und an Bushaltestellen vorgeführt.«

»Gegen Bezahlung?«, fragte Malou.

»Nein«, sagte Alice. »Nur, damit er mit uns angeben konnte. Wir durften keine Fehler machen, sonst wurde er wütend. *Fehler machen nur Dumme*, hat er immer gesagt. Dabei war sein eigenes Leben ein einziger Fehler.« Zwischen ihren Brauen erschien eine strenge Falte. Frau Gruber würde zu arbeiten bekommen. »Aber damit hat er uns zur Präzision erzogen. Die steckt tief in uns drin. Wir können gar nicht mehr anders.«

»Aber nur, wenn wir zu zweit waren«, ergänzte Ellen. »Manchmal hat eine sich versteckt, wenn er wieder mit uns losziehen wollte. Dann musste auch er zu Hause bleiben. Mit einer allein ließ sich ja kein Staat machen.«

»Hört sich nach einer reichlich komplizierten Kindheit an«, warf Bárthoy ein. »Mit vielen Einschränkungen.«

»Wir hatten uns«, sagte Alice. »Immerhin. Unser Vater hat getrunken und die Mutter verprügelt, während wir voller Angst nebenan im Bett lagen und uns schlafend stellten. Was sollten wir auch tun? Wir waren ja noch Kinder. Keinen Ehemann, das haben wir uns damals geschworen. *Wir* würden uns nicht von einem Kerl abhängig machen, weder emotional noch finanziell – niemals.« Sie fuhr sich mit der Hand über das Gesicht, als wolle sie etwas wegwischen. »Mittlerweile sind die Eltern zum Glück getrennt. Mit Mutti sind wir nach wie vor sehr eng, und das wird auch so bleiben. Mit ihm nicht.«

Beide sahen plötzlich bedrückt aus.

»Man kann es manchmal fast vergessen«, sagte Ellen. »Wenn die Kostüme besonders glitzern und der Applaus besonders laut ist. Wenn alle uns zujubeln. Von Nerchau in Sachsen über das Opernballett Düsseldorf bis an den Pariser Lido und vor die Filmkameras – eigentlich gar nicht so übel, nicht wahr? Große Bühnen, je größer, desto besser, dann ist es beinahe weg.«

»Aber es kommt immer wieder«, ergänzte Alice. »Egal, wie hoch du die Beine auch werfen kannst, egal, wie perfekt du frisiert bist oder wie fehlerlos du singst, es gibt Erinnerungen, die dich erschöpfen und klein machen, Berühmtheit und

Ruhm hin oder her. Deshalb sind wir hier. Um einmal richtig durchzuatmen.«

»Sie sehen beide gerade so schön aus«, warf Samy ein. »So offen. So bewegt. So ungeheuer sympathisch. Dürfte ich nicht vielleicht doch ein paar Fotos schießen? Kein Bademantel, keine Schönheitsfarm, versprochen! Nur zwei lebendige, berührende Frauengesichter.«

Alice lächelte.

»Ganz schön raffiniert«, sagte sie. »Uns erst vor vollendete Tatsachen stellen, anschließend warm reden lassen, dann über die Kindheit ausquetschen, um letztlich über Umwege doch zum Foto-Ziel zu gelangen. Haben Sie drei das so untereinander abgesprochen?«

»Keineswegs«, versicherten Malou und Bárthoy wie aus einem Mund, und die Zwillinge lächelten.

»Dort drüben, unter dem blühenden Kirschbaum wäre ein besonders schönes Motiv«, lockte Samy. »Zwei bildschöne, junge Frauen im Frühling. Ihre Fans werden überglücklich sein, Sie so zu sehen. Von Ihrem Management ganz zu schweigen! Das werden Fotos für die Ewigkeit …«

»Sollen wir?«, fragte Ellen ihre Schwester.

»Von mir aus«, erwiderte Alice. »Aber wir bekommen die Bilder zuvor zu Gesicht. Und wehe, darauf ist auch nur ein einziger Bademantelzipfel zu sehen!« Sie drohte ihm spielerisch mit dem Zeigefinger.

Während die Zwillinge sich erhoben und Samy zum Kirschbaum folgten, hob Viktor Bárthoy anerkennend den Daumen.

»VERDAMMT SYNCHRON«, sagte er. »Was halten Sie von dieser Headline, liebe Malou?«

»Die Fotos werden wunderbar, meint Samy. Er sagt, vielleicht sogar die besten seiner bisherigen Laufbahn. Weil sie etwas zeigen, womit man bei den Kessler-Zwillingen nicht gerechnet hat: Verletzlichkeit statt Perfektion. Seele statt Glamour. Und wie offen sie erzählt haben! Das geht nur, wenn kein Aufnahmegerät mitläuft, hat der Baron gesagt ...«

Malou hielt mitten im Satz inne, weil Freddy sie so merkwürdig ansah.

»Du sagst ja gar nichts! Nerve ich dich sehr mit meinem Geplapper? Ich bin noch immer ganz erfüllt von dem, was ich heute erlebt habe.«

»Ganz im Gegenteil, ich höre dir gebannt zu«, sagte er. »Wie schön, dass du dich so begeistern kannst, Mar... – ich meine Malou. Allerdings sind deine köstlichen Spinatravioli darüber garantiert eiskalt geworden, was ein bisschen schade ist.«

Sie saßen im Tre Colonne, einem gemütlichen Kellerlokal in Schwabing, zu dem Freddy sie mit seinem roten Ford Taunus kutschiert hatte. Er hatte darauf bestanden, dass es ein ordentliches Abendessen geben sollte, mit Wein anstatt Bier, wie es eben in Italien üblich war. Malou hatte ihm die Bestellung überlassen, weil sie sich mit vielen der Gerichte auf der Karte nicht auskannte. Zu lange lag er schon zurück, ihr Traumurlaub am Gardasee, an den sie noch immer voller Sehnsucht dachte.

»Egal«, versicherte Malou und begann endlich zu essen. »Schmeckt auch so ganz hervorragend. Du machst so ein bedeutungsvolles Gesicht, Freddy. Ist etwas passiert, das ich wissen sollte?«

»Allerdings«, sagte er. »Schenk will mir definitiv an die Gurgel. Hab den bösen Verdacht, dass er für meinen Posten schon längst einen seiner Freunde in der Warteschleife hat.«

»Aber da würde doch Hornberg niemals mitmachen. Und Winkler erst recht nicht!«

»Täusch dich da mal nicht.« Freddy leerte sein Glas. »Es gibt keine schwulen Sportler, nicht beim Skifahren, nicht beim Tennis und natürlich erst recht nicht beim Fußball. Folglich darf es auch keinen schwulen Sportjournalisten geben.«

»Das ist doch vollkommener Unsinn«, widersprach Malou. »Die gibt es garantiert überall!«

»Natürlich ist das Unsinn. Ich könnte dir aus dem Stegreif zwei Dutzend homosexuelle Sportler aufzählen, und noch sehr viel mehr, wenn ich nur ein wenig länger nachdenke. Aber es darf einfach nicht sein, verstehst du, und deshalb existiert es auch nicht. Alle haben so eine Riesenangst davor, dass sie an dieser Fiktion eisern festhalten.«

»Und wenn du mutig bist und dich einfach nicht darum scherst?«

Freddy seufzte. »Dann würde ich garantiert meinen Job verlieren, an dem ich mit ganzem Herzen hänge. Etwas anderes zu arbeiten, kann und mag ich mir gar nicht vorstellen. Ich bin für mein Leben gern Sportjournalist.« Er hatte sein Glas neu gefüllt und Malous ebenso. »Magst du übrigens den Wein? Ist ein leichter Rosé aus Bardolino.«

»Sehr«, versicherte Malou. »Ich liebe den Gardasee, obwohl ich erst einmal dort war, und das ist leider schon viel zu lange her.«

»Der Wein stammt vom Weingut Dal Corso, das betreibt Brunos Familie. Bei seinem letzten Münchenbesuch haben wir ein paar neue Geschäftskontakte geknüpft. Einer davon ist dieses Lokal, das nun seinen Wein bezieht.«

Malou sah ihn mit großen Augen an. »Hast du vielleicht ein Foto von ihm? Ich möchte zu gern wissen, wie er aussieht!«

»Trag ich nicht mit mir herum«, sagte Freddy. »Aber schau mal dort drüben an die Wand. Da hängen wir beide, zusammen mit Alberto, dem Koch, in der Mitte.«

»Sehr sympathisch«, sagte Malou, nachdem sie das Foto eingehend betrachtet hatte. »Und sehr gut aussehend. Du so blond und er so dunkel. Ein schönes Paar!«

»Danke.« Freddys Gesicht war bei ihrem Lob ganz weich geworden. »Ihr werdet euch mögen, das weiß ich. Bruno ist so lustig und liebenswert.«

»Seine Familie – weiß sie von euch?«, fragte Malou vorsichtig.

»*Sei pazza?* Bist du verrückt? Natürlich nicht! In Italien sind sie in punkto Homosexualität noch viel rückständiger als hier. Für die *famiglia* sind wir gute Freunde, nichts weiter.«

»Ist das nicht schwer? Sich immer zu verstellen?«, fragte sie weiter.

»Ist es, doch man gewöhnt sich irgendwann daran«, erwiderte er.

Malou betrachtete Freddy und versuchte abzuschätzen, was er von diesem Gespräch gerade hielt, doch sein Gesichtsausdruck war unergründlich. Vorsichtig fragte sie: »Wie hältst du es in deiner eigenen Familie?«

»Ich habe es ihnen nicht erzählt«, sagte Freddy nach kurzem Zögern und senkte den Blick. »Meine Eltern und meine Schwester haben vielleicht gewisse Ahnungen, äußern sich mir gegenüber aber nicht dazu. Mama hofft im Stillen ganz sicher noch immer auf eine nette Schwiegertochter.« Er schwieg, dann sagte er: »Tatsächlich wäre es auch für mich um einiges leichter, wenn es dazu eine offizielle Ansage gäbe.«

Malou schüttelte verwirrt den Kopf. »Ich verstehe nicht ganz …«

Freddy sah sie mit seinen blauen Augen an. »Ich brauche eine Verlobte. Das hat auch meine Schwester Ingrid gesagt: ›Wird Zeit, dass du unter die Haube kommst, Brüderchen.‹«

»Und wo willst du die, bitte schön, hernehmen?«, fragte Malou, immer noch verwirrt.

Er lächelte. »Vielleicht habe ich sie schon gefunden.«

Es dauerte ein paar Sekunden, bis sie begriff.

»Ich? Du bist ja verrückt, Freddy!«

»Ganz im Gegenteil. Ich war selten klarer und trage diese wunderbare Idee schon eine ganze Weile mit mir herum. Dass wir uns sehr mögen, weiß inzwischen die ganze Redaktion. Da käme so eine Verlobung vermutlich für manche nicht einmal überraschend, und anderen würde sie das böse Lästermaul stopfen. Wir schlagen zwei Fliegen mit einer Klappe: Du wärst sicher vor Schenks Nachstellungen, und ich wäre endlich den Schwulen-Verdacht los. Außerdem könntest du raus aus deiner üblen Bude und ganz offiziell zu mir ziehen. Verlobte dürfen das nämlich; so weit immerhin hat es unsere Gesellschaft schon gebracht.« Er lächelte. »Meine Wohnung ist übrigens gleich im Haus nebenan. Drei geräumige Zimmer, Küche, sechster Stock mit Lift, umlaufende Loggia, Neubau, alles hell und luftig. Du könntest dein eigenes Zimmer haben, und bis auf mein Schlafgemach steht dir die ganze Wohnung uneingeschränkt zur Verfügung. *Mi casa es su casa.* Na, was sagst du, Malou?«

»Das könnte ich mir doch niemals leisten«, murmelte sie. »Von allem anderen mal ganz abgesehen …«

»Darüber mach dir mal keine Gedanken«, erwiderte er. »Solange du als Volontärin darbst, reicht es, wenn du ab und zu den Kühlschrank ein wenig auffüllst. Und wenn du dann richtig verdienst, wäre ich mit einem Hunderter pro Monat als Mietzuschuss zufrieden. Wenn du magst – ab sofort.«

Malou schüttelte den Kopf. »Ich weiß nicht, Freddy ... Ich fürchte, ich bin keine besonders gute Schauspielerin ...«

»Musst du doch auch gar nicht sein. Wir gehen weiterhin so freundlich und vertraut miteinander um wie bisher. In der Redaktion will doch ohnehin keiner wilde Knutschereien von uns sehen, sondern guten Journalismus, und privat macht jeder von uns, was er will.«

»Und wenn ich mich in jemanden verliebe – was dann?«, gab Malou zu bedenken. »In meinen Zukunftsplänen gibt es nicht nur den Beruf, sondern auch einen Mann und Kinder, wenngleich ich mir damit noch Zeit lassen möchte. Aber wenn es passiert: Soll ich dich meinem Freund dann als meinen Verlobten vorstellen, oder wie hast du dir das gedacht?«

Er schmunzelte.

»Ganz schön prickelnde Vorstellung, was?« Freddy wurde wieder ernst. »Dann überlegen wir natürlich neu. Verlobungen lassen sich auch wieder lösen, das passiert jeden Tag. Dann hatte ich zumindest schon einmal eine Braut. Hat auf Dauer eben leider nicht geklappt. Traurig, aber so was kommt vor.« Er zögerte. »Allerdings dürftest du niemandem etwas von unserer Abmachung erzählen – *absolut niemandem*. Nur so kann es funktionieren. Das gilt natürlich ebenso für mich. Nicht einmal Schwesterchen erfährt ein Wort.«

»Auch meiner Freundin nicht ...«

»Keinem.«

Für ein paar Augenblicke wurde Malou ganz schwindelig. Aber Freddy hatte recht, das musste sie einräumen. Roxy war kein Mensch, der Geheimnisse gut für sich behalten konnte.

Doch wie sollte sie sich Onkel Julius gegenüber verhalten?

Ihn hinters Licht zu führen, kam sie ungeheuer schwer an – gerade bei diesem Thema, das sein gesamtes Leben bestimmt hatte. Ihr Großonkel konnte schweigen, das wusste sie. Aber auch direkt in ihr Herz sehen, womit sie rechnen musste.

»Was ist mit meinen Eltern?«, sagte sie laut.

»Ihr habt euch wieder versöhnt?«, fragte Freddy.

»Leider nicht. Aber das wird hoffentlich nicht für immer so bleiben. Wenn ich bei der Witwe ausziehe, erfahren sie das unweigerlich durch Fräulein Federl. Sie würden durchdrehen, wenn ich mit einem Mann in einer Wohnung zusammenlebe – ohne Trauring!«

»Ginge der eventuell fürs Erste?« Plötzlich lag ein schwarzes Etui auf dem Tisch. »Mach es auf, Malou, bitte!«

Ein Ring mit einem funkelnden blauen Stein.

»Weißgold«, sagte Freddy. »Und der Edelstein ist ein Aquamarin. Fand ich irgendwie eleganter als den üblichen Brillantsplitter. Sie stammen aus Verona. Italiener wissen einfach, wie man so etwas macht. Blau steht übrigens für Treue, und ich werde dich garantiert mit keiner anderen Frau betrügen – großes Ehrenwort!« Er lugte zu ihrer Hand. »Könnte passen, und wenn nicht, lassen wir ihn ändern.«

Malou schüttelte den Kopf.

»Du bist wirklich unglaublich«, murmelte sie. »An alles gedacht! Und was sagt dein Bruno dazu?«

»Der findet die Idee genial! Ab und zu bekommen wir beide dann eben Besuch von unserem lieben italienischen Freund. Sehr oft kann er sich leider ohnehin nicht von zu Hause loseisen. Die Arbeit im Weinkeller, vor allem jedoch der wachsende Versandhandel nehmen ihn stark in Anspruch. Und wenn dann in den Sommermonaten scharenweise deutsche Touristen an den *lago* strömen, die nach *sole e vino* lechzen ...« Er schmunzelte. »Wir beide könnten ihn dort sogar bald einmal gemeinsam besuchen. Wolltest du nicht ohnehin schon längst wieder einmal an den Gardasee? In ein paar Stunden könnten wir dort sein.«

Malou lächelte.

»Ist das ein Ja?«, drängte Freddy.

Sollte sie es wirklich wagen?

Plötzlich überfielen sie massive Zweifel. Es hörte sich an wie ein Film, aber es war kein Film, sondern das wahre Leben – *ihr Leben.*

»Das ist ein ›Ich werde es überschlafen‹«, korrigierte sie. »Damit musst du für den Moment zufrieden sein. Von dir bedrängen lasse ich mich nämlich nicht.«

»Natürlich nicht. Ich weiß, dass ich gerade sehr weit vorgeprescht bin. Denk in Ruhe darüber nach.« Freddy lächelte. Dann winkte er dem Kellner. »Bitte die Rechnung.«

»Auf einmal so eilig?«, fragte Malou.

Er grinste. »Ich will dir doch noch zeigen, was auf dich warten würde.«

Sie verließen das Lokal. Im Haus nebenan sperrte er auf, und der Lift brachte sie bis ganz nach oben.

Durch ein Glasdach fiel Mondlicht ins Treppenhaus – ein unwirklicher, fast magischer Moment.

»Eigentlich müsste ich dich jetzt ja über die Schwelle tragen …«, murmelte Freddy.

»Wieso? Wir sind doch nicht verheiratet«, konterte sie. »Und noch nicht einmal verlobt.«

»Hast ja recht! Dann komm eben so herein. Willkommen in deinem neuen Zuhause! Schau dich in aller Ruhe um.«

Malou folgte seiner Aufforderung und mochte alles, was sie sah: die blitzsaubere Küche, in Rot und Weiß gehalten, das in hellem Gelb gekachelte Badezimmer, das geräumige, mit zwei Sofas und den passenden Beistelltischen gemütlich möblierte

Wohnzimmer, von dem aus eine Balkontür auf die umlaufende Veranda führte, vor allem aber das Zimmer, das von nun an ihr gehören könnte. Bis jetzt stand nur eine Couch darin – ausziehbar und eine bequeme Schlafmöglichkeit für zwei Personen, wie Freddy kommentierte –, eine Stehlampe und ein kleiner Schreibtisch. Doch in Gedanken fügte sie schon luftige Vorhänge hinzu, Regale, Bilder, bunte Kissen, ihren geliebten Plattenspieler. Noch ein Teppich, und sie konnte sich hier sehr wohlfühlen, das wusste sie.

»Traumhaft«, sagte Malou, als sie ins Wohnzimmer zurückkehrte. »Und so ganz anders als mein muffiges, kaltes Loch bei der Witwe.«

»Das will ich hoffen, Prinzessin.« Freddy grinste. »Wenigstens das Schloss muss doch stimmen, wenn der Prinz schon nicht alle Anforderungen erfüllen kann.«

Er hatte einen Piccolo geöffnet und zwei Sektgläser gefüllt. »Lass uns auf die Zukunft anstoßen«, sagte er. »Ganz egal, wie du dich auch entscheidest: Ich hab dich lieb, Malou.«

»Ich dich auch, Freddy.«

Sie sahen sich in die Augen und stießen an.

Beide tranken, und plötzlich spürte Malou perlende Leichtigkeit in sich aufsteigen. Ja, vielleicht stand sie kurz davor, einen Riesenfehler zu begehen. Vielleicht aber begann ja gerade das größte Abenteuer ihres Lebens …

»Willst du mir nicht endlich den Ring anstecken?«, fragte Malou.

»Wirklich dein Ernst?« Sein Gesicht war auf einmal wie nackt. »Keine Bedenkzeit mehr?«

»Nein. Ich sage Ja.«

*

Witwe Barths Gesichtsausdruck geriet noch säuerlicher, als Freddy eine Woche später zusammen mit Malou tatkräftig das Untermietzimmer leerte. Vor der Haustür parkte sein Ford, in den ihre Habseligkeiten problemlos hineinpassten.

»Die Kochplatte überlassen meine Verlobte und ich großzügigerweise Ihnen«, sagte er. »Ihr Nachmieter will sicherlich auch gerne mal ganz in Ruhe heißen Tee trinken.«

»Und Sie beide heiraten tatsächlich?«, bohrte die Witwe nach. »Fräulein Graf hat gar nichts davon erzählt.«

»Aus Fräulein Graf wird Frau Krenkl«, antwortete er gelassen. »Was mich betrifft, so kann ich es kaum erwarten.«

»Sind Sie auch von der Zeitung? Haben Sie sich dort kennengelernt?«, bohrte die Witwe neugierig nach.

»Sportressort«, erwiderte Freddy. »In leitender Funktion. Ja, dem *Tag* verdanken wir unser Glück.«

»Aber muss das denn so schnell gehen?«, jammerte sie, obwohl sie die Miete für zwei weitere Monate im Voraus kassiert hatte. »Und an mich denkt dabei wieder niemand! Wie soll ich denn jetzt so rasch jemanden finden – mitten im Semester?«

Freddy drückte ihr einen Zwanzig-Mark-Schein in die Hand.

»Das wird schon«, sagte er tröstend. »Bei dem herrlichen Zimmer rennen Ihnen die Interessenten garantiert die Bude ein.«

»Da sagen Sie was, Herr Krenkl! Jeder, der hier wohnen darf, kann sich überglücklich schätzen.« Witwe Barth reckte stolz das Kinn. Sie musste ihre heiß geliebten Kohlrouladen auf dem Herd haben oder etwas anderes in der Richtung. Jedenfalls stank es heute in der ganzen Wohnung schlimmer denn je.

»Danke«, sagte Malou, die sich das Lachen nur mühsam

verkneifen konnte. »War auch für mich eine wirklich interessante Erfahrung. Aber jetzt …«

»Jetzt packen wir das Leben gemeinsam an, mein Schatz.« Freddy ergriff ihre Hand und zog sie aus der Wohnung.

»Und nun?«, fragte Malou, als sie nebeneinander im Auto saßen.

»Nach Hause«, sagte Freddy. »Was sonst? Ankommen. Einräumen. Und wenn wir damit fertig sind, verkünden wir den Kollegen die frohe Botschaft.«

Malou stand mit dem Pinsel in der Hand in ihrem neuen Zimmer und nickte zufrieden. Im Keller hatten sie noch einen Rest Farbe entdeckt, und sie hatte sich spontan entschlossen, die Wand über der Bettcouch blau zu streichen.

»Blau beruhigt«, erklärte sie kräftig farbbespritzt, als sie damit fertig waren. »Und macht Träume lebendiger. Hab ich erst neulich in einem Magazin gelesen.«

»Du weißt ja: Gedrucktes lügt nie«, entgegnete Freddy vergnügt. »Dann wünsche ich dir ab jetzt aufregende blaue Träume. Fühlt sich übrigens unheimlich gut an, dich hier zu haben. Beinahe, als hätte die Wohnung nur auf dich gewartet.«

Ja, er hatte recht: Mit den Kissen, den Bildern, den neuen Vorhängen und dem schmalen, buntgewebten Teppich, den Freddy heimlich besorgt hatte und nun als Überraschung ausrollte, war ein kuschliges Nest entstanden, dessen Wohnlichkeit auch in die übrigen Räume ausstrahlte.

Hier würde sie also von nun an leben.

Roxy würde Augen machen. Malou hatte sie schon seit Wochen nicht mehr zu Gesicht bekommen, weil sie nämlich frisch verliebt war.

»Er heißt Kurt und betreibt ein angesagtes Lokal«, hatte

Roxy ihr aufgeregt berichtet. »Gastronomen scheinen irgendwie mein Schicksal zu sein. Er ist so aufregend männlich und so herrlich eifersüchtig! Freut mich sehr, dass es mit Freddy und dir hingehauen hat. Man muss eben doch Geduld haben, das zahlt sich aus. Und einen anständigen Namen hast du endlich auch – Malou, den hättest du schon viel früher nutzen sollen! Wir müssen ganz bald einmal zu viert ausgehen, das wird sicherlich lustig …«

Heute allerdings waren erst einmal die Kollegen dran.

Vorösterlicher Umtrunk im Schwabinger Fendstüberl, zu dem erstaunlich viele aus der Redaktion zugesagt hatten.

Malou verschwand unter der Dusche und schlüpfte in Jeans und Pulli, doch Freddy war mit ihrem Aussehen nicht zufrieden.

»Hast du nicht etwas, das sie sprachlos macht?«, fragte er. »Heute als meine frisch Verlobte? Ich will, dass sie bei deinem Anblick Bauklötze staunen!«

»Mein nachtblaues Kleid«, sagte Malou. »Aber das ist ganz schön eng. Und ziemlich kurz.«

»Umso besser. Lass sehen …«

Er klatschte in die Hände, als sie darin vor ihm erschien.

»Malou, die heiße Mitternachtsbraut«, sagte er. »Hervorragend! Schenk wird der Geifer aus dem Mund laufen …«

Weil der Abend schon fortgeschritten war, gönnten sie sich ein Taxi, das sie durch das nächtliche Schwabing fuhr.

»Bist du aufgeregt?«, fragte Freddy leise.

»Ziemlich. Und du?«

»Ebenso. Aber wir machen es ganz einfach prima, einverstanden?«

Malou drückte seine Hand.

Galant öffnete er die Wagentür, damit sie bequem aussteigen konnte, keine ganz einfache Übung bei dem Kleid, das knapp knielang war.

Vor der Kneipe legte Freddy liebevoll den Arm um sie. »Jetzt noch einmal tief durchatmen, und dann lächeln«, sagte er, und sie gingen hinein.

Samy und Ella Weiss begrüßten sie mit lautem Hallo. Der Baron nickte ihnen freundlich zu. Adrienne Riehl zündete sich gerade die nächste Zigarette an. Schenk grinste eher bemüht.

Hornberg winkte sie zu den anderen herüber.

»Je später der Abend …«, sagte er launig. »Wie schön, dass Sie es doch noch geschafft haben!«

»Wir freuen uns auch«, sagte Freddy. »War zuvor leider noch jede Menge zu erledigen, aber jetzt sind wir ja hier. Die nächste Runde geht übrigens auf uns!«

»Wäre doch wirklich nicht nötig gewesen«, wehrte Hornberg ab. »So spät ist es nun auch wieder nicht.«

»Spät nicht, dafür aber festlich. Zumindest, was uns beide betrifft.« Freddy vergewisserte sich, dass jeder etwas zu trinken hatte. Dann nahm er Malous linke Hand, hob sie hoch und bewegte sie leicht, sodass der blaue Stein im Kunstlicht aufblitzte. »Wir haben nämlich etwas zu feiern: Malou Graf und ich haben uns soeben verlobt!«

ACHT

Sommer 1963

In den folgenden Wochen steigerten sich die Verkaufs- sowie die Abonnentenzahlen des *Tag* erfreulich – Tempo und Stress in der Redaktion allerdings ebenso. Seitdem Winkler so häufig anwesend war, hatte sich die Achse der Macht spürbar verschoben. Hornberg war einige Schritte zurückgetreten und entschied nichts Wichtiges mehr, ohne zuvor die Verlegermeinung einzuholen. Dietrich Schenk, der diese Umsicht nicht besaß, preschte immer wieder mal übereifrig vor, mit dem Ergebnis, dass sein Stuhl mittlerweile kräftig wackelte. Ein paar der Redakteure stellten sich zwar auf seine Seite, die Mehrzahl der Kollegen jedoch fand seine Aktionen unangebracht und hoffte, dass er bald gehen oder gegangen werden würde.

In dieser spannungsreichen Atmosphäre war das Interesse an Malous und Freddys Verlobung zwar aufgeflammt, aber auch ebenso rasch wieder erloschen. *Die Turteltäubchen,* so hatte eine kesse junge Mitarbeiterin aus dem Vertrieb sie kurzerhand getauft. Unter diesem Sammelbegriff rangierten die beiden nun ganz offiziell im Verlag. Es klang liebevoll, wenn es aus Bárthoys Mund kam, leicht amüsiert, sobald Samy es verwendete, freundschaftlich bei Ella Weiss oder Adrienne Riehl, bei Schenk hingegen stets leicht abschätzig. Immerhin ließ er Malou seitdem mit seinen schmierigen Avancen in Ruhe, und auch die verbalen Attacken gegen Freddy schienen zumindest vorerst beendet. Doch da Blicke mehr sagten als Worte, war klar, dass der Leiter des Politikressorts den smarten jungen Sportreporter nun sogar noch weniger leiden konnte denn je und nur auf die passende Gelegenheit lauerte, um das erneut unter Beweis zu stellen. Manchmal wurde Malou angesichts solcher Feindseligkeit ganz flau im Magen.

Die Kollegen hatten gesammelt und ihnen ein bemerkenswert geschmackloses Bowlegefäß nebst einem Set bunter Gläser geschenkt, die Freddy kommentarlos in den Keller verfrachtete. Winkler offerierte lächelnd eine edle Kaffeekanne im Silbermantel als Verlobungsgeschenk und stellte eine Einladung in seine neue Villa in Aussicht, zu der es bislang allerdings noch nicht gekommen war. Dass es sich bei der aufregenden dunkelhaarigen Schönheit, mit der Malou ihn damals in der Bar des Palasthotels Regina gesehen hatte, um seine zweite Ehefrau Camilla handelte, wusste sie inzwischen, denn die Verlegergattin war seitdem öfters im Verlag erschienen, um ihren Mann zu gesellschaftlichen Abendterminen abzuholen. Stets perfekt und teuer angezogen, verströmte sie eine kühle Eleganz, die sie unnahbar wirken ließ. Eiskönigin, so lautete Freddys Spitzname, und Malou fand, dass er damit direkt ins Schwarze getroffen hatte.

Ach, Freddy!

Meistens war das Leben mit ihm fröhlich und unkompliziert. Er kochte gut, wusste die Waschmaschine im Keller zu bedienen, nahm Malou jeden Morgen in seinem schicken Ford Taunus mit in den Verlag und gab sich große Mühe, ihr viele Wünsche von den Augen abzulesen, ganz wie ein »echter« Verlobter. Wenn Malou nicht mit dem Baron und Samy auf Promijagd war, saßen sie und Freddy an warmen Abenden ab und zu bei einem abendlichen Drink auf der Loggia, redeten über die Ereignisse in der Redaktion und warteten auf den Besuch des roten Katers Monsieur Filou, der über das Nachbardach stolziert kam, um seine übliche Schinkenration einzufordern. Sie kegelten mit Freddys Schwester Ingrid, probierten den heißen neuen Tanzschuppen Big Apple in der Leopoldstraße aus und begeisterten sich im Kino für Eddie Constantine in der Rolle des spritzigen Agenten Lemmy Caution. Freddys Freunde hatten Malou sofort in ihren Kreis aufgenommen. Auch die kleine Maja, Freddys Nichte, schien sie ins Herz geschlossen zu haben, so zutraulich, wie sie sich Malou gegenüber verhielt.

»Du hast eine schöne Braut«, hatte Maja ihrem Onkel bei einem Ausflug an den Starnberger See zugeflüstert. »Mit so lustigen Pünktchen auf der Nase!«

Der Antrittsbesuch im Reihenhaus von Freddys Eltern hingegen war so steif ausgefallen, dass niemand auf eine rasche Wiederholung drängte. Der Vater war furchtbar hölzern gewesen, die Mutter rastlos von einem Thema zum nächsten geschweift, sodass keine echte Unterhaltung aufkommen konnte. Ob sie die Wahrheit über die Neigungen ihres Sohnes witterten? Malous Charme jedenfalls hatte bei ihnen leider versagt, und sie war heilfroh gewesen, die Haustüre wieder hinter sich schließen zu können.

Onkel Julius, den sie mit Freddy im Seniorenheim besucht hatte, war zunächst zurückhaltend gewesen, taute im Lauf der gemeinsamen Kaffeetafel jedoch mehr und mehr auf. Freddy brachte ihn mit seiner lockeren Art immer wieder zum Lachen, und bald war es unübersehbar, dass die beiden Männer sich sympathisch waren. Das Thema Verlobung schien für Julius gar nicht im Vordergrund zu stehen. Wichtiger war ihm, wie gut Malou und Freddy harmonierten.

»Ihr seid große Schätze, alle beide«, sagte er schließlich spät am Nachmittag, und es klang, als käme dieser Satz tief aus seinem Herzen. »Passt bloß gut aufeinander auf. Das Leben kann manchmal verdammt hart sein.«

Als sie schon halb im Aufbruch waren, winkte Julius Malou noch einmal zurück zu seinem Sessel.

»Gut gemacht«, flüsterte er. »So ein netter Mann, und ansehnlich noch dazu. Aber was ist mit Karin und Theo? Soll ich plaudern oder lieber schweigen? Bislang wissen deine Eltern noch nichts. Agnes hat ganz brav den Mund gehalten.«

»Erzähl es ihnen ruhig«, hatte Malou erwidert. »Es wird vermutlich trotzdem nichts an der verfahrenen Situation ändern. Ich habe von meiner Seite aus alles versucht. Jetzt sind sie an der Reihe.«

Julius zog die Brauen hoch und schwieg. Unübersehbar, dass ihm Malous Antwort nicht gefiel.

*

»Ich beneide dich«, lautete Roxys Kommentar, als sie mit großen Augen zum ersten Mal durch die Wohnung schritt. Dass Malou Freddys Schlafzimmer niemals betrat, behielt diese dabei wohlweislich für sich. In dem Raum, in dem sie sich eingerichtet hatte, wirkte die Schlafcouch mit den vielen bunten Kissen wie ein ganz normales Sofa und verriet nichts von Malous einsamen Nächten. Als »Schreibstübchen« hatte sie es der Freundin verkauft, auch wenn Malou sich dabei ziemlich mies vorkam.

»Was für ein Traum, über den Dächern von Schwabing zu leben! Und dein Herzallerliebster ist einfach zum Anbeißen. Dazu dieser ausgefallene Verlobungsring – Malou, du hast definitiv das ganz große Los gezogen!«, schwärmte Roxy.

Zu ihrem eigenen Liebesleben befragt, reagierte Roxy allerdings auffallend ausweichend. Sie wollte so gar nichts Konkretes über jenen Kurt herauslassen, der mehrere Nachtlokale betrieb und auf dem Foto, das sie auf Malous Drängen hin schließlich doch zögernd aus dem Geldbeutel gezogen hatte, ein breites Angeberlachen zeigte.

»Es ist eine ganz andere Welt«, versicherte sie ihrer Freundin abwehrend. »Mit Regeln, die uns beiden erst einmal fremd sind. Man muss schon ein echter Kerl sein, wenn man da bestehen will. Aber das ist er – definitiv!«.

Malou war der Mann mit dem zurückweichenden Haaransatz auf Anhieb unsympathisch, was sie allerdings für sich behielt. Von einem Treffen zu viert war längst keine Rede mehr. Stattdessen spürte sie eine ungewohnte Distanz zwischen Roxy und sich, die sie irritierte. Aber hatte sie mit ihrer Lüge nicht selbst den ersten Schritt dazu getan? Wie konnte sie da erwarten, dass die Freundin ihr alles erzählte?

»Ist er denn lieb zu dir?«, tastete sie sich vorsichtig vor.

»Und ob! Rosen, teure Dessous, Pralinen, Sekt … Nach Venedig will er mit mir fahren, und stell dir vor, er hat mir sogar angeboten, in einem seiner Lokale zu arbeiten! Was sagst du nun?«

»Als Stripperin?«, erfolgte prompt Malous Gegenfrage.

»Ach wo, was du wieder gleich denkst!«, kicherte Roxy. »Ganz seriös als Bardame und natürlich voll bekleidet.«

»Na ja, im Pelzmantel wirst du dort sicherlich nicht auftreten …«

»Das natürlich nicht.« Roxy war leicht errötet. »Ein bisschen sexy Aufmachung muss schon sein. Kurt hat gesagt, ich hätte so herrlich sündige Augen und ein aufregendes Dekolleté, das Männer im Nu schwach machen würde …«

»Du hast hoffentlich sofort abgelehnt«, sagte Malou. »Typen mit Körpereinsatz zum Trinken zu animieren, ist doch wirklich unter deinem Niveau.«

»Aber die Zickenlaunen verwöhnter Kundinnen zu ertragen, dazu bin ich in deinen Augen geboren, was?«, wehrte sich Roxy. »Ich könnte manchmal laut brüllen, wenn sie über ihre Problemchen jammern, kaum dass sie es sich auf der Liege behaglich gemacht haben. Kein Gärtner zu bekommen! Die Urlaubsreise nach Italien noch nicht gebucht! Zu viele Kilos auf der Waage! Und der Gatte längst nicht mehr so aufmerksam wie früher … Ganz ehrlich? Ich hab die Nase gestrichen voll, mir das alles für die paar läppischen Kröten anzuhören, die die Chefin mir im Monat bezahlt. Bei Kurt kann ich gut verdienen, *richtig gut*, wenn du weißt, was ich meine.« Roxy rieb zur Unterstreichung Daumen und Zeigefinger aneinander.

»Hast du etwa schon gekündigt?«, fragte Malou alarmiert.

»Kluges Kind!« Roxy lachte. »Ja, habe ich tatsächlich. Nächste Woche fange ich bei Kurt an. Castell Bar, Hochbrückenstraße. Mit garantierter Umsatzbeteiligung.«

»Dann kann ich dich dort ja mal besuchen …«

»Bloß nicht!«, wehrte Roxy ab. »Frauen ohne Begleitung dürfen gar nicht erst rein, soviel ich weiß.«

»Und wenn ich mit Freddy komme?«

»Für euch ist das nichts. Da verkehrt eine ganz andere Klientel. Macht mir bloß keinen Ärger!«

»Aber was, wenn dir diese Arbeit nicht liegt?«, bohrte Malou weiter. »Gehst du dann zurück in die Kosmetikkabine?«

»Niemals!« Roxy hob abwehrend die Hände. »Dann kann ich einfach in einem anderen von Kurts Lokalen anfangen. Soll ja ohnehin nur für den Start sein, um warm zu werden.

Läuft alles gut, winkt mir eine Anstellung in seiner Nobelbar, in der die echten Promis verkehren. Vielleicht kann ich dir dann sogar ein paar Tipps für deine Arbeit bei der Zeitung geben: Gunter Sachs war da, Curd Jürgens, Horst Buchholz, oder sogar internationale Stars wie Alain Delon oder Gina Lollobrigida, etwas in der Richtung.« Sie lächelte. »Kurt hat versprochen, dass ich dort an vier Abenden doppelt so viel verdienen kann wie bei Frau von Lindenthal im ganzen Monat – und tagsüber habe ich frei! Ist das nicht herrlich? Ich kann den Sommer endlich genießen, kann baden gehen, Eis essen und herumschlendern, anstatt wie bisher in der engen Kabine zwischen Verdampfer und Cremetiegeln zu versauern …«

In was hatte Roxy sich da hineingesteigert?

Die Freundin redete sich ihre Entscheidung mühsam schön, und Roxy war schlau genug, um das selbst zu erkennen. Ihr Gesicht wirkte plötzlich so klein und angespannt, dass Malou im Moment auf weitere Kommentare verzichtete.

Allerdings sprach sie nach der Redaktionskonferenz Samy darauf an, der so gut wie jedes Lokal in München kannte. Als der den Mund abschätzig verzog, wusste Malou, dass ihre düsteren Ahnungen durchaus begründet waren.

»Mieser Schuppen«, erwiderte der Fotograf. »Und noch mieser ist sein Betreiber, dieser Kurt Albert Miller, den man auch den ›Platzlkönig‹ nennt, weil dort auch ein paar von seinen Bars liegen. Ständiger Personalwechsel, immer wieder Strafanzeigen wegen verdeckter Prostitution, und die meisten hiesigen Brauereien beliefern ihn nicht einmal mehr wegen schlechter Zahlungsmoral.« Er musterte Malou mit kritischem Blick. »Du hast doch nicht etwa näher mit ihm zu tun? Falls ja: Hände weg!«

»Hab ich nicht«, murmelte Malou.

»Wieso schaust du dann so betrübt drein?«

»Geht um meine beste Freundin, du weißt schon, die von den Schwabinger Krawallen. Sie ist sogar seit einiger Zeit mit diesem Miller liiert.«

»Keine gute Idee, sag ihr das.« Samy klang plötzlich streng. »Der wechselt seine Mädchen wie andere Männer die Oberhemden.«

»Ich glaube, sie ist schwer in ihn verliebt. Er hat sie als Barfrau in einem seiner Lokale engagiert.«

»Die übliche Masche. Das spart nämlich Kosten. Allerdings ist Millers Durchlauf an Begleiterinnen enorm. Keine hält sich länger als ein paar Monate, dann steht schon wieder die nächste aufgetakelt hinterm Tresen.«

»Samy hat recht«, mischte sich nun auch der Baron ein, der unbemerkt näher gekommen war. »Von solchen Typen sollte jede kluge Frau Abstand halten.«

»Aber woher wollt ihr das so genau wissen?«, fragte Malou. »Freiwillig wird einer von Millers Kaliber ja wohl kaum über seine Praktiken auspacken …«

Bárthoy und Samy tauschten einen schnellen Blick. Dann nickte der Baron.

»Erzähl du es ihr«, sagte er. »Ich weiß, dass das Fräulein Graf diskret ist.«

»Wenn du das sagst, Viktor.« Samy räusperte sich. »Bei unserem zweiten Treffen hatte ich dir doch von einem Buchprojekt erzählt. Erinnerst du dich noch daran, Malou?«

»Aber klar doch«, erwiderte sie. »Ich weiß noch jedes Wort.«

»Es heißt *Bilder der Nacht* und beinhaltet meine Fotos vom sündigen München nebst entsprechenden Texten von Viktor. Heiße Sache, das kann ich dir verraten. Bei unseren Recherchen sind wir auch diesem Miller auf die Spur gekommen.

Wir kehren nämlich das Unterste zuoberst und präsentieren dem staunenden Publikum eine Stadt, wie man sie bislang noch nicht gekannt hat. Manch einer könnte sich dabei allerdings ganz schön auf den Schlips getreten fühlen, sobald das Werk erscheint ...«

»Es gibt schon einen Verlag, der es veröffentlichen wird?«

»Bislang leider noch nicht«, erwiderte Bárthoy. »Zwei Interessenten sind wieder zurückgetreten. Zu viel Sünde, zu viel nackte Haut, Prostituierte, Zuhälter, brave Bürger auf Abwegen ... Und genau da liegt die Krux, denn was nicht sein darf, kann auch nicht sein. Vergessen Sie nicht: Hier bei uns hat die Kirche noch immer sehr viel zu sagen. Damit lässt es sich wohl erklären.«

»Was uns Nachteulen allerdings nur noch mehr anspornt«, warf Samy ein. »Im Augenblick ergänzen wir unser Material und durchforsten weiter die Orte der Nacht nach Aufsehen erregenden Motiven – so lange, bis wir einen Verleger mit Mumm gefunden haben.«

»Haben Sie Winkler schon gefragt?«, wandte sich Malou an den Baron.

»Wir brauchen einen mutigen Buchverlag«, korrigierte Samy. »Keinen Zeitungs-Heini von der reichen Gattin Gnaden.«

Der Baron schüttelte missbilligend den Kopf. »Winkler ist schon in Ordnung, Samy«, sagte er. »Und dass seine Frau Geld hat, kommt uns allen zugute. Aber er ist nicht der Richtige für unser Projekt. Deshalb weiß unser Verleger auch bislang nichts davon, ebenso wenig wie die gesamte Redaktion. Und das soll bis zur Veröffentlichung bitte auch so bleiben.«

Jetzt sah er Malou durchdringend an.

»Von mir erfährt Winkler kein Wort«, versicherte diese. »Und auch sonst niemand. Aber dürfte ich euch auf diesen

nächtlichen Streifzügen einmal begleiten? Als künftige Gesellschaftskolumnistin sollte ich doch auch die Schattenseiten der
Stadt kennen, nicht nur das grelle Scheinwerferlicht, in dem
die Stars sich selbstgefällig drehen – oder etwa nicht?«

»Wo sie recht hat, hat sie recht«, erwiderte Samy. »Wir nehmen sie mit, was meinst du, Viktor?«

»Von mir aus.« Der Baron klang nur mäßig begeistert.
»Allerdings sollten wir genau überlegen, wohin. Mit einer
jungen Frau im Schlepptau werden wir mehr auffallen, und
so manches, was wir zu sehen bekommen, möchte ich ihr nun
wirklich nicht zumuten …«

»Bitte«, sagte Malou. »Ich werde mich unsichtbar machen
und keinem Menschen auch nur ein Sterbenswörtchen verraten, versprochen!«

»Nicht einmal deinem Verlobten?«, wollte Samy wissen.
»Teilt ihr Turteltäubchen denn nicht *alles* miteinander?«

Was sollte Malou darauf antworten?

Dass Freddy bei aller Freundlichkeit für sie ein Buch mit
sieben Siegeln war? Und sie an gewissen Abenden nicht die
geringste Ahnung hatte, wohin er verschwand? Es geschah
immer dann, wenn Bruno zu lange nicht in München gewesen
war. Zuerst wurde Freddy unruhig, danach mürrisch, schließlich geradezu unausstehlich, bis er sich wortlos aus dem Staub
machte. Kam er wieder zurück, manchmal erst am nächsten Morgen, erinnerte er Malou an einen zerzausten Streu-
ner, der zu Hause erst mühsam wieder Fuß fassen musste. In
der Regel kochte sie ihm dann extrastarken Kaffee und stellte
ihm unaufgefordert einen Teller chiligewürztes Rührei auf den
Küchentisch, das er hungrig verschlang.

Sie fragte nie, wo er gewesen war.

Geschweige denn, mit wem.

Das gehörte zu ihrer wortlosen Abmachung, und an seinem dankbaren Blick erkannte sie, wie sehr er sie dafür schätzte.

Einmal nur, als er morgens erst so knapp nach Hause kam, dass er nach einer Blitzdusche keine Zeit mehr zum Abtrocknen hatte und tropfnass in seine Kleider fahren musste, entfuhr ihr ein: »Pass auf dich auf, Freddy, bitte, versprich mir das!«

»Das tue ich«, raunzte er zurück. »Ich hatte bereits eine Mutter. Die reicht mir für den Rest des Lebens, okay?«

Ein paar Tage lang war die Stimmung zwischen ihnen so angespannt, dass Adrienne Riehl, die besonders feine Antennen für so etwas besaß, Malou ansprach, ob sie vielleicht helfen könne. Doch da kündigte Bruno zum Glück telefonisch seinen Besuch an, und von einer Minute zur anderen war Freddy wie verwandelt; er war wieder lustig, gesprächig, ganz der Sonnenschein, den sie kannte.

Auch Malou freute sich auf Brunos Besuche, denn sie hatte den freundlichen Italiener ins Herz geschlossen, der stets ein kleines Mitbringsel für sie dabeihatte, das Badezimmer immer tipptopp hinterließ und sie zudem mit den neuesten Hits aus *bella Italia* versorgte. Mit seinem drolligen Deutsch brachte er sie jedes Mal zum Lachen. Und er sorgte dafür, dass sie sich niemals überflüssig vorkam, wenn sie zu dritt waren, war höflich, aufmerksam, der perfekte Kavalier. Trotz alldem verschwanden die beiden irgendwann unweigerlich zusammen im Schlafzimmer am anderen Ende des Flurs – und dann fühlte Malou sich einsamer denn je. Das war der Preis, den sie für ihre Verlobungslüge bezahlen musste: ein keusches Leben ohne Liebe, das ihr zunehmend zu schaffen machte.

Wie sollte sie diesen Zustand beenden, ohne alles auffliegen zu lassen? Ihr fiel beim besten Willen kein vernünftiger Weg ein. Hinzu kam, dass sie niemanden um Rat fragen konnte, weil sie ja geschworen hatte zu schweigen. Manchmal konnte sie die verliebten Pärchen, die Hand in Hand durch die sommerliche Stadt schlenderten, kaum noch ertragen, so groß war ihre Sehnsucht nach einer echten Partnerschaft, die *alles* mit einschloss.

Die Arbeit an der Seite des Barons bot die allerbeste Abwechslung von solchen Grübeleien. Viktor Bárthoy vergrößerte Malous Aktionsradius immer mehr, und auch Chefredakteur und Verleger schienen mit ihren Leistungen zufrieden zu sein. Ein besonderes Lob erhielt Malous Artikel über den Schauspieler Thomas Fritsch, der an der Seite der exotischen israelischen Schönheit Daliah Lavi in dem Streifen *Das schwarzweiß-rote Himmelbett* Scharen weiblicher wie männlicher Fans begeisterte. Anstatt auf seinem Kussmund und dem unwiderstehlichen Lockenschopf herumzureiten, wie viele andere Journalisten, entlockte sie dem fast Gleichaltrigen ein paar bemerkenswerte Sprüche über seinen Vater Willy Fritsch, der unter den Nationalsozialisten zu den deutschen Leinwandgrößen gehört hatte. Der Baron hatte sie für diesen Nachmittagstermin zu High Tea und Cocktails ins noble Foyer des Hotels Vier Jahreszeiten begleitet, ebenso wie Samy, der für gute Fotos sorgen sollte, sich aber dezent im Hintergrund hielt.

»Mein Vater war niemals ein Held«, so O-Ton Thomas Fritsch. »Das steht fest. Und ja, er war NSDAP-Mitglied, weil sein Ortsverband ihn dazu gedrängt hatte. Hätte er ablehnen sollen, als Goebbels ihn 1944 in die Gottbegnadeten-Liste der Schauspieler aufnahm, die ihn vom Kriegsdienst befreit hat? Vielleicht. Aus heutiger Sicht sogar bestimmt. Die einen finden, er hätte überzeugter sein müssen, andere wiederum werfen ihm zu große Nähe zum Nazi-Establishment vor. Dabei wollte Papa immer nur unterhalten, schauspielern, tanzen, singen. Er war ein wahrer Leinwandmagnet, und dafür bewundere ich ihn sehr. Mit ein bisschen mehr Mut und etwas besserem Englisch hätte er auch in Hollywood berühmt werden können. Die waren nämlich bereits auf ihn aufmerksam geworden. Immerhin hat er 1930 den ersten Satz des deutschen Tonfilms gesprochen: ›Ich spare nämlich auf ein Pferd.‹ Das war in der Musikkomödie *Liebeswalzer*, zusammen mit Lilian Harvey. Die beiden galten als das Traumpaar des deutschen Kinos. Unzählige Male hat man ihm eine Affäre mit ihr angedichtet, dabei hat er immer nur Mama geliebt. Und jetzt ist er selbst halb tot, weil sie vor Kurzem verstorben ist. Dieser hundsgemeine Brustkrebs – wie abgrundtief ich ihn hasse!«

»Ihre Mutter Dinah Grace ...«

»Das war ihr Künstlername als Tänzerin. Berlin, London, Wien, Budapest – bis zu ihrer Heirat 1937 war sie ganz schön unterwegs, dann hat sie auf alles verzichtet und sich um meinen Bruder und mich gekümmert. Bürgerlich hieß sie Käthe Gerda Johanna Ilse Schmidt, deutscher geht es kaum. Papa hat sie immer sein Käthchen genannt. Die beiden waren so eng, ein Herz und eine Seele. Er hat sie bewundert, und sie ihn, alles ohne eine Spur von Konkurrenz oder Neid. Ich glaube nicht, dass er sich jemals wieder von diesem Verlust erholen wird. Er hat sogar davon gesprochen, sich ganz aus der Öffentlichkeit zurückzuziehen. ›Hab doch alles gehabt‹, sagt er immer. ›Was soll jetzt noch groß kommen?‹ Und wer meinen Vater kennt, der weiß, dass er so etwas nicht leichtfertig äußert.«

»Was bedeutet das für Ihr gemeinsames Filmprojekt, von dem man läuten hört?«

»Sie meinen *Das hab ich von Papa gelernt*? Charmantes Drehbuch, witzig und federleicht. Ja, wäre schön, wenn es dazu käme, besonders für ihn. Ich wünsche mir so sehr, dass er nicht mehr so traurig ist.«

»Und was ist mit Ihnen? Ihre Kollegen schwärmen von Ihrem Talent. Sie sind ein junger, sehr attraktiver Künstler, der das Publikum begeistern kann. Was wünschen Sie sich? In die Fußstapfen des berühmten Vaters zu treten?«

»Ich? Ich bin nicht ehrgeizig. Karriere? Warum nicht? Wenn es sich ergibt. Muss aber nicht unbedingt sein ...«

»Was dann stattdessen?«

»Leben, Fräulein Graf – oder darf ich Malou sagen?«

»Natürlich dürfen Sie das.«

»Einfach leben, Malou. In der Sonne sitzen, auf einem Boot träumen, mit Freunden feiern. Es gibt so viele wunderbare Orte auf dieser Welt, wo man genau das tun kann ...«

»Sie bringen die Promis zum Reden«, schwärmte der Baron nach der Redaktionskonferenz am nächsten Morgen, in der Malou von allen großes Lob kassiert hatte. Jetzt saßen die beiden in seinem kleinen Büro. Malou hatte auf seinen Wunsch hin eine Kanne Melissentee zubereitet, was sie überraschte, denn bislang hatte sie ihn noch nie Tee trinken sehen. Schon seit Längerem hatte Bárthoy immer mal wieder über diffuse

Beschwerden im Bauchraum geklagt. Und er hatte unübersehbar an Gewicht verloren. Seine Sommeranzüge saßen ausgesprochen locker.

»Plötzlich erzählen sie, was sie wirklich bewegt – einfach so. Wie stellen Sie das an? Verraten Sie mir Ihr Geheimnis?«

»Ich hab gar keins«, gestand sie. »Ich denke mich in die Menschen hinein, und der Rest geschieht ganz von selbst. Außerdem habe ich von Ihren Vorbereitungen profitiert. Danke, dass Sie mir Ihre wertvollen Aufzeichnungen zur Verfügung gestellt haben.«

»Sie meinen mein schlaues Büchlein?« Bárthoy holte das Lederbändchen aus der Jackentasche. »Lohnt sich, Informationen über gewisse Leute festzuhalten. Man weiß nie, wann man sie einmal gebrauchen kann! Aber dass Sie sich überhaupt in meinem Chaos zurechtgefunden haben – *chapeau*!«

»Ich mache es jetzt auch so wie Sie, nur ein bisschen anders«, versicherte Malou. »Hab mir einen Zettelkasten angelegt, in den ich alles alphabetisch auf Karteikarten einspeise, damit ich nicht erst lange suchen muss.«

»Sehr klug. Und perfekt organisiert dazu. Und was man *nicht* fragen sollte, haben Sie offenbar auch schon drauf. Sonst hätte der junge Fritsch sich mit Ihnen nicht so wohlgefühlt.«

»Sie meinen jene Gerüchte über seine intensiven Männerbekanntschaften?«

»Genau die. Man hat ihn angeblich in gewissen Etablissements gesehen, aber darauf gehen wir nicht ein. Er ist ein Suchender, weiß noch nicht genau, wohin er will. Die Zeit, das herauszufinden, sollten wir ihm lassen.«

»So ist es«, versicherte Malou. »Natürlich wollen unsere Leser Privates über die Prominenten lesen, aber es gibt auch allzu Privates, das keinen etwas angeht.«

Wie das mit Freddy und mir, dachte sie. Unser wohl gehütetes Geheimnis.

Der Baron schmunzelte und goss sich die zweite Tasse Melissentee ein.

»Sie wollen es wirklich wissen, Malou, so ist es doch? Sie möchten unbedingt Gesellschaftsreporterin sein.«

»Ja«, erwiderte sie aus tiefster Überzeugung. »Lieber als alles andere auf der Welt.« Plötzlich erschrak Malou über ihre eigene Inbrunst. »Was natürlich nicht heißt, dass ich Sie verdrängen will, damit Sie mich bloß nicht falsch verstehen! Ich schätze Sie ungemein und lerne so viel von Ihnen …«

»Schon gut, schon gut«, der Baron winkte ab. »Ich weiß doch, dass Sie mich nicht wegkicken wollen. Aber Ihr Volontariat geht bald zu Ende, und es wird langsam Zeit, mit unseren Vorgesetzten zu reden …«

»Ich will nicht weg!«, unterbrach ihn Malou. »Nirgendwo in der Redaktion macht es mir so viel Spaß wie mit Ihnen.«

»Und Ihre Lebenspläne? Hochzeit, Kinder – wie sieht es damit aus?« Er lächelte. »So ein neugieriger alter Kerl, werden Sie jetzt denken, aber wenn nicht ich Ihnen diese Fragen stelle, werden es andere tun.«

Malou schüttelte den Kopf.

»Hat alles noch Zeit«, erwiderte sie, darauf bedacht, nichts Falsches zu äußern. »Im Moment rangiert der Beruf für mich an vorderster Stelle.«

»Ihr Verlobter ist damit einverstanden?« Bárthoys Blick, der auf ihr ruhte, war auf einmal weich, fast mitleidig.

Ahnte er womöglich, dass alles nur vorgetäuscht war?

Wie gern hätte Malou ihrem Mentor die Wahrheit gesagt, doch das konnte sie natürlich nicht.

»Freddy ist ein moderner Mann«, erwiderte sie stattdessen. »Für ihn ist es wichtig, dass sich auch meine beruflichen Träume erfüllen. Wichtiges entscheiden wir natürlich gemeinsam.«

»Turteltäubchen eben.« Der Baron lächelte. »Sieht ganz so aus, als hätten Sie beide großes Glück.«

Malou nickte hastig.

»Dann werde ich das alles so nach oben weiterleiten.« Bárthoy erhob sich und verzerrte dabei für einen Moment das Gesicht.

»Haben Sie Schmerzen?«, erkundigte sich Malou besorgt.

»Nichts Schlimmes«, versicherte er. »Sicherlich nur wieder diese hartnäckige Magenverstimmung, die ich einfach nicht loswerde. Ich werde leider für ein paar Tage ausfallen. Mein Hausarzt besteht nämlich darauf, mich ins Krankenhaus einzuweisen und dort von weiteren Quacksalbern untersuchen zu lassen.«

»Wann gehen Sie in die Klinik?«, fragte Malou.

»Schon morgen, damit ich es möglichst schnell hinter mich bringe. Die Texte für die nächsten Tage stehen und können nach dem Korrekturlesen so in den Satz gehen. Zur nächsten Wochenendausgabe bin ich längst wieder da. Allerdings müssten Sie und Samy übermorgen den Termin mit Peter Kraus ohne mich wahrnehmen. Wir könnten ihn natürlich auch verschieben, aber der umjubelte junge Schlagersänger ist so selten in München, dass wir uns diese Gelegenheit im Interesse unserer Leserschaft nicht entgehen lassen sollten. Trauen Sie sich das zu?«

»Peter Kraus?« Malou strahlte. »Aber sicher doch! In den war ich mit zwölf unsterblich verliebt, nachdem ich ihn als Johnny im Kinofilm *Das fliegende Klassenzimmer* gesehen habe.«

»Dann himmeln Sie ihn bloß nicht zu sehr an, das kann er nämlich nicht leiden. Und noch ein kleiner Insider-Tipp: Zwischen ihm und dem schwedischen Schlagerstar Lill Babs läuft seit Jahren eine heiße Romanze. In Insiderkreisen war sogar schon von einer heimlichen Verlobung die Rede. Aber kein Wort darüber, wenn Peter das Thema nicht von sich aus anschneidet, verstanden?«

»Verstanden«, erwiderte Malou. »Sehe ich das richtig? Er darf sich keine Braut leisten, weil er sonst seine weiblichen Fans zutiefst enttäuschen würde?«

»Exakt. Und wenn doch, dann wäre wohl nur eine einzige junge Frau als seine Braut akzeptiert. Viele seiner Bewunderinnen hoffen noch immer darauf, dass für ihn und Conny Froboess endlich die Hochzeitsglocken läuten. Traum und Realität – manchmal sind die Lücken dazwischen leider schmerzlich groß.« Wieder verzog er ein wenig das Gesicht.

Malou ging zur Tür. »Dann wünsche ich Ihnen alles Gute, lieber Herr Baron …«

»Jetzt bloß nicht sentimental werden, meine Liebe«, unterbrach sie Bárthoy. »Noch ist ja niemand gestorben. Sie müssen noch einen Treffpunkt mit Peter Kraus vereinbaren, aber ich vertraue darauf, dass Sie schon etwas Passendes finden werden.«

Malou war schon halb aus der Tür, als Bárthoy hinzufügte: »Samy geht heute übrigens wieder für unser Buch auf nächtliche Pirsch. Falls Sie noch immer daran interessiert sind, könnten Sie sich ihm anschließen.« Er warf einen kritischen Blick auf das kurze gelbe Sommerkleid, das Malou heute trug. Der aktuelle Modetrend endete inzwischen kurz über dem Knie, und aus England kamen sogar Fotos von noch knapperen Modellen. »Ich würde als Bekleidung allerdings für Jeans und einen dunklen Pullover plädieren«, fügte er hinzu. »Nicht, dass die Geschöpfe der Nacht bei Ihrem Anblick noch auf dumme Gedanken kommen …«

»Typisch Viktor«, brummte Samy, als er Malou am späten Abend mit seinem Austin von zu Hause abholte. Freddy hatte sie nur gesagt, dass sie für die Zeitung noch etwas zu erledigen habe, bevor auch er die Wohnung verließ. Wenn der seine nächtlichen Exkursionen für sich behielt, konnte sie guten Gewissens ebenso verfahren. »Vermutlich wird er selbst im Sarg noch charmant herumscherzen.«

»Steht es denn so schlimm um ihn?«, fragte Malou erschrocken.

Samy zuckte die Achseln.

»Das weiß niemand so genau«, sagte er. »Vermutlich nicht einmal er selbst. So richtig gesund ist Viktor jedenfalls schon lange nicht mehr. Die jahrelange Sauferei fordert eben ihren Tribut. Dabei ist er eigentlich viel zu intelligent, um sich selbst auf diese Weise zu schädigen, aber seine Melancholie scheint stärker zu sein als jede Vernunft.« Er klopfte mit der Hand auf das Lenkrad. »Ich hab den verrückten Kerl eigentlich viel zu gern, um das schweigend mit anzusehen. Den Mund hab ich mir deswegen schon fusselig geredet! Und hat es etwas gefruchtet? Nein. Nicht die Bohne! Darum werde ich es irgendwann auch bleiben lassen.«

Sein Gesicht wirkte noch zerfurchter als sonst.

»Wohin fahren wir, Malou? Den ersten Wunsch hast du heute frei.«

»Castell Bar, Hochbrückenstraße. Dort arbeitet Roxy.«

»Weshalb frage ich eigentlich noch?« Samy betätigte den Anlasser. »Deshalb wolltest du also mit. Aber mach dir bloß nicht vor, du könntest sie retten«, sagte er düster. »Deine Freundin rauscht sehend in ihr Unglück.«

Sie fanden einen Parkplatz direkt gegenüber der Bar, überquerten die Straße und gingen hinein. Der kleine Raum war stark verqualmt. Rote Bestuhlung, kleine Tische, gedämpftes Licht. Aus einem knacksenden Lautsprecher dudelte ein Hit von Connie Francis.

Die Liebe ist ein seltsames Spiel
Sie kommt und geht von einem zum ander'n
Sie nimmt uns alles, doch sie gibt auch viel zu viel
Die Liebe ist ein seltsames Spiel …

Samy hielt die Kamera locker unter seinem Trench verborgen; Malou trug über ihrem Pulli eine Sportjacke von Freddy, die ihr um einiges zu groß war.

Roxy war ins Gläserspülen vertieft und entdeckte sie nicht sofort.

War das wirklich sie?

Hätte Malou nicht gewusst, dass ihre Freundin dort arbeitete, sie hätte sie auf Anhieb nicht erkannt. Eine platinblonde Kurzhaarperücke ließ Roxy blass aussehen, und das ärmellose, sehr grüne Paillettenkleid, das sie dazu trug, war mindestens eine Nummer zu klein. Falsche Wimpern und ein grell geschminkter Mund machten sie zu einem traurigen Clown, da half auch das künstliche Dauerlächeln nichts, das sie aufgesetzt hatte.

Vor ihr auf den Barhockern saßen ein paar Männer mittleren Alters, die alle schon reichlich intus zu haben schienen. Einer davon knallte plötzlich mit dem Gesicht nach vorn und blieb reglos auf dem Tresen liegen.

Roxy richtete ihn vorsichtig wieder auf.

»Es reicht für heute, Gerhard«, sagte sie. »Ist schon spät. Geh endlich heim.«

»Aber nicht ohne dich, meine Schöne«, lallte er zurück, während ein dünnes Blutrinnsal aus seiner Nase floss. »Nicht schon wieder.«

Samys Kamera klickte. Offenbar schoss er gerade eine ganze Serie von Fotos. Malou warf ihm einen gereizten Blick zu und schüttelte den Kopf, aber er ließ sich nicht beirren.

»Was fällt dir ein, hier aufzukreuzen, Marie?«

Roxy hatte das Klicken offenbar auch gehört, denn sie hatte den Kopf gehoben und starrte Malou wütend hinter der Theke hervor an. »Ich hab dir doch gesagt, dass diese Bar kein Ort für dich ist! Und fotografiert wird hier auch nicht, damit ihr's wisst! Sie brauchen gar nicht so grinsen«, sprach sie nun Samy direkt an. »Ich weiß ganz genau, wer Sie sind, aber wir sind hier nicht im Affenhaus …«

»Schon gut, Lady, nix für ungut.« Samy hob beschwichtigend die Hände. »War nur ein klitzekleiner Gefallen, den ich Ihrer Freundin erweisen wollte, weil sie Sehnsucht nach Ihnen hatte.«

»Wer fotografiert hier wen?« Von hinten war plötzlich Kurt Miller aufgetaucht. Stark gegeltes Haar, tiefe Magenfalten, dunkles Sacco mit Satinbesatz. Aus der Nähe wirkte er noch unsympathischer als auf dem Foto. »Du hast ihm doch Bescheid gesagt, Baby? Unsere Gäste werden nicht behelligt – von niemandem!«

»Habe ich«, sagte Roxy, die sich sichtlich unwohl fühlte. »Sind nur meine Freundin und ihr Kollege …«

»Schöne Freunde hast du«, raunzte Miller und baute sich vor Samy auf. »Und jetzt raus. Alle beide – und zwar dalli!«

Er boxte Samy heftig gegen die Brust.

»He, mal langsam«, wehrte der sich. »Nicht gleich so aggressiv, Herr Miller …«

Er klang plötzlich ganz anders als sonst, gar nicht mehr so überlegen und selbstbewusst.

Samy hat nur noch ein Auge, dachte Malou plötzlich. Und sicherlich keine Lust, auch das noch zu verlieren.

»Geb dir gleich den Herrn Miller!«

Der zweite Schlag fiel noch fester aus.

»Hören Sie sofort auf, meinen Kollegen zu schlagen«, verlangte Malou. »Sonst rufe ich die Polizei!«

»Die Bullen? Nur zu! Ich verteidige lediglich mein Hausrecht. Und jetzt her mit dem Film, sonst werde ich richtig ungemütlich, und das wollt ihr nicht erleben.«

Miller machte Anstalten, sich erneut auf Samy zu stürzen, aber Roxy war hinter der Theke hervorgestürmt, hängte sich wie eine Klette an ihn und hinderte ihn daran.

Samy war zurückgewichen und hielt schützend seinen Arm vor die Kamera, was seinen Angreifer nur noch wütender werden ließ.

»Widerliches Fotografenpack!«, schrie Miller. »Macht eure dreckigen Geschäfte auf Kosten anständiger Leute! Aber nicht mit mir, nicht mit einem Kurt Miller. Du hast Hausverbot, kapiert? Hausverbot bis zum Lebensende …«

Malou packte Samy am Ärmel und zerrte ihn aus der Bar. Als sie sich noch einmal umdrehte, trafen sich die Blicke der beiden Freundinnen.

Roxy sah unendlich traurig aus.

»Was für ein Auftritt!« Erleichtert atmeten Malou und Samy aus, als sie beim Auto auf der anderen Straßenseite angelangt waren.

»Ist er uns gefolgt?«, wollte Samy wissen, während sie einstiegen.

»Nein. Die Luft ist rein. Es tut mir so leid …«

»Schon okay, waren ja nur ein paar blöde Puffer, die ich überleben werde. Aber was würde ich jetzt darum geben, wenn du fahren könntest!«, sagte er. »Meine Hände zittern nämlich gerade ganz ordentlich …« Er hielt sie ihr entgegen.

»Dann warten wir lieber, bis sie wieder ruhiger geworden sind«, erwiderte Malou. »Den Wagen wird er ja wohl nicht gleich stürmen. Und was den Führerschein betrifft: Ich bin bereits in der Fahrschule angemeldet. Freddy wird mit mir üben, das hat er mir versprochen, damit der Lappen nicht ganz so teuer wird.«

»Gute Idee«, sagte Samy. »Wollen wir noch auf ein paar scharfe Fotos und einen Absacker in die Havana Bar? Bisschen schmierig, dafür aber echter, ehrlicher Striptease, garantiert ohne Zuhälter, die gleich losschlagen.«

»Du wirst die Fotos von eben verwenden?«, fragte Malou, während sie den nächtlichen Stachus überquerten.

»Worauf du dich verlassen kannst! KEHRAUS IN DER CASTELL BAR – EINE VERSAMMLUNG DER TRÜBSTEN TASSEN DER STADT, so etwas in der Richtung stelle ich mir vor. Und ich höre die Tasten des Barons schon klappern. Wird leider nicht gerade zum Renommee eines gewissen Barbesitzers namens Kurt Albert Miller beitragen …«

*

Die Idee stammte von Freddy, der alle Peter Kraus-Filme kannte, und der beliebte Schauspieler und Sänger war sofort einverstanden gewesen. Allerdings kam Malou sich jetzt doch ein wenig dämlich vor, als sie neben ihm unter einem grauen Himmel in das Tretboot auf dem Kleinhesseloher See kletterte. Samy im Boot hinter ihnen schien es ähnlich zu gehen, seine zerknautschte Miene sprach jedenfalls Bände. Schon am Ufer hatte er paar Fotos von Peter Kraus geschossen; der Rest sollte auf dem Wasser folgen.

Neben den legendären langen Beinen des Schlager- und Filmstars kam sich Malou, die um einiges kleiner war, richtig mickrig vor, aber treten konnte er, das musste man ihm lassen.

»Habe ich bei *Conny und Peter machen Musik* gelernt«, sagte er grinsend, als er ihren bewundernden Blick sah. »Die Szene auf dem Lago Maggiore mussten wir geschätzte fünfzehn Mal wiederholen, bis der Regisseur endlich zufrieden war.«

»Dürfen Ihre Fans denn auf eine Fortsetzung hoffen?«, erkundigte sich Malou, der beim Treten ganz heiß wurde.

Er zuckte mit den Schultern.

»Im Moment wohl eher nicht. Unsere Plattenfirmen führen einen seltsamen Kleinkrieg gegeneinander, da ist erst einmal abzuwarten, wie der ausgehen wird. Und so lange dürfen wir leider nicht im Duett singen.«

»Und Ihre Show *Herzlichst Ihr Peter Kraus?* Geht die denn wenigstens weiter?«

Peter Kraus warf ihr einen misstrauischen Blick zu.

»Sie sind ja gut informiert. Haben Sie das alles vom Baron? Wo steckt der eigentlich? Mein Vater und ich kennen Viktor aus Salzburg und haben bislang nur gute Erfahrungen mit ihm gemacht.«

Das saß.

Hielt er sie etwa für eine kleine blöde Kuh, die nur nachplapperte, was ihr vorgesagt worden war? Von seinem viel gerühmten Charme spürte Malou im Moment nur noch herzlich wenig. Er hatte eine Mauer um sich gezogen, die mit jedem Satz höher wurde.

»Viktor lässt sich gerade im Krankenhaus durchchecken«, erwiderte Malou. Das war immerhin keine Lüge. »Er bedauert sehr, dass er heute nicht dabei sein kann …«

»Doch hoffentlich nichts Schlimmes?«, unterbrach er sie.

»Das hoffe ich auch«, sagte Malou. »Wir alle hoffen es. Er kann so viel, und ich habe ihn schrecklich gern.«

»Da sind wir schon zu zweit«, erwiderte Kraus. »Ein feiner Mann, wie man ihn nur selten findet. Hätte ich nicht schon einen formidablen Vater, dann hätte ich mir so einen wie Viktor Bárthoy gewünscht.« Er grinste. »Aber ich kann mich wirklich nicht beklagen. Meine Kindheit war das, was man rundherum glücklich nennt. Und mit dreizehn dann die Chance, in einer Kästner-Verfilmung mitzuspielen …«

Meine Kindheit war auch glücklich, dachte Malou, die auf einmal große Sehnsucht nach den Eltern überfiel. Und jetzt stehen wir vor einem riesigen Scherbenhaufen. Gäbe es nicht Fräulein Federl, ich würde vermutlich nicht einmal erfahren, wenn ihnen etwas zustößt …

»Fräulein Graf?«, hörte sie Peter Kraus neben sich fragen. »Ist alles in Ordnung? Sie wirken gerade so ganz weit weg …«

»Ja«, sagte sie. »Alles okay. Entschuldigen Sie bitte vielmals. Ich war soeben gedanklich in mein eigenes Familiendrama abgerutscht. Ein dummer Streit, der auf allen Seiten viel seelisches Porzellan zerschlagen hat. Doch das tut hier nichts zur Sache.«

»Streits sind dazu da, um die Atmosphäre zu klären.« Plötzlich klang Peter Kraus älter als seine vierundzwanzig Jahre. »Ab und zu müssen sie sein, vor allem zwischen Eltern und Kindern, sonst ersticken alle noch in zu viel Harmonie. Aber wenn die Fronten geklärt sind, ist unbedingt wieder Versöhnung angesagt. Verbittert zu bleiben, lohnt sich nicht, so meine persönliche Erfahrung.«

Er hatte ja so recht!

Auf einmal war es, als sei ein Schalter zwischen ihnen umgelegt worden. Der Rest des Interviews verlief locker und heiter, Peter Kraus schwärmte von seinem neuen Wohnsitz in Locarno und enthüllte seine nächsten beruflichen Pläne, über die *Der Tag* nun als Erstes berichten konnte: Plattenaufnahmen auf Französisch, ein weiterer Abstecher in die Schmusesängerrichtung, ein neues spannendes Filmprojekt zusammen mit Heidi Brühl …

Nur als Malou das Thema Liebe dezent antippte, verschloss sich sein Gesicht wieder.

»Zu privat?«, fragte sie sofort.

»Zu privat«, bestätigte er. »Sieben- bis neunhundert Fanbriefe pro Tag in Spitzenzeiten, das tut dem Ego zwar gut, geht aber auch ganz schön an die Substanz. Ja, ich hab mich darüber gefreut, als *Bravo*-Starschnitt lebensgroß in vielen Mädchenzimmern zu hängen, aber wenn dir unzählige Fans *immer* auf Tritt und Schritt folgen, muss es etwas geben, das dir allein gehört.« Er machte eine kurze Pause. »Die Liebe ist ein seltsames Spiel«, fuhr er dann fort. »Und es gibt leider nicht nur glückliche Tage, sondern auch solche mit Donner und Blitz. Aber das haben Sie sicherlich auch schon erfahren.«

Er hatte wörtlich den Hit von Connie Francis zitiert, und natürlich musste Malou dabei sofort an Roxy denken.

Wie wohl der verkorkste Abend für sie ausgegangen war? Telefonisch hatte sie die Freundin trotz mehrerer Versuche nicht erreicht. Ob Roxy vielleicht gar nicht mehr in ihrer kleinen Wohnung lebte, sondern bereits zu Kurt Miller gezogen war?

Etwas in Malou zog sich bei diesem Gedanken zusammen.

Eine Villa in Nymphenburg mit Rosengarten, von der ihre Freundin träumte, würde er ihr sicherlich nicht zu Füßen legen, so viel war gewiss. Miller war kein Prinz, sondern bestenfalls ein schmieriger Verführer mit unlauteren Absichten.

Was konnte sie nur tun, um Roxy wieder in andere Bahnen zu lenken?

Mittlerweile hatten die Wolken sich verzogen, die Sonne schien, und Samy knipste noch eine romantische Fotostrecke mit einem Schwanenpaar, das das Boot flankierte. BEKENNT-NISSE IM TRETBOOT – so würde Malous Headline lauten, und sie hoffte, dass ihr Text auch dem Star gefiel.

Samy nickte anerkennend, als sie ihm während der Rück-fahrt in den Verlag davon erzählte, sagte aber nichts weiter dazu. Er war schon die ganze Zeit über ungewohnt still gewe-sen.

»Habe ich etwas falsch gemacht?«, fragte sie.

»Du? Nein. Hast den Sonnyboy gut geknackt.«

»Was ist es dann?«

»Viktor«, sagte er nach kurzem Zögern. »Er hat mich heute Morgen aus der Klinik angerufen. Wenn Ärzte dich erst einmal durch die Mangel drehen, finden sie halt doch immer etwas.«

»Und was haben sie gefunden?« Malou war auf einmal ganz mulmig zumute.

»Tumore.«

»Du liebe Güte! Und wo?«

»Dort jedenfalls, wo sie garantiert nicht hingehören.«

»Krebs?«, flüsterte sie.

»Die Histologie läuft noch«, lautete Samys Antwort. »Aber wenn du mich fragst, sieht es gar nicht gut aus.«

»Heißt das, er …« Sie konnte nicht weiterreden.

»Das heißt, dass unser lieber Freund sehr, sehr krank ist. Der Baron wird kürzertreten müssen, erheblich kürzer sogar, falls er überhaupt noch arbeiten kann. Und keinen Schluck Alkohol mehr, wenn er noch ein Weilchen leben will. Dürfte nicht gerade einfach für ihn werden.«

Malou brachte keinen Ton heraus, so schockiert war sie.

»Aber unsere ganzen geplanten Interviews«, sagte sie irgendwann. »Hildegard Knef, Heidi Brühl, Vico Torriani, Pierre Brice, die Liste ist endlos ...«

»Die wirst du unter Umständen allein machen müssen, Malou«, sagte Samy. »Hornberg wird noch heute mit dir sprechen. Bereite dich innerlich schon mal darauf vor.«

Der Chefredakteur ließ Malou zappeln, bis sich der Verlag fast geleert hatte, dann erst bat Frau Noelle, die er sich als Sekretärin mit dem Verleger teilte, sie telefonisch, in sein Büro zu kommen.

Malous Hände waren leicht feucht, doch sie ließ sich ihre Aufregung nicht anmerken.

»Wie lange sind Sie jetzt schon bei uns?«, fragte Hornberg nach einer kurzen Begrüßung, als sie sich gegenübersaßen.

»Seit letztem August«, erwiderte sie. »Damals sagten Sie, es gäbe beim *Tag* leider kein Volontariat für mich.«

Hornberg begann zu lachen.

»Da sehen Sie, wie sehr man sich täuschen kann – und das gilt selbstredend auch für meine Person. Was soll ich sagen? Sie haben sich prima gemacht, Fräulein Graf. Die Kollegen in der Redaktion mögen Sie, und vor allem Viktor Bárthoy singt Ihr Lob in den höchsten Tönen ...« Er hielt inne.

»Gibt es Neuigkeiten aus der Klinik?«, fragte Malou bang.

»Ja, die gibt es, und es sind leider keine guten. Den halben

Magen mussten sie ihm rausnehmen. Leider scheint auch die Bauchspeicheldrüse in Mitleidenschaft gezogen zu sein, was auch immer das konkret bedeuten mag. Vier Wochen Kur sind das Mindeste, damit der Baron wieder auf die Beine kommt. Könnte aber auch länger dauern. Trauen Sie sich zu, ihn einstweilen zu vertreten? Es stehen wichtige Termine an, bei denen unser Blatt nicht fehlen sollte, gerade jetzt, wo die Zahlen sich so vielversprechend entwickeln. Samy wird Sie natürlich dabei unterstützen. Aber die Konkurrenz schläft nicht, das sollten wir niemals vergessen. Und alles wieder zu verlieren, was wir gerade mühsam errungen haben, wäre doch fatal.«

Malou wurde heiß und kalt zugleich.

Ein Anflug von Furcht überfiel sie, aber auch helle, glänzende Freude.

Und wenn sie es nicht schaffte?

Sie *musste* es schaffen! Alles, wovon sie immer schon geträumt hatte, konnte nun in Erfüllung gehen … lauter leuchtend bunte Papierrosen …

»Ich werde mein Bestes geben«, sagte sie langsam. »Das verspreche ich.«

»Davon gehe ich aus.« Er ging zu seinem Sideboard, holte eine Flasche Cognac und goss zwei Gläser fingerbreit voll. »Dann ist hiermit Ihr Volontariat offiziell beendet, Fräulein Graf. Denn eine Volontärin können wir wohl kaum auf internationale Stars ansetzen. Willkommen im Team!«

»Dann bin ich jetzt Redakteurin? So richtig fest angestellt?«, fragte Malou.

»Sind Sie. Der schriftliche Arbeitsvertrag folgt. Frau Noelle wird ihn gleich morgen ausfertigen.«

Hornberg stieß mit ihr an. Beide tranken.

Malou hatte nur einen winzigen Schluck genommen, und

dennoch brannte der Alkohol erst im Mund und dann im Magen. Und wenn alle Journalisten an der Flasche hingen – sie machte sich einfach nichts aus diesem starken Zeug.

»Was das Finanzielle betrifft, so werden wir uns sicherlich einigen«, erklärte Hornberg jovial.

»Davon gehe ich aus«, entgegnete Malou nach kurzer Überlegung. »Allerdings würde ich es sehr begrüßen, wenn wir gleich und hier jetzt konkret würden. Was bieten Sie mir denn an?«

Ein kurzes Grinsen, dann wurde er wieder ernst.

»Schau mal an, unsere Kleine«, sagte Hornberg, und es klang fast anerkennend. »Da hat sie ja in diesem knappen Jahr bei uns schon jede Menge gelernt. Wie wäre es mit 900 Mark für den Anfang?«

»1300«, erwiderte Malou ohne zu zögern. »Schließlich bin ich ja in nächster Zeit das gesamte Ressort.«

»1100, weil Sie gut pokern. Und nach Weihnachten unterhalten wir beide uns noch einmal in Ruhe. Einverstanden?«

Malou nickte.

Sie schüttelten sich die Hände. Einen weiteren Cognac lehnte sie dankend ab.

»Ich muss noch mit dem Fahrrad nach Neuhausen zu meinem Onkel«, erklärte sie. »Und dort möchte ich nüchtern ankommen.«

»In der Zwischenzeit kann Ihr Verlobter ja schon mal den Sekt kaltstellen. Ach, der ist ja heute in Nürnberg, beim 1. FC. Könnte also leider noch ein Weilchen dauern.« Sein Blick wurde schärfer. »Gibt es eigentlich schon einen Hochzeitstermin? Herr Winkler hat mich erst neulich danach gefragt.«

Jetzt kam es auf jedes Wort an.

»Ach, verlobt zu sein, ist einfach herrlich, Herr Hornberg«, entgegnete Malou geschmeidig, wie sie hoffte. »Das wollen wir beide noch ein Weilchen auskosten.«

»Wie recht Sie haben«, versicherte der Chefredakteur. »Und seien Sie froh, in solch modernen Zeiten zu leben. Noch vor zehn Jahren hätten Sie nur als Eheleute zusammen wohnen dürfen. Dabei schadet es doch gar nichts, in der Praxis auszuprobieren, ob man auch wirklich zusammenpasst – ganz im Gegenteil. Das kann beide Parteien vor manch bösem Schlamassel bewahren ...«

Ahnte Hornberg etwas?

Oder hatte er nur ganz allgemein dahergeplappert?

Jedenfalls kreisten seine Worte in Malous Kopf, während sie die altvertraute Strecke nach Neuhausen fuhr. Freddy hatte sie am Morgen nur ein paar Minuten gesehen, bevor er nach Nürnberg aufgebrochen war. Er hatte ein Pflaster auf der Stirn gehabt und verworrenes Zeug geredet, aus dem sie sich keinen rechten Reim machen konnte.

»Sie jagen uns ... Wenn sie könnten, würden sie uns alle einsperren oder gleich umbringen ...«

Wen oder was meinte er damit?

Auch auf mehrfaches Nachfragen hin war er nicht konkreter geworden, sondern hatte die Wohnung fast fluchtartig verlassen. Zum Glück würde Bruno übermorgen wieder in der Stadt sein, spätestens dann kam Freddy sicherlich zur Ruhe, und Malou konnte weiter nachhaken. Aber sie machte sich Sorgen um ihn, denn auch sein Stern in der Redaktion war nicht unsinkbar, wenn er sich Fehler oder Nachlässigkeiten leistete.

Roxy, Freddy und nun auch noch der Baron – die Liste der Menschen, um die sie sich aktuell sorgte, wurde immer länger ...

Malou trat schneller in die Pedale und bremste scharf, als sie vor dem Haus ankam, in dem Roxy wohnte.

Als sie auf die Klingel drückte, blieb alles still. War Roxy etwa schon bei der Arbeit in der Bar?

Oder wohnte sie tatsächlich nicht mehr hier?

Unschlüssig blieb Malou noch eine Weile vor dem Haus stehen. Als eine Frau, die ihr vom Sehen bekannt war, mit einem kleinen Mädchen an der Hand aus der Tür trat, sprach sie sie an.

»Ich wollte zu Fräulein Bertram«, sagte sie. »Die wohnt schon noch hier, oder?«

Die Frau zog die Schultern hoch.

»Geht mich ja eigentlich nix an«, sagte sie. »Aber dieser Typ im Amischlitten, der sie ein paarmal abgeholt hat, wäre wirklich nicht mein Fall.«

»Meiner auch nicht«, sagte Malou. »Wissen Sie zufällig, wo der wohnt?«

»Keine Ahnung.« Die Frau schüttelte bedauernd den Kopf. »Die Roswitha hat in letzter Zeit so gar nichts Privates mehr von sich erzählt. Tut mir leid.«

»Trotzdem danke«, sagte Malou. »Könnten Sie mich vielleicht noch kurz reinlassen? Dann stecke ich ihr eine Nachricht durch den Briefschlitz.«

Die Nachbarin kam ihrer Bitte nach, beobachtete sie aber genau dabei, wie sie ein paar Zeilen auf einen Zettel schrieb und den dann bei Roxy einwarf.

»Ich hoffe, sie meldet sich bei mir«, sagte Malou. »Ihnen noch einen schönen Abend.«

Den Rest der Strecke bis zum Seniorenheim fuhr sie langsamer. Sie war ohnehin spät dran, da kam es auf die paar Minuten auch nicht mehr an. Die Schwestern waren bereits daran gewöhnt, dass Malou es mit der vorgeschriebenen Besuchszeit nicht immer so genau nahm, und bislang hatte noch keine sie daran gehindert, ihren Großonkel zu sehen.

Der Speisesaal wurde bereits für das Frühstück gedeckt. Onkel Julius aß nur gelegentlich mit den anderen Bewohnern; oft nahm er seine Mahlzeiten lieber allein ein und hörte dabei klassische Musik.

Vor seiner Zimmertür hielt Malou kurz inne.

Sie hörte Stimmen – wer konnte der Besuch sein, zu dieser Zeit?

Sie klopfte, hörte ein »Herein« und öffnete die Tür.

Der Mann, der neben Julius' Rollstuhl saß, wandte den Kopf und stand, als er sie erkannt hatte, wie elektrisiert auf.

Ein Strahlen erfasste seine Züge. Er sah zutiefst erleichtert aus.

»Papa? Papa!«

Malou stürmte ihm entgegen, und sie versanken in einer innigen Umarmung.

NEUN

»Bitte rechts ranfahren, den Motor abstellen und die Handbremse betätigen.«

Die Stimme des jungen Fahrlehrers klang ruhig und sach-
lich, in Malou jedoch überschlugen sich die Gefühle.

Sie würde es wohl niemals beherrschen – dieses verdammte
Autofahren!

»Das packst du im Handumdrehen«, hatte Freddys optimis-
tischer Kommentar gelautet, und auf dem großen Parkplatz,
wo er mehrfach mit ihr geübt hatte, war sie ja auch meist ganz
ordentlich zurechtgekommen.

In der schriftlichen Prüfung dann nur ein einziger Fehler,
sonst alles tipptopp. Doch beim praktischen Teil war sie bereits zweimal durchgefallen, auch beim zweiten Versuch wieder wegen einer Lappalie, und nur, weil ihre Nerven versagt
hatten. Aus diesem Grund hatte Norbert Prinz, der Besitzer
der Schwabinger Fahrschule, ihr für die nächsten Fahrstunden nun seinen Sohn verordnet, der als Spezialist für besonders schwierige Fälle galt. Sicherlich gut gemeint, aber leider
nicht sonderlich effektiv. Eigentlich ließ sich nichts gegen diesen schlaksigen jungen Mann in der Bomberjacke einwen-
den, der stets die Ruhe bewahrte und Selbstverständlichkeiten
auch beim zehnten Mal noch immer gelassen wiederholte.

Und doch überfiel Malou neben ihm noch rascher die fiebrige Nervosität als bei seinem Vater; je ruhiger er blieb, desto hektischer wurde sie.

Jetzt hätte sie am liebsten losgeheult, aber es gelang ihr gerade noch, die Tränen zurückzudrängen.

»Was ist eigentlich los, Fräulein Graf?«, hörte sie ihn fragen. »Vergessen Sie tatsächlich nach jeder Fahrstunde, was Sie gerade gelernt haben? Dann könnte Ihr Führerschein allerdings zu einer ziemlich kostspieligen Angelegenheit werden. Einen dritten Versuch haben Sie noch. Schlägt auch der fehl, müssen Sie sich der Medizinisch-Psychologischen Untersuchung stellen. Wenn Sie diese erfolgreich absolvieren, können Sie anschließend die Führerscheinprüfung so oft wiederholen, wie Sie mögen. Meines Wissens liegt der aktuelle Rekord in München derzeit bei etwa fünfzig Mal …«

»Was für herrliche Aussichten«, murmelte Malou selbstironisch. »Ich war schon immer gut darin, Rekorde zu brechen.« Dann wurde sie wieder ernst. »Ich weiß es doch auch nicht. Eigentlich kann ich alles, aber sobald ich am Steuer sitze, ist es plötzlich weg. Sollte ich nicht lieber gleich aufgeben? Vielleicht bin ja wirklich nicht zum Autofahren geboren.«

»Autofahren kann jeder lernen. Wir müssen nur gemeinsam herausfinden, warum bei Ihnen alles immer wieder wegkippt. Haben Sie gerade viel Stress im Job? Oder privaten Ärger? Solche Probleme wirken sich häufig auch negativ auf die Konzentration am Steuer aus.«

Verblüfft starrte Malou ihn an.

Bislang hatte sie ihn für freundlich, aber ziemlich oberflächlich gehalten. Jetzt klang er fast wie ein Therapeut. Philipp Prinz hatte schöne graugrüne Augen, fiel ihr jetzt auf, ein reizvoller Gegensatz zu seinen stets leicht verwuschelten dunklen

Haaren. Mit seiner sonoren Stimme hätte er sicherlich auch als Synchronsprecher Erfolg gehabt. Bislang hatte sie all das gar nicht wahrgenommen, so vertieft war sie in die richtige Abfolge von Kupplung, Gas und Bremse gewesen.

»Wie lange sind Sie schon Fahrlehrer?«, fragte sie ihn. »Sie wirken gar nicht so …«

Er schmunzelte.

»Seit fünf Jahren, und das auch nur, weil mein Vater darauf bestanden hat«, sagte er. »›Ein Brotberuf muss her‹, hat er gesagt. Und da hat sich wegen unseres kleinen Familienunternehmens eben der Fahrlehrer angeboten.«

»Und was machen Sie sonst Brotloses, wenn Sie nicht gerade Nieten wie mich durch den Verkehr lotsen?«

»Ich arbeite als freier Journalist für den Rundfunk und für verschiedene Zeitungen und Zeitschriften. Außerdem sitze ich an einem Roman.«

»Dann sind Sie ja eigentlich ein Kollege …«

»Stimmt.« Jetzt grinste er. »Ich mag übrigens Ihre Seite hinten im *Tag*. Und seit sie *Blitzlicht* heißt, sogar noch mehr.«

Er hätte kaum etwas Besseres sagen können.

Nachdem sich herausgestellt hatte, dass Viktor Bárthoy wegen seiner angeschlagenen Gesundheit in den nächsten Monaten nicht zurückkehren würde, war Malou am Ende des Sommers zu Hornberg gegangen.

»Wenn ich nun für diese Seite verantwortlich bin, wäre es doch logisch, wenn sie auch meine Handschrift trägt«, hatte sie erklärt. »*Blitzlicht* klingt moderner und frischer als *Leute heute*. Damit sprechen wir auch die jüngere Generation an und gewinnen neue Leserkreise.«

Hornberg trug ihren Wunsch in die Redaktionskonferenz, wo er zu einer hitzigen Diskussion führte. Viele waren dafür, andere wiederum hatten gravierende Einwände. Ausgerechnet Dietrich Schenk, sonst nicht gerade für seine Feinfühligkeit bekannt, brachte schließlich den vermeintlichen Trumpf, dass so eine Änderung Bárthoy das Herz brechen würde, weil er sich abserviert fühlen könnte.

»Da kennst du den Baron aber schlecht«, widersprach Samy. »Viktor war immer schon ein Freund positiver Veränderungen. Ganz zufällig hab ich ihn gestern in seinem neuen Kurhotel am Chiemsee besucht. Und weißt du was, lieber Dietrich? Er findet *Blitzlicht* großartig!«

Damit war die Änderung beschlossen. Verleger Winkler gratulierte Malou ein paar Tage später sogar mit Handschlag zu ihrer Idee – ein besonderer Moment, an den sie sich gerne erinnerte.

»Freut mich«, sagte sie nun zu Philipp Prinz. »Und ja, die letzten Monate waren beruflich ziemlich aufregend. Ein äußerst geschätzter Kollege ist schwer erkrankt, und ich habe versucht, ihn so gut es eben ging zu ersetzen. Was konkret jede Menge Überstunden bedeutet hat, und leider nicht allzu viel Schlaf …«

»Wenn Sie erschöpft und mit voller Birne in die Fahrstunde gehetzt kommen, können Sie besser gleich zu Hause bleiben«, unterbrach er sie. »Hirn, Hände und Füße müssen erst lernen, sich zu koordinieren, aber dafür muss der Kopf sich konzentrieren können. Nur wenn das gelingt und Sie nicht mehr bei jedem Handgriff überlegen müssen, klappt das auch mit dem Autofahren.«

»Das leuchtet mir ein. Was also schlagen Sie vor?«

»Ich könnte Ihnen Fahrstunden am Wochenende anbieten, wenn Sie weniger unter Strom stehen. Oder wahlweise auch ganz früh morgens. Da ist es allerdings noch dunkel. Aber Sie müssen ja ohnehin lernen, sich auch nachts auf den Straßen zurechtzufinden. Vorausgesetzt natürlich, Sie handeln sich mit meiner Idee nicht auch noch häuslichen Ärger ein.«

Damit spielte er auf die zwei Namen über dem Klingelknopf an, die ihm offensichtlich aufgefallen waren.

»Keineswegs«, erwiderte Malou. »Mein Vermieter ist ein guter Freund, der mir nur das Allerbeste wünscht.«

Seine Miene war undurchdringlich.

»Am kommenden Samstag um fünfzehn Uhr? Passt das?«, schlug er vor.

»Perfekt«, erwiderte Malou. »Und danke für Ihr freundliches Entgegenkommen.«

»Meine private Telefonnummer haben Sie?«, fragte er plötzlich.

»Nein. Natürlich nicht«, erwiderte Malou verblüfft. »Wieso sollte ich?«

»Nur für alle Fälle. Falls Ihnen am Wochenende was dazwischenkommen sollte. Kann ja immer mal sein.«

Er reichte ihr eine leicht zerknitterte Visitenkarte, die Malou mit einem Nicken einsteckte.

»Ich möchte den Führerschein bestehen«, sagte sie. »Unbedingt.«

»Das ist die richtige Einstellung. Dann den Motor bitte wieder anlassen und die Handbremse nicht vergessen. Wir haben noch gute zwanzig Minuten, die sollten wir nutzen. Die nächstmögliche Straße rechts abbiegen ...«

Wieder vor ihrer Wohnung angekommen, verabschiedete Malou sich eilig von Philipp Prinz und stieg aus. Wieso hatte sie Freddy ihm gegenüber nur als ihren »Vermieter« bezeichnet, hatte sich richtiggehend gescheut, das Wort »Verlobter« in den Mund zu nehmen? Es fühlte sich fast an, als hätte sie

Freddy damit verraten, obwohl es ja eigentlich nichts als die Wahrheit war.

Was ging andererseits Philipp Prinz ihre Beziehung an?

Er war doch lediglich ihr Fahrlehrer, der sie hoffentlich endlich sicher durch die Prüfung bringen würde.

Oben in der Wohnung angekommen, steuerte sie zuerst das Badezimmer an, da sie sich vor der abendlichen Dior-Modenschau im Cuvilliéstheater unbedingt noch frisch machen wollte. Eine Dusche wäre sinnvoller gewesen, aber Malou brauchte dringend Entspannung, also ließ sie Wasser in die Wanne laufen und gab ein paar Tropfen Badeöl dazu.

Rosenduft erfüllte den Raum.

Ein Geschenk von Papa, mit dem sie sich seit jenem Abend im Seniorenheim in unregelmäßigen Abständen verabredete. Es war kein Zufall gewesen, dass sie dort aufeinandergetroffen waren; Onkel Julius hatte es bewusst so eingefädelt, um endlich wieder Bewegung in die verfahrene Familiensituation zu bringen. Und es hatte – zumindest teilweise – funktioniert: Vater und Tochter hatten das Kriegsbeil nach einigen intensiven Gesprächen begraben; Theo war nicht länger böse, weil Malou sich für einen eigenen Weg entschieden hatte, tatsächlich war er sogar stolz auf sie. Allerdings durfte Malous Mutter nichts davon erfahren; Karin sei »noch nicht so weit«, versicherte er immer wieder, wenn Malou besorgt nachfragte, weil sie sich ebenso nach der Versöhnung mit ihrer Mutter sehnte.

»Mama wird dich hassen, wenn sie dahinterkommt. Und mich dann vielleicht sogar noch mehr …«, argumentierte sie.

»Lass mich nur machen«, beschwor Theo seine Tochter. »Schließlich kennt niemand Karin so gut wie ich. Sie wird nachgeben, das weiß ich. Ihr Widerstand gegen deine Entscheidung bröckelt schon lange. Sie liest sogar heimlich deine Seite.«

»Mama kauft sich den *Tag*, den sie so verabscheut?«

»Das nun nicht«, musste er einräumen. »Aber Fräulein Federl ist Abonnentin geworden und lässt ihre Zeitung nach dem Lesen immer wie zufällig in der Drogerie herumliegen. Dann schlägt die Stunde deiner Mutter, die das Blatt unauffällig an sich nimmt. Also noch ein wenig Geduld, Marie-Louise. Wirst sehen, alles wird gut.«

Hoffentlich behielt er recht mit seinem unverwüstlichen Optimismus …

Malou band ihre Haare nach oben und stieg in die Wanne. Das warme, duftende Wasser war wie eine Liebkosung. Immerhin etwas, wenn sie sonst schon keiner streichelte.

Natürlich hatte sie ihrem Vater von der Verlobung erzählt. Die wahren Hintergründe allerdings behielt sie auch ihm gegenüber für sich, so wie sie es Freddy versprochen hatte. Und natürlich fühlte sie sich elend dabei, ebenso wie auch Onkel Julius gegenüber. Es fiel ihr ungeheuer schwer, die Menschen zu belügen, die ihr am nächsten standen. Zu ihrer Überraschung allerdings hatte Papa Freddy gar nicht kennenlernen wollen – *noch nicht*, wie er betonte.

»Das machen wir, sobald du dich wieder mit Mama versöhnt hast. Sozusagen in einem Aufwasch. Bis dahin vertraue ich deinem guten Geschmack, mein Mädchen. Du hast dir sicherlich den richtigen Mann ausgesucht …«

Malou beendete ihr Bad, stieg aus der Wanne und trocknete sich ab. Freddy hatte die Badinnentüre erst kürzlich mit einem mannshohen Spiegel verkleiden lassen. Malou ließ das Handtuch sinken und musterte sich von Kopf bis Fuß.

Sie hatte sich definitiv verändert.

Aus dem pummeligen Teenager war eine junge Frau geworden, mit den richtigen Kurven an den richtigen Stellen. Ihre

Schenkel fand Malou zwar immer noch zu kräftig, besonders im Vergleich zu den Magermaßen der Mannequins, die sie später noch zu sehen bekommen würde, doch die Taille hatte sich deutlich verschmälert, und an den Brüsten gab es ohnehin nichts auszusetzen. Als sie die Spange löste, umrahmten die frisch geschnittenen Locken weich ihr Gesicht.

Sie mochte sich.

So ziemlich zum ersten Mal in ihrem Leben gefiel Malou das eigene Spiegelbild.

»Und niemand bekommt mich so zu sehen«, murmelte sie. »Eigentlich jammerschade …«

Plötzlich ging die Tür auf.

»Sorry«, sagte Freddy, der sich bei ihrem Anblick sofort dezent zurückzog. »War nicht abgeschlossen. Brauchst du noch lange? Ich müsste auch ganz kurz mal ins Bad.«

»Bin gleich so weit«, rief Malou ihm durch die geschlossene Tür zu. »Und du willst mich wirklich nicht zur Modenschau begleiten? Eigentlich geht es ja um eine Spendengala. Und es wird so etwas wie die Generalprobe für die Operneröffnung im nächsten Monat. Da wäre es schon gut, wenn ich nicht allein, sondern mit meinem Verlobten aufkreuzen würde.«

»Das hatten wir doch schon besprochen«, rief er leicht gereizt zurück. »Ich kann mit diesem Tüddelkram einfach nichts anfangen. Während Samy und du Promis jagt, gehe ich lieber ein paar Runden Billard spielen. Kann man einem Sport-Fuzzi wie mir doch wirklich nicht verübeln, oder?«

»Aber pass auf dich auf, ja?«, bat Malou, die befürchtete, dass das mit dem Billardspielen nicht die ganze Wahrheit war.

Keine Antwort.

Bruno war seit sechs langen Wochen nicht mehr in München gewesen, auch das gab Malou ein mulmiges Gefühl. Sein letzter Besuch war nicht ganz so harmonisch verlaufen wie sonst. Es musste Streit gegeben haben, das spürte sie, denn die Verabschiedung der beiden Männer war ungewohnt distanziert ausgefallen. Das seltsame Arrangement, das sie drei getroffen hatten, forderte einen hohen Preis, und das galt nicht nur für Malou.

Ob Philipp Prinz eine Freundin hatte?

Schwul jedenfalls war er nicht, das meinte sie zu spüren.

Und wenn sie sich täuschte? Bei Freddy hatte sie schließlich auch danebengelegen.

Doch was ging sie das überhaupt an? Autofahren sollte er ihr beibringen, nichts weiter.

Malou schob den Gedanken, der sie scheinbar aus dem Nichts heraus angeflogen hatte, energisch beiseite.

Im Bademantel ging sie in ihr Zimmer und fand den Platz auf ihrer Schlafcouch bereits besetzt vor. Gähnend rekelte sich Monsieur Filou zwischen den bunten Kissen und ließ gnädig zu, dass Malou ihn ein wenig zur Seite schob, um sich kurz hinzulegen, bevor das abendliche Make-up an die Reihe kam. Der rote Kater hatte offenbar beschlossen, bei ihnen einzuziehen. Er turnte zwar nach wie vor über die Dächer, kehrte aber stets wieder zu ihnen zurück. Nacht für Nacht rollte er sich als Katzenbrezel an Malous Fußende ein, und die musste zugeben, dass sie seitdem besser schlief. Auch jetzt tat es ihr gut, sein weiches Fell zu streicheln.

Nur noch ein paar Minuten ausruhen, bevor sie sich fertig machen musste. Malou schloss die Augen – und die Bilder der vergangenen Monate flogen noch einmal wie ein buntes Kaleidoskop an ihr vorbei …

Es war nicht alles gut gegangen in ihrem neuen großen Verantwortungsbereich; es hatte Pannen gegeben und Situationen, in denen Malou sich nach dem Zuspruch des erfahrenen Barons gesehnt hatte. Bad Wörishofen in den Hundstagen beispielsweise, wo sie mit Samy bei Soraya, der Ex-Frau des Schahs von Persien, angemeldet gewesen war.

Leider hatte Samys fast schon antiker Austin eine Art Hitzekoller erlitten und war auf der Autobahn liegen geblieben. Sie mussten abgeschleppt werden und waren Stunden zu spät gekommen, ohne Bescheid geben zu können, was die kneippende Ex-Hoheit über die Maßen erzürnte. Zunächst hatte sie Samy und Malou gar nicht mehr empfangen wollen, und als sie schließlich doch in einem saloppen Freizeitkleid und Badeschlappen auf der Sonnenterrasse erschien, sprühten ihre berühmten Katzenaugen Funken.

»Andere Kollegen waren schneller als Sie. Ich denke, das zählt in Ihrem Beruf.« Sie deutete auf den Gesellschaftsreporter der *AZ*, der sich ein Stück weiter feixend im Liegestuhl rekelte. Er war ohnehin berühmt für seine sagenhaften Kontakte zu zahlreichen Prominenten. Angeblich hatte er ein Zweitbüro in der Bar des Bayerischen Hofs, mit Briefkasten und Telefon. Davon waren der Baron und natürlich erst recht Malou, seine junge Nachfolgerin, meilenweit entfernt. Definitiv hatte er heute den Etappensieg davongetragen, und seiner süffisanten Miene war zu entnehmen, wie sehr er das genoss. »Glauben Sie etwa, nur weil ich keine kaiserliche Hoheit mehr bin, kann man mich einfach ungestraft warten lassen?«

Es war offensichtlich: Malou und Samy hatten ihre Chance verpasst. Vielleicht hätte der Baron mit seinem ungarischen Charme die richtige Tonart getroffen, um wieder für Gutwetter zu sorgen, aber er war ja leider nicht da. Was auch immer Malou wortreich an Versicherungen und Entschuldigungen hervorbrachte – nichts davon fruchtete. Schließlich ließ Soraya Esfandiary Bakhtiary, wie sie nun offiziell wieder hieß, Malou und Samy einfach stehen und rauschte mit beleidigter Miene davon.

Während die beiden ein wenig bedröppelt zurückblieben, ergriff der Journalist von der Konkurrenz herablassend das Wort.

»Sie hat erst jüngst einen Buchvertrag für die sagenhafte Summe von 200 000 Mark unterzeichnet. Ausgewählte Passagen werden in der *Quick* vorab veröffentlicht. Das und noch mehr können die Herrschaften in der *AZ* von morgen dann meinem Artikel entnehmen. Ja, verehrte Kollegen, gekonnt bleibt halt gekonnt.«

Malous Ärger war heftig und anhaltend, egal, wie sehr Samy auf der Heimfahrt auch versuchte, sie zu beruhigen.

»Wenn es ein ausfotografiertes Gesicht auf dieser Welt gibt, dann doch sicherlich ihres. Allmählich haben die Leute sie garantiert über. Farah Diba, die neue Kaiserin, schmückt jetzt die Cover der Gazetten. Hör also bitte auf, dich weiter zu quälen, Malou. Kann immer mal was schiefgehen, *that's life.*«

»Das seh ich ganz anders, lieber Samy. Unsere Leserinnen sind nach wie vor ganz wild auf Stories über Soraya, gerade, *weil* der Schah sie abserviert hat – sie, eine Deutsche!«

Samy zuckte mit den Schultern. »Wird wieder andere Möglichkeiten geben. Man muss auch einstecken lernen, gerade in unserem Job.«

Er hatte ja so recht, aber es wurmte sie …

Beim nächsten Termin lief zum Glück alles glatt. Hildegard Knef war allerbester Laune, freute sich über die neue Platte, die sie gerade eingesungen hatte, und strahlte, als Malou ihren Song *Eins und eins, das macht zwei* begeistert lobte.

»Das ist die Titelmelodie eines sehr besonderen Films«, sagte die Knef. »Und die Rolle des Callgirls darin habe ich mit dem allergrößten Vergnügen gespielt. *Das große Liebesspiel* – ein paar verklemmte Zuschauer werden sich garantiert wieder darüber mokieren. Aber wir leben ja zum Glück in modernen Zeiten, nicht wahr?«

»Zum Glück«, antwortete Malou hingerissen. »Der Film variiert das Schnitzlersche Reigen-Motiv, richtig?«

Hildegard Knefs Augen unter dem dichten Wimpernteppich leuchteten auf. »Da hat aber eine ihre Hausaufgaben gemacht«, lobte sie.

»Ich liebe Schnitzler«, gestand Malou, während Samy Foto um Foto schoss. »So schön dekadent …«

Die Knef trug einen Hosenanzug in hellem Jadegrün, der sie jugendlich und zart wirken ließ. Wenn *Der Tag* doch nur endlich Farbfotos veröffentlichen könnte! In diesem Fall würde sich der Mehraufwand wirklich lohnen. Aber auch so legte Samy die Kamera gar nicht mehr aus der Hand. Mittendrin fotografierte er Hildegard Knef und Malou Seite an Seite.

»Ein Film mit Spitzenbesetzung«, fuhr die Knef fort. »Martin Held, Peter van Eyck, Lilli Palmer, Paul Hubschmid, Elisabeth Flickenschildt, Charles Regnier und der begabte junge Thomas Fritsch – allesamt aus der ersten Riege deutscher Schauspieler. Da bedurfte es keiner langen Überlegung, ebenfalls zuzusagen.«

»Sehen Sie sich eher als Schauspielerin oder als Sängerin?«, fragte Malou.

Das unverwechselbare rauchige Lachen.

»*Die größte Sängerin ohne Stimme*, so hat mich die wunderbare Ella Fitzgerald genannt«, erwiderte die Knef. »Welch schöneres Lob könnte es geben? Wissen Sie, bei Filmen bin ich auf die Qualität des Drehbuchs und das Talent des Regisseurs angewiesen. Betrete ich dagegen eine Konzertbühne, bin ich meine eigene Chefin – vorausgesetzt natürlich, das Orchester spielt mit. Das wird dann eine intime Angelegenheit zwischen mir und meinem Publikum, und das mag ich sehr.«

Am liebsten wäre Malou noch Stunden in der exklusiven Hotelsuite des Stars geblieben. Überall üppige Rosensträuße und der Hauch eines sündhaft teuren Parfums, der in der Luft schwang, doch der nächste Termin wartete bereits.

»Sie wirken auf mich wie eine Frau, die alles erreicht hat«, sagte sie zum Schluss. »Berühmte Filme, große Musicalerfolge, jetzt auch noch die Konzertbühne. Dazu erst vor Kurzem eine Liebesheirat – ein wahrlich erfülltes Leben! Gibt es irgendetwas, das Sie sich noch wünschen, Frau Knef?«

Hildegard Knefs Gesicht wurde auf einmal ganz weich.

»Ja, das gibt es in der Tat«, sagte sie. »Ein gesundes Kind – das wäre mein allergrößter Wunsch. Und irgendwann schreibe ich den ganzen Wahnsinn dann auf.«

Und dann war da noch das 50-jährige Jubiläum der Sendlingertor-Lichtspiele. Gezeigt wurde als Wiederverfilmung *Das Haus in Montevideo* nach dem gleichnamigen Theaterstück von Curt Goetz. Heinz Rühmann und Ruth Leuwerik, die beiden Hauptdarsteller, waren anwesend und konnten sich vor Fans kaum retten, die alle ein Autogramm wollten. Es war nahezu unmöglich, zu ihnen durchzudringen und ein paar sinnvolle Antworten zu erhalten. Malou gab den Versuch nach drei gebrüllten Fragen auf und beschloss, sich hauptsächlich auf ihr zuvor recherchiertes Material zu stützen. Die Entdeckung des Abends war für sie ohnehin die Chansonnière und Kabarettistin Hanne Wieder, im sonst eher belanglosen Streifen äußerst passend als verruchte Bordellbesitzerin besetzt.

Was für eine Frau!

Geheimnisvoll, lasziv, eine echte Königin der Nacht.

Samy schien es ebenso zu gehen. Seine Kamera konnte sich nicht sattsehen an dieser faszinierenden Erscheinung.

»Ich liebe alles, was gegen den Strom schwimmt«, sagte er. »Dieser ständige Einheitsbrei an Schönheit, den wir schlucken sollen, ist doch todlangweilig. Ginge es nach mir, sollten Frauen wie Hanne Wieder einen Orden erhalten.«

Malou schreckte auf.

Eingeschlafen!

Das Klingeln des Telefons ließ sie schlagartig wach werden.

»Ich komme nicht mit«, hörte sie Roxy am anderen Ende sagen. »Dieses ganze vornehme Tamtam ist einfach nichts für mich. Die Reichen und Schönen sollen mal ohne mich feiern.«

»Du hast ein wunderbares Kleid von Couture Hélène, das ich dir als Leihgabe besorgt habe …«

»Kannst du wieder dorthin zurückbringen. Und keine Angst – ich hab den teuren Fetzen nicht angerührt …« Ihre Stimme kippte.

»Was ist wirklich los, Roxy?«, fragte Malou besorgt.

»Ein fettes blaues Auge hab ich, das ist los. Nur, weil ich ihm widersprochen habe. Und damit gehe ich nirgendwohin – erst recht nicht in dein nobles Theater!«

»Kurt hat dich geschlagen? Dann musst du ihn anzeigen!«

»Und weiter? Er würde mir auf der Stelle kündigen, und auf der Straße sitzen würde ich zudem. Meine alte Wohnung habe ich ja blöderweise gekündigt, weil ich es bei ihm angeblich ja so viel schöner haben sollte«, schluchzte sie. »Und jetzt, wo bald der Winter kommt, weiß ich nicht, wohin. Bei dir kann ich nicht einziehen, oder?«

Malous Hals wurde eng.

Natürlich wollte sie helfen – aber wie? Wenn sie Roxy bei ihnen wohnen ließe, würde der ganze Verlobungsschwindel unweigerlich auffliegen, denn ihre Freundin hielt nicht dicht, das wusste sie. Andererseits fühlte sie sich elend, sie in dieser Notlage im Stich zu lassen.

»Wahrscheinlich wäre ohnehin kein Platz bei euch«, schniefte Roxy weiter. »Ihr habt doch immer diesen Besuch aus Italien, der dann wochenlang im Gästezimmer wohnt …«

»Ja«, bestätigte Malou und fühlte sich erleichtert und mies zugleich. »Das ist leider ein Problem.«

»Dann muss alles halt so bleiben, wie es ist.« Roxy klang unendlich resigniert.

»Er darf dich nicht schlagen, ganz egal, was du zu ihm sagst. Soll ich vielleicht einmal mit ihm reden?«

»Bloß nicht! Das würde alles nur schlimmer machen. Seit der Nacht in der Bar bist du ein rotes Tuch für Kurt. ›Deine feine Freundin und ihr windiger Fotograf‹, so nennt er euch, ›mit diesen Herrschaften bin ich noch lange nicht fertig!‹«

»Ich habe keine Angst vor ihm«, entgegnete Malou.

»Solltest du aber. Kurt kann unberechenbar sein, wenn ihm etwas gegen den Strich geht, das weiß ich inzwischen aus eigener Erfahrung.«

Roxys kleinlaute Stimme ging Malou nicht aus dem Sinn, während sie sich schminkte und anzog. Eigentlich hatte sie ihre Verwandlung in eine Abendschönheit bei einem Glas Sekt zelebrieren wollen, doch die Lust war ihr vergangen. Dabei war das neue zweiteilige Ensemble aus korallenroter Shantung Seide, in das sie gerade stieg, wahrlich Aufsehen erregend und wie für sie gemacht. Die Chefin von Couture Hélène hatte es ihr zum halben Preis verkauft, als lebendige Werbung sozusagen.

»Sagen Sie, wo Sie es herhaben, wenn Sie darauf angesprochen werden. So eine Mund-zu-Mund-Propaganda ist effektiver als jede Zeitungsanzeige.«

Der Rock fiel schmal bis zum Knöchel, das Oberteil hatte ellbogenlange Ärmel und war nach der jüngsten Mode leicht kastig geschnitten. Sein viereckiger Ausschnitt setzte ihren Hals perfekt in Szene, so jedenfalls hatte Malou noch gestern gedacht. Heute aber, in ihrer leicht desolaten Verfassung nach dem Telefonat mit Roxy, fand sie sich darin einfach zu nackt.

Was tun?

Zum Glück hatte sie vor Kurzem Mamas alte Kette neu auffädeln lassen; die legte sie nun an. Die kleinen cremeweißen Saatperlchen waren genau das Tüpfelchen auf dem i, das noch gefehlt hatte. Malou schlüpfte in die goldenen Slingpumps und griff nach ihrer Tasche und der Stola von Onkel Julius.

»Fertig!«, rief sie in die neu angebrachte Gegensprechanlage, als Samy klingelte, um sie abzuholen. »Bin mit dem Aufzug gleich unten bei dir.«

Einhundertvierzig Modelle im geschätzten Wert von 800 000 Mark, feinste Stoffe, verrückte Schnitte, für den Tag maximal knielang, für den Abend bis zum Boden, die Models blasiert und so dünn, dass ein Windhauch sie hätte umblasen können – alles ganz *en vogue*. Die letzten beiden Dior-Modenschauen hatten in Moskau vor Nina Chruschtschowa und in Washington vor John F. und Jackie Kennedy stattgefunden. Heute war München an der Reihe, mit seinem prachtvollen

Rokoko-Theater in Rot und Gold, das eine fabelhafte Kulisse bot. Von ihrem Presseplatz aus hatte Malou perfekte Sicht auf die Bühne, die heute zum Laufsteg umfunktioniert worden war, während Samy mit seiner Kamera überall herumzuwirbeln schien.

»Der Veranstalter fordert, das Modell nur von der Seite her zu fotografieren, ich aber habe es natürlich auch *en face* auf meinem Film«, zischte er ihr zwischendrin übermütig zu. »Ich sage nur: *Mon dieu!* Man sieht fast alles … Das wird morgen unser Aufmacher.«

Malou wusste genau, wovon er sprach: Rosamonde, jene Empire-Abendrobe, die keinen im Theater kalt gelassen hatte: eine Korsage in Mintgrün, üppig mit Perlen besetzt und fast bis zum Nabel ausgeschnitten, kombiniert mit einem schlichten, knöchellangen Satinrock.

»Also, das geht doch wirklich zu weit!« – »So was kann doch niemand tragen, der auch nur einen Funken Moral besitzt«, hörte Malou zwei beleibte Damen hinter sich empört tuscheln.

Sie selbst fand das Modell auch gewagt, aber wunderschön – und ebenso unerschwinglich. Aber man konnte ja schließlich schauen und schwelgen …

Ihre Arbeit hatte sie schon fast vollständig erledigt; im Notizbüchlein stand säuberlich notiert, wer in welchem Modell erschienen war und mit wem, ein wahres Who is Who der noblen Gesellschaft der Stadt. Und spendabel waren die meisten offenbar auch gewesen, denn vom Veranstalter hatte Malou erfahren, dass die stolze Summe von 40 000 DM als Spende für das Deutsche Rote Kreuz zusammengekommen war.

Die penetrante Duftwolke aus Maiglöckchen und Damaszenerrosen verursachte Malou allerdings leichte Kopfschmerzen. Offenbar hatten sich die anwesenden Damen mit der großzügigen Probe Miss Dior, die sie beim Eintritt als Geschenk überreicht bekommen hatten, ebenso großzügig eingesprüht.

Sie konzentrierte sich erneut auf die Modenschau, die nun dem Ende entgegenging: neun Mannequins in orange- und rubinroten Abendroben, die sich wie ein feuriger Regenbogen aneinanderreihten.

Der Beifall wollte kein Ende nehmen.

Auf dem Weg zur Garderobe fing Samy sie ab.

»Ich kann dich leider nicht heimbringen«, sagte er. »Unser Verleger möchte, dass ich beim geladenen Essen im Antiquarium der Residenz eine Fotostrecke schieße. Bin nämlich der einzige Fotograf, der dafür zugelassen ist.« Er grinste. »Das wird sicher gut für die Auflage …«

»Kein Problem. Ich nehme einfach ein Ta…« Malou hielt inne. Konnte das wirklich sein?

Aber sie hatte richtig gesehen. Der schlaksige junge Mann im dunklen Abendanzug mit silberner Krawatte, der gerade Oberbürgermeister Vogel in sein Mikrofon sprechen ließ, war eindeutig Philipp Prinz!

Als das Stadtoberhaupt und dessen Frau weitergingen, entdeckte er sie und kam näher.

»Fräulein Graf – und so elegant«, sagte er lächelnd. »Steht Ihnen.«

»Kann ich nur zurückgeben«, erwiderte sie.

»Na ja, Jeans und Bomberjacke wären bei diesem Anlass vielleicht nicht ganz so ideal gewesen. Der BR erwartet, dass seine Mitarbeiter ihn nicht blamieren, und das gilt auch für die Freien. Aber gegen Ihren Glanz komme ich in meinem dunklen Zwirn natürlich nicht an.« Er grinste.

Sie errötete jetzt doch etwa nicht schon wieder?

Himmel noch einmal! Sie war ganz aus der Übung, was Flirten betraf.

»Sind Sie gleich im Antiquarium noch mit dabei?«, fragte er, während sie an der Garderobe auf ihre Mäntel warteten, was dauern konnte, denn der Andrang war enorm.

Malou schüttelte den Kopf.

»Sie?«

»Nicht nötig.« Er klopfte auf die dunkle Ledertasche, die über seiner Schulter hing. »Hab schon alles auf meinem Rekorder, was ich für meinen Beitrag brauche …«

In diesem Moment hatten auch Winkler und seine Gattin die Garderobe erreicht. Ein kräftiger Mann mit Meckihaarschnitt begleitete die beiden. Er kam Malou vage bekannt vor, wenngleich sie gerade nicht wusste, woher.

»Was für ein Abend«, sagte Winkler. »Herrn Krenkl haben Sie heute zu Hause gelassen?«

»Dem ging es nicht so gut«, log sie spontan. »Hat sich wohl irgendwie den Magen verdorben. Sonst wäre er gern dabei gewesen.«

»Verpasst hat er heute definitiv etwas, nämlich einen kreativen französischen Couturier, der München wieder zum Leuchten gebracht hat. Sie leuchten übrigens auch ganz zauberhaft, Fräulein Graf, und hätten in Ihrem hübschen Kleid noch gut mit auf die Bühne zu den Feuermädchen gepasst. Bin schon auf Ihren Artikel gespannt, aber unsere Leserinnen werden sicherlich jede Zeile verschlingen.«

»Woher stammt denn das Kleid?«, erkundigte sich seine Gattin. »Es gefällt mir ausnehmend gut.«

»Von Couture Hèlène in der Theatinerstraße«, erwiderte Malou.

Endlich konnte sie es anbringen!

Camilla Winkler nickte anerkennend. »Das muss man sich wirklich merken. Und die zarte Perlenschnur, die Sie dazu tragen, harmoniert ganz wunderbar dazu«, ergänzte sie. »Ein altes Stück, wie ich annehme? Solch schöne Schließen findet man heutzutage kaum noch.«

»Danke sehr.« Jetzt wurde Malou noch verlegener. »Ein Geschenk meiner Mutter, und die hatte es, soweit ich weiß, wiederum von ihrer Mutter.«

Winklers Mund verzog sich leicht.

Hatte sie etwas Falsches gesagt? Malou wurde ein wenig nervös. Es war schon seltsam, aber niemand konnte sie so leicht aus der Fassung bringen wie Hans Wolfgang Winkler.

»Das ist übrigens Egon Kühn«, stellte er seinen Begleiter vor. »Ein versierter Journalist, der zu meiner Freude ab sofort unser Redaktionsteam ergänzen wird.« Er wandte sich an Kühn. »Und diese junge Dame hier ist Malou Graf, von der ich Ihnen schon viel erzählt habe, lieber Egon. Sie hat unseren guten Bárthoy während seiner Krankheitszeit ganz fabelhaft vertreten.«

»Sehr erfreut.« Kühn deutete eine Verneigung an. »Ich habe Ihre Artikel natürlich gelesen – durchaus begabt, muss ich schon sagen.«

Eine Antwort, die Malou irritierte.

Was maßte dieser Typ sich eigentlich an? Er war doch kein Lehrer, der Zensuren vergeben konnte, und sie schon lange kein Schulmädchen mehr. Erwartungsvoll schielte sie zu Winkler, weil sie sich eigentlich einen korrigierenden Kommentar von ihm erwartete, doch der blieb zu ihrem Leidwesen aus.

»Kommen Sie doch morgen früh in mein Büro, Fräulein

Graf«, sagte der Verleger stattdessen. »Noch vor der Redaktionskonferenz. Ich habe Neuigkeiten, die Sie interessieren werden.«

Sie nickte, während Winkler die Mäntel in Empfang nahm und seiner Frau galant hineinhalf.

Dann waren die drei verschwunden.

Endlich bekam auch Malou ihren Mantel und ging Richtung Ausgang, immer noch tief in Gedanken.

Großes Lob oder scharfer Tadel – was würde sie morgen wohl erwarten? Oder hatte sich vielleicht gesundheitlich etwas beim Baron geändert, und er kehrte in den Verlag zurück? Sie wünschte es ihm von Herzen.

Aber was würde dann aus ihr werden?

Um ein Haar wäre sie mit Philipp Prinz zusammengestoßen. Der hatte sich zuvor so unauffällig entfernt, dass sie es gar nicht bemerkt hatte.

»Darf ich Sie vielleicht nach Hause bringen?«, fragte er lächelnd.

»Ich weiß nicht so recht …«

»Aber ich. Draußen gießt es nämlich in Strömen, und alle Taxis sind bereits unterwegs. Sie werden doch nicht Ihr schönes Kleid ruinieren wollen?«

»Nein …«

»Na also. Mein Wagen parkt gleich vor der Tür. Den Weg kenne ich ja.«

Als sie nicht sofort antwortete, sprach er schnell weiter.

»Keine Angst – die Fahrstunde heben wir uns wie ausgemacht für Samstag auf. Mein Flitzer hat garantiert keine zweite Bremse für den Beifahrersitz.«

Sie lächelte. »Dann nehme ich Ihr Angebot gerne an.«

Unter einem riesigen schwarzen Schirmungeheuer geleitete er sie zum Wagen. Er hatte die Wahrheit gesagt: Der rote Sportwagen stand direkt vor der Residenz – und ja, es war ein Flitzer.

»Meine Alfa Romeo Giulietta.« Seine Stimme vibrierte vor Stolz, nachdem sie eingestiegen waren. »90 PS, kann es in der Fahrleistung nahezu mit einem Porsche aufnehmen, fast 180 km/h in der Spitze – und in elf Sekunden von 0 auf 100 ...«

Was er mit einem beherzten Tritt aufs Gaspedal gerade sehr überzeugend vorführte.

»Stopp!«, rief Malou erschrocken, als der Sportwagen nach vorn schoss. »Oder wollen Sie vielleicht abheben?«

Philipp Prinz lachte.

»Ertappt. Die Kohle für den Flugschein hab ich bald zusammen, und dann geht's hinauf in die Lüfte. Am Meeresgrund war ich nämlich schon. Tauchen ist mein anderes Lieblingshobby. Ich mag Extreme, müssen Sie wissen, heiß oder kalt, hoch oder tief – und am liebsten schnell. Mittelmaß finde ich einfach nur öde.«

»Mag ja alles sein«, sagte Malou. »Aber lebendig würde ich trotzdem gern zu Hause ankommen. Sie übertreten doch gerade jede Geschwindigkeitsregel – ausgerechnet Sie, ein Fahrlehrer! Wenn die Polizei uns stoppt, sind Sie den Führerschein los und Ihren Brotjob gleich mit dazu.«

Er drosselte sofort das Tempo.

»Recht haben Sie«, murmelte er. »Und ein ganz mieses Vorbild für eine engagierte Führerschein-Aspirantin bin ich zudem. Ich bitte um Verzeihung. Aber ab und an geht es einfach mit mir durch. Und wenn ich dann noch in so reizender Begleitung bin ...«

Er flirtete definitiv mit ihr, und Malou genoss es.

Im Innenraum des roten Flitzers wurde es schnell angenehm warm. Seine Nähe und der rauschende Regen draußen – Malou fühlte sich mit einem Mal wie verzaubert. Prinz roch nicht sportlich-frisch wie Freddy; sein Duft war dunkler und weicher, eine Mischung aus Moos und einer Spur Tabak, ungemein anziehend, wie Malou fand. Sie verspürte plötzlich Lust, durch seine Haare zu fahren und sie noch mehr zu verwuscheln.

Ob er gut küssen konnte?

»Sollen wir vielleicht noch irgendwo etwas trinken gehen?«, hörte sie ihn in ihre Träumereien sagen. »Ich würde selbstredend beim Nicht-Alkoholischen bleiben, nachdem Sie mir gerade so gründlich den Kopf gewaschen haben. Aber Sie hätten natürlich jeden Wunsch frei …«

»Vielleicht ein anderes Mal«, erwiderte Malou rasch, um nicht die Kontrolle zu verlieren.

»Ist es wegen Herrn Krenkl?«, fragte er. »Könnte ich verstehen. Immerhin wohnen Sie ja zusammen.«

Er hatte ihre Unterhaltung mit Winkler mit angehört!

»Auch«, sagte Malou langsam. »Und weil ich lieber neutral bleiben möchte, bis ich den Führerschein endlich habe. Können Sie das verstehen?«

»Leider ja«, knurrte er. »Himmel noch mal, sind Sie denn immer so vernünftig, Malou?«

»Meistens«, erwiderte sie mit nicht ganz fester Stimme.

Die Scheibenwischer arbeiteten im Akkord. Trotzdem war die Sicht eingeschränkt und die Regenwelt da draußen weit entfernt, fast unwirklich. Wäre es nach Malou gegangen, hätte diese Fahrt noch ewig dauern können, aber leider waren sie viel zu rasch vor dem gelben Wohnhaus angekommen.

Philipp stellte den Motor ab.

Keiner von beiden wusste, was er oder sie nun sagen sollte.

»Dann also bis Samstag«, brachte Malou schließlich hervor. »Und danke fürs Heimfahren, mein fliegender Regenritter.«

Aus einem Impuls heraus beugte sie sich nach links und hauchte ihm einen Kuss auf die Wange. Dann riss sie die Beifahrertür auf und sprintete mit gerafftem Rock durch den strömenden Regen ins Haus.

Innerlich aufgewühlt schloss Malou die Wohnung auf. Wie gut wäre es jetzt gewesen, mit jemandem zu reden – über die Begegnung mit Philipp Prinz, über diesen seltsamen Herrn Kühn, über ihren morgigen Termin bei Winkler … Doch alles war dunkel und Freddy offenbar noch nicht zu Hause.

Malou zog das Abendkleid aus und hüllte sich in Bademantel und warme Socken. In der Küche braute sie sich eine große Kanne Tee, dann ging sie zurück in ihr Zimmer.

An Schlaf war jetzt nicht zu denken, obwohl sie morgen doch ausgeruht sein sollte, aber in ihrem augenblicklichen Zustand brauchte sie das erst gar nicht zu versuchen. Stattdessen zog sie ihr Notizbüchlein heraus und überflog noch einmal ihre Aufzeichnungen. Normalerweise bildeten Text und Fotos bei *Blitzlicht* stets eine Einheit, aber Malou wusste jetzt ja noch nicht, welche Fotos sie auswählen würden, also schrieb sie schon einmal drauflos. Das Klappern der Schreibmaschinentasten beruhigte sie; langsam fand sie in ihren gewohnten Rhythmus.

Sie verfasste zwei Versionen des Abends, eine freundlich-verklärte und eine mit kritischen Untertönen, in der auch die enormen Preise der Kleider, die schwere Duftwolke und die beleibten Lästerdamen vorkamen. Dazu führte sie die anwesenden Promis auf und achtete darauf, dass sie niemand Wichtigen vergaß.

Danach zog sie das Blatt aus der Maschine und las.

Diese Version gefiel ihr deutlich besser als die lammfromme erste Fassung. Zusammen mit Samy würde sie morgen entscheiden, welche in das Blatt kam. *Durchaus begabt, muss ich schon sagen*, dachte sie dabei grimmig, weil ihr wieder die herablassende Äußerung des neuen Kollegen in den Sinn kam. Diesem Kühn würde sie es noch zeigen!

Ihr Blick fiel auf die zerknitterte Visitenkarte, die sie auf ihren Schreibtisch gelegt hatte.

Ob Philipp Prinz schon schlief? Oder würde er sich über einen Gute-Nacht-Anruf von ihr freuen?

War der Hauch von Kuss auf seine Wange ein Fehler gewesen?

Plötzlich fühlte sie sich ganz unsicher.

Man steigt keinem Mann hinterher, sonst verliert man dessen Achtung.

Da war sie wieder, die strenge Stimme ihrer Mutter, die ihr das so oft vorgebetet hatte.

Hör endlich auf, an diesen Philipp zu denken, befahl sich Malou. Er ist dein FAHRLEHRER, und aus!

Als sie Freddys Schritte im Flur hörte, ging sie zu ihm.

Er wirkte leicht verlegen und sah mehr denn je aus wie ein großer Junge, der gerade bei etwas Verbotenem ertappt worden war.

»Schönen Abend gehabt?«, fragte er leicht schwankend.

»Ja und nein«, sagte Malou. »Und du?«

Er zog die Schultern hoch, blieb Malou die Antwort aber schuldig.

»Die Show war einmalig. Überspannt, aber lohnenswert«, fuhr sie fort. »Winkler hat mich natürlich prompt nach dir gefragt.«

»Und was hast du gesagt?«

»Was wohl? Ich hab natürlich für dich gelogen. Du hattest eine kleine Magenverstimmung. Denk dran, wenn du ihm morgen begegnest.«

»Mach ich«, murmelte er. »Wahrscheinlich hab ich ohnehin einen fetten Kater.«

»Muss man sich denn beim Billardspielen unbedingt so volllaufen lassen?«, fragte sie provokant.

»Passiert eben manchmal«, nuschelte er.

»Bei dir in letzter Zeit ziemlich oft, du Sportskanone. Solltest mal darüber nachdenken.«

»Ganz schön giftig, junge Frau.« Schlagartig wirkte Freddy deutlich nüchterner. »Ist etwas passiert, das ich wissen sollte?«

»Allerdings«, erwiderte Malou. »Winkler hat mich für morgen früh zu sich zitiert. ›Ich habe Neuigkeiten‹, hat er gesagt, und mein Bauchgefühl sagt mir, dass es keine angenehmen sein werden.«

»Mach dir mal keinen Kopf. Du hast dich so prima in der Redaktion eingearbeitet. *Der Tag* braucht Malou Graf.«

»Aber er hat so einen komischen Kerl dabeigehabt, bullig, Meckihaarschnitt …«

»Egon Kühn von der *Quick*«, sagte Freddy wie aus der Pistole geschossen. »War früher mal als Sportreporter tätig. Ich kenne ihn von diversen Veranstaltungen her. Kann seinen Job, findet sich selbst aber ziemlich großartig. Nicht immer ganz leicht auszuhalten.«

»Und jetzt?«, fragte sie bang. »Was macht Kühn jetzt?«

»Soviel ich weiß, dein Ressort, Malou. Prominente rauf und runter …«

*

Als Frau Noelle Malou am nächsten Morgen ins Verlegerbüro bat, war Egon Kühn bereits da. Jetzt rächte sich Malous Schlafdefizit; sie fühlte sich übermüdet, leicht zittrig und war froh, als sie am Besprechungstisch Platz genommen hatte, der zusammen mit vier Freischwingern seit Neuestem Winklers Enklave zierte.

Sie nahm die Tasse Kaffee dankend an, die ihr angeboten wurde, hütete sich allerdings, mehr als einen Schluck daraus zu trinken, um nicht noch fahriger zu werden.

Hans Wolfgang Winkler gab sich betont jovial, und doch meinte Malou hinter diesem selbstbewussten Auftreten eine leise Unsicherheit zu spüren.

»Machen wir es kurz, liebes Fräulein Graf«, sagt er. »Egon Kühn wird, wie gestern erwähnt, unser Redaktionsteam verstärken, denn leider ist mit einer Rückkehr von Herrn Bárthoy in den Verlag nicht mehr zu rechnen. Es kam zu neuerlichen Komplikationen …«

»Der Baron wird sterben?«, flüsterte Malou. »Was für ein immenser Verlust!«

»Das ist leider zu befürchten. Der Krebs hat gestrahlt, wie er mir telefonisch berichtet hat. Ihm bleiben vielleicht noch ein paar wenige Monate, sehr viel länger wird es vermutlich nicht sein – was wir natürlich alle zutiefst bedauern. Bárthoy selbst nimmt es mit seiner gewohnten *grandezza*. Ein Mann mit Haltung und Stil bis zuletzt.«

Winkler räusperte sich.

»Bei allem Mitgefühl für diesen überaus geschätzten Kollegen«, sagte er, »müssen wir beim *Tag* jedoch auch an die Zukunft denken. Sie waren als Zwischenlösung sehr patent, haben sich reingekniet und schnell dazugelernt, aber nun braucht das Ressort wieder einen Leiter mit profunder

Berufserfahrung. Aus diesem Grund habe ich Herrn Kühn engagiert, der dankenswerterweise ab sofort übernehmen wird.«

Kühn grinste fettig.

Malou verschlug es die Sprache.

»Und was wird dann aus mir?«, brachte sie schließlich hervor. »Bin ich jetzt gekündigt?«

»Wo denken Sie denn hin, Fräulein Graf?«, versicherte der Verleger lächelnd. »Selbstredend nicht! Sie bleiben bei uns und werden Herrn Kühn in gewohnter Weise zuarbeiten, nicht anders, als Sie es auch schon bei Herrn Bárthoy getan haben. Betrachten Sie es als eine Chance für eine junge Journalistin, die bei den ganz Großen ihrer Zunft das Handwerk von der Pike auf lernen darf.« Er stand auf. »In der Redaktionskonferenz gehen wir dann weiter ins Detail, aber ich wollte doch, dass Sie es vorab von mir erfahren, Malou.«

Ihre Blicke trafen sich.

Malou gab sich keine Mühe, ihre Enttäuschung zu verbergen; er wiederum sah sie fast ein wenig flehend an, was sie nur noch zorniger werden ließ. In ihrem Kopf purzelte all das Ungesagte wie wild übereinander, und doch gelang es ihr, es für sich zu behalten und nicht ausfallend zu werden.

»Machen wir am besten gleich Nägel mit Köpfen«, polterte Kühn. »Ich übernehme den Artikel über den gestrigen Abend. Sie steuern dann die Bildunterschriften bei, Fräulein Graf, sobald die Fotostrecke steht. Herr Samtner wird sich bei Ihnen melden, sobald er im Haus ist. Im Übrigen sind Fotos mein ganz persönliches Steckenpferd.« Wieder dieses unangenehme selbstverliebte Grinsen. »Man sagt mir nach, ich sei selbst an der Kamera ganz leidlich. Guter Blick, Sie wissen schon, was ich meine. Also geht künftig nichts mehr aus dem Haus, was nicht zuvor von mir abgesegnet wurde. Das sind wir unserer prominenten Klientel schuldig.«

Herr Samtner – kein Mensch in der Redaktion nannte Samy Herrn Samtner!

»Anschließend konzentrieren wir uns dann ganz auf die glanzvolle Wiedereröffnung der Staatsoper am 23. November«, fuhr Kühn fort. »Ich werde als Vertretung des Verlags anwesend sein. Sie können sich das architektonische Wunderwerk dann später einmal bei einer der verbilligten Führungen ansehen, die Preise für Karten sind nämlich horrend. Kümmern Sie sich doch bitte als Erstes um die Liste der geladenen Gäste …«

»Alles längst vorhanden«, unterbrach ihn Malou kühl. »Ich habe in den vergangenen Wochen nicht geschlafen, sondern hart gearbeitet, Herr Kühn.«

»Umso besser. Nichts für ungut, ich weiß nur immer gern, woran ich bin«, parierte er glatt.

»Ebenso«, knurrte sie zurück.

»*Blitzlicht* kann übrigens bleiben«, fügte Kühn noch herablassend hinzu. »Ist zwar nicht ganz mein Fall, aber eine erneute Änderung würde die Leser womöglich verwirren.«

»Ganz meine Meinung. Das klingt doch alles schon mal sehr gut«, beeilte sich Winkler zu beschwichtigen. »Dann können wir ja alle an die Arbeit gehen. Die Konferenz findet heute übrigens eine halbe Stunde später statt. Ich muss zuvor noch dringend mit meinem Sohn in London telefonieren. Der steckt mitten im Examen, und danach will er um die halbe Welt reisen, dieser verrückte Kerl, aber da ist das letzte Wort natürlich noch nicht gesprochen …«

Malou ging zur Türe und öffnete sie.

»Und wenn ich nun ein Journalist wäre und keine Frau«,

sagte sie, schon halb im Sekretariat, so laut und deutlich, dass auch Frau Noelle jedes Wort verstehen konnte. »Wäre ich dann trotz meiner Jugend für die Leitung des Ressorts infrage gekommen?«

*

In der Redaktionskonferenz konnte Malou sich noch halbwegs beherrschen, doch Freddy erkannte an der steilen Falte zwischen ihren Brauen, wie sehr es in ihr schäumte.

»Später«, wehrte Malou ab, als er sie fragte, was los sei. »Erzähl ich dir alles zu Hause.«

Das dauerte allerdings, da Freddy noch ein Interview mit dem Manager des FC Bayern zu absolvieren hatte, der seinen Verein mit allen Mitteln in die Aufstiegsrunde für die neue Bundesliga bringen wollte.

»Was ist passiert?«, fragte er sofort, kaum dass er die Wohnungstür aufgeschlossen hatte.

»Winkler hat mir doch tatsächlich diesen widerlichen Kühn vor die Nase gesetzt! Hast du doch mit eigenen Ohren gehört! Und dabei dachte ich, dass er meine Arbeit schätzt ...«

»Das tut er doch auch, Malou.«

»Tut er eben nicht! Als Lückenbüßer für den kranken Baron war ich ihm gut genug, aber jetzt brauche ich plötzlich einen *Ressortleiter* ...« Sie spie das Wort aus wie eine verdorbene Frucht. »Und das alles nur, weil ich eine Frau bin. Manchmal habt ihr Männer es wirklich viel leichter auf dieser Welt!«

»Und manchmal schwerer. Ich beneide euch Frauen um so vieles: Ihr dürft Emotionen zeigen, zickig sein, weinen – alles kein Problem. Wir dagegen stecken in einem Panzer, der einem manchmal fast die Luft abschnürt.« Er zog sie vom Sofa hoch. »Und jetzt zieh dir die Lippen nach. Ich lade dich nach nebenan auf eine Lasagne ein. Bei gutem Essen und einem Glas Wein verliert sogar ein Kühn seinen Schrecken. Wird alles nur halb so schlimm, wirst schon sehen. Du bist schließlich du, Malou, und das ist ganz schön viel.«

ZEHN

Winter 1963

Kühn beherrschte sein Handwerk, das musste Malou schweren Herzens einräumen, auch wenn er dabei vollkommen anders vorging als Viktor Bárthoy. Hatte jener mit Eleganz und Feingefühl agiert, so preschte Kühn vor, riss das Wort an sich und ruhte nicht eher, bis er erfahren hatte, was er wissen wollte. Das Wort Distanz existierte für ihn offenbar nicht. Falls seine zupackende Art den Prominenten zuwider war, so ließen sie es sich erstaunlicherweise kaum anmerken. Hauptsache, sie waren in der Zeitung, so könnte man meinen. Vor allem die B- und C-Promis waren bestrebt, in *Blitzlicht* besprochen oder zumindest erwähnt zu werden. Kaum einer von ihnen erkundigte sich nach dem Baron, und wenn doch, dann eher verschämt. Die meisten schienen rasch begriffen zu haben, dass beim *Tag* nun ein neuer Wind wehte.

Manche der echten Promis allerdings ließen nicht einfach so mit sich umspringen. Das beste Beispiel dafür war Maria Schell, die Hollywood-erfahrene Filmlegende der Fünfzigerjahre, die München für einen Zwischenstopp besuchte. Kühn hatte sie feudal zum Dinner in den Königshof eingeladen und dort die Diva mit gutem Essen, viel Wein und endlosen Schmeicheleien offenbar so eingenebelt, dass sie ihr Privatleben schonungslos vor ihm ausbreitete: Angst vor dem Älterwerden, jetzt, wo die

Vierzig drohend am Horizont erschien, Probleme mit Ehemann Horst Hächler, der nach einem Flop keine lukrativen Regieaufträge mehr erhielt … Sogar eine mögliche Scheidung ließ sie nicht unerwähnt, ebenso wie die unwiderstehliche Anziehungskraft, die Schauspielerkollege Veit Relin auf sie ausübte, mit dem sie schon bald auf Theatertournee gehen wollte, um dem Film für eine Weile den Rücken zu kehren.

Der Baron hätte in so einem Fall genau zugehört und das neue Wissen anschließend fein dosiert weitergegeben, Kühn dagegen sparte nichts aus und ließ seine Erkenntnisse in knappe, erstaunlich präzise Formulierungen fließen, oftmals mit kleinen Spitzen versehen, die man erst beim zweiten Lesen bemerkte. Bei der Headline allerdings ging er sofort in die Vollen.

SEELCHEN IM GEFÜHLSCHAOS – SIND DIE BESTEN ZEITEN DER SCHELL VORBEI?

Die Diva reagierte empört, stürmte in die Redaktion, schäumte und weinte, drohte schließlich sogar mit juristischen Schritten, kam damit aber nicht weit, weil sie Kühn ja tatsächlich alles freiwillig erzählt hatte.

»Ich bleibe bei meinem Stil. Die Leser wollen Fakten, kein Geraune«, brüstete sich Kühn, und die Verkaufszahlen dieser speziellen Ausgabe schienen ihm recht zu geben.

Ausschmückungen waren ihm zuwider, das sei »Heftchen-Niveau und kein anständiger Journalismus«, so sein bissiger Kommentar, nachdem er Malous Bericht über die Premierenveranstaltung des grandiosen Streifens *Herr der Fliegen* in den Luitpold Lichtspielen gnadenlos gekürzt hatte.

»*Schreibe kurz – und sie werden es lesen. Schreibe klar – und sie werden es verstehen.* Das hat schon Joseph Pulitzer gefordert, und nach ihm ist immerhin der wichtigste Journalismus-Preis benannt.«

»Pulitzer hat aber auch gesagt: *Schreibe bildhaft – und sie werden es im Gedächtnis behalten*«, konterte Malou.

»Mag sein, aber jede Zeile im Blatt ist pures Geld, und wir haben keines zu verschenken«, setzte er nach. »Deshalb konzentrieren wir uns auf das Wesentliche, das bedeutet im Klartext: 1 A-Prominente. Die Nächsten im Alphabet kommen nur an die Reihe, wenn sie etwas Herausragendes geleistet oder etwas Furchtbares getan haben, sonst sind sie uns lediglich eine Bildunterschrift wert, verstanden, wertes Fräulein Graf?«

Malou, die sich mit ihrem Text besondere Mühe gegeben hatte, nickte verhalten. Inzwischen war sie wieder an ihren Schreibtisch ins Großraumbüro zurückbeordert worden, was Kühn Gelegenheit gab, sie vor Publikum lautstark zusammenzufalten. Dietrich Schenk, der sich mit dem Neuen rasch angefreundet hatte, schien besonders begeistert darüber zu sein.

»Großmäuler wie der Kühn fallen auch gern mal auf die Schnauze«, sagte Adrienne Riehl in der Pause zu Malou und inhalierte genüsslich den Rauch ihrer Zigarette. Sie saßen im plüschigen Café Mozart um die Ecke vom Verlag, in das der Baron Malou damals eingeladen hatte. Wie immer pickte die Riehl nur an ihrem bestellten Käsekuchen. Dafür war sie bereits beim dritten doppelten Espresso angelangt. Ob sie überhaupt jemals schlief? Malou war sich da nicht ganz sicher. »Bei der *Quick* jedenfalls sollen sie aufgeatmet haben, als Kühn die Redaktion verlassen hat. Es sind sogar gewisse Gerüchte im Umlauf, dass Mr. Mecki halb gegangen wurde, weil es erhebliche Unstimmigkeiten mit seinem Spesenkonto gegeben haben soll.« Sie grinste spitzbübisch. »Ich bleibe weiter dran, bis ich Näheres weiß. Manchmal ist investigativer Journalismus halt doch am allerschönsten …«

»Ich weiß nicht, wie ich das auf Dauer aushalten soll«,

stöhnte Malou. »Freddy meint, ich würde mich schon noch daran gewöhnen, aber ich bin mir da nicht so sicher. Dieses Poltern, diese herablassende Selbstgefälligkeit und ständige Besserwisserei sind einfach nur nervig! Bárthoy hat meine Texte auch korrigiert, ich habe ja noch jede Menge zu lernen, das weiß ich sehr wohl, doch er hat das niemals überheblich getan, sondern stets kollegial, und so, dass ich es annehmen konnte.«

Die Riehl zog noch einmal an ihrer Zigarette und schüttelte den Kopf. »Keine Ahnung, was unseren Verleger da geritten hat. In der Regel ist Winklers Personal-Geschmack nämlich ganz gut.« Sie drückte die Kippe aus und hob stattdessen ihre kleine Tasse. »Mangels Alkohol machen wir's mit Kaffee: Ich bin die Adrienne, und wir sagen ab jetzt du. War längst überfällig, liebe Malou. Und wenn du etwas auf dem Herzen hast, und das gilt auch für Sorgen und Nöte außerhalb des Verlags, dann steht dir mein mütterlich-schwesterliches Ohr stets offen.«

»Ich kann dir gar nicht sagen, wie glücklich mich das macht!« Malou stieß freudig mit ihrer Tasse an. »Du bist nämlich mein Vorbild, und das schon seit den allerersten Tagen.«

»Schönes Vorbild.« Adrienne lachte rau. »Nikotinsüchtig, trinkfreudig, bindungsunfähig, konsumverseucht ...« Sie ließ ihre neueste beeindruckende Armreifen-Armada klimpern – breite Silberungetüme mit eingesetztem Strass in allen Regenbogenfarben, die ihr weißes Standardoutfit belebten. »Da hast du dir ja genau die Richtige ausgesucht ...«

»Definitiv! Ich finde dich mutig und geradlinig. Wenn dir etwas nicht passt, dann sagst du das auch. Und du weißt so viel! Das imponiert mir ganz besonders«, erwiderte Malou. »Außerdem hast du mich erst wieder so richtig zum Lesen gebracht und mir damals beim allerersten Artikel über die

Angstschwelle geholfen, das werde ich dir niemals vergessen! Der Baron hält ebenfalls große Stücke auf dich.«

»Wie geht es Viktor eigentlich? Hast du was von ihm gehört?« Adriennes Stimme wurde auf einmal ganz weich. »Er fehlt mir, unser ungarischer Grandseigneur. Sein kultivierter Paprika-Charme ist einfach nur bezaubernd.«

»Er ist wieder zu Hause, umsorgt von einer Pflegerin aus seiner alten Heimat, aber wohl sehr schwach und die meiste Zeit im Bett. Außer Samy, der ihn regelmäßig besucht, will er niemanden sehen. Nicht einmal Telefonate sind erwünscht. Dabei würde ich doch so gern etwas für ihn tun, denn er hat mein ganzes Leben umgekrempelt. Ohne ihn wäre ich niemals beim *Tag* gelandet …«

Malou brach ab. Ihre Augen waren feucht.

»Schreib ihm doch«, schlug Adrienne vor, »mit der Hand, ganz *old fashioned*. Erzähl ihm, wie sehr Mr. Besserwisser nervt. Sag ihm, dass du ihn vermisst, und wie sehr du dir einen Besuch bei ihm wünschst. Keine Ahnung, ob er deiner Bitte dann auch nachkommt, aber freuen wird sich Viktor garantiert, so wie ich ihn kenne.«

»Gute Idee.« Malou rührte nachdenklich in ihrer Tasse.

»Und was hängt sonst noch schief? Du schaust ja noch immer ganz bekümmert drein«, erkundigte sich Adrienne.

Malou zögerte. Dann seufzte sie und sah von ihrer Tasse auf. »Meine Freundin Roxy steckt in der Klemme«, gestand sie. »Eigentlich ist sie Kosmetikerin, aber vor ein paar Monaten hat sie einen windigen Gastronomen kennengelernt, für den sie nun als Barfrau arbeitet. Zusammengezogen sind die beiden auch; ihre alte Wohnung hat sie gekündigt …«

»Mir schwant Übles. Der Typ ist nicht gut zu ihr …«, sagte Adrienne.

»Schlimmer. Er schlägt sie, ich weiß von mindestens einem Vorfall, aber es könnte noch öfter vorgekommen sein, wenngleich Roxy steif und fest das Gegenteil behauptet. Jedenfalls muss sie da dringend raus, aber sie weiß nicht, wohin, und ich weiß es, ehrlich gesagt, leider auch nicht. Du kennst doch so viele Leute, Adrienne. Hast du nicht zufällig eine Idee, wo sie unterkommen könnte?«

Adrienne zündete sich die nächste Zigarette an.

»Bei euch zu Hause ginge es nicht?«, sagte sie eher beiläufig. »Nicht einmal übergangsweise?«

Malou schüttelte den Kopf und stand kurz davor, mit der ganzen Wahrheit herauszuplatzen.

Ein kurzer, skeptischer Blick. Dann sprach Adrienne weiter.

»Ihr werdet eure Gründe haben. Dann lass mich mal überlegen.« Ihr anmutiges Gesicht wurde nachdenklich. Plötzlich lächelte sie. »Ja, da wäre vielleicht jemand. Mag deine Freundin Katzen?«

»Bestimmt! Weshalb fragst du?«

»Eine gute Bekannte von mir geht für ein Jahr nach Rom, um dort in einer internationalen Agentur zu arbeiten – ein Testversuch, bevor sie sich vielleicht ganz zum Auswandern entschließt. Mona hat zwei Miezen, ein Geschwisterpaar, an denen sie sehr hängt. Es sind reine Wohnungstiger, die bei einer Ortsveränderung leiden würden; zudem hat sie in Rom nur ein winziges Apartment. Bei meinem Streuner-Lebenswandel komme ich als Hüterin definitiv nicht infrage. Wenn aber nun deine Roxy in Monas Wohnung zöge und sich während deren Abwesenheit um die beiden Katzen kümmern würde, wäre das vielleicht ja schon einmal ein Anfang.«

»Das klingt wunderbar!« Malou strahlte. »Aber ist das denn auch bezahlbar? Reich ist meine Freundin nämlich nicht.«

»Ich denke, da ließe sich eine Lösung finden. Ihre Viecher gehen Mona nämlich über alles.«

»Darf Roxy dich anrufen, damit du ihr alles Weitere selbst erzählst?«, fragte Malou.

»Kann sie gern machen. Müsste aber fix gehen. Allerdings weiß ich nicht, ob Mona in der Zwischenzeit nicht schon jemand anderen gefunden hat …«

»Wir versuchen es. Ich sag es Roxy gleich heute. Danke schon mal!«

»Und wieso sehe ich jetzt noch immer kein entspanntes Lächeln? Weil Mr. Mecki dich bei der Wiederöffnung des Nationaltheaters so schnöde ausgebremst hat? Oder gibt es noch einen anderen Grund?«

Meine Verlobung mit Freddy, eine Fessel, die mir immer mehr die Luft abschnürt, dachte Malou. Weil ich mich nämlich aus Versehen in meinen Fahrlehrer verliebt habe … Und ich glaube/hoffe/bete, er auch in mich. Keine Ahnung, was ich jetzt machen soll …

»Malou?«, hörte sie Adrienne besorgt fragen. »Du wirkst auf einmal total abwesend …«

»Alles in Ordnung«, erwiderte sie steif. »Wahrscheinlich bin ich bloß aufgeregt. Am 22. November ist nämlich meine Führerscheinprüfung, und es ist bereits der dritte Versuch. Aber sag es bitte nicht weiter, sonst komme ich mir nämlich noch dämlicher vor, als ich mich ohnehin schon fühle. Und halte mir bitte die Daumen, Adrienne – dieses Mal muss ich es endlich schaffen!«

*

275

»Rechts heranfahren und den Motor dann bitte abstellen.«
Die Stimme des Prüfers klang gelassen. Optisch war er eher
der gemütliche Typ, Glatze, Kugelbauch, eng sitzender Fisch-
grätmantel. Wie ein biederer Familienvater wirkte er und
hatte seine Anweisungen während der praktischen Prüfung
in freundlichem Tonfall erteilt. Doch vielleicht war das alles
ja auch nur Tarnung, er war in Wirklichkeit ein knallharter
Hund und Malous Traum vom Führerschein auch bei diesem
dritten Versuch erneut ausgeträumt.

Sie betätigte die Handbremse und öffnete mechanisch die
Fahrertür, um auszusteigen, wie auch bei den beiden anderen
Versuchen zuvor.

»Na, wollen Sie Ihren Führerschein denn nicht mitneh-
men?«, hörte sie den Prüfer von hinten fragen.

»Ich habe doch nicht etwa bestanden?« Malou konnte es
kaum fassen.

»Doch, haben Sie, wenngleich ordentlich Praxis natürlich
dringend nottäte. Alles noch ein wenig zaghaft. Wenn 50 km/h
erlaubt sind, dann dürfen Sie die auch fahren, und nicht nur
44, sonst halten Sie den ganzen Verkehr auf. Aber das kommt
bald von ganz allein. Immer noch besser, als gleich wie verrückt loszurasen und einen Unfall zu bauen. Jetzt erst einmal
meine herzliche Gratulation!«

Beim Unterschreiben des Führerscheins zitterte ihre Hand
so stark, dass die Schrift ziemlich krakelig wirkte.

»Marie-Louise?«, kommentierte Philipp amüsiert, der bislang kaum etwas gesagt hatte. »Wie süß!«

Alle stiegen aus.

»Wohin darf ich Sie nun bringen, Herr Richter?«, fragte
Philipp höflich, nachdem sie sich mit Handschlag verabschiedet hatten.

»Nirgendwohin. Ich nehme die Trambahn. Bin heilfroh, wenn ich mal kein Auto sehen muss. Viel Glück, Fräulein Graf – und immer Augen auf im Verkehr!«

»Unbedingt!«, rief sie ihm übermütig hinterher, während er sich zügig entfernte.

Sie hatte es geschafft! Endlich musste sie sich nicht mehr wie eine Niete fühlen.

Philipp stand plötzlich so nah vor ihr, dass sie seinen Atem auf ihrer Haut spürte.

»Und jetzt?«, fragte er leise. »Ende der Neutralität? Die ganze Zeit über so zu tun, als seist du mir egal, war, ehrlich gesagt, eine ziemliche Schinderei.«

Er mochte sie also auch …

Malou nickte, unfähig zu antworten.

Als sich seine Lippen auf ihre senkten, bekam sie Angst hinzufallen, so schwindelig wurde ihr auf einmal, doch Philipps Arme hielten sie fest. Er küsste so gut wie in ihren sehnsüchtigen Fantasien – leidenschaftlich, aber nicht gierig, erkundete er zärtlich ihren Mund und gab ihr Zeit, ihm zu antworten. Malou fühlte sich wie im Himmel und wünschte sich, dieser Kuss würde niemals enden. Bei aller Aufregung fühlte es sich ungeheuer vertraut an, als seien sie schon ewig miteinander verbunden.

Als sie sich schließlich voneinander lösten, lächelte Philipp beglückt.

»Das war ein äußerst vielversprechender Auftakt«, sagte er. »Wollen wir heute Abend weiterfeiern? Ich könnte dich vom Verlag abholen, und dann überlegen wir gemeinsam, worauf wir Lust haben.«

»Vor acht sind wir aber leider garantiert nicht fertig«, erwiderte Malou, während tausend Gedanken durch ihren Kopf schossen. Was sollte sie Freddy sagen? Bislang hatte sie ihm gegenüber ihre Gefühle für Philipp mit keinem Wort erwähnt. Doch sie musste ihm ohnehin bald reinen Wein einschenken, so rasant, wie die Dinge sich entwickelten. »Der Bericht über die Operneröffnung muss erst in trockene Tücher.«

»Ich bin wie die geduldige Penelope vom Odysseus, ich kann warten. Hast du doch gemerkt, oder etwa nicht? In der Zwischenzeit träume ich einfach weiter von dir.«

Malou hob die Hand und fuhr ihm genüsslich durch die Haare.

»Davon habe *ich* immer geträumt, weißt du das?«

»Jetzt ja. Sieht ganz so aus, als hätten wir uns noch jede Menge zu erzählen.« Sein Lächeln war unwiderstehlich. »Ruf mich an, Malou, wenn du so weit bist. Dann bin ich blitzschnell bei dir.«

Im Laufschritt nahm Malou die Treppen hinauf zum ersten Stock und kam ein wenig atemlos an ihrem Schreibtisch an. Freddy konnte sie nicht von der bestandenen Prüfung erzählen, denn der war bereits zum Eishockey-Länderspiel zwischen der Bundesrepublik Deutschland und der Schweiz aufgebrochen, das am Abend im Prinzregentenstadion stattfand. Aber sie winkte übermütig Adrienne zu, die ein Stück entfernt auf ihrer Schreibmaschine tippte.

Und? Gut gelaufen?, formten deren Lippen lautlos.

Malou hob den Daumen und strahlte.

»Ich wusste es«, rief Adrienne überlaut durch das ganze Büro. »Gut gemacht, Mädchen!«.

Neugierig reckten nun auch die anderen Kollegen den Hals, und bald hatte sich die freudige Nachricht herumgesprochen.

»Das kostet Sie aber eine Runde für alle«, forderte Heribert Klein. »Ist bei uns so Usus.«

»Gerne«, erwiderte Malou. »Wenn es nicht unbedingt gleich heute sein muss …«

»Sie will sich drücken, schau einer an!« Kleins Augen wurden schmal.

»Gar nicht, nur heute passt es mir leider …«

»Da müssen Sie jetzt durch, liebe Malou«, soufflierte Ella Weiss. »Sonst haben Sie alle gegen sich.«

Malou zuckte mit den Schultern und lächelte. Warum eigentlich nicht? Philipp würde auf sie warten, das hatte er ja versprochen.

Und ihre fiebrige Vorfreude sich noch weiter steigern …

»Dann bis später im Konferenzsaal, liebe Kollegen«, sagte sie.

»Wenn du möchtest, kann ich die Getränke für dich besorgen«, bot Samy an. »Ich weiß ja, was die Herrschaften bevorzugen. Und auf den Preis hab ich dabei auch ein Auge. Sollst dich ja nicht gleich verschulden.« Er grinste.

»Danke. Bist und bleibst eben der Allerbeste«, erwiderte Malou.

»Für mich brechen jetzt ja ohnehin herrliche Zeiten an«, schwärmte Samy. »Mich im neuen Jahr von dir durchs tief verschneite Tirol nach Innsbruck zur Winter-Olympiade kutschieren zu lassen, wo die nationale und internationale Sportprominenz auf uns wartet, links und rechts nichts als Berge, was für traumhafte Aussichten!«

»Deinen rechts gesteuerten Antik-Austin beherrsche ich mit meinem frischgebackenen Führerschein noch lange nicht, damit du gleich mal Bescheid weißt«, konterte sie. »Den musst du schon selber fahren, mein Lieber.«

»Wie kommen Sie darauf, dass Fräulein Graf Sie nach Innsbruck begleiten könnte, Herr Samtner?«, polterte Kühn dazwischen. »Top-Ereignisse dieser Güteklasse verlangen die Anwesenheit des Ressortleiters, und so werde natürlich ich die entscheidenden Wettkampftage in Innsbruck verbringen. Hoffe nur, mein Zimmer im Schwarzen Adler taugt etwas! Ich hasse es, schlecht ausgeschlafen zu arbeiten.«

Er wandte sich an Malou.

»Sie haben einen brandneuen Führerschein? Dann üben Sie mal schön. Ich würde eine Anfängerin allerdings niemals an das Steuer meines BMW lassen. Und jetzt konzentrieren Sie sich bitte wieder ganz auf Ihre Arbeit. Ihr Freigang heute sollte die absolute Ausnahme bleiben. Hier spielt die Musik, Fräulein Graf! Hier verdienen Sie Ihre Brötchen.«

Malou zog eine freche Grimasse, als er ihr den Rücken zudrehte, was Samy laut lachen ließ.

Augenblicklich fuhr Kühn wieder zu ihnen herum.

»Und das gilt auch für Sie, Herr Samtner!«

»Ich wusste noch gar nicht, dass ich fest angestellt bin«, erwiderte Samy gelassen. »Und wenn doch, dann müsste sich das eigentlich auch auf meine Entlohnung auswirken. Wollen wir gleich ins Detail gehen, lieber Herr Kühn? Wäre Ihnen das recht? Oder sollte ich mich damit doch lieber vertrauensvoll an unseren Verleger wenden?«

Adrienne und Ella Weiss grinsten. Kühn lief rot an.

»Sie sind nicht der einzige Fotograf auf diesem Planeten«, sagte er leise. »Vergessen Sie das nicht, Samtner!«

»Aber ganz zufällig einer der Besten«, kam es ruhig von Ella Weiss. »*Der Tag* kann sich glücklich schätzen, dass ein Siegfried Samtner für ihn arbeitet.«

Kühn starrte sie an, als wolle er sie fressen, aber die kleine

Frau mit den lockigen grauen Haaren blieb davon vollkommen unbeeindruckt.

»Herzlichen Glückwunsch, liebe Malou Graf!«, rief sie. »Frauen ans Steuer und Frauen an die Macht – so eine positive Zukunft lasse ich mir gern gefallen!«

Plötzlich wieder sehr beschwingt, setzte Malou ihre Arbeit fort. Der gestrige Eröffnungsabend des Nationaltheaters mit der Opernaufführung *Die Frau ohne Schatten* von Richard Strauss musste überwältigend gewesen sein. Rundfunk und Fernsehen hatten live bereits ausführlich darüber berichtet, nun zogen die Zeitungen nach. Kühn, der bei der Operngala anwesend gewesen war, beanspruchte die aktuelle Berichterstattung für sich; Malou durfte sich um den Rest kümmern. Schon vor Monaten hatte der Baron ein langes Interview mit Alice Strauss, der Schwiegertochter des Komponisten, geführt, das Malou nun nach den Wünschen Kühns einkürzen sollte. Keine leichte Aufgabe, denn die Fragen waren so gut gestellt und die Antworten so interessant, dass sie auf nichts verzichten mochte.

Malou biss sich fest, kürzte, machte Streichungen wieder rückgängig, kürzte dafür an anderer Stelle. Zum Schluss sah das Manuskript aus wie ein Schlachtfeld, das man so keinem Setzer zumuten konnte. Sie spannte eine neue Seite ein und tippte alles noch einmal ins Reine.

Kühn las das Ergebnis stirnrunzelnd durch.

»So weit in Ordnung«, sagte er. »Aber in Zukunft ersparen Sie uns bitte dieses leidige Schuldgefasel. Der Krieg ist seit gut fünfzehn Jahren vorbei, da muss man nicht mehr ständig darauf herumreiten. Abgesehen von den USA, unterstützt übrigens kein Land dieser Welt den jungen Staat Israel finanziell so intensiv wie die BRD. So sind nun einmal die Fakten.«

»Da steht doch nur, dass Alice Strauss das Archiv des Komponisten und zahlreiche Wertgegenstände vor einer drohenden Beschlagnahme oder Zerstörung nach Wien gerettet hat …«

»Hier«, unterbrach er sie und tippte mit dem Finger auf eine Stelle, »die *jüdische* Industriellentochter lese ich da …« Kühn sah Malou streng an. »Sie haben mich schon verstanden.«

Mit Wut im Bauch kehrte sie an ihren Schreibtisch zurück. Wie hatte Winkler nur so einen Typen zum Nachfolger des Barons bestimmen können? Ging es ihm tatsächlich einzig und allein um die Auflagenzahl, der er alles andere bedenkenlos opferte?

»Er möchte gut vor seiner Frau dastehen«, hatte Malou Heribert Klein erst vor ein paar Tagen zu einem anderen Kollegen sagen hören. »Von Camilla stammt das Kapital für den Verlag, aber sie will nun offenbar auch positive finanzielle Resultate sehen. Das erhöht nicht nur den Druck auf Winkler, sondern auch auf uns alle.«

Hans Wolfgang Winkler abhängig vom Wohlwollen seiner Frau?

Von außen betrachtet, sah es ganz anders aus …

Viel Zeit zum Grübeln blieb Malou nicht, denn der Schlussredakteur hatte seine Arbeit beendet. Die Zeitung wurde gesetzt und ging danach in Druck. Die Redakteure hatten Feierabend. Als Malou den Konferenzraum betrat, herrschte dort bereits eine gelöste Stimmung. Keiner verspürte Lust, zur weiteren Unterhaltung auch noch den Fernsehapparat einzuschalten, den der Verlag angeschafft hatte, nachdem im April das ZDF an den Start gegangen war. Die üblichen Verdächtigen hatten bereits mit härteren Alkoholika vorgeglüht, dazu tranken sie Bier, während die Damen von dem Wein kosteten, den Samy besorgt hatte.

»Nicht übel«, sagte Ella Weiss. »Aber lange nicht so gut wie der spritzige Rosato, den unser charmanter Sportredakteur vom Gardasee bezieht. Wollten Freddy und Sie dort heuer nicht eigentlich Ferien machen, Malou?«

Das nächste Wespennest.

Von dem versprochenen Urlaub in Bardolino war schon lange keine Rede mehr. Zwar hatten Bruno und Freddy ihren Streit überwunden, doch offenbar hatte Brunos Vater Lorenzo, der inzwischen leidlich Deutsch verstand, vor einiger Zeit auch ein Telefonat der beiden mit angehört, das ihn misstrauisch gemacht hatte. Seitdem war Freddy, bislang *carissimo amico tedesco*, in der Familie dal Corso nicht länger willkommen. Stattdessen trieb sich dort, wie Freddy Malou berichtet hatte, nun ständig eine gewisse Emilia herum, eine Hotelierstochter mit Kirschenaugen und dunklen Locken, angeblich das schönste Mädchen von ganz Bardolino. Beide Elternteile hätten sie wohl liebend gern als Schwiegertochter begrüßt. Zwar wehrte sich Bruno bislang mit Händen und Füßen gegen diese Verkuppelungsversuche, wie er versicherte, doch seine Besuche in München waren rar geworden und die Telefonate mit Freddy definitiv kürzer als früher.

»War so viel los in diesem Jahr …« Zum Glück war Malou ein lässiger Tonfall gelungen. »Der See läuft uns schließlich nicht davon. Bardolino soll im Frühling geradezu himmlisch sein …«

»*Volare, oh, oh* …«, stimmte Schenk dazu an, der bereits wieder einiges intus zu haben schien. »*Cantare, oh, oh, oh, oh … Nel blu, dipinto di blu … Felice di stare lassù* …« Er kam Malou immer näher. Offenbar wollte er die günstige Gelegenheit nutzen, weil Freddy gerade nicht anwesend war. »Ein Tänzchen gefällig, verehrte Kollegin? Italienisch funktioniert *amore* doch immer am besten!«

Sein scharfer Alkoholatem widerte sie an. Malou drehte rasch den Kopf zur Seite.

»Ein anderes Mal«, sagte sie.

»Komm schon, ich will doch bloß tanzen«, insistierte er. »Wir sagen deinem Verlobten einfach nichts davon, okay? Wetten, der gute Krenkl erzählt dir auch nicht immer alles?«

Er drohte ihr mit dem Zeigefinger, scheinbar spielerisch, aber in Malou begannen sofort die Alarmglocken zu läuten. Da war etwas in seinem Tonfall, das sie beunruhigte.

Das mit Bruno konnte er nicht wissen – oder etwa doch?

Hatte er Freddy vielleicht bei dessen heimlichen Exkursionen ertappt? Waren die beiden sich nachts in München über den Weg gelaufen?

Ihr hatte Freddy nichts davon erzählt, aber da gab es in letzter Zeit ja so vieles, das er anscheinend lieber für sich behielt.

Malou schob Schenk weg, was der offenbar nicht kapierte oder nicht kapieren wollte, denn er griff jetzt fester nach ihr, wollte sie gar nicht mehr freigeben.

»He, he, nicht ganz so stürmisch, lieber Schenk!« Winkler hatte soeben im Kamelhaarmantel den Konferenzsaal betreten. »Lassen Sie unser Fräulein Graf doch bitte noch atmen.«

Wie verbrannt ließ Schenk sie los und zog sich ein Stück von ihr zurück. Dankbar lächelte Malou Winkler an – bis sie den schlaksigen Mann neben ihm bemerkte.

Ihr Herz begann wie wild zu klopfen.

»Herr Prinz hat mit seinem Cabrio direkt vor dem Verlagshaus geparkt«, sagte Winkler. »Was für ein Prachtauto! Das würde meinen Sohn auch zum Strahlen bringen. Als ich den jungen Mann darauf angesprochen habe, habe ich erfahren, dass er auf Sie wartet, und da habe ich ihn einfach mitgenommen. Sagen Sie jetzt nur, Sie haben Ihren Führerschein in einem Alfa gebaut, liebes Fräulein Graf!«

»Natürlich nicht«, sagte sie. »Phi... Herr Prinz hat es im Fahrschulauto nicht immer leicht mit mir gehabt.« Sie lächelte. »Ich war eine echt harte Nuss für ihn. Dass ich es trotzdem geschafft habe, wollten wir heute feiern. Natürlich mit Freddy«, fügte sie rasch hinzu. »Sobald das Eishockeyturnier vorbei ist.«

»Na, Herr Krenkl wird sich sicherlich über die gute Nachricht freuen.« Winkler hatte inzwischen seinen Mantel abgelegt. »Und wissen Sie, was? Ich freue mich auch und trinke gern ein Glas auf Sie mit, bevor ich mich wieder an diese öden Bilanzen setze. Ja, sehr gern ein Glas Rotwein«, sagte er, als Samy einladend die Flasche hob. »Aber nur halb voll, bitte.«

Er prostete Malou zu. »Dann auf Sie, die frischgebackene Fahrerin, und bitte keinen Unfall bauen.«

Die Tür ging auf. Gespenstisch bleich kam Frau Noelle hereingewankt.

»Das ist gerade über den Ticker gekommen«, krächzte sie, ein schmales weißes Blatt in der Hand. »Kennedy ist tot – man hat ihn heute in Dallas erschossen.«

Winkler riss es ihr aus der Hand und las, während allgemeine Bestürzung ausbrach. Einige aus der Redaktion verstummten vor Schreck, die anderen begannen aufgeregt wild durcheinanderzureden.

»Das waren garantiert die Russen!«

»O nein ...«

»Nicht Kennedy ...«

Malou hatte Tränen in den Augen, und sie war nicht die Einzige.

Kennedy tot? Das konnte, das *durfte* nicht wahr sein!

Ella Weiss löste sich aus ihrer Erstarrung, flitzte zum Fernsehapparat und schaltete ihn ein. 20 Uhr, exakt die richtige Zeit für die Tagesschau – aber der Bildschirm blieb schwarz, und das über Minuten.

»Das Ding ist im Eimer«, orakelte Schenk ungeduldig. »Erst vor Kurzem gekauft und bereits hin!«

Doch dann wurde der Bildschirm wie gewohnt hell, und der Nachrichtensprecher erschien.

»Präsident John F. Kennedy fiel heute in Dallas, Texas um 12:30 Uhr Ortszeit einem Attentat zum Opfer. Drei Kugeln trafen den Präsidenten, zwei davon tödlich. Obwohl bis zum Transport in die Klinik nur wenige Minuten vergingen, erlag Kennedy dort gegen 13 Uhr seinen schweren Verletzungen. Ein mutmaßlicher Täter wurde bereits festgenommen, aber natürlich wird weiterhin fieberhaft nach weiteren Verdächtigen gesucht. Der neue Präsident der Vereinigten Staaten heißt Lyndon B. Johnson …«

Winkler war regelrecht in sich zusammengesackt.

»So viel Hoffnung, so viel Aufbruch«, murmelte er. »Charme, Charisma, Klugheit, Eleganz, all das im Übermaß in einem Mann versammelt! Er konnte die Massen bewegen; ihm haben sogar die Russen zugehört. Mit ihm an der Spitze hätte sich nach so vielen Jahren endlich ein Weg zum Frieden in der Welt öffnen können. Ich bin am gleichen Tag wie Kennedy geboren, allerdings drei Jahre vor ihm, doch diese zufällige Gemeinsamkeit hat mich stets mit ihm verbunden.« Er blickte in die Runde seiner Redakteure. »Was tun? *Der Tag* von morgen wird bereits gedruckt, aber wir müssen sofort auf diesen Wahnsinn reagieren!«

»Eine Sondernummer«, schlug Hornberg beherzt vor. »Wenige Seiten – aber alles Kennedy. Unser Archiv ist gut gefüllt, das müsste zu bewerkstelligen sein.«

»Mit dem Aufmacher: *Ich bin ein Berliner*«, kam es von Schenk, der schlagartig wieder nüchtern wirkte. »Das kennen und mögen die Leute.«

Alle redeten wild durcheinander.

»Nein«, sagte Philipp in den allgemeinen Wortsalat hinein. »Mit einer schwarzen Titelseite – das geht mehr an die Nieren.«

Winkler, der ihn gehört hatte, richtete sich auf. »Großartig! Genau das machen wir. Was tun Sie eigentlich, Herr Prinz, wenn Sie keine Fahrstunden geben?«

»Ich arbeite als freier Journalist für Print, Funk und Fernsehen«, erwiderte Philipp ruhig, und Malous Herz flog ihm stürmisch zu. Ein anderer hätte sich mit seinem Einfall gebrüstet, er jedoch blieb ganz bescheiden.

»Wir sollten unbedingt in Kontakt bleiben«, sagte Winkler, den er offenbar tief beeindruckt hatte. »*Der Tag* braucht immer gute Leute.« Er winkte Hornberg heran. »Bekommen wir mit dem Material starke acht Seiten zusammen?«

»Müsste gehen«, erwiderte Hornberg, und Klein sowie Schenk stimmten ihm nach kurzem Überlegen zu.

»Ich hätte da noch etwas Schönes von Jackie Kennedy«, steuerte Adrienne bei. »In einem Interview hat sie neulich über Siegen und Verlieren gesprochen. Könnten wir mit Quellenangabe teilweise verwenden und etwas umschreiben – inhaltlich würde es passen …«

»Gut«, sagte Winkler. »Also meine Frage an alle: Sind Sie dabei und bereit, Ihren kostbaren Schlaf zu opfern?«

Jeder in der Runde nickte.

»Dann legen wir los. Mit den Setzern und Druckern rede ich als Erstes«, fuhr er fort. »Denn ohne ihre Zustimmung geht ja, wie wir alle wissen, gar nichts. Danach werde ausnahmsweise ich den Leitartikel übernehmen, das bin ich dem ermordeten Kennedy schuldig. In gewisser Weise war er für mich wie ein Bruder.«

Er hat recht, dachte Malou. Selbst wenn die optische Ähnlichkeit sich in Grenzen hielt, weil Winkler hellhäutiger und schwerer gebaut war als John F. Kennedy, so besaß auch er eine Ausstrahlung, ein Charisma, eine selbstbewusste Männlichkeit, die ihn ausgesprochen anziehend machten. Der Verleger konnte einen Raum mit seiner Persönlichkeit erfüllen, und genau das tat er gerade auch wieder.

»Jemand sollte am Fernseher bleiben, um die neuesten Nachrichten zu verfolgen«, fuhr Winkler fort. »Außerdem gibt es sicherlich Sondersendungen, möglicherweise bis spät nach Mitternacht.«

»Das kann ich übernehmen«, erwiderte Malou spontan. »Ich gebe alle News dann sofort an die Kollegen weiter.«

Winklers Blick, mit dem er sie maß, war kurz, aber anerkennend.

»Machen Sie das«, sagte Hornberg. »Das Radio lassen wir ebenfalls laufen, damit wir immer auf dem letzten Stand sind. Wir sichten das Material im Eiltempo und entscheiden dann in einer Stunde in einer Blitzkonferenz, wer was schreibt, einverstanden?«

Allgemeine Zustimmung.

Alle strebten der Tür zu, nur Philipp blieb bei Malou zurück.

»Da habe ich uns ja was Schönes eingebrockt«, sagte er mit einem schiefen Grinsen. »Den heutigen Abend hatte ich mir ganz anders vorgestellt.«

»Ich auch, aber deine Idee ist einfach nur grandios«, erwiderte sie. »Und das mit der Extranummer ebenso. Das wird eine echte Gemeinschaftsproduktion. Ich habe die Redaktion noch nie so geschlossen erlebt.«

Er zog sie zu sich heran.

»Und wir beide?« Seine Lippen berührten ihre Stirn, und Malou bekam am ganzen Körper Gänsehaut. »Weiter warten? Scheint irgendwie unser Schicksal zu sein.«

Malou verzog bedauernd das Gesicht. »Ich fürchte, wir müssen, Philipp. Zumindest noch dieses eine Mal. Aber ein bisschen Wegzehrung brauche ich doch …«

Sie legte den Kopf in den Nacken, und Philipp beugte sich zu ihr hinunter.

Sie versanken in einen langen, leidenschaftlichen Kuss.

Als sie Geräusche hörten, fuhren sie auseinander, jedoch nicht schnell genug.

»Fräulein Graf, Ihr Verlobter ist jetzt auch da, weil das Eishockeyturnier vorzeitig abgebrochen wurde, soll ich Ihnen ausrichten …« Frau Noelle, erst halb im Saal, verstummte abrupt und bekam einen hochroten Kopf.

Malou wäre am liebsten vor Verlegenheit im Erdboden versunken.

»Tschuldigung«, murmelte die Sekretärin und verschwand.

»Dein Verlobter?«, fragte Philipp kühl, nachdem sie wieder allein waren. »Wie darf ich das verstehen, Malou?«

»Freddy Krenkl«, sagte sie. »Unser Sportreporter. Du kennst seinen Namen vom Klingelschild.«

»Dein Verlobter ist also der *gute Freund*, mit dem du dir die Wohnung teilst?« In seiner Stimme lag eine Härte, die ihr ganz neu war.

»Ja und nein.« Verzweifelt rang Malou nach den richtigen Worten. »Offiziell sind wir zwar verlobt, doch in Wirklichkeit ist alles … ganz anders.«

Sie hielt inne. War sie etwa gerade dabei, den Mann zu verlieren, in den sie sich so sehr verliebt hatte?

»Und wie genau ist es dann?«, fragte Philipp weiter, noch eine Spur kälter.

»Ich werde dir alles erklären«, versprach Malou, »aber nicht jetzt, okay? Dafür brauchen wir Zeit. Ich kann dir jetzt schon sagen, es klingt alles vollkommen verrückt, doch jedes Wort davon ist wahr, das schwöre ich dir.«

»Da bin ich aber gespannt«, sagte Philipp. »Und lass dir dafür bitte nicht allzu viel Zeit, Malou. Denn selbst die geduldigsten Penelopes werden irgendwann mürbe …«

*

JFK 1917–1963

Die schwarze Sonderausgabe des *Tag* wurde ein absoluter Hit. Binnen weniger Stunden war die gesamte Ausgabe vergriffen, und hätten sie dreimal so viele Zeitungen gedruckt, sie hätten sie ebenfalls verkauft. Aus allen Teilen der Republik kamen positive Reaktionen; einige Zeitungen im Westen kopierten die Idee, doch *Der Tag* war und blieb Sieger.

Der Verleger lobte seine Redaktion, die mangels Schlaf auch achtundvierzig Stunden später noch leicht angeschlagen im Konferenzsaal saß.

»Großartige Leistung – großartiges Team! Ganz Deutschland schaut auf uns. Dahin will ich künftig immer mit unserem Blatt.«

»Stirbt halt leider nicht jeden Tag ein Kennedy, und Anfänger dürfen sich plötzlich profilieren«, stänkerte Klein leise vor sich hin, doch Winkler hatte ihn sehr wohl gehört.

»Sehen Sie, Herr Klein, genau so etwas gehört ab jetzt nicht mehr zum *Tag*«, gab er zurück. »Konkurrenz als Ansporn, um es noch besser zu machen – das ja. Aber bissige Eifersüchteleien möchte ich in dieser Redaktion nicht mehr erleben. Wir haben eindrucksvoll bewiesen, wie stark wir sein können, wenn wir alle Kräfte bündeln. So und nicht anders wünsche ich mir unsere Zukunft.«

Malou wusste genau, worauf Klein angespielt hatte.

Adrienne hatte sie nach einer Weile vor dem Fernseher abgelöst und gebeten, an ihrer Stelle den Text über Jackie Kennedy zu schreiben. Erst war Malou ein wenig erschrocken gewesen, doch dann hatte sie die Aufgabe freudig übernommen, und zu ihrer Überraschung waren die Worte wie von selbst geflossen.

»Daran hab ich rein gar nichts zu meckern«, hatte Adrienne nach der Lektüre anerkennend geäußert. »Du wirst langsam ganz schön gut, meine Liebe!«

Natürlich hatte Malou sich darüber gefreut, und auch darüber, dass Kühn ein langes Gesicht zog, weil er für die Sonderausgabe nur zugearbeitet und keinen eigenen Artikel verfasst hatte.

Beruflich lief es also langsam wieder, privat hingegen lag alles ziemlich im Argen. Natürlich hatte irgendein Vögelchen gezwitschert und Freddy über ihren Kuss mit Philipp informiert. Malou ahnte es bereits, noch bevor sie sich mit ihm aussprechen konnte, weil er ihr gegenüber auf einmal eine Reserviertheit an den Tag legte, die sie so gar nicht an ihm kannte.

Als sie dann endlich abends in ihrer Küche zusammensaßen, bekam Malou vor Aufregung feuchte Hände. Freddy hatte vom Italiener nebenan Tagliatelle ai porcini geholt, doch keiner von ihnen hatte Appetit. Lediglich die Weinflasche leerte sich zügig, wobei Freddy den Löwenanteil davon trank. Monsieur Filou schien zu spüren, wie nervös Malou war, denn er strich erst um ihre Beine und legte sich dann wie ein kleiner roter Beschützer neben ihren Stuhl.

»Findest du das gut?«, eröffnete Freddy schließlich das Feuer. »Ausgerechnet im Verlag vor aller Augen mit diesem Typen rumzuknutschen?«

»Wir waren allein, und es war nur ein einziger Kuss …«

»Erspar mir bitte Einzelheiten! Wir hatten eine Abmachung – und du hast sie gebrochen. Wie stehe ich denn jetzt vor allen da? Hast du daran mal gedacht? Wie ein gehörnter Vollidiot …«

»Übertreibst du da nicht ein wenig?«

»Du musst die Häme ja nicht ertragen«, fuhr er sie an. »*Na, Krenkl, das hübsche Bräutchen bereits auf Abwegen? War wohl doch nichts mit der ganz großen Liebe …* Nicht mal einen Tag hat Schenk dazu gebraucht!«

»Vergiss diesen Idioten! Der kriegt sich schon wieder ein und findet was Neues, über das er sich aufregen kann. Es tut mir wirklich leid, Freddy«, versuchte Malou einzulenken. »Ort und Zeitpunkt waren vollkommen daneben, und dafür entschuldige ich mich bei dir. Aber irgendwie kam alles zusammen: die Angst vor der Prüfung, die Freude, endlich bestanden zu haben, die feucht-fröhliche Feier, und dann noch der Schock wegen Kennedys Tod …«

Sie hörte sich reden und spürte, wie ängstlich sie die Wahrheit umschiffte. Aber Freddy hatte sie verdient – jetzt und hier und ungeschminkt.

»Hör zu«, sagte sie schließlich und sah ihm dabei tief in die blauen Augen, die sie so sehr an ihm liebte. »Ja, es hat mich schwer erwischt – ich bin in Philipp Prinz verliebt. Es ist einfach so passiert, ganz wie von selbst.«

»Und wie lange geht das schon so?«

Er hörte sich plötzlich an wie ihre Mutter. Malou versuchte, trotzdem freundlich zu bleiben.

»Noch gar nicht, weil wir alles vertagt haben, als wir die gegenseitige Anziehung gespürt haben. Bis *nach* der Prüfung. Ich wollte dir alles erzählen, aber dann ist es ganz anders gekommen …«

Freddy schien ihr gar nicht richtig zuzuhören. Seine Empörung hatte sich in Traurigkeit verwandelt.

»Gerade jetzt, wo mit Bruno alles zusammenzubrechen scheint, lässt auch du mich hängen. Ich dachte, wir sind Freunde. Jetzt hätte ich dich gebraucht, Malou. Mehr denn je.«

»Aber das sind wir doch! Und ich habe auch nicht vor auszuwandern oder morgen auszuziehen oder so. Keine Ahnung, wie sich alles überhaupt zwischen Philipp und mir entwickeln wird. Es ist doch noch ein ganz zartes Pflänzchen, Freddy!«

Er starrte auf die Tischplatte.

»Nicht, dass ich es dir nicht gönnen würde«, murmelte er. »Versteh mich da bitte nicht falsch! Du bist eine reizvolle Frau, ich sehe doch, wie die Männer auf dich reagieren, und irgendwann musste es ja schließlich passieren. Das alles weiß ich. Und trotzdem fühlt es sich gerade an, als würde unter mir das ganze Fundament wegbröckeln. Unser Pakt hat mir so große Sicherheit gegeben! Mit dir an der Seite habe ich mich quasi unbesiegbar gefühlt.«

Er leerte sein Glas mit großen Schlucken.

»Ich habe mich so lange nach einem Partner gesehnt«, sagte Malou. »Weißt du, es war nicht immer ganz einfach für mich, Bruno und dich so glücklich miteinander zu sehen – obwohl es mich natürlich gleichzeitig für euch beide gefreut hat. Ihr passt so gut zusammen, Freddy, ihr seid so ein schönes Paar.«

»Mit verbotenen Trieben, die der Staat mit Knast bestraft!« Freddy war laut geworden. »Als Kriminelle werden wir abgestempelt, müssen uns verstecken und dürfen uns nur heimlich lieben. Wie unendlich satt ich diesen ganzen verdammten Zirkus habe!«

»Über kurz oder lang werden sie daran etwas ändern müssen«, sagte Malou. »Die DDR hat es schon vorgemacht, der Westen wird nachziehen. Mal ganz ernsthaft: Wird das wirklich etwas zwischen Bruno und dieser Emilia? Bruno steht nicht auf Frauen. Außerdem liebt er dich!«

»Das dachte ich auch, aber plötzlich scheint er sich da nicht mehr ganz sicher zu sein. Der Druck seiner Familie ist enorm. Ob Bruno dem standhält? Ein Held ist er nämlich nicht gerade. Und jetzt auch noch du mit diesem Philipp! Wenn ich dich jetzt auch noch verliere, dann drehe ich durch – ich versteh auf einmal gar nichts mehr!«

Er begann zu schluchzen.

Malou stand auf, ging zu ihm und nahm ihn in die Arme.

»Mich kannst du doch gar nicht verlieren, du Dummkopf«, sagte sie zärtlich, »Philipp hin oder her. Ich bin und bleibe deine allerbeste Freundin!«

»Das sagst du jetzt«, schniefte Freddy. »Aber wenn ihr erst einmal so richtig zusammen seid, ist da kein Platz mehr für mich, wirst schon sehen! Und was sagen wir den anderen? Dass wir die Verlobung gelöst haben?«

»Gar nichts sagen wir. Niemandem.« Malou reichte ihm ein Taschentuch, und er schnäuzte sich ausgiebig. »Alles bleibt so wie bisher.«

»Aber wenn sie euch irgendwo sehen? Was dann?«

»Dann bin ich eben mit einem Freund unterwegs. *So what?*«

»Und wenn ihr dann in der Öffentlichkeit …«

»Wir werden garantiert nicht jedes Mal ausgehungert übereinander herfallen, sobald wir einen Schritt nach draußen setzen.« Malou atmete tief ein und aus. »Freddy, meine Liebesgeschichte hat gerade erst angefangen. Lass ihr noch ein bisschen Raum, um ihre Flügel auszubreiten …«

Er entkorkte die zweite Flasche und füllte sein Glas erneut. »Sag nix«, befahl er, als er Malous besorgten Blick sah. »Zumindest das brauche ich jetzt.«

Sie schüttelte den Kopf, als er auch ihr nachschenken wollte.

»Genug für heute. Danke.«

»Weil du dich noch mit Philipp treffen willst. Sag das doch gleich!« Freddy klang wieder aggressiver.

»Will ich nicht, doch selbst wenn, dann ginge dich das nichts an, kapiert? *Jeder mit allen Freiheiten*, so lautet unsere Vereinbarung«, erwiderte Malou mühsam beherrscht. »Ich hoffe, du erinnerst dich noch daran!«

Er nickte vage.

»Roxy ist doch sicher auch schon eingeweiht, oder?«, fuhr Freddy fort. »Die weiß doch immer als Erste über alles Bescheid. Wenn wir ihr kein Liebespaar mehr vorgaukeln müssen, kann sie ja auch problemlos bei uns im Wohnzimmer schlafen, darauf wartet sie wahrscheinlich schon. Seid ihr beide so richtig fett über mich hergezogen? Der arme, einsame Freddy, der sich jetzt ganz neu orientieren muss …«

»Roxy hat bereits eine neue Bleibe gefunden«, erwiderte Malou ruhig, wobei es ihr zunehmend schwerfiel, ihren eigenen Ärger zu unterdrücken. »Sie hütet die Wohnung und die Katzen einer Frau, die für ein Jahr im Ausland lebt. Ich hoffe jeden Tag, dass sie endlich bei Miller kündigt, doch bislang hatte sie noch nicht den Mumm. Und nein, bislang weiß sie noch nichts von Philipp. Niemand hintergeht dich, Freddy, und kein Mensch zieht über dich her. Komm endlich wieder zur Besinnung!«

»Ich brauch jetzt dringend frische Luft.« Nicht mehr ganz sicher stand er auf und verließ die Küche.

Sollte sie ihm hinterhergehen?

Malou entschied sich dagegen. Wahrscheinlich rauchte er auf dem Balkon, um sich abzuregen. Die dicken Flocken, die gerade herunterrieselten, störten ihn offenbar nicht.

Sie wartete eine Weile, dann stand sie doch auf und spähte in den Flur. Der Kater folgte ihr, als wolle er sich ebenfalls vergewissern.

Alles war dunkel, im Wohnzimmer wie auch auf dem Balkon.

»Freddy?«, rief sie. »Wo hast du dich versteckt? Komm raus, wir sind noch nicht ganz fertig!«

Keine Antwort.

Sie ging weiter und drückte schließlich die Klinke seiner Schlafzimmertür herunter – zum ersten Mal, seitdem sie hier wohnte.

Über dem breiten Bett hing ein großes James-Dean-Plakat in Schwarzweiß, der Schauspieler mit hochgestelltem Mantelkragen, eine Zigarette im Mundwinkel, abgrundtiefe Einsamkeit verströmend. Das Bettzeug war zerwühlt, ein paar Pullover und Hemden lagen darauf verstreut, ein Schal, ein paar einzelne Socken.

Das alles sah nach einem Blitzstart aus, doch Malou hatte die Wohnungstür nicht gehört.

Sie zog sich wieder aus dem Zimmer zurück und setzte ihre Inspektion fort.

An der Garderobe fehlte Freddys mit Lammfell gefütterte Lederjacke. Und der Autoschlüssel.

»Wohin bist du jetzt angetrunken gefahren?«, flüsterte sie. »Warum läufst du von mir weg, Freddy Krenkl?«

Seufzend und ein wenig zittrig ließ Malou sich auf das Sofa sinken. Was war gerade passiert?

Sie musste jetzt unbedingt mit jemandem sprechen, der es gut mit ihr meinte.

Philipps Nummer wählte sie nur bis zur vorletzten Zahl, dann legte sie wieder auf. Erst musste sie wissen, dass mit Freddy alles in Ordnung war, danach kam die neue Liebe an die Reihe.

Nur noch bis morgen, Liebster, dachte sie zärtlich. Dann holen wir alles Versäumte nach – versprochen!

Roxy?

In der Hektik der letzten Tage hatte sie es leider versäumt, sich Monas Telefonnummer geben zu lassen – falls Roxy nicht ohnehin in der Bar arbeitete –, und wo sie Adrienne aktuell erreichen konnte, um nachzufragen, wusste sie beim besten Willen nicht.

Samy?

So gern hätte sie ihm alles erzählt, aber irgendwie gehörte er doch zum Verlagsteam, und sie wagte nicht, den Pakt mit Freddy abermals zu verletzen.

Dann blieb nur noch einer, dem sie ihr Herz ausschütten konnte: Onkel Julius.

Am liebsten wäre sie sofort zum ihm gefahren, doch natürlich war seine Seniorenresidenz zu dieser späten Zeit für Besucher längst geschlossen. Also blieb nur das Telefon. In der Regel ging er sehr spät ins Bett.

»Alte Menschen brauchen nicht mehr so viel Schlaf«, pflegte

er zu sagen. »Lieber wach sein und genießen, was an Leben noch mitzunehmen ist!«

Also wagte Malou den Versuch.

Als er auch nach dem fünften Klingeln noch nicht abhob, wollte sie schon wieder auflegen, da hörte sie plötzlich seine vertraute Stimme.

»Schwan hier, wer spricht bitte?«

»Ich bin's, Onkel Julius«, sagte Malou matt. »Entschuldige, dass ich dich so spät noch störe.«

»Du störst nie, mein Mädchen«, erwiderte er. »Das weißt du doch. Ist etwas passiert? Du hörst dich so flattrig an.«

»Allerdings«, sagte sie. »Und ich weiß gar nicht, wo ich anfangen soll …«

»Am besten am Anfang«, kam seine muntere Antwort. »Der Rest ergibt sich dann meistens von selbst.«

Also begann sie loszusprudeln, erzählte von den Fahrstunden, vom zweimaligen Durchfallen, von Philipp, der ihr eigentlich nur Fahrglück bringen sollte, von der schwarzen *Tag*-Sonderausgabe …

»Die hab ich hier natürlich liegen«, unterbrach er sie. »Großartige Aktion. Agnes hat sie mir besorgt und Wort für Wort vorgelesen. Und ich denke, deine Mutter hat sie ebenfalls gelesen. Aber jetzt weiter im Text, Malou. Aber das musste ich nur unbedingt sofort loswerden.«

Sie stockte plötzlich, fand keine Worte mehr.

»Eigentlich geht es um Freddy und mich«, begann sie schließlich erneut. »Und um Philipp …«

»Bevor du weiterredest: Freddy war gestern bei mir. Und um bei der Wahrheit zu bleiben, nicht zum ersten Mal.«

»Freddy hat dich besucht, ohne mir ein Sterbenswörtchen davon zu verraten? Ich glaub es nicht!«

»Weil ich ihn darum gebeten habe; die Initiative ging von mir aus. Ja, glaubst du denn, ich erkenne einen schwulen Mann nicht auf Anhieb, Liebes? Bin ja schließlich lange genug verzaubert auf dieser Welt unterwegs! Ich wusste gleich, was los ist, als ihr bei mir wart, aber du hast nichts darüber gesagt, und so wollte ich eben von ihm Genaueres erfahren. Deshalb habe ich ihn auch ein paar Tage nach eurem gemeinsamen Besuch allein zu mir eingeladen. Er ist gekommen und hat mir schließlich alles erzählt. Hat wohl gespürt, wie nah du und ich uns stehen, und dass er sich auf meine Diskretion verlassen kann. Danach war ich einigermaßen beruhigt, weil ich das Gefühl hatte, dieser seltsame Pakt schade keinem von euch – wenngleich ich Freddy schon damals gewarnt habe. ›Du und Bruno und Malou, das könnte mit großem gegenseitigem Respekt als Dreieck eine Weile klappen‹, habe ich zu ihm gesagt. ›Schwierig wird es, sobald ein Vierter ins Spiel kommt‹ – und voilà, schon haben wir mit Philipp die Bescherung. Euer Kuss im Konferenzsaal war keine besonders glänzende Idee ...«

»Weiß ich doch selbst, Onkel Julius, aber er ist nun mal passiert, und ich kann ihn nicht mehr rückgängig machen, so sehr ich mir das auch wünsche.«

»Freddy fühlt sich ganz alleingelassen, weil sein Bruno ja plötzlich auch in eine andere Richtung tendiert. Ich habe ihn beschworen, trotzdem Ruhe zu bewahren, aber ob ihn das wirklich erreicht hat?«

»Ich fürchte, nein!«, rief Malou. »Er hat mir Vorwürfe gemacht, dabei Wein in sich hineingeschüttet, und dann ist er einfach los, allein hinaus in die Nacht.« Inzwischen hatte sie zu weinen begonnen. »Einfach wortlos zu verschwinden, das hat er immer mal wieder gemacht, aber heute habe ich richtig Angst, Onkel Julius. So habe ich Freddy noch nie erlebt, so mutlos, so vollkommen außer sich. Am liebsten würde ich ihm hinterher. Aber ich habe leider keine Ahnung, wo ich ihn suchen soll ...«

»Und selbst wenn, Malou. Es gibt gewisse Orte in dieser Stadt, die sind nichts für eine junge Frau, glaub mir. Früher war ich da auch manchmal, doch jetzt bin ich viel zu alt dafür. Das mit der inneren Ruhe, das ich Freddy gesagt habe, sag ich jetzt auch dir: Versuch dich abzulenken, nimm meinetwegen eine Schlaftablette und warte ab. Bislang ist er doch immer zurückgekommen, oder nicht?«

»Ist er.« Malou schniefte.

»Siehst du. Mach dir noch eine heiße Milch mit Honig, das beruhigt zusätzlich. Streichle dein Katzentier. Und ruf mich wieder an, wenn alles gut gegangen ist. Ich glaube ganz fest daran!«

Das Klingeln der Glocke riss sie aus unruhigen Träumen.

Sie war doch tatsächlich auf der Wohnzimmercouch neben dem Telefon eingeschlafen!

Monsieur Filou, der auf ihr gelegen hatte, sprang mit einem Satz auf den Boden.

Noch recht benommen ging Malou zur Tür.

Freddy – wahrscheinlich fand er seinen Schlüssel nicht mehr ...

»Kriminalpolizei«, sagte der ältere Mann, nachdem sie geöffnet hatte. »Ich bin Hauptkommissar Lentle, und das ist mein Kollege Wolfmann. Sprechen wir mit Frau Marie-Louise Graf?«

Malou nickte klamm.

Es war noch immer stockdunkel – und Freddy noch immer nicht zu Hause ...

»Dürfen wir für einen Moment hereinkommen?«, fragte Kommissar Lentle.

»Bitte sehr.« Sie führte die beiden Polizisten in die Küche, wo sie am Tisch Platz nahmen.

»Sie sind die Verlobte von Alfred Krenkl, ist das richtig? Und wohnen hier zusammen mit ihm?«

»Beides ist richtig«, erwiderte Malou mit dünner Stimme, während eine eisige Hand ihr Herz umklammerte. »Ist ihm etwas zugestoßen? Liegt Freddy im Krankenhaus? So reden Sie doch bitte endlich!«

»Wir müssen Ihnen leider mitteilen, dass Ihr Verlobter einen Unfall hatte – mit tödlichem Ausgang.« Seine Worte erreichten Malou nicht sofort, doch dann mit voller Wucht.

»Aber das kann doch gar nicht sein«, murmelte sie hilflos. »Er wollte doch gestern Abend nur ein wenig Luft schnappen ...«

»Es tut mir leid.« Lentles fleischiges Gedicht war voller Mitgefühl. »Tatsächlich hat er sich einen denkbar ungünstigen Ort zum Luft schnappen ausgesucht, und zwar die Enzian-Alm im Glockenbachviertel, ein uns seit Langem bekannter Schwulentreff, in dem immer wieder Razzien durchgeführt werden, weil es dort in einem Nebenraum zu illegalen sexuellen Aktivitäten kommt.« Er atmete tief durch. »So auch gestern. Einige der Männer ließen sich widerstandslos festnehmen, damit wir ihre Personalien feststellen konnten. Ihr Verlobter jedoch hat versucht, sich der Festnahme durch Flucht zu entziehen. Er verschwand durch die Hintertür in den Hof, wollte sich dort über die Mauer hieven, ist jedoch abgerutscht und rückwärts auf die Aschentonnen gestürzt. Schädel-Basis-Fraktur. Er war sofort tot.«

»Auf die Aschentonnen«, wiederholte Malou wie gelähmt.

»Wie kann das sein? Freddy war ein guter Sportler und bestens trainiert ...«

»Aber stark betrunken. Das war offenbar sein Pech«, ergänzte Wolfmann. »Die genaueren Umstände wird die Obduktion ergeben. Sie müssten ihn bitte zuvor identifizieren. Er hatte nur seinen Presseausweis bei sich. Das reicht nicht für die Akten.«

Beide erhoben sich.

»Ihr Verlobter ist gerade in die Rechtsmedizin gebracht worden. Fühlen Sie sich in der Lage, gleich mit uns zu kommen und ihn zu identifizieren?«

Sie nickte klamm.

»Ziehen Sie sich bitte etwas Warmes an. Ist ungemütlich kalt da draußen«, sagte Lentle.

Wie in Trance und am ganzen Körper zitternd griff Malou nach einem Pulli, ihrem Mantel, einem Schal und zog die Winterstiefel an. Monsieur Filou wich dabei die ganze Zeit nicht von ihrer Seite, ganz so, als spüre er die Trauer und das Chaos, die in ihr herrschten.

Schweigend fuhren sie mit dem Aufzug nach unten.

Erst als sie im Polizeiwagen saßen und durch die nächtliche Stadt fuhren, erwachte Malou wieder aus ihrer Benommenheit.

»Woher wissen Sie eigentlich, dass ich Freddys Verlobte bin?« fragte sie.

»Dazu dürfen wir keinerlei Angaben machen.«

Malou verstummte abermals, bis sie die Rechtsmedizin im Klinikviertel erreicht hatten.

Sie fuhren in den Innenhof.

Lentle war ihr beim Aussteigen behilflich. Malous Beine fühlten sich in Erwartung dessen, was auf sie zukam, so wacklig an, dass sie jeden Schritt nur noch mit Mühe setzen konnte.

Ein sympathischer Arzt in Weiß mit freundlichen Augen nahm sie in Empfang und führte sie weiter.

»Durch den Mund atmen«, riet er ihr. »Das hilft.«

Dann zog er das Tuch von der Leiche.

In den kurzen blonden Haaren waren Spuren von verkrustetem Blut. Freddys schöne blaue Augen, die Malou vom ersten Moment an geliebt hatte, waren geschlossen – für immer. Sein Gesicht wirkte ernst. So hatte er ausgesehen, wenn er sich besonders konzentriert hatte.

Er sah wunderschön aus, aber viel zu bleich.

Wie gern er gelacht und geredet hatte!

Wie er sie damals beim Eisstockschießen liebevoll angeleitet hatte ...

Wie sie beim Presseball als Paar des Abends alle zum Staunen gebracht hatten ...

Wie er sie vor der Witwe Barth gerettet hatte ...

Wie er ihr den Ring mit dem blauen Stein an den Finger gesteckt hatte ...

Wie lieb er sie wegen Kühn getröstet hatte ...

Tausendundeine Erinnerungen flogen als buntes Kaleidoskop durch Malous Kopf, und die Trauer um den toten Freund wurde so überwältigend, dass sie bitterlich zu weinen begann.

»Ist er das?«, hörte sie Lentle fragen, während sie sich tränenüberströmt über den Toten beugte und einen letzten Kuss auf seine Stirn hauchte. »Ist das Ihr Verlobter Alfred Krenkl?«

»Ja, das ist Freddy ...«, stammelte sie.

Aber das war er ja gar nicht mehr. Freddy war bereits weit fort.

Was hier lag, war nur noch seine Hülle.

303

Übelkeit überfiel Malou ohne Vorwarnung. Sie presste die Hand vor den Mund und rannte hinaus.

Wie sie anschließend zum Sendlinger-Tor-Platz gekommen war, hätte sie danach nicht mehr sagen können, quer durch die Straßen war sie gelaufen, mal rechts, dann wieder links, bis sie schließlich vor der ihr so vertrauten Haltestelle stand.

Nach Hause, das war das Einzige, was sie jetzt noch denken konnte. *Endlich wieder nach Hause.*

Waren sie denn eigentlich verrückt gewesen, sich all die langen Monate in solch kindischen Streitigkeiten zu verlieren?

Im Angesicht des Todes wurde alles andere so klein.

Nur das Leben und die Liebe zählten doch, nur sie allein.

Malou stieg am Rotkreuzplatz aus und ging den bekannten Weg. Ihre Füße trugen sie wie von selbst. Die Drogerie hatte noch zu, doch sie sah, dass schon Licht brannte.

Sie klopfte gegen die Scheibe.

Fräulein Federl schloss sofort auf.

»Du?«, sagte sie besorgt, als Malou an ihr vorbeistapfte, ohne sie wirklich wahrzunehmen. »Aber was ist denn …«

Doch Malou hatte nur Augen für die schlanke Gestalt im weißen Kittel, die sich erst langsam von hinten löste und dann immer schneller auf sie zuging.

»Mariechen?« Karin Grafs Stimme zitterte leicht. »Kind! Endlich bist du gekommen …«

»Ja, Mama«, sagte Malou und ließ zu, dass sie sie ganz fest an sich drückte. »Heute Nacht ist etwas ganz Schreckliches passiert. Freddy ist tot!«

ELF

Viktor Bárthoy hatte Malou sofort empfangen, nachdem er über Samy von Freddys Tod erfahren hatte. In seiner kleinen, mit geschmackvollen Antiquitäten möblierten Wohnung bewirtete er sie mit englischem Tee und staubtrockenen Bobbes, die keiner von ihnen hinunterbekam.

Spielte keine Rolle. Hauptsache, sie konnte bei ihm sein.

Er bedankte sich für ihren Brief, ließ Malou ungestört erzählen und weinen, stellte keine einzige peinliche Frage, sondern reagierte in freundlicher, gewohnt dezenter Weise auf das, was sie freiwillig preisgab. Inzwischen hatte sie sich verschiedene Versionen jener Schreckensnacht zurechtgelegt, doch den Baron schienen die näheren Umstände von Freddys Tod nicht weiter zu interessieren. Was für ihn zählte, war einzig und allein der Verlust eines geschätzten Kollegen.

»Hab ihn sehr gemocht, diesen jungen Sportler mit Herz«, sagte er schließlich. »Mich kranken alten Knochen kann der Tod guten Gewissens holen – aber doch nicht einen blühenden Adonis wie ihn, der noch das ganze Leben vor sich hatte.«

»Wir haben gestritten, als wir uns das letzte Mal gesehen haben«, erklärte Malou. »Das bedrückt mich ganz besonders. Dabei wollte ich Freddy eigentlich immer nur beschützen … «

»Bloß keine Vorwürfe, meine Liebe! Da, wo er jetzt ist, hat

er Ihnen doch längst vergeben. Und wenn ich ihn bald treffe, winken wir Ihnen gemeinsam zu …«

Malou fürchtete, dass der Baron recht behalten könnte. Nicht einmal sein dick wattierter dunkelroter Morgenmantel konnte darüber hinwegtäuschen, dass er praktisch nur noch aus Haut und Knochen bestand. Sein Gesicht war eingefallen, das Haar grau und dünn geworden. Seine eleganten, perfekt manikürten Hände, die sie immer bewundert hatte, zitterten. Von Samy wusste sie, dass er sich gegen alle ärztlichen Ratschläge die Magensonde hatte entfernen lassen, weil er »die letzten Takte seines Lebens«, wie er es nannte, in Würde und nicht an Schläuchen hängend verbringen wollte. Viktor Bárthoy wirkte wie ein Schatten seiner selbst, aber sogar in diesem Zustand war er ein ungemein liebenswerter, noch immer sehr ästhetischer Schatten.

»Darf ich denn wiederkommen?«, fragte sie beim Abschied und war froh, dass sie ihren ganzen Unmut über Kühn für sich behalten hatte, weil der ihr angesichts Bárthoys Zustand plötzlich vollkommen belanglos erschienen war.

»Wenn das Schicksal uns das vergönnt, liebe Malou – gerne. Sie zu sehen war mir vom ersten Tag an eine große Freude. Schon damals habe ich geahnt, was in Ihnen steckt, und die Zeit hat mir recht gegeben.« Er deutete einen formvollendeten Handkuss an. »Und eines möchte ich Ihnen bei all Ihrer Traurigkeit unbedingt mit auf den Weg geben: Leben Sie! Lachen Sie! Lieben Sie! Das ist eine ernst zu nehmende Dienstanordnung.«

Mit seinem feinen Gespür hatte er mal wieder mitten ins Schwarze getroffen. Doch für lange Wochen verschwand erst einmal jedes Gefühl von Leichtigkeit aus Malous Leben, beigesetzt mit Freddys Sarg in der harten Wintererde des Nordfriedhofs. Er hatte ihr gegenüber einmal geäußert, dass er sich im Falle seines Todes eine Feuerbestattung wünsche, seine konservativen Eltern jedoch bestanden auf der klassischen Erdbestattung. Überhaupt nahmen sie kompromisslos die gesamte Abwicklung in die Hand und bremsten Malou aus, wo immer sie konnten.

Bruno, den Malou ganz oben auf die Liste der Trauergäste gesetzt hatte, sobald der Begräbnistermin feststand, luden sie eigenmächtig wieder aus, wie er Malou fassungslos am Telefon berichtete. Tief bewegt und untröstlich über den gewaltsamen Tod seines Liebsten, hatte er Emilia reinen Wein über Freddy und seine Liebe zu ihm eingeschenkt und damit alle Hochzeitspläne seiner Eltern zunichtegemacht. Er plante, Bardolino so schnell wie möglich zu verlassen und nach Rom zu ziehen, um dort noch einmal ganz von vorn anzufangen.

»Wie ich mich schäme, dass ich so schwach war! *Ero veramente un codardo*, wie sagt man … ein echter Feigling, *mi dispiace*! Es tut mir ja so leid. Aber ab jetzt ich werde stark sein und mein Leben so leben, wie ich es will. Das bin ich meinem Federico schuldig, zumindest das …«

Malou hatte Bruno natürlich alles haarklein erzählt, auch dass bei der Obduktion mehrere Hämatome an Freddys Rücken festgestellt worden waren. Offenbar hatte ein übereifriger Polizist ihn mit einem Stock oder einer Latte am Überqueren der Mauer hindern wollen und so womöglich den tödlichen Sturz herbeigeführt. Angeblich wurde intern ermittelt; Ergebnisse waren bislang jedoch keine bekannt gegeben worden.

Die Kriminalpolizei hatte die Eltern Krenkl darüber informiert, und auch über die anderen Umstände von Freddys tragischem Ende, doch sie blockten alles ab, wollten in keinster

Weise mit dem »Anderssein« ihres Sohnes konfrontiert werden. Ihr Alfred war niemals schwul gewesen, sondern bestenfalls von gewissenlosen Personen wie eben jenem Italiener in Versuchung geführt worden. Und zudem hatte er sich in ihren Augen definitiv für die verkehrte Partnerin entschieden.

»Eine gläubige Frau hätte unseren Buben auf den rechten Weg geführt, das weiß ich«, erklärte die Mutter, als sie wie ein Feldwebel in der Wohnung erschien und von einem Umzugsunternehmen alles ausräumen ließ, das Freddy gehört hatte. »Aber wo keine Religion, da eben auch keine Moral. Sie mit Ihren Artikeln, die berühmte Leute öffentlich bloßstellen – das ist doch einfach nur ekelhaft!«

Malou blieb in den halbleeren Räumen zurück und weinte ihren Kummer nächtelang in Monsieur Filous weiches Fell.

Anstatt einer tröstlichen Feier mit Freunden und Kollegen, die sie sich für den Toten gewünscht hätte, fand die Beerdigung im engsten Familienkreis nach streng katholischem Ritus statt und ließ alle noch mehr frieren, als sie es in der eisigen Winterluft ohnehin schon taten. Da half auch die lieblose Kaffeetafel nicht viel weiter, die sich als »Tränenbrot« in einem Café anschloss. Freddys Schwester Ingrid lächelte ihr zwischendrin zwar immer mal wieder unsicher zu, und die kleine Maja kam wie gewohnt angelaufen, doch Familie Krenkl zeigte Malou deutlich, dass sie nichts mehr mit ihr zu tun haben wollten.

Zum Glück war sie nicht allein.

Die wiedergefundene Nähe zu den Eltern, speziell zu ihrer Mutter, schenkte ihr Trost. Die lange Trennung schien Karin Graf verändert zu haben; sie wirkte weicher, war weniger streng und mehr darauf bedacht, Malous Trauer zu lindern. Allerdings hatten sich ihre Ansichten über Journalismus und speziell den Verlag, in dem Malou arbeitete, nicht maßgeblich geändert. Trotzdem ließ sie sich in ihrer Gegenwart nicht mehr zu abfälligen Bemerkungen hinreißen, nicht einmal, als Malou Philipp ins Spiel brachte, der ihr in dieser schweren Zeit beistand und ja nicht nur Fahrlehrer war, sondern auch Journalist. Zwischen Mutter und Tochter schien neuerdings eine Art stillschweigendes Abkommen zu existieren, dieses heikle Thema nach Möglichkeit auszuklammern. Onkel Julius gab sein Bestes, um die fragile Balance zu bewahren, und verlor Theo und Karin gegenüber kein Wort von dem, was er alles über und von Freddy wusste.

Dabei war es gerade die Arbeit, die Malou langsam wieder Fuß fassen ließ. *Der Tag* hatte aus Rücksicht auf den toten Kollegen nur ein paar Zeilen über den Unfall gebracht, verfasst von Ella Weiss, der Meisterin kluger Zurückhaltung. »TOTER NACH POLIZEIEINSATZ«, so lautete ihre Headline, und Freddys Name blieb dabei komplett unerwähnt.

Die konkurrierende *Abendzeitung* schrieb von einem »Tragischen Unglück in der Winternacht«, das ein Achtundzwanzigjähriger anlässlich eines Polizeieinsatzes erlitten habe. Möglicherweise fiel der Bericht der Konkurrenz auch deshalb so dezent aus, weil man die agierenden Beamten nicht in Misskredit bringen wollte. Von der Polizei veranstaltete »Schwulenjagden« fanden nämlich inzwischen in der Bevölkerung keinen großen Anklang mehr; viele Bürger hielten sie für überholt, einige sogar für sittenwidrig. Natürlich gab es noch immer die konservative Fraktion, die eine Liebe unter Männern nach wie vor verteufelte, aber die Stimmen, die für eine Abschaffung des Paragraphen 175 plädierten, wurden immer lauter.

Doch in der Redaktion gab es nicht nur die Arbeit, die Malou ein wenig von ihrer Trauer ablenkte. Sie musste sich auch den Reaktionen der Kollegen stellen, die, wie nicht anders zu erwarten, unterschiedlich ausfielen.

»Kopf hoch, Mädchen«, sagte Samy. »Ich weiß, was wirklich los war, und habe dich immer für deinen Mut bewundert. Freddy war ein feiner Kerl. Ich werde ihn vermissen.«

Er hatte stets ein wachsames Auge auf sie, wenn er im Verlag war, verwöhnte sie mit kleinen Aufmerksamkeiten und verhinderte mit seinen frechen Sprüchen, dass sie zu tief in die Traurigkeit abrutschte.

Auch Adrienne schwebte als besorgter schneeweißer Zigarettenengel jederzeit einsatzbereit in Malous Nähe.

»Es gibt eben nicht nur hell und dunkel, meine Liebe«, sagte sie tröstend. »Sondern unzählige Zwischentöne. Davon lebt unter anderem die Literatur, die sehr wohl weiß, dass wir alle *alles* in uns tragen. Ihr beide habt mich immer gerührt. Da war sehr viel Liebe zwischen euch.«

»Ja, ich habe ihn geliebt«, erwiderte Malou unter Tränen. »Und Freddy mich auch. Das weiß ich. Aber eben nicht so …«

Hornberg tat sich schwerer, sein Beileid auszudrücken.

»Wir haben schon vermutet, dass da was im Busch sein könnte«, sagte er. »Aber manche Männer fahren eben gern zweigleisig, auch wenn sie sich eigentlich mehr für das eigene Geschlecht interessieren. Bei so einer attraktiven jungen Frau wie Ihnen wäre das ja auch nur zu verständlich gewesen. Als ich von der Verlobung erfuhr, dachte ich, Krenkl habe sich definitiv entschieden, und mich für Sie beide gefreut. Entschieden hatte er sich ja wohl offenbar auch – aber eben für den anderen Weg. Schade um ihn, menschlich, wie auch beruflich. An seine Stelle rückt nun Willem Bautz von den *Stuttgarter Nachrichten*, ein vielversprechendes Talent, doch ob er Krenkl wirklich ersetzen kann, wird sich zeigen.«

Er wirkte sichtlich erleichtert, sich wieder an seinen Schreibtisch zurückziehen zu können.

Heribert Klein ließ Tage verstreichen, bevor er Malou nach der Mittagspause abfing und sich über Freddys Tod äußerte.

»Sie beide haben uns ja ganz ordentlich für dumm verkauft«, knurrte er. »*Die Turteltäubchen* – dass ich nicht lache! Bei Licht betrachtet, waren Sie nichts als eine billige Schwulenstaffage …«

Malou, in der heißer Zorn aufwallte, ließ ihn einfach stehen. So vieles hätte sie ihm darauf antworten können.

Aber war es das wirklich wert?

Ella Weiss wartete ab, bis das Redaktionsbüro sich geleert hatte und sie ungestört waren. Erst dann drückte sie Malou ein zerlesenes Büchlein in die Hand.

»Gedichte von Mascha Kaléko«, sagte sie. »*Das lyrische Stenogrammheft. Verse vom Alltag.* Bereits 1933 mit großem Erfolg veröffentlicht, dann von den Nazis öffentlich verbrannt. Sie hat im Exil mehr schlecht als recht überlebt, unter anderem mit dem Verfassen von Werbetexten für Büstenhalter und Parfum. Inzwischen darf sie wieder publiziert werden; vor vier Jahren sollte sie sogar mit dem Fontane-Preis geehrt werden, den sie jedoch abgelehnt hat, weil in der Jury ein SS-Mann saß. Inzwischen ist sie nach Israel ausgewandert.« Ihr oftmals kritischer Blick wurde weich. »Kalékos herrliche Lakonie hat mich durch die düstersten Stunden meines Lebens getragen. Vielleicht hilft sie Ihnen jetzt auch ein wenig weiter. Hätte Freddy Lyrik gelesen, er hätte sie garantiert gemocht.«

»Kann ich das denn wirklich annehmen?«, fragte Malou bewegt. »Ein Buch, an dem Sie mit so vielen Erinnerungen hängen?«

»Sie müssen sogar.« Ella Weiss lächelte verschmitzt und sah

auf einmal ganz jung aus. »Wissen Sie, Freddy war ein Mann, der sich nicht in Schablonen pressen ließ. Und Sie wehren sich ebenfalls, auf Ihre ganz eigene Weise. Lassen Sie sich bloß nicht von Idioten wie Klein und Konsorten davon abbringen. *Der Tag* braucht junge Frauen wie Sie.«

Der Verleger hatte Malou in seinem Büro mit Handschlag kondoliert.

»Mein Beileid, liebes Fräulein Graf. Aus eigener Erfahrung weiß ich, wie weh es tut, geliebte Menschen zu verlieren«, sagte er. »Das Leben zwingt uns zu so vielen Abschieden, einer schmerzlicher als der andere. ›Nicht dich habe ich verloren, sondern die Welt‹, so steht es bei Ingeborg Bachmann, und genauso habe ich mich in jener rabenschwarzen Zeit gefühlt, nachdem meine Frau gestorben war.«

Für einen Moment wirkte Winkler so bewegt, dass Malou schon glaubte, er werde sie gleich umarmen, doch dann wahrte er, wie nicht anders zu erwarten, die Form.

»Ja, die Welt ist definitiv anders ohne Freddy«, sagte Malou. »Er fehlt. Überall. Jeden einzelnen Tag.«

Winkler ging zu seinem Schreibtisch und stützte sich auf, als suche er Halt.

»Herrn Krenkls Ende war wirklich tragisch. Aber wie geht es Ihnen damit?« Er klang fast väterlich-besorgt. »Die Kollegen und ich fragen uns natürlich, ob Sie wussten, dass …«

»… dass Freddy homosexuell war?«, vollendete Malou den Satz. »Ja. Ich habe es mir mit der Entscheidung für unsere Verlobung nicht leicht gemacht, das dürfen Sie mir glauben, mich schließlich aber doch dazu entschlossen – aus Liebe. Ich wollte Freddy schützen.«

Er sah sie erstaunt an.

»Und mich dazu«, fuhr Malou fort. »Nicht nur homosexuelle Männer sind ständigen Attacken ausgesetzt, Herr Winkler. Auch wir ledigen jungen Frauen müssen uns leider viel zu oft unserer Haut erwehren. Für gewisse Männer sind wir Freiwild. Erst wenn wir ›in festen Händen sind‹, wenn also ein Mann ein gewisses Besitzrecht auf uns erworben hat, drosselt sich das Jagdfieber. So war unsere Verlobung tatsächlich eine Art Schutzwall – für Freddy, aber auch für mich.«

»Dazu wäre trotzdem nicht jede Frau bereit gewesen«, antwortete Winkler.

»Nicht jede. Aber ich eben schon«, erwiderte Malou mit fester Stimme.

Er sah sie lange an.

Malou las Erstaunen in seinem Blick, so etwas wie Anerkennung, und trotz ihrer Trauer freute sie sich darüber.

»Ich danke für Ihre erfrischende Offenheit«, sagte er. »Sie sind bemerkenswert, Malou, und ich bin sehr froh, dass Sie den Weg zum *Tag* gefunden haben. In diesem Zusammenhang möchte ich nochmals die Einladung in unser Haus wiederholen. Sagen Sie einfach Bescheid, wann es Ihnen passt, dann werden wir es rasch arrangieren.«

»Mache ich«, erwiderte sie höflich, keineswegs angetan von der Vorstellung, mit seiner perfekten Gattin zu dinieren, erst recht nicht in ihrer aktuell so labilen Verfassung. »Danke, Herr Winkler.«

Wollte er noch etwas hinzufügen?

Aus seinem suchenden Blick wurde Malou nicht ganz schlau, also ergriff sie die Initiative.

»Ich muss wieder zurück ins Redaktionsbüro. Die Arbeit wartet.«

Dietmar Schenk schwieg zunächst hartnäckig und verlor kein Wort über Freddys Ende. Doch da alle Kollegen darüber sprachen, fühlte er sich offenbar genötigt, sich schließlich ebenso dazu zu äußern.

»Eigentlich schade um Krenkl«, sagte er. »Denn als Sportreporter war er gar nicht übel, nur leider psychisch labil, so wie die meisten Homosexuellen. Keine Nerven. Sonst könnte er noch am Leben sein.«

»Wie darf ich das verstehen?«, hakte Malou nach.

»Nun, wer ergreift schon die Flucht, wenn ein ganzes Polizei-Bataillon anrückt? Da wartet man doch ruhig ab, lässt entspannt seine Personalien feststellen und entwirft in Gedanken bereits eine gute Story, die der Anwalt dann verkündet.«

»Klingt ja beinahe, als hätten Sie persönliche Erfahrungen mit solchen Einsätzen«, konterte Malou, die plötzlich hellhörig geworden war.

Lautes, selbstgefälliges Lachen. »Wissen Sie, wertes Fräulein Graf, es gibt fast nichts, was ich in meiner langen Journalistenkarriere nicht schon erlebt hätte. Da sind solche Razzien wie jüngst abends in der Enzian-Alm eine ganz kleine Nummer ...«

»Woher wissen Sie, wo die Razzia stattgefunden hat?«, unterbrach sie ihn.

Schenk wurde sichtlich unruhig.

»Na, woher wohl?« schnauzte er. »Aus der Presse natürlich!«

»Da wurde das Lokal mit keinem Wort erwähnt«, setzte Malou nach, die sich plötzlich wie eine Jägerin fühlte. »Weder beim *Tag*, noch in der *AZ*. Also woher?« Obwohl es sie Überwindung kostete, trat sie näher. »Sie sind mir eine Antwort schuldig, Herr Schenk.«

»Gar nichts bin ich«, schnappte er zurück, während auf

seiner Stirn feiner Schweiß perlte. »Meine Kanäle sind eben mannigfach, Fräulein Graf. Man hört so dies und das …«

»Vor allem, wenn man möglicherweise selbst ganz in der Nähe war. Ich frage ganz direkt: Waren Sie in jener Nacht in der Enzian-Alm?«

»Natürlich nicht. Ihre Unterstellung ist absurd!«

Malou ließ nicht locker.

»Ist sie eventuell sogar Ihre Stammkneipe, weil Sie eigentlich schwule Nähe suchen?«

Schenk hob die Hand, als wolle er sie schlagen, ließ sie dann aber wieder sinken.

»Sie sind ja vollkommen wahnsinnig«, sagte er. »Und mehr als unverschämt. Jeder, der mich kennt, weiß, dass mich diese warmen Brüder zutiefst anekeln. Keinen Fuß würde ich freiwillig in ihre versifften Etablissements setzen!«

»Und woher wusste die Polizei dann, dass ich Freddys Verlobte bin? Diese Information konnte nur von jemandem kommen, der ihn *und* mich kennt.«

»Was weiß ich denn, was Krenkl im Suff seinen Kumpanen gezwitschert hat!«

Schenks Gesicht war hassverzerrt. Aber noch etwas anderes las Malou darin: Angst. Er wusste definitiv mehr, als er zugab. Seine Haut war fleckig, die Augen flackerten unstet.

Sie würde die Wahrheit herausbekommen, das schwor sie sich in diesem Moment.

»Wir beide sind noch nicht fertig miteinander«, sagte sie, während sie sich zum Gehen wandte. »Ich forsche weiter, darauf können Sie sich verlassen. So lange, bis ich die Wahrheit herausgefunden habe.«

»Ach ja?« Schenk wirkte wieder ruhiger und fand zu seiner üblichen Blasiertheit zurück. »Dann füllt Sie der jugendliche

Held, mit dem Sie im Konferenzsaal so wilde Küsse getauscht haben, wohl doch nicht ganz aus, was?« Er grinste dreckig. »Kein Problem, geschätzte Kollegin. Falls Sie Bedarf nach einem richtigen Mann haben sollten: Ich stehe jederzeit zur Verfügung.«

Philipp kannte mittlerweile die ganze bittere Wahrheit – Philipp, den Malou in jenen schwarzen Wochen immer noch mehr zu lieben lernte. Welcher andere Mann hätte wohl diese Geduld gehabt, die er für ihren Kummer, ihre Trauer aufbrachte, nachdem sie ihm alles anvertraut hatte?

»Ganz schön *crazy*«, hatte er gesagt. »Und sehr mutig – von euch beiden.«

»Im Nachhinein mache ich mir große Vorwürfe. Anstatt ihn zu schützen, hat unsere Verlobung Freddy in den Tod getrieben. Er wusste nicht mehr weiter, und ich fühle mich deswegen schuldig.«

»Letztlich hat er sich in den Fäden seiner eigenen Geschichte verfangen, das ist wirklich tragisch«, sagte Philipp. »Ich bedaure seinen Tod, das musst du mir glauben. Und bin gleichzeitig froh, dass du frei bist. Das bist du doch, Malou, oder?«

War sie das tatsächlich?

Es gab Tage, da erinnerte *alles* sie an Freddy, so massiv, dass sie fast meinte, er könne jeden Moment ins Zimmer treten. Dann aber sagte sich Malou, dass ihr eigenes Leben weitergehen musste. Es half ein wenig, dass die Wohnung so anders aussah, nachdem die Krenkls alles abtransportiert hatten, was ihrem Sohn gehört hatte. Einen Monat lang hatte Malou quasi im Nichts gehaust, bis Philipp die Ärmel hochgekrempelt und dafür gesorgt hatte, dass es wieder wohnlich wurde.

Gemeinsam strichen sie die Zimmer – die Küche in Orange,

Malous Schreibstübchen in einem warmen Gelb, Freddys Schlafzimmer, das nun ihres war, in Taubenblau. Auf dem Flohmarkt hatte Philipp ein breites eisernes Bettgestell aufgetrieben, das er cremeweiß lackierte. Mit der neuen Matratze, von Onkel Julius spendiert, dem weißen duftigen Voile, der einst ein Brautschleier gewesen war und nun als Vorhang diente, und zwei ausrangierten Weinkisten, die abgeschliffen und zu Nachtkästchen umfunktioniert wurden, war ein neuer, erstaunlich gemütlicher Ruheraum entstanden. Zum Schluss brachte Philipp noch ein Plakat über dem Bett an – *Sich entkleidende Frau* von seinem Lieblingsmaler Egon Schiele, weil, so Philipp, »Kunst immer hilft, und erotische Kunst erst recht.«

Spätestens als Monsieur Filou sich zum Schlafen auf ihrem Bett einkringelte und ab jetzt jede Nacht dazukam, wusste Malou, dass sie alles richtig gemacht hatten.

Dank Philipps tatkräftiger Unterstützung stand sie inzwischen sogar ganz offiziell im Mietvertrag. Der Wohnungseigentümer, bestürzt über Freddys plötzlichen Tod, war zudem so fair gewesen, die monatliche Miete nicht zu erhöhen. Trotzdem musste Malou nun allein dafür aufkommen.

Würde sie das auf Dauer mit ihrem Gehalt schaffen?

Roxy hätte bei ihr einziehen können, doch die lebte inzwischen glücklich mit Monas Miezen, hatte bei Miller gekündigt und war auf Jobsuche.

»Am besten etwas mit Tieren«, sagte sie. »Ich wusste ja noch gar nicht, wie glücklich die mich machen. Diese einfache, bedingungslose Liebe, dafür lass ich doch jeden Kerl glatt stehen!«

Philipp nahm Malou die Angst.

»Ich lese seit Jahren regelmäßig Fahnenkorrektur für ein großes Münchner Verlagshaus«, sagte er. »Die produzieren dort Taschenbücher am laufenden Band. So richtig Zeit dafür habe ich aber eigentlich nicht mehr, da meine Aufträge für den Rundfunk immer weiter zunehmen und ich meinen Vater mit den Fahrstunden nicht ganz hängen lassen will. Und wenn wir beide auch noch ab und zu zusammen sein wollen …«

»Wollen wir!«, erklärte Malou mit Nachdruck.

»… dann bräuchte ich jemanden, der mir einen Teil davon abnimmt. In Orthografie und Zeichensetzung bist du top, das habe ich Schwarz auf Weiß. Du könntest das Korrekturlesen neben deiner Arbeit beim *Tag* erledigen, jetzt, wo du nicht mehr so oft auf Abendveranstaltungen musst.«

Ein mehr als wunder Punkt.

In den ersten Tagen nach Freddys Tod hatte Kühn Malou geschont und war nicht ganz so poltrig vorgegangen. Doch diese Phase hielt nicht lange an. Schon bald fand er wieder in seinen gewohnten Rumpelton zurück, plusterte sich auf und versäumte keine Gelegenheit, sie herunterzubügeln.

»Ich würde liebend gern mal wieder den Roten Teppich live erleben«, sagte Malou. »Immer nur Bildunterschriften schreiben, Minitexte verfassen und für den Rest der Zeit untergeordnete Dienstleistungen für den Herrn und Meister zu erbringen, ist auf Dauer ziemlich öde. Kühn grenzt mich aus, wo immer er kann. Ginge es nach ihm, wäre ich längst wie Rapunzel im Turm eingesperrt, fernab von jeder Prominenz. Die gesamte Winterolympiade in Innsbruck hat er ohne mich durchgezogen, obwohl ich mich schon so auf die Begegnung mit Marika Kilius und Hans-Jürgen Bäumler gefreut hatte. Sie drehen jetzt den Film *Die große Kür*, und ich wette, Kühn wird abermals Mittel und Wege finden, um mich auch davon auszuschließen.« Sie verzog mürrisch das Gesicht.

»Weil er Angst hat, Malou!«, sagte Philipp. »Er ist mittelalt, abgebrüht, ohne einen Funken Charme! Du dagegen bist jung, liebenswert, hungrig auf Menschen und Geschichten. Wer von euch beiden, glaubst du, kommt beim Prominentenvolk besser an?«

Lachend wuschelte Malou ihm durch die Haare, was sie selbst jetzt, seit sie es durfte, wann immer sie wollte, noch immer mit größtem Genuss tat.

Philipp begann sie zu küssen, und sie landeten prompt im Bett – ebenfalls ein neues, aufregendes Abenteuer für Malou, die als erotische Erfahrung bislang nur auf eine hastige Entjungferung durch ihren Jugendfreund Richard zurückblicken konnte. Damals hatte sie sich gefragt, was die Menschen eigentlich so reizvoll an Sex fanden. Inzwischen wusste sie, dass es sehr wohl reizvolle Aspekte gab.

Philipp dagegen, fast sieben Jahre älter als sie, kannte sich ganz offensichtlich mit der körperlichen Liebe aus, und zwar so gut, dass Malou bisweilen fast eifersüchtig wurde. Doch ihre Frage, wie viele Freundinnen er vor ihr eigentlich schon gehabt habe, beantwortete er lediglich mit seinem unwiderstehlichen Lächeln.

»Der Kavalier schweigt«, sagte er, als sie weiter in ihn zu dringen versuchte. »Jede Frau ist anders. Aber jede ist etwas ganz Besonderes.«

Von Philipp lernte sie, dass es so etwas wie ein Vorspiel gab, und was für aufregende Dinge man mit Händen und Lippen am Körper des anderen anstellen konnte. Manchmal zogen sich diese Liebkosungen sogar so lange hin, dass Malou regelrecht darauf brannte, ihn endlich in sich zu spüren. Haut an Haut, den Liebsten mit allen Sinnen erleben – sie fand es einfach herrlich! Mit ihm nahm sie ihren Körper ganz anders wahr, traute sich, sich selbst zu lieben und Philipp zu glauben, wenn er ihr versicherte, wie schön er sie fand. Er half ihr sogar, sich mit den ungeliebten Muttermalen an ihrem Rücken ein wenig mehr zu versöhnen, die sie zunächst schamhaft unter einem weißen Hemdchen vor ihm versteckt hatte.

»Wie ein Sternenschweif«, sagte er zärtlich. »Welcher Mann hat schon eine ganz private Milchstraße, geliebtes Sternenmädchen?«

Trotzdem lauerte im Hintergrund ständig die von Mama tief eingeimpfte Angst vor einer ungewollten Schwangerschaft, die Malou niemals ganz ablegen konnte, obwohl Philipp sich beim Liebesspiel als wahrer Meister des Kondoms erwies. Er streifte es so lässig über, als würde er Socken anziehen, und beschwerte sich niemals darüber. Malou allerdings misstraute dieser hauchdünnen Hülle aus Silikon, die, wie man immer wieder hörte, sehr wohl verrutschen oder gar reißen konnte. Inzwischen gab es modernere Verhütungsmethoden – jene Pille, die die Katholische Kirche in allen Medien verteufelte. Doch Malou verschlang alles, was sie in der Presse darüber finden konnte, und beschloss schließlich, einen Versuch zu wagen.

Hatte sie sich einen väterlichen Arzt mit viel Verständnis erhofft, so traf sie beim alteingesessenen Gynäkologen Dr. Braun auf das glatte Gegenteil. Noch bevor sie sich ausgezogen hatte, fand sie diesen blasierten Dickwanst im weißen Kittel von Herzen unsympathisch, doch nun war es für eine Flucht zu spät. Beklommen kletterte Malou schließlich auf den wenig anheimelnden Untersuchungsstuhl, spreizte die Beine und murmelte dabei etwas von Menstruationsbeschwerden, während er sie unsanft untersuchte.

»Hymen nicht mehr vorhanden«, murmelte er.

Und wenn schon. Sie war schließlich bald vierundzwanzig und keine sechzehn mehr!

»Sie haben wechselnden Geschlechtsverkehr?«, fragte er unvermittelt. »Fremdgehen ist schlecht für die Vagina, das sollten Sie sich merken.«

Wie redete dieser Kerl denn mit ihr? Sie war doch keine Prostituierte!

»Natürlich nicht«, erwiderte Malou entrüstet. »Wieso fragen Sie?«

»Ihre Vagina ist leicht gereizt, ich werde mir das mal unter dem Mikroskop ansehen.« Er machte einen Abstrich, ging nach nebenan, kam aber schnell wieder zurück. »Alles in Ordnung«, sagte er. »Allerdings könnten die Milchsäurebakterien zahlreicher sein, aber das wird sich mit der nächsten Menstruation vermutlich von selbst erledigen.«

Das Stichwort für Malou.

»Die fällt bei mir immer sehr schmerzhaft aus, und ganz regelmäßig ist sie leider auch nicht«, betete sie herunter, was sie sich zuvor zurechtgelegt hatte. »Deshalb möchte ich Sie ja auch bitten, mir das Mittel Anovlar zu verschreiben, das dagegen helfen soll.«

Dr. Braun zuckte zurück, als hätte sie Feuer gespuckt.

»Sie sind meines Wissens nach ledig, oder?«, schnaubte er.

»Ja«, erwiderte Malou, die sich speziell zu diesem Anlass noch einmal Freddys Verlobungsring angesteckt hatte, den sie seit dessen freudloser Beerdigung nie wieder getragen hatte. »Aber ich bin verlobt. Und längst volljährig.«

»Das reicht leider nicht. Dieses Medikament bekommen nur verheiratete Frauen von mir verschrieben, etwas anderes kann ich mit meinem Gewissen nicht vereinbaren. Seien Sie doch froh, Fräulein Graf – wir haben gerade erst den Contergan-Skandal hinter uns. Wer weiß, welche Schäden dieses neuartige Teufelszeug à la longue anrichten wird. Warten Sie mit einer geschlechtlichen Vereinigung lieber bis zur Heirat. Ist auf jeden Fall sittlicher, und garantiert gesünder.«

Wie benommen hatte Malou die Praxis verlassen.

Ein Arzt als Sittenwächter – in welchem Jahrhundert lebte sie eigentlich? War es etwa moralischer, eine Schwangerschaft zu riskieren und sich dann womöglich einer illegalen Abtreibung zu unterziehen?

Sie wollte Kinder, da war sie sich ganz sicher, aber eben noch nicht jetzt.

Philipp wirkte nicht sonderlich überrascht, als sie ihm entrüstet von ihrem fehlgeschlagenen Versuch berichtete.

»Wir könnten versuchen, einen liberaleren Doc aufzutreiben«, sagte er. »Der reagiert dann vielleicht nicht so orthodox.«

»Wieso gibt es eigentlich fast ausschließlich männliche Frauenärzte?«, wunderte sich Malou, die wenig Lust auf eine weitere solche Erfahrung verspürte. »Gynäkologinnen würden den weiblichen Körper und seine Probleme doch sehr viel besser verstehen!«

»Lass das die alten Koryphäen bloß nicht hören!« Er drohte ihr spielerisch mit erhobenem Zeigefinger. »Die Nazis hielten nichts von Frauen in Weiß, es sei denn, sie trugen unterwürfig ein flottes Schwesternhäubchen. Wird also noch dauern, bis junge Ärztinnen das Terrain erobert haben. Außerdem können Männer einfach *alles* besser. Hast du das denn noch nicht gewusst, lieber Schatz?«

So blieb alles, wie es war, und die Angst verließ Malou niemals ganz. Wenn sie jetzt schwanger würde, wäre sie knapp fünfundzwanzig, wenn das Kind zur Welt käme – viel zu jung, wie sie fand.

Wie hatte sich ihre Mutter damals wohl gefühlt, die ja noch jünger gewesen war?

Konkretes über jene Zeit war leider nicht von Mama zu erfahren. Sie gab lediglich allgemeine Bemerkungen von sich wie: »Es war eben Krieg, da war alles schwer.« Oder: »Sei froh, dass du es heute leichter hast, Kind.«

Malou war bereits auf der Welt gewesen, als ihre Eltern sich das Ja-Wort gegeben hatten, zumindest das hatte sie inzwischen herausbekommen. Ihr Vater hatte an der Front gekämpft. Erst die schwere Verwundung, bei der er den linken Unterschenkel verloren hatte, entband den Gefreiten Theodor Graf endgültig vom Dienst mit der Waffe. Plötzlich war er ein Krüppel und musste sich daran gewöhnen, als »kriegsversehrt« abgestempelt zu sein. Er selbst äußerte sich eher selten darüber und spielte alles herunter, dabei hatte er damals nur durch Glück überlebt. Viel wichtiger war ihm das, was danach geschehen war.

»Eine schlichte Kriegstrauung«, erklärte Papa jedes Mal strahlend, sobald die Rede darauf kam. »Aber für mich war es der schönste Tag meines Lebens.«

Mama sprach seltsamerweise nicht gern darüber. Weil sie sich eigentlich eine große Hochzeit mit allem Brimborium gewünscht hatte, und nicht bloß den Gang aufs Standesamt, mitten im Bombenhagel? Malou beschloss, bei Gelegenheit noch einmal nachzuhaken, selbst wenn sie wie bei den bisherigen Versuchen vermutlich nicht sehr weit kommen würde.

Konnte sie sich Philipp überhaupt als Vater vorstellen?

Dass er liebevoll und zärtlich sein konnte, wusste sie. Dazu kamen seine Offenheit und seine Hilfsbereitschaft, die Malou sehr an ihm schätzte. Trotzdem gab er ihr immer wieder zu verstehen, dass er bei aller Bereitschaft zur Nähe nicht gewillt war, seinen gewohnten Freiraum aufzugeben.

Waren sie zu lange zusammen, spürte sie, wie er immer unruhiger wurde. Manchmal war Malou dann fast erleichtert, wenn er sich in sein karges Apartment zurückzog, das er schon seit Jahren bewohnte – seine »Mönchszelle«, wie sie es für sich heimlich nannte. Nach ein paar Tagen hatte er die selbstgewählte Einsamkeit dann wieder über und kehrte gerne zu ihr zurück.

Doch vielleicht war das nicht die allerbeste Voraussetzung für eine Familienplanung in nächster Zeit; aber damit hatte es ja ohnehin auch von Malous Seite noch keine Eile. Was ihr weit mehr Sorgen bereitete, war Philipps Sucht nach Geschwindigkeit. In seinen Fahrschulstunden musste er sich notgedrungen beherrschen, doch kaum waren diese beendet und er saß privat in seinem Sportwagen, brauste er los. Sein Glück, dabei niemals erwischt zu werden, war offensichtlich vorbei. Mittlerweile war er schon zwei Mal geblitzt worden und hatte erhebliche Strafen bezahlen müssen. Malou klammerte sich am Sitz fest, wenn er in ihrer Gegenwart wieder zu rasen begann. Sobald sie sich beklagte, bremste Philipp zwar ab und wurde kurzfristig langsamer, fuhr aber spätestens an der übernächsten Ampel erneut viel zu schnell weiter.

»Du hättest Rennfahrer werden sollen«, sagte sie seufzend.

Er lachte wie über einen guten Witz.

»Stell dir vor, so etwas Ähnliches hatte ich mir als Teenager auch vorgestellt. Aber dazu fehlte zum einen das Geld, und dann wäre mein Vater vermutlich bei jedem Rennen vor Angst gestorben, was ich ihm nach Mamas Tod nicht antun wollte.« Er drückte ihre Hand. »Bald werde ich ruhiger, versprochen, Malou. Ich habe da nämlich etwas angeleiert, das meine Sehnsucht stillen wird …«

»Und was soll das bitte sein?«, fragte sie.

»Geduld, Geduld, geliebter Schatz, schon bald werde ich das Geheimnis lüften.«

*

Es schien jedenfalls kein billiges Geheimnis zu sein, denn Philipp arbeitete den ganzen Frühling über dafür fast rund um die Uhr, während Malou in der Redaktion Tag für Tag Kühns Launen ertragen musste. Vielleicht wartete dieser blasierte Kerl ja nur darauf, dass sie ihn anbettelte, sie wieder selbstständiger arbeiten zu lassen, aber diese Genugtuung wollte sie ihm nicht geben.

»Deine Zeit kommt«, orakelte Adrienne, die seit Neuestem ein Set bunter Tarotkarten aus den Untiefen ihrer Tasche kramte und diese zu allem und jedem Thema befragte. »Ich sehe hier den Stern – das bedeutet großes Glück. Dazu den Narren. Das heißt, dir kann nichts passieren, du überwindest spielerisch die Widerstände. Und den Tod …«

»Den Tod?«, fragte Malou erschrocken.

Adrienne lachte. »Das hat nichts mit Sterben zu tun, Malou! Der Tod steht für Veränderung, für einen Neuanfang. Also fass dich noch ein wenig in Geduld.«

Für den 30. April war die Premiere des Films *Old Shatterhand* im Mathäser Filmpalast angesagt. Pierre Brice, Daliah Lavi und Ralf Wolter, der im Streifen als Spaßvogel Sam Hawkens agierte, würden als Stargäste bei der Vorführung anwesend sein. Kühn, der sich so gar nichts aus »Billigwestern« machte, wie er es nannte, verzichtete großkotzig auf ein Interview mit dem Hauptdarsteller.

»Was soll dieser Brice noch groß erzählen?«, trötete er. »Hab

325

ihn schließlich schon bei *Der Schatz im Silbersee* und *Winnetou 1* in die Mangel genommen.«

»Immerhin ist er bereits zum dritten Mal der Bravo-Starschnitt, und Millionen von Mädchen und jungen Frauen schwärmen für ihn«, entgegnete Malou. »Außerdem soll er sehr charmant sein …«

»Und was hat das mit ordentlichem Journalismus zu tun? Gar nichts, werte Kollegin! Sollen die anderen Blätter diesen Schönling ruhig anschmachten, ich beschränke mich auf die Pressevorführung und nutze die Gelegenheit lieber zu einem Interview, das in die Geschichte eingehen könnte. In wenigen Tagen starten in Kroatien nämlich die Dreharbeiten zu *Winnetou 2*. Als Bösewicht vom Dienst wurde der geniale Klaus Kinski verpflichtet – und mit dem bin ich morgen verabredet!« Er plusterte sich auf wie ein Pfau. »Kinski redet schließlich nicht mit jedem Journalisten. Doch bei mir war er sofort einverstanden. Samtner soll natürlich die Fotos schießen. Hab ihm schon klargemacht, dass ich Großes erwarte.«

»Dann nehme ich dich eben mit«, beschloss Philipp, als Malou ihm davon erzählte. »Ich werde Monsieur Brice nämlich für den Bayerischen Rundfunk interviewen. Wir kennen uns bereits, und bislang sind wir immer einwandfrei miteinander ausgekommen.«

»Geht das denn einfach so?«, fragte Malou.

»Warum denn nicht? In deiner Freizeit kannst du schließlich tun, was du willst, und was du dann den Schwarm aller Frauenherzen fragst, ist ganz allein deine Entscheidung. Zieh dir was Hübsches an.« Er grinste. »Ich glaube, das könnte nicht schaden …«

Malou entschied sich für ein hellblaues Sommerkleid mit schwingendem Plisseerock, der über dem Knie endete und ihre hübschen Beine betonte. Gemeinsam fuhren sie zum Regina-Palast-Hotel, in dem der französische Filmstar abgestiegen war, und Philipp hielt sich ausnahmsweise an das Tempolimit.

»Eigentlich heißt er ja Pierre Louis Baron Le Bris«, sagte er, während sie im Foyer auf ihn warteten. »Aber davon macht er keinerlei Aufhebens, was, wie ich finde, sehr für ihn spricht.«

Als Pierre Brice in einem legeren hellen Anzug erschien, der seine sommerliche Bräune betonte, begrüßten die beiden sich fast wie Freunde, und Malou bewunderte im Stillen, wie gut ihr Liebster Französisch sprach. Der Star nickte erfreut, als Philipp sie ihm als Malou Graf vorstellte und hinzufügte, dass sie als Gesellschaftskolumnistin für den *Tag* arbeite.

»*Blitzlicht – oui*, kenne isch«, sagte Brice lächelnd. »*Je l'aime bien*«, was Malou sehr glücklich machte.

Da das Wetter frühlingshaft warm war, setzten sie sich in den Garten des Hotels und bestellten Kaffee und Kuchen, den der Star mit Appetit verzehrte. Er gab sich Mühe, Philipps Fragen auf Deutsch zu beantworten, was auch gelang, obwohl er bisweilen nach Worten suchen musste, und tat das mit einem so charmanten französischen Akzent, dass man ihn einfach mögen musste. Seine Liebenswürdigkeit und Freundlichkeit machten ihn sogar noch attraktiver als auf der Leinwand.

Malou ließ Philipp seine Arbeit in Ruhe vollenden; erst nachdem er all seine Fragen gestellt hatte, wandte auch sie sich an den Schauspieler. Ihr Notizbuch lag schon bereit.

»*Old Shatterhand* ist nun schon der dritte Film, in dem Sie als Häuptling der Apachen durch die Prärie reiten. Wie soll es danach für Sie weitergehen? Einmal Winnetou – immer Winnetou?«

Er lächelte. »Wissen Sie, Erfolg ist ein flüchtiger Vogel«,

antwortete er. »Du kannst ihn vielleicht einmal herbeilocken, aber ob er sich dann auch wirklich dauerhaft bei dir niederlässt, kann vorher niemand sagen. Doch wenn er es tut, solltest du ihn zart und sehr liebevoll behandeln. Nichts anderes versuche ich gerade …«

»Das heißt, es geht mit den Karl-May-Filmen weiter?«, fragte Malou.

»In wenigen Tagen beginnen die Dreharbeiten zu *Winnetou 2*. Das zumindest steht fest.«

»Aber es gibt ja noch *Winnetou 3*, in dem Sie allerdings sterben müssten – und damit Millionen Fans untröstlich machen würden.«

»*Oh, là, là*, Sie kennen ganz offensichtlich Ihren Karl May«, sagte Pierre Brice augenzwinkernd.

»Das will ich meinen«, bekräftigte Malou lächelnd. »Als Kind habe ich die Romane von Karl May regelrecht inhaliert. Ich glaube, es waren mehr als zwanzig, die ich nacheinander verschlungen habe. Mein Vater hat diese Leidenschaft geteilt. Manchmal saßen wir abends im Wohnzimmer, jeder mit einem Buch aus der Stadtbibliothek in der Hand, aus dem wir uns dann gegenseitig die spannendsten Passagen laut vorgelesen haben. Aber die drei Winnetou-Bände waren für uns beide definitiv das Highlight – bis auf die Todesszene …«

»*Pas de panique* – so bald werden wir Winnetou nicht sterben lassen«, versicherte der Schauspieler lächelnd. »Das sind wir schließlich unseren Fans schuldig.«

»In den Romanen wie auch in den Filmen sind Winnetou und Old Shatterhand Blutsbrüder, die gemeinsam durch dick und dünn gehen. Neugierige Frage: Mögen Lex Barker und Sie sich live auch so gern?«

Er lachte, sichtlich amüsiert. »Ja, Lex und ich sind echte Freunde geworden. Macht die Arbeit leichter, *n'est-ce pas?*«

»Unbedingt!«, versicherte Malou. »Dann frage ich gleich weiter: Wie sieht es mit anderen Western aus? In denen Sie vielleicht einmal den Cowboy verkörpern – oder sogar den Schurken? Wäre das eine Option für Sie, wo man Sie doch den ›Häuptling der Herzen‹ nennt?«

»Ich habe im Indochinakrieg gekämpft und dort Schreckliches erlebt. Zwei meiner Kameraden flogen bei einer Minenexplosion vor meinen Augen in die Luft und wurden dabei lebensgefährlich verletzt. Glauben Sie mir, mein Bedarf an Schurken ist für den Rest meines Lebens gedeckt.«

»Und der Ruhm, was bedeutet Ihnen der, Monsieur Brice? Ausgerechnet in Deutschland, jenem Land, unter dem Ihr Vaterland zu Nazizeiten so leiden musste, werden Sie heutzutage fast fanatisch verehrt. Ist das ein Problem für Sie?«

»*Helden plaudern nicht* – um Ihre Frage mit Winnetou zu beantworten, Mademoiselle Graf –, *Helden handeln*. Nicht anders habe ich es in jungen Jahren getan und würde es jederzeit wieder so tun. Mit Winnetous Idealen verbindet mich persönlich der Kampf für Gerechtigkeit und Freiheit. Ich war immer Patriot, wissen Sie. In der Résistance war ich damals als junger Bote aktiv und habe Nazi-Deutschland aus ganzem Herzen verabscheut. Doch der Krieg ist vorbei, und wie unser Präsident Charles de Gaulle gesagt hat: Die Zukunft gehört Europa. Dazu gehören für mich sowohl Franzosen, als auch Deutsche, nicht mehr als Feinde, sondern verbunden in brüderlicher Freundschaft. Und um noch einmal auf Ihre Frage zurückzukommen: Nein, ich habe keinerlei Problem damit, dass das deutsche Publikum mich so mag. Ich bin im Gegenteil sehr glücklich darüber ...«

»Gut gemacht«, sagte Philipp anerkennend, als sie später nebeneinander bei der Premierenvorstellung im Mathäser Filmpalast saßen. Sie waren früh dran; der riesige Kinosaal begann sich erst allmählich zu füllen. »Du bringst die Menschen zum Reden, weil sie spüren, dass du dich wirklich für Sie interessierst. Brice mochte dich auf Anhieb, das war mehr als deutlich. Sonst hätte er sich nicht so auf deine Fragen eingelassen.«

»Ich mochte ihn auch. Ach, Philipp, jetzt habe ich so ein schönes Interview mit ihm, und Kühn, dieser Macho, lässt es sicherlich nicht in *Blitzlicht* erscheinen …«

»Das hättet ihr mal sehen sollen! Klaus Kinski und dieser Kühn – absolut filmreif, sage ich euch!« Samy begann schon loszusprudeln, noch bevor er sich neben Malou auf den Kinosessel hatte plumpsen lassen.

»Du hast das Interview fotografiert?«, fragte sie.

»Interview?« Er lachte vergnügt auf. »Kinski hat ihn schon nach der zweiten Frage rausgeworfen! ›Hau ab, du Sau, ich will dich nicht mehr sehen!‹, hat er gebrüllt.«

»Was hat Kühn denn gefragt?«, fragte Malou.

»Kinski fing an, von Fritz Kortner zu erzählen, der gesagt haben soll, er sei der einzige Schauspieler, der ihn je erschüttert hat. Darauf fragte Kühn, warum er dann nie wieder mit dem berühmten Regisseur gearbeitet hat, sondern stattdessen nur noch ›Western am Stück‹ dreht. Sollte wohl provokant wirken –und das tat es wohl auch, wenn auch anders, als Mr. Mecki sich das gewünscht hatte. Kinski ist nämlich buchstäblich in die Luft gegangen – ich immer mit der Kamera drauf! Das werden Fotos, sag ich euch. Ich freu mich jetzt schon auf die Abzüge! ›Ich brauche Kohle, du Vollidiot!‹, hat Kinski gebrüllt. ›Für meine Huren, für mein Essen, für mein Kind. Alle greifen mir in die Tasche, und ich, der einzig wahre Rezitator von François Villon, muss diese Scheiße nicht nur abdrehen, sondern mich von so Nullen wie dir auch noch dazu befragen lassen. Hau ab, du Sau, ich will dich nicht mehr sehen!‹ Er hat sogar einen Stuhl nach ihm geworfen. Kühn hat also so gut wie keinen Text, dafür aber ein blaues Auge. Bin gespannt, wie er das morgen in der Redaktionskonferenz verkaufen wird.«

Der Stern, dachte Malou. Der Narr – und der Tod. Alles im Fluss …

*

Winkler reagierte in der Redaktionskonferenz zunächst mit eisigem Schweigen auf Kühns Vortrag. Dann fegte er das vor ihm liegende Blatt mit einer einzigen Handbewegung vom Tisch.

»Mir scheint, Sie haben sich hier in der Zeitung geirrt«, sagte er schließlich. »Natürlich versorgen wir unsere Leser mit den neuesten Nachrichten über Prominente, selbst wenn diese bisweilen nicht ganz so erfreulich ausfallen. Der Wahrheit verpflichtet, so unser Motto. Aber wir provozieren doch selbst keine Skandale, niemals!« Er deutete auf Samys Fotos. »Die würden eher in die Psychiatrie passen als auf unsere letzte Seite. Der Schauspieler muss ja vollkommen außer Rand und Band gewesen sein. Und dazu noch Ihr tendenziöses Geschreibsel! Ich höre im Geist bereits das Heer von Anwälten anrücken, die Kinski uns dafür auf den Hals hetzen würde … Nein, Herr Kühn, so läuft das nicht bei uns. Dieser Beitrag wird nicht in *Blitzlicht* erscheinen. Ich lege hiermit mein verlegerisches Veto ein.«

Im Konferenzsaal hätte man die berühmte Stecknadel fallen hören können.

Noch nie zuvor hatte Winkler zu diesem Mittel gegriffen.

»Das wird Konsequenzen haben, Herr Winkler«, bellte Kühn. »So lasse ich nicht mit mir umgehen!«

Der Verleger blieb ganz ruhig.

»Es steht Ihnen frei, sich ein Blatt zu suchen, das besser zu Ihrem Niveau passt, Herr Kollege.«

Kühn stand mit hochrotem Kopf auf, bückte sich nach dem Blatt, hob es auf und polterte mit großen Schritten hinaus.

Leises Raunen erfüllte den Raum und schwoll langsam immer weiter an.

»Das war überfällig«, kam es schließlich unüberhörbar von Ella Weiss. »Ich hatte schon begonnen, an Ihnen zu zweifeln, Herr Winkler!«

»Und was bringen wir stattdessen in *Blitzlicht*?«, fragte Hornberg ganz pragmatisch. »Haben wir noch aktuellen Stoff, oder müssen wir die Seite ausnahmsweise leer lassen?«

»Müssen wir nicht.« Malou schob ihren fertigen Artikel über den Tisch zu ihm hinüber. »Ein Interview mit Pierre Brice, alias Winnetou, über Freundschaft, Kampf und Ruhm. Samy hat nach der Premierenvorstellung die passenden Fotos geschossen. Kann noch heute alles gedruckt werden.« Sie lächelte verschmitzt. »Übrigens hat der Häuptling der Herzen mir von der Bühne aus zugewunken. Und mir gesagt, wie sehr er unser *Blitzlicht* schätzt.«

Adrienne gratulierte ihr überschwänglich und klopfte dabei auf ihr Taschenungetüm.

»Sag ich doch, die Karten lügen nie! Jetzt werden wir erst einmal den Kotzbrocken los, und dann setzt Winkler dich wieder in Amt und Würden, wirst schon sehen.«

»Und was, wenn Kühn auf stur schaltet und bleibt?«, wandte

Malou ein, die Angst hatte, sich zu früh zu freuen. »Dann macht er mir das Leben zur Hölle …«

»Da sei Winnetou vor! Typen wie Kühn reagieren mit Wut und Rachegedanken auf solch eine öffentliche Zurechtweisung. Teuer könnte es allerdings für Winkler werden, weil Mr. Mecki garantiert einen Anwalt bemüht. Aber gehen wird er – da wette ich Brief und Siegel!«

Samy, der den ganzen Morgen über schon auffallend still gewesen war, zog Malou zur Seite.

»Viktor«, sagte er bedrückt. »Sein Zustand hat sich extrem verschlechtert. Seine Pflegerin hat mich vorhin informiert. Falls du ihn noch einmal sehen willst, solltest du dich beeilen. Ich fahre später noch zu ihm, wenn du mitkommen möchtest.«

»Der Baron ist wieder im Krankenhaus?«, fragte Malou besorgt.

Samy schüttelte den Kopf.

»Nein. Er will zu Hause sterben, und ich fürchte, es wird schon sehr, sehr bald so weit sein.«

»Natürlich komme ich mit«, sagte Malou. »Ich mache meine Seite fertig, dann können wir fahren.«

Trotz aller Traurigkeit gelang ihm ein winziges Lächeln.

»*Meine* Seite«, wiederholte Samy. »Hört sich verdammt gut an, findest du nicht auch?«

Malou versuchte sich auf ihre Arbeit zu konzentrieren, doch der Baron stahl sich immer wieder in ihre Gedanken. Ihr Zusammenprall damals vor dem Verlagshaus, das erste Gespräch im Café Mozart, sein Anruf bei ihr zu Hause, die gemeinsame Promipirsch, aber auch seine abgrundtiefe Einsamkeit, die er mittels Alkohol vergebens zu betäuben versucht hatte, all das lief wie ein Film in ihr ab. Dass Viktor Bárthoy so krank war, war schon bedrückend genug gewesen. Die Vorstellung jedoch, ihn für immer zu verlieren, schnürte Malou die Kehle zu. Womit könnte sie ihm noch eine kleine Freude bereiten, womöglich die allerletzte?

Im Blumengeschäft gegenüber kaufte sie in der Mittagspause schließlich drei makellose gelbe Rosen, die zur Mitte hin ein wenig dunkler wurden. Irgendwann einmal hatte er gesagt, dass Gelb seine Lieblingsfarbe war und Rosen die Blumen seines Herzens.

Malou musste sich zusammenreißen, um nicht schon im Auto loszuweinen, als sie mit Samy zu Bárthoys Wohnung fuhren. Die ungarische Pflegerin des Barons hatte sich nicht so zurückgehalten, das verrieten ihre dick geschwollenen Augen, als sie ihnen die Wohnungstür öffnete.

»Der Arzt war gerade da und hat ihm eine Morphiumspritze gegen die Schmerzen gegeben. Kann sein, dass er bald müde wird und einschläft. Aber eigentlich ist er noch immer ganz klar im Kopf. So ein feiner, nobler Herr«, schluchzte sie und flüchtete sich in die Küche.

»Viktor?«, sagte Samy so sanft, wie Malou es bislang noch nie aus seinem Mund gehört hatte. »Ich bin's, Samy. Und schau mal, wen ich dir noch mitgebracht habe.«

»Malou! Wie schön …« Der Baron lächelte schwach.

Am liebsten hätte Malou seine Hand gehalten, aber das traute sie sich nicht. Also setzte sie sich auf den Stuhl, den Samy neben das Bett geschoben hatte, und legte die Rosen vor ihm auf die Bettdecke.

»Meine Lieblingsblumen … Sie haben es sich gemerkt. Danke«, sagte der Kranke bewegt.

»Aus dieser Kleinen hier wird langsam eine Große«, sagte Samy, der auf der anderen Seite des Bettes auf einem Stuhl

Platz genommen hatte, während Malou die Rosen in eine Vase stellte. »Du brauchst dir nicht länger den Kopf über eine würdige Nachfolge zu zerbrechen, Viktor. Hier sitzt sie, deine Nachfolgerin!«

»Das freut mich«, sagte der Baron so leise, dass er kaum zu verstehen war. »Samy, geh doch bitte nach nebenan und bring mir die Kassette, die im Wohnzimmer steht.«

Samy kam seiner Bitte nach und erschien kurz darauf mit einer lackschwarzen Kassette, deren Deckel mit weißen Perlmuttintarsien verziert war.

Bárthoy nickte dankend und sah dann Malou an. »Jetzt sind Sie an der Reihe, Malou. Öffnen Sie sie.«

Auf dunkelrotem Samt lagen übereinandergeschichtet mehr als ein Dutzend ledergebundene Notizbücher.

»Mein Heiligtum«, flüsterte der Baron. »Und mein Vermächtnis an Sie. Die Aufzeichnungen können Ihnen nützlich sein, das hoffe ich zumindest. Womöglich werden Sie dabei feststellen, dass dieser Viktor Bárthoy doch nicht ganz so schludrig war, wie Sie es vielleicht vermutet haben.«

»Ich habe Sie nie für schludrig gehalten«, widersprach Malou unter Tränen. »Nicht eine einzige Minute!«

»Aber für einen alten Suffkopf – und recht hatten Sie. Aber was soll's, jeder lebt sein Leben so, wie er eben kann, und im Großen und Ganzen kann ich mich trotz diverser Einbrüche nicht beklagen.«

Er tastete nach Malous Hand und legte seine für einen Augenblick darauf.

»Sie sind ein ganz bezauberndes Menschenkind, Malou«, sagte er leise. »Begabt und liebenswert. Ich wünsche Ihnen alles Glück dieser Welt – beruflich wie privat.« Er zog seine Hand wieder zurück.

»Danke«, flüsterte Malou mit tränenerstickter Stimme. »Und Sie sind einfach nur wunderbar, lieber Baron.«

Vor Weinen konnte sie nicht mehr weitersprechen.

»Bevor jetzt alles endgültig im Tränenmeer versinkt, noch eine aufregende Neuigkeit.« Samys Stimme war seidenweich. »Wir bekommen einen Buchvertrag, Viktor! Unsere Beharrlichkeit hat sich endlich doch gelohnt.«

»Bitte jetzt nicht lügen, Samy, nicht noch ganz zum Schluss«, hauchte Viktor. »Lass uns ehrlich sein …«

»Ich kann gar nicht lügen, das weißt du doch! Im Ernst: Der Frankfurter Rotbaum Verlag bringt unser *Sündiges München* im Frühjahr als Hardcover heraus, was sagst du nun? Auf der Leipziger Buchmesse wird es groß vorgestellt.«

»Da werde ich nicht mehr da…«

Der Rest des Satzes war nicht mehr zu verstehen.

Viktors Kopf sank zur Seite.

»Aber dein Name steht neben meinem auf dem Cover, so, wie wir beide es uns immer erträumt haben.« Jetzt lief selbst dem sonst stets coolen Fotografen ein Tränenbach über die Wangen. »Und in meinem Herzen steht er ohnehin bis zu meinem letzten Atemzug. Gute Reise, lieber, lieber Freund. Einen wie dich wird es niemals wieder geben.«

ZWÖLF

Herbst/Winter 1964

Philipp ackerte für den Pilotenschein, ein anspruchsvolles Vorhaben, wie Malou mittlerweile wusste, sowohl was den Preis für die Flugstunden betraf, als auch den dafür nötigen Zeitaufwand. Sie selbst fand dieses Hobby reichlich gefährlich, erst recht für einen Mann, der schon beim Autofahren gern das Gaspedal durchdrückte, ohne sich um Regeln und Vorschriften zu kümmern. Doch Philipp war so erfüllt von der Vorstellung, sich bald in Eigenregie in die Luft erheben zu können, dass all ihre Bedenken an ihm abprallten.

Der Pilotenschein musste also her, um jeden Preis.

Wenn er Zeit hatte, verstanden sie sich bestens: Sie mochten dieselben Bücher, liebten dieselben Filme, sogar ihr Musikgeschmack war ähnlich. Die Beatles-Mania, von der in diesem Jahr ganz Europa erfasst worden war, hatte auch bei Malou und Philipp gezündet. Zusammen hörten sie die Songs der Liverpooler Pilzköpfe, tanzten ausgelassen dazu und träumten davon, diese Band bald möglichst einmal live erleben zu können. Beim Thema Fliegen jedoch hörte jede Gemeinsamkeit auf, und ein immer tieferer Graben öffnete sich zwischen ihnen.

Hatte Malou Philipp anfangs noch einige Male nach Niederbayern begleitet, wo der Fliegerclub seine Schulungen abhielt, so fand sie im Lauf des Herbsts immer öfter Ausreden, um zu Hause zu bleiben. Sie konnte beim besten Willen nichts Attraktives an diesen kleinen silbernen Flugapparaten finden, deren Sicherheit sie zutiefst misstraute. Ein einziges Mal war sie nach langer Überredung doch mit an Bord gegangen und an der Seite von Philipps Fluglehrer einige Runden mitgeflogen. Dabei hatte sie die ganze Zeit gegen die Übelkeit gekämpft und war anschließend heilfroh gewesen, wieder festen Boden unter den Füßen zu spüren. Wenn schon fliegen, dann wenigstens in einer großen Passagiermaschine, in deren Bauch sie sich halbwegs sicher fühlen konnte, so Malous Überzeugung.

Philipp neckte sie zunächst damit, doch irgendwann fand er ihre Abwehr verbohrt, und schließlich erzählte er ihr kaum noch etwas von seinen luftigen Erfahrungen, die ihm fast wichtiger zu werden schienen als sein Leben mit Malou auf der Erde. Sie kompensierte sein Schweigen und die häufige Abwesenheit mit Arbeit, denn die gab es für die neue Ressortleiterin in Hülle und Fülle.

Natürlich war Kühn nicht einfach so gegangen. Nach dem Eklat im Konferenzsaal hatte er sich zwei Wochen lang schmollend in seinem Büro verschanzt. Als eine Entschuldigung des Verlegers, mit der er offenbar fest gerechnet hatte, jedoch ausblieb, verließ er eines Mittags Türen knallend das Verlagshaus. Danach begann die Ära diverser Anwälte, die seine Ablösesumme in schwindelerregende Höhen zu treiben versuchten, das geforderte Maximum zwar nicht erreichten, doch im Laufe der Wochen eine Summe heraushandelten, die der Zeitung ordentlich wehtat.

Immerhin war er weg.

Alle atmeten auf, nicht nur Malou.

»Was für ein Idiot war ich nur, auf solch einen Blender hereinzufallen«, äußerte Winkler selbstkritisch, der Tag für Tag miterlebte, welch professionelle Arbeit Malou für die Seite *Blitzlicht* lieferte. Ihr Beitrag über Pierre Brice war ein Riesenerfolg gewesen und hatte dem Blatt ein beachtliches Auflagenhoch beschert. »Sie und niemand sonst sind die würdige Nachfolgerin des Barons«, hatte Winkler schließlich erklärt. »Wären Sie mit einer Gehaltserhöhung in Höhe von dreihundert Mark einverstanden, liebes Fräulein Graf?«

Malou akzeptierte freudig. Gleichzeitig stimmte die Erinnerung an den verehrten Toten sie jedes Mal wehmütig.

An einem strahlenden Tag hatten sie seine Urne auf dem Waldfriedhof zu Grabe getragen. Es war eine übersichtliche Trauergemeinde gewesen, der eine Handvoll Freunde und nur die Kollegen angehört hatten, die Viktor Bárthoy schriftlich bestimmt hatte.

Bloß kein Schwarz!

Und keine Religion!

»Religion hat mir immer Angst eingeflößt, denn welche Gräuel sind in ihrem Namen begangen worden«, hatte er in einem kurzen Memento hinterlassen. »Ich war niemals gläubig im religiösen Sinn, aber an Liebe und Freundschaft glaube ich. All jenen Menschen, die mir freundlicherweise von beidem geschenkt haben, schulde ich tiefen Dank.«

Stattdessen also hatte eine junge Musikerin auf dem Cello Franz Schuberts *Ungarische Melodie* gezupft. Die zarten Töne stiegen perlend in die Luft und vermischten sich mit dem melodischen Lied einer Goldammer, die auf einem der alten Bäume sang. Anstelle der Grabrede, ebenfalls ein Wunsch des Barons, zitierten Ella Weiss, Adrienne Riehl und schließlich als Letzte Malou Eichendorffs *Mondnacht*.

Es war, als hätt' der Himmel
Die Erde still geküßt,
Daß sie im Blüten-Schimmer
Von ihm nun träumen müßt'.

Die Luft ging durch die Felder,
Die Ähren wogten sacht,
Es rauschten leis die Wälder,
So sternklar war die Nacht.

Und meine Seele spannte
Weit ihre Flügel aus,
Flog durch die stillen Lande,
Als flöge sie nach Haus.

Samy, der neben ihr gestanden hatte, so heftig schluchzend, dass seine Sonnenbrille beschlug, hatte Malou fest die Hand gedrückt. Sie musste an Freddy denken, der so wenig freundlich begraben worden war, und weinte gleich eine Runde für den lieben toten Freund mit.

Ja, der Baron weilte nicht mehr unter ihnen, sobald Malou jedoch seine Aufzeichnungen zur Hand nahm, stand er ihr jedes Mal wieder vor Augen. Sein Vermächtnis, jene in Leder gebundenen Büchlein, erwiesen sich als wahrer Schatz. In seiner winzigen akkuraten Handschrift, in die Malou sich erst einlesen musste, hatte er penibel Protokoll über jede Begegnung geführt, hatte Besonderheiten der Prominenten festgehalten, ebenso wie deren Vorlieben und Abneigungen. Hier stand, was sie gern aßen und tranken, welche Lokale sie bevorzugten, wohin sie am liebsten reisten, mit welchen Kollegen sie gern arbeiteten und mit welchen eben nicht. Eheschließungen und Scheidungen? Alles lückenlos notiert. Ebenso waren heimliche Affären aufgeführt, auch solche, die bislang nirgendwo veröffentlicht worden waren. Vor Malou öffnete sich ein buntes Buch über das Leben der Berühmten, Reichen und Schönen, in dem sie nur zu blättern brauchte, um an wichtige Informationen zu gelangen.

Mit diesem Fundus im Hintergrund kam sie zu den meisten Veranstaltungen bestens präpariert und konnte sich ganz auf den Augenblick konzentrieren, anstatt erst vor Ort krampfhaft nach Themen suchen zu müssen. Malous Artikel wurden lebendiger, ohne dabei an Tiefe zu verlieren, was sich schon bald unter den Promis herumzusprechen schien. Ein regelrechter Run auf die Seite *Blitzlicht* setzte ein.

Alle wollten unbedingt dort erwähnt sein.

Die Gräfin, so begann man sie immer öfter zu nennen.

Die Gräfin bestimmt, wer dazugehört – und wer nicht.

Hornberg schien äußerst zufrieden mit Malous Arbeit, und auch der Verleger lobte sie mehrmals in der Redaktionskonferenz. Malou blieb selbstkritisch, wozu Samys freche Sprüche und Adriennes wohlgemeinte, aber stets ehrliche Kommentare ihren Teil beitrugen. Inzwischen hatte sie einiges an Erfahrung gesammelt, musste jedoch noch immer viel lernen, wie sie selbst am besten wusste. Nicht alles, was sie sich vornahm, gelang auch. Es kam durchaus zu Begegnungen, bei denen der berühmte Funke einfach nicht überspringen wollte, wo alles steif und spröde blieb – und sich anschließend leider auch so las.

So zum Beispiel erging es Malou mit Gertrud Kückelmann, engagiert für die Rolle der Lena in Georg Büchners *Leonce und Lena* an den Münchner Kammerspielen. An einem Herbstnachmittag waren sie in der Kulisse verabredet, dem Szene-

Café neben dem berühmten Jugendstiltheater, doch die Schauspielerin ließ Malou und Samy gleich zu Beginn mehr als eine Stunde warten. Schließlich erschien sie in einem Wirbel aus mehreren Lagen Seidenschals, aus denen sie sich umständlich herausschälte – Gelegenheit für Samy, einen spannenden Bilderbogen mit seiner Kamera festzuhalten.

Die Begrüßung war verhalten. Kückelmanns riesige dunkle Augen wirkten umschattet; fast hatte Malou das Gefühl, sie zu stören, wenngleich nicht ganz klar war, wobei. Gertrud Kückelmann war eine zarte, fragile Frau, die ihre Karriere ursprünglich als Balletttänzerin begonnen hatte, bevor sie in fast zwanzig Filmen – allerdings meist in kleineren Rollen – mitwirkte. Und doch blieb sie den Menschen im Gedächtnis. Nicht umsonst hatte man sie in ihren Zwanzigern die »deutsche Audrey Hepburn« genannt, ein Vergleich, den sie selbst allerdings nicht besonders mochte, wie Malou beim Baron gelesen hatte. Aus seinen Aufzeichnungen wusste sie auch, dass ihr Gast als verschlossen und schwierig galt. Bárthoy hatte ebenfalls eine Affäre mit dem verheirateten Oskar Werner erwähnt, jenem österreichischen Künstler mit der unnachahmlich schwebenden Stimme, der seit seiner Rolle in Truffauts Film *Jules und Jim* vor zwei Jahren nun auch international Karriere machte. Selbstredend hatte sich Malou gehütet, derart plump mit der Tür ins Haus zu fallen. Als aber die Unterhaltung gar so zäh voranging und Gertrud Kückelmann jede Frage standardmäßig mit »Meinen Sie tatsächlich?« ins Leere laufen ließ, kam Malou schließlich doch auf ihn zu sprechen.

»Werner und Sie gelten als Traumpaar der deutschen Bühne. Ihre gemeinsamen Hörspiele wurden mehrfach ausgezeichnet. Wird es in nächster Zeit wieder eine neue Zusammenarbeit geben?«

»Traumpaar?« Ihr Gegenüber wurde sichtlich nervös. »Die meisten Träume zerschellen doch ohnehin an der Realität, nicht wahr? Nur das Publikum darf weiterträumen ...« Ihre Stimme war hauchig, ja, nahezu astral.

»Das beantwortet meine Frage noch nicht ganz ...«

Malous Gegenüber verschloss sich wie eine Auster. Jetzt wirkten die feinen Gesichtszüge wie eine polierte Maske.

»Oskar und ich privat? Wollen Sie etwa darauf hinaus? Das geht niemanden etwas an, Fräulein.«

Gertrud Kückelmann sprang auf, griff blindlings nach ihren Schals, wobei sie gar nicht zu merken schien, dass sie einen davon wie eine zarte Schleppe hinter sich herzog – und weg war sie.

Malou blickte ihr leicht geschockt hinterher.

Nun war es also auch ihr passiert: Sie hatte eine prominente Schauspielerin mit den falschen Fragen zum Abbruch des Interviews getrieben.

»Immerhin werden die Fotos spitze«, versuchte Samy sie zu trösten. »Und für das andere kannst du nichts, Malou. Kückelmann ist bekannt dafür, schwierig zu sein.«

Notgedrungen wählte Malou einen anderen Aufmacher für ihrer Seite. Dort erschien lediglich die kleine Notiz, dass Gertrud Kückelmann die Rolle der Lena in Büchners Stück spielte. Das abgebildete Foto zeigte ein feenhaftes Gesicht mit dunklen, beinahe flehenden Augen.

*

Anfang Oktober dann die glanzvolle Premiere des Eisrevuefilms *Die große Kür* im Gloria Filmpalast. Nachdem Kühn sie bei der Winterolympiade in Innsbruck so erfolgreich ausgebremst hatte, bekam Malou endlich die Gelegenheit, die beiden Stars Marika Kilius und Hans-Jürgen Bäumler, die sich in dem Film selbst darstellten, zu interviewen. Peter Kraus spielte Bäumlers Konkurrent um Marikas Gunst, den smarten, aber gerissenen Rennfahrer Jonny King. Bei diesem Streifen ging es weniger um geschliffene Dialoge oder komplizierte Handlungsstränge, das Publikum wollte seine Lieblinge in glitzernden Kostümen auf dem Eis sehen – endlich in Liebe vereint, wie Millionen von Fans es sich schon lange gewünscht hatten.

Malou traf das Trio, das sich untereinander bestens zu verstehen schien, im Ismaninger Hof. Nachdem Samy als Erstes die Fotos geschossen hatte, damit der anschließende Lunch ungestört verlaufen konnte, kam sie gleich zum Wesentlichen.

»Jetzt schenken Sie dem Publikum das, was sich so viele stets erträumt haben: Die Eisprinzessin Marika und ihr Partner Hans-Jürgen als Liebespaar. Doch die Realität sieht ganz anders aus …«

Marika Kilius hob lachend ihre rechte Hand, an der ein goldener Ring steckte.

»Seit Juli dieses Jahres glücklich verheiratete Frau Zahn«, sagte sie. »Auch wenn die halbe Nation aufgeschrien hat. Kistenweise Drohbriefe haben uns erreicht, aber meinen Mann und mich kümmert das nicht. Wir haben uns aus vollem Herzen füreinander entschieden. Hans-Jürgen bekommt mich nur auf der Leinwand.« Sie zwinkerte ihm zu.

Aus den Aufzeichnungen des Barons wusste Malou, dass Marika Kilius jahrelang eine geheime Affäre mit dem Schlittschuhläufer Manfred Schnelldorfer gehabt hatte. Doch nach den Erfahrungen mit Gertrud Kückelmann hütete sie sich wohlweislich, in diesem Rahmen danach zu fragen.

»Dabei wäre ich als Rennfahrer natürlich die deutlich spannendere Partie gewesen«, schaltete sich Peter Kraus ein. »So clever alles von mir eingefädelt! Und endlich mal als cooler Verführer, nicht immer nur als Teenager-Rebell, dafür werde ich nämlich langsam zu alt.« Er schmunzelte. »Aber dieser verdammte Lumpi musste ja seinen ganzen Hundecharme spielen lassen und laut Drehbuch die beiden wieder zusammenbringen.«

Alle lachten.

»Eisrevuen liegen voll im Zeittrend, weil die Leute sich aus der Realität wegträumen wollen, und so ein aufwendiger Film ist eine feine Sache, um noch populärer zu werden«, sagte Malou. »Aber zahlen Sie trotz sicherlich beachtlicher Gagen nicht auch einen hohen Preis dafür?«

»Sie sprechen von der drohenden Aberkennung unserer Silbermedaille, weil wir den Vertrag für *Die große Kür* schon vor den Olympischen Winterspielen unterzeichnet und damit angeblich gegen den Amateurstatus verstoßen haben?«, fragte Hans-Jürgen Bäumler. »Inzwischen sind wir ja ganz offiziell im Profilager gelandet.«

Malou nickte. »Ganz genau.«

»Ja, das wäre schon bitter nach so vielen Jahren hartem Training«, fuhr er fort. »Eigentlich waren wir nach dem Sieg bei der Weltmeisterschaft ja ganz auf olympisches Gold gepolt, aber die Kampfrichter haben das offenbar anders gesehen und Ljudmila Beloussowa und Oleg Protopopow an die erste Stelle gesetzt. Bei allem sportlichen Können bleibt Eiskunstlauf letztlich auch immer Geschmacksache …«

»Am harten Training ändert sich auch als Profi nichts«, steuerte Marika Kilius bei. »Ganz im Gegenteil. *Holiday on Ice* verlangt sehr viel von seinen Stars. Schließlich will das Publikum etwas geboten bekommen. Als Kind hab ich ehrlich gesagt gar nicht sonderlich gern trainiert; Mama musste mich ganz schön anschieben, bis ich endlich kapiert habe, dass man nur so richtig gut werden kann.« Sie deutete auf ihren Teller. »Deshalb auch nur ein kleines Steak mit Salat. Hans-Jürgen soll mich ja schließlich auch weiterhin elegant nach oben hieven können.« Sie grinste.

»Eine echte Eislaufmutti eben«, sagte Malou.

»Wenn Sie so wollen, ja. Heute bin ich ihr natürlich dankbar dafür, denn mittlerweile ist mir das tägliche Training in Fleisch und Blut übergegangen ...«

»Wie bei mir das Singen«, sagte Peter Kraus. »Allerdings kann ich zum Glück essen, was ich will – bei mir schlägt nichts an.«

Auf seinem Teller lag ein zartrosa Lammkarree mit Böhnchen im Speckmantel und sahnigem Kartoffelgratin.

»Darauf wollte ich gerade zu sprechen kommen: Jetzt singen Sie alle drei«, sagte Malou.

»Meine Single *Wenn die Cowboys träumen* läuft und läuft und läuft.« Marika Kilius lächelte verzückt. »Als Nächstes kommt ein Duett mit Hans-Jürgen raus. *Honeymoon in St. Tropez*, das singen wir auch im Film, und das ...«

»... wird sicherlich ebenfalls ein Hit«, ergänzte Bäumler. »Macht wirklich extrem viel Spaß, diese Singerei. Und auch weiterhin als Schauspieler zu arbeiten, könnte ich mir gut vorstellen. Ich muss nicht unbedingt bis in alle Ewigkeit auf Kufen stehen.«

»Jetzt habe ich eine freche Frage«, sagte Malou. »Sie sind jung verheiratet. Was machen Sie, wenn Sie schwanger werden, Frau Kilius? Und was würde *Holiday on Ice* dazu sagen, wenn das Zugpferd der Tournee ausfällt?«

»Was ich dann mache? Na, Babypause natürlich – und das

nicht zu knapp! Kinder sind doch das Salz der Erde, Fräulein Graf.«

»Und das lässt *Holiday on Ice* zu?«

»Kommt auf die richtigen Verträge an. Und wie clever die Anwälte sind, die sie ausgehandelt haben. Mein Mann und ich haben sehr gute Anwälte. Als Unternehmer braucht er die schließlich.«

»Noch eine Frage an Sie alle drei: Was bedeutet Scheitern für Sie? Haben Sie das als erfolgsverwöhnte Künstler überhaupt schon einmal erlebt?«

»Im Privaten sehr wohl«, erwiderte Peter Kraus als Erster. »Und bei meinem französischen Plattenexperiment nochmals in leicht abgeschwächter Form. Mich hat es demütiger gemacht. Immer schön auf dem Teppich bleiben, das hat es mich gelehrt.«

»Bei uns war es der legendäre Sturz bei den Weltmeisterschaften in Prag vor zwei Jahren gleich zu Beginn unserer Kür«, antwortete Hans-Jürgen Bäumler. »Unsere Schlittschuhe sind bei einer eingesprungenen Waagepirouette aneinandergestoßen, wir lagen beide auf dem Eis und mussten kurz darauf sogar aufgeben, da die Schuhe beschädigt waren. Damals dachte ich, das ist das Ende der Welt …«

»Dabei hat erst dieser Sturz unsere Popularität so richtig in die Höhe schnellen lassen«, ergänzte Marika Kilius. »Vielleicht muss man erst einmal ganz unten landen, bevor man es wirklich bis ganz oben schaffen kann.«

»Jetzt haben Sie mir gerade das perfekte Schlusswort für meinen Artikel geliefert – herzlichen Dank dafür«, sagte Malou. »Ihre Fans werden begeistert sein. Und ich bin es auch!«

*

Eine der schönsten Begegnungen für Malou war die mit dem Bariton Hermann Prey, der seit den aktuellen Opernfestspielen das Publikum als Papageno verzauberte. Malou traf ihn in einer Probenpause für die Neuinszenierung von *Figaros Hochzeit*, in der er als Figaro besetzt war.

»Eigentlich hätte ich mir so eine Garderobe in der Staatsoper viel geräumiger vorgestellt«, sagte sie nach der Begrüßung. »Ist ja ganz schön eng und stickig hier. Aber immerhin riecht es nach Theater – das mag ich sehr!«

»Da sehen Sie, wie bescheiden wir Opernsänger untergebracht werden«, erwiderte er schmunzelnd. »So manch einer hält uns fälschlicherweise für Diven. Dabei sind wir im Grunde reine Arbeitstiere.«

»Wenn Sie singen, wirkt es kein bisschen wie Arbeit. Diese wunderbaren Töne scheinen wie von selbst aus Ihren Stimmbändern zu strömen.«

»Danke für das charmante Kompliment«, erwiderte Prey. »Aber ich darf Ihnen versichern, es *ist* Arbeit. Harte Arbeit sogar. Außerdem geht es ja längst nicht mehr um das Singen allein. Die Zeiten, in denen die Sänger stocksteif auf der Bühne ihre Arien geschmettert haben, sind zum Glück vorbei. Oper ist Spiel, Bewegung, Miteinander. Nur so kann das anspruchsvolle Publikum von heute noch gefesselt werden. Die klassische Musik muss sich gegen so viele neue Richtungen behaupten. Das erfordert Mut und großen Einfallsreichtum.«

»Mit Ihrem Papageno gelingt Ihnen das auf grandiose Weise. Was ist Ihr Geheimnis, Herr Prey?«

»Ich hatte keine Lust, ihn als Hanswurst oder gefiederten Kasperle darzustellen, wie viele Kollegen vor mir. Eine Federmütze mit Schnabel, Lederweste, um die Brust die Panflöte –

mehr ist als Ausstattung gar nicht nötig. Der Rest findet im Kopf des Publikums statt. Für mich ist Papageno ein Fabelwesen. Wie Peter Pan. Oder Puck. Ein Wesen aus dem Reich der Königin der Nacht, und genauso spiele ich ihn auch: feenhaft, leichtfüßig, luftig, auf seine ganz eigene Art weise, denn tatsächlich haben seine naiven Aussagen immer auch etwas Geniales an sich.« Er blinzelte schelmisch. »Das mit den Karten hat übrigens geklappt. Drei für die nächste Aufführung der *Zauberflöte* sind auf den Namen Graf an der Opernkasse hinterlegt. Direkt neben der Königsloge.« Er beugte sich vor und flüsterte, als teilte er ein Geheimnis: »Die besten Plätze im gesamten Nationaltheater.«

»Das ist ja wunderbar!« Malou strahlte. »Meine Eltern werden sich freuen. So lange wollten sie schon die neue Staatsoper erleben. Und dann auch noch mit Mozart und mit Ihnen als Papageno in der *Zauberflöte* – das wird ein Fest!«

»Ich hätte Ihnen auch gern drei Freikarten organisiert …«

»Nein, nein«, sagte Malou. »Die für mich akzeptiere ich gern, ist ja schließlich beruflich, aber die für meine Eltern bezahle ich natürlich.«

»Typisch Gräfin«, sagte Hermann Prey schmunzelnd. »Langsam spricht es sich herum, dass beim *Tag* ein frischer neuer Wind weht …«

*

Malous Eltern hatten den angekündigten Opernbesuch mit großer Vorfreude begrüßt. Papas dunkler Anzug wurde in die Reinigung gegeben, und die Mutter war sofort in die Innenstadt losgezogen, um sich für diesen Anlass neu einzukleiden.

Die gute Laune der Eltern hatte sich auch auf Malou übertragen, die im Verlag so fröhlich wirkte, dass Frau Noelle sie direkt darauf ansprach.

»Familie Graf steht ein aufregender Abend bevor«, erwiderte Malou. »Herrmann Prey, Fritz Wunderlich und Erika Köth in Mozarts *Zauberflöte*, das ist die Crème de la Crème der deutschen Opernsänger, vereint in einer Inszenierung.«

»Diese Meinung teilt der Chef ganz offensichtlich auch«, erwiderte die Sekretärin lächelnd, die sehr erleichtert wirkte, dass Malou ihr die Indiskretion über den Kuss mit Philipp nicht weiter nachtrug. »Er wird sich mit Frau und Tochter am Donnerstag ebenfalls die *Zauberflöte* ansehen.«

Malou erwartete ihre Eltern am Säulengang vor dem Nationaltheater. Auf ihr Drängen hin und weil das Wetter so schlecht war, hatten sie sich ausnahmsweise ein Taxi gegönnt, aus dem sie nun gut gelaunt ausstiegen. Unter dem wadenlangen alten Persianer ihrer Mutter schaute eine zartblaue Abendrobe hervor; der Vater trug einen zweireihigen Kamelhaarmantel, den Malou noch nie an ihm gesehen hatte. Wie rührend er sich abmühte, sein Hinken zu verbergen! An diesem besonderen Abend wollte auch Theo Graf so perfekt wie möglich sein.

»Sehr elegant, alle beide«, sagte Malou anerkennend und wiederholte das Lob, nachdem sie gemeinsam ihre Garderobe abgegeben hatten.

»Dem Anlass angemessen«, entgegnete Malous Mutter und zupfte an ihrem langen Rock herum, aber ihr war doch anzusehen, wie sehr sie sich darüber freute.

Malou hatte sich für den korallenroten Zweiteiler entschieden, den sie auch bei der Dior-Modenschau getragen hatte, und brachte ihren Vater damit zum Strahlen. Spontan bot er Ehefrau und Tochter seinen Arm, um vor der Vorstellung mit ihnen noch ein wenig in den Gängen zu flanieren.

»Ihr beide seht einfach umwerfend aus!«, sagte er voller Begeisterung. »Die schönsten Frauen dieses Abends sind und bleiben meine beiden Mädchen. Und das im drittgrößten Opernhaus der Welt – ich muss ein echter Glückspilz sein!«

»Können wir uns jetzt hinsetzen?«, fragte Malous Mutter. »Ich möchte doch endlich wissen, ob man sich wirklich wie in der Königsloge fühlt!«

Hermann Prey hatte nicht übertrieben, denn genau das tat man. Von ihren Plätzen aus war die Sicht auf die Bühne fantastisch. Malous Vater hatte sich für den Besuch bestens vorbereitet.

»2100 Sitzplätze«, schnurrte er herunter, »dazu eine Hebebühne, die weltweit ihresgleichen sucht, und seht doch nur mal diesen gigantischen Kronleuchter über uns – einfach fantastisch! Also, ich finde, die zweiundsechzig Millionen, die der Wiederaufbau gekostet hat, sind bestens angelegt.«

Malous Mutter schien mit kleineren Dingen beschäftigt.

»Du hast ja meine Kette reparieren lassen«, sagte sie. »Wusste gar nicht, dass du gern so altmodische Perlen trägst.«

»Natürlich halte ich sie in Ehren«, erwiderte Malou. »Als Erinnerung an meine Großmutter, auch wenn ich die leider niemals gekannt habe. Die Perlen stammen doch ursprünglich von deiner Mutter, oder?«

Ihre Mutter nickte flüchtig und wechselte dann rasch das Thema.

»So schade, dass Philipp heute nicht dabei sein kann«, sagte sie. »Ist er beruflich verhindert?«

Philipp war ausnahmsweise bereits mitten in der Woche nach Niederbayern aufgebrochen. Das Spätherbstwetter war wechselhaft und für die Jahreszeit zu kalt. Immer mehr Flugstunden fielen deshalb aus; bald würde der Schulungsbetrieb für den Winter gänzlich eingestellt werden. Zudem schwanden Philipps finanzielle Reserven; gut möglich, dass er den Pilotenschein erst im nächsten Frühling machen konnte. Doch all das behielt Malou für sich. Ihr Freund war bei den Eltern gut angekommen; alles, was sie an ihm irritieren könnte, sparte sie sorgfältig aus.

»Ich bin froh, dass du diesen netten Mann an deiner Seite hast«, fuhr ihre Mutter fort. »Es ist nämlich gar nicht gut, wenn man sich nach einem Verlust vor lauter Kummer einigelt, obwohl gerade viele Frauen diesen Fehler begehen. Besser, alles entschlossen hinter sich zu lassen und nach vorn zu schauen. Das Leben muss schließlich weitergehen …«

Sprach sie gerade von ihrer Tochter, oder wen meinte sie sonst damit?

Ganz egal, Malou war das Thema zu schwer für diesen festlichen Abend.

»Philipp hört lieber die Beatles«, erwiderte sie deshalb so locker wie möglich. »Das wäre heute eine echte Quälerei für ihn gewesen.«

»Opern verstehen muss man erst lernen«, erwiderte ihr Vater. »Ich hatte vor dem Krieg mit meinem Vater reichlich Gelegenheit dazu, wenngleich es bei uns immer nur für die billigsten Stehplätze gereicht hat. Vater hat noch die letzte heile Aufführung miterlebt, bevor dann die Bomben im Oktober 1943 alles in Schutt und Asche gelegt haben: *Die Frau ohne Schatten* von Richard Strauss haben sie damals gespielt. Deshalb wurde das Haus ja auch mit dieser Oper wiedereröffnet …«

Die ersten Töne der Ouvertüre erklangen.

Malou war sofort von Mozarts Musik gefangen, dirigiert von Generalmusikdirektor Joseph Keilberth. Dazu kamen die starken stimmlichen Leistungen des Sängerensembles: Erika

Köths kristallklarer Koloratursopran als Königin der Nacht, das unvergleichliche Timbre von Tamino Fritz Wunderlich, dem »Jahrhunderttenor«, und Preys witziges, lockeres Spiel, wobei er auch stimmlich als Papageno voll überzeugte. Ein romantisches, fantasievoll gestaltetes Bühnenbild lud ein, in die dramatische Auseinandersetzung von Dunkelheit und Licht einzutauchen.

Als sich der Vorhang nach kräftigem Applaus senkte und die Pause begann, fand Malou nur langsam wieder in die Realität zurück.

»Diese Musik verzaubert«, sagte auch ihre Mutter mit rosigen Wangen, die in ihrer lichtblauen Robe ausgesprochen jugendlich wirkte. Malou sah, wie einige Männer ihr mit bewundernden Blicken folgten, als ihre Eltern sich an der Theke anstellten.

Malous Vater genoss anschließend sein Vanilleeis mit heißen Himbeeren, während Mutter und Tochter ein Glas Sekt tranken.

Malou sah sich um. Wo steckte eigentlich Familie Winkler, die doch angeblich auch im Nationaltheater war? Unten im Zuschauerraum hatte Malou sie nirgendwo entdecken können. Vielleicht kamen sie jetzt ja ebenfalls ans Büfett, um sich in der Pause zu erfrischen. Doch so sehr sie den Hals auch reckte – keine Spur von ihrem Chef und dessen Begleitung.

»Wieso siehst du dich denn dauernd um?«, fragte ihre Mutter schließlich neugierig. »Erwartest du noch jemanden?«

»Erwarten nicht direkt«, erwiderte Malou. »Aber unser Chef hat meines Wissens ebenfalls Karten für diese Vorstellung. Ihm scheint etwas dazwischengekommen zu sein. Oder ich habe ihn nebst Frau und Tochter in der Menge schlichtweg übersehen.«

Die Glocke ertönte und verkündete, dass es weiterging.

»Geht ihr schon mal vor«, sagte Malous Mutter, deren Nase auf einmal ganz spitz aussah. »Ich muss noch mal schnell verschwinden.«

Malou und ihr Vater kehrten zu ihren Plätzen zurück. Doch auch als der Vorhang sich hob und das Orchester erneut zu spielen begann, blieb der Sitz neben Malou leer.

»Da stimmt doch was nicht. Ich muss zu Karin«, flüsterte ihr Vater aufgeregt. »Vielleicht ist ihr ja schlecht geworden und sie liegt hilflos irgendwo …«

»Dann müssen alle anderen auch aufstehen«, flüsterte Malou zurück. »Und du kommt anschließend nicht mehr rein. Warte noch, Papa. Es gibt sicher eine ganz plausible Erklärung.«

Doch die Vermisste kehrte nicht zurück, und irgendwann riss Malous Vater der Geduldsfaden. Er stand auf und quetschte sich mit seiner Prothese mühsam an den anderen Sitzenden vorbei, die diese Aktion zum Teil mit unwilligem Knurren kommentierten.

Sollte Malou ihm nachgehen?

Sie entschied sich schließlich dagegen, doch der Genuss an Musik und Spiel auf der Bühne wollte sich nicht mehr einstellen. Als Tamino und Tamina schließlich glücklich als Paar vereint waren, drängte sie sich ebenfalls an den begeistert Applaudierenden vorbei zum Ausgang. Doch Vater und Mutter waren nirgendwo zu sehen.

»Ich suche meine Eltern«, sagte sie schließlich atemlos, als sie die Garderobe erreicht hatte. »Eine dunkelhaarige Frau im hellblauen Kleid und ein Mann mit leichtem Hinken. Muss kurz nach der Pause gewesen sein. Haben Sie vielleicht etwas für mich hinterlassen? Graf ist mein Name.«

Sie reichte der Garderobiere die Metallmarke.

»Keine Nachricht.« Malou bekam ihren Mantel ausgehändigt.

»Oder ist meiner Mutter womöglich etwas zugestoßen? Gab es einen Notarzteinsatz?«

»Kein Notarzt«, erwiderte die rundliche Frau. »Heute Abend war alles ruhig. Aber gestritten haben die beiden. Wie die Kesselflicker!«

Gestritten? In der Oper? Ihre Eltern?

Malou verstand gar nichts mehr.

Eigentlich hatte sie die beiden zum Ausklang des Abends noch auf ein Glas in die Pfälzer Weinstube einladen wollen, doch das fiel ja jetzt aus.

Sie zog ihren Mantel an und winkte vor der Oper ein Taxi herbei. Für einen Moment überlegte sie, ob sie in der Wohnung der Eltern nachsehen sollte, dann jedoch nannte sie dem bärtigen Taxifahrer ihre eigene Adresse und ließ sich von ihm nach Hause fahren.

Dort angelangt, strich Monsieur Filou erwartungsvoll um ihre Beine, doch Malou streichelte ihn nur kurz und griff zum Telefon.

»Graf«, hörte sie ihren Vater am anderen Ende der Leitung sagen.

»Papa, was ist denn passiert?«, fragte sie. »Ist was mit der Mama?«

»Schon wieder alles okay«, erwiderte er. »Nur eine kleine Schwäche. Die Aufregung, die abgestandene Luft, der Sekt, den sie nicht gewohnt ist, war wohl alles ein bisschen viel. Auf mein Anraten hin hat sie sich bereits hingelegt, aber ich soll dir ausrichten, dass sie den Abend trotzdem sehr schön fand.«

Malou war nicht einmal halbwegs beruhigt. Er hörte sich so seltsam an. Aufgeregt und erschöpft zugleich.

Weil er log?

Das kannte sie eigentlich nicht an ihm …

»Und worüber habt ihr euch so gestritten?«, fragte sie weiter.

»Gestritten?«, wiederholte er gedehnt. »Wer behauptet denn so etwas?«

»Die Garderobenfrau, und sie wirkte auf mich sehr glaubwürdig. ›Wie die Kesselflicker‹, hat sie gesagt. Also? Ich höre.«

»Maßlos übertrieben, mein Mädchen. Manche Leute müssen alles immer gleich fürchterlich aufbauschen.« Er klang wieder wie immer. »Eine kleine Meinungsverschiedenheit, so würde ich es nennen. So was kommt, wie du weißt, in den besten Familien vor. Ich hab den Anlass schon wieder vergessen, so nichtig war er. Leg dich jetzt auch bald schlafen, Marie-Louise. Morgen früh musst du ja schließlich wieder auf dem Damm sein. Und danke noch einmal für alles. Es war wirklich eine tolle Idee!«

Malou blieb grübelnd zurück.

An Schlaf war nicht zu denken, stattdessen drehte sie sich rastlos im Bett von einer Seite zur anderen. Wenn Philipp jetzt bei ihr gewesen wäre, hätte sie sich bei ihm ankuscheln und durch seine Wärme schläfrig werden können. Aber der lag gerade kilometerweit entfernt in einem niederbayerischen Gasthofbett …

Plötzlich war sie hellwach.

Was, wenn er dort nicht allein schlief und der heiß ersehnte Pilotenschein, der so wenig Anklang bei ihr fand, gar nicht die einzige Ursache für die Abkühlung zwischen ihnen war?

Von einer weiblichen Pilotenscheinaspirantin wusste Malou

zwar nichts, aber Philipp war ein attraktiver Mann mit Esprit, und schließlich gab es Sekretärinnen, Schwestern anderer Anwärter ... Frauen also, wohin sie auch schaute.

Monsieur Filou, der ihre Unruhe zu spüren schien, wechselte die Position und schmiegte sich an sie. Und obwohl Malou hätte schwören können, dass sie in dieser Nacht garantiert nicht einschlafen würde, tat sie es nach einiger Zeit doch.

Am nächsten Morgen fühlte sie sich dünnhäutig und übermüdet. Das *Blitzlicht* vom Vortag gefiel ihr plötzlich nicht mehr, und sie hatte auch keine richtig gute Story für ihre letzte Seite, sondern musste sich aus lauter Schnipseln etwas zusammenbasteln.

Nach der Redaktionskonferenz erkundigte sich Hornberg beim Verleger, wie ihm denn *Die Zauberflöte* gefallen habe.

»Leider gar nicht«, lautete die Antwort. »Nathalie bekam plötzlich Fieber, meine Frau wollte bei ihr bleiben, und allein hatte ich keine Lust. Hätte ich das vorher gewusst, hätte ich die Karten natürlich weitergegeben.« Er wandte sich an Malou. »Und Sie, Fräulein Graf? Ein großer Abend? Wie ich hörte, waren Sie mit der Familie da.«

»Es war in der Tat unvergesslich«, erwiderte Malou nach kurzem Zögern. »Inszenierung wie Sänger waren top.«

»Ihren Eltern hat es auch gefallen?«

Wieso bohrte er nach? Ging ihn doch eigentlich nichts an.

»Beiden«, bestätigte Malou. »Mein Vater, der hier aufgewachsen ist, hat noch das alte Opernhaus gekannt und dort als Kind viele Aufführungen erlebt.«

Das mit dem Stehplatz behielt sie für sich.

Und auch von dem seltsamen Streit ihrer Eltern sowie dem unglücklichen Ausklang des Abends erwähnte sie selbstredend kein Wort.

»So schön, wenn man junge Menschen möglichst früh an die faszinierende Welt der Klassik heranführen kann«, fuhr Winkler fort. »Bei unserem Sohn, der ja wie Sie mitten im Krieg zur Welt kam, standen andere Themen im Vordergrund. Nathalie dagegen ist ein echtes Kind des Friedens. Sie soll lernen, mit und an dieser Musik zu wachsen.«

Irgendwie nahm Malou ihm diese Antwort übel, obwohl sie nicht genau hätte sagen können, weshalb. Als wenig später Philipp im Verlag anrief, um ihr mitzuteilen, dass er erst am Sonntag zurückkommen würde, blaffte sie ihn ungewohnt schroff an. Schon kurz danach tat es ihr wieder leid, und sie hätte sich am liebsten bei ihm entschuldigt, aber jetzt musste sie dafür auf einen neuen Anruf warten.

»Schon nicht ganz so einfach mit der Liebe«, sagte sie zu Roxy, mit der sie sich am Abend nach längerer Pause zum Pizzaessen verabredet hatte. »Vielleicht bin ich ja doch nicht für die Zweisamkeit gemacht.«

»Unsinn«, widersprach Roxy. »So etwas darfst du gar nicht denken! Schau mal, mit Kurt war ich so am Boden, und jetzt …«

Sie schwieg bedeutungsvoll.

»Und jetzt?«, drängte Malou. »Sag nur, du hast einen neuen Kerl kennengelernt!«

»Erraten! Und ein ›Kerl‹ ist er ganz und gar nicht. Habe ich alles nur Monas süßen Miezen zu verdanken. Hätten die beiden nicht die halbe Palme gefressen, danach alles auf den Teppich gekotzt und mich in Panik versetzt, weil sie gar nicht mehr damit aufhören wollten, wäre ich Nikos niemals begegnet.«

»Nikos heißt er also. Klingt irgendwie griechisch. Und weiter?«

»*Ist* griechisch. Dr. Iliadis – ein Tierarzt. Du solltest mal sehen, wie lieb der zu allen Viecherln ist, das hat mich sofort für ihn eingenommen. Ich sage nur: heilende Hände.«

»Du hast dich in einen griechischen Tierarzt verliebt?«

Roxy nickte wieder. Ihre Augen leuchteten.

»Sozusagen Hals über Kopf. Aber er sich auch in mich – es ist wie ein Wunder! Endlich mal einer, der mich so sein lässt, wie ich bin. Ich muss mich nicht einmal anmalen, um ihm zu gefallen, Nikos mag mich am liebsten ganz natürlich. Ich dachte, ich würde ihn niemals wiedersehen, nachdem die Katzen wieder gesund waren, aber beim Abschied hat er mich dann zum Glück nach meiner Telefonnummer gefragt, und die hab ich ihm nur zu gern gegeben …« Roxy lächelte verträumt.

Malou war das dezente Make-up der Freundin schon aufgefallen, das ihr ausnehmend gut stand. Der hoch aufgetürmte Bienenkorb war einem kinnlangen Bob gewichen, der Roxys Gesicht perfekt umrahmte. Sie trug einen schlichten grauen Pullover, in dem sie ausgesprochen elegant wirkte.

»Am liebsten hätte er mich an Weihnachten mit nach Hause genommen, zu seinen Eltern, er stammt nämlich von der Insel Naxos, und dort muss es sogar im Winter traumhaft sein, aber ich kann ja nicht weg, wegen Monas Katzen. So werden wir eben zu fünft in München feiern.«

»Wieso zu fünft? Hat dein Nikos Kinder?«

Roxy lachte ausgelassen.

»Hat er nicht! Aber eine süße Hündin namens Holly, die muss natürlich mit dabei sein. Zum Glück verträgt sie sich ganz gut mit Monas Miezen, das macht alles einfacher. Ach, Malou, ich bin so glücklich! Und stell dir vor: Im neuen Jahr will Nikos mich als Assistentin anlernen. Dann kann ich jeden Tag zusammen mit ihm in seiner Praxis Tieren in Not helfen!«

Braucht man dazu nicht eigentlich eine jahrelange Ausbildung?, wäre Malou beinahe herausgerutscht. Aber beim Blick in das strahlende Gesicht der Freundin schluckte sie die Bemerkung schnell herunter. Wenn jemand eine dicke Portion Glück verdient hatte, dann Roxy. Und vielleicht sahen griechische Tierärzte das Leben ja entspannter, wer wusste das schon …

»Und jetzt du«, drängte Roxy. »Gefällt mir gar nicht, dass du vorhin so rumgeunkt hast. Dein Philipp ist doch so ein netter Mann, wie du immer erzählst.«

»Das war er ja auch. Bevor er sich das mit dem Fliegen in den Kopf gesetzt hat. Dieser dämliche Pilotenschein macht noch alles zwischen uns kaputt!«, klagte Malou.

»Man muss die Männer manchmal auch lassen. Die unternehmen eben Dinge, die uns nicht gefallen – *so what?* Nikos zum Beispiel ist begeisterter Bergsteiger. Ich lasse ihn von seinen alpinen Abenteuern erzählen und nicke fleißig, ohne ihn zu unterbrechen. Aber glaubst du vielleicht, mich würden zehn Pferde auf so einen Gipfel bringen? *Never!* Also soll er in Ruhe klettern, und ich mache inzwischen, was mir gefällt. Haben Frauen seit jeher so gehalten, wenn sie keinen Beziehungsstress wollten. Du bist doch eigentlich so klug, Malou. Aber manchmal kannst du auch ganz schön bescheuert sein. Lass deinen Philipp fliegen, ohne ständig an ihm herumzumeckern, dann vertragt ihr euch auch wieder.«

Vielleicht hatte Roxy ja recht.

Es gab so vieles, was sie an Philipp liebte. Wenn sie sich nun überwand und ihn ungestört seinen Pilotenschein machen ließ, würde vielleicht alles wieder so harmonisch zwischen ihnen werden wie noch vor wenigen Monaten.

»Wir haben auch schon Weihnachtspläne geschmiedet«, sagte Malou. »Große Pläne sogar.«

»Erzähl!«, bat Roxy.

»Weil wir wegen unseres dummen Streits schon so lange kein anständiges Familien-Weihnachtsfest mehr gefeiert haben, soll es in diesem Jahr in großer Besetzung stattfinden: Mama, Papa, Onkel Julius, Fräulein Federl, Philipps Vater Norbert – und wir beide natürlich, Philipp und ich. Von Monsieur Filou ganz zu schweigen.« Sie grinste. »Und zwar an Heiligabend, in meiner Wohnung, mit Baum, Braten, Weihnachtsliedern, Geschenken und allem, was noch so dazugehört. Ich hoffe, das wird kein Fiasko …«

»Garantiert nicht«, versicherte Roxy. »Was für eine schöne Idee. Weihnachtsfrieden überall. Jetzt auch bei Familie Graf. Ich freue mich so für euch!«

Malou dachte an den unguten Ausgang des vergangenen Opernabends und musste plötzlich schlucken.

Dann aber nickte sie tapfer.

»Wird schon werden«, sagte sie. »Aber weißt du, welche journalistische Praline ich zuvor noch genießen darf?«

Roxy schüttelte den Kopf.

»Ein Exklusivinterview mit Robert Hoffmann«, fuhr Malou fort.

»Sag bloß! Mit dem Star des diesjährigen Weihnachtsmehrteilers, nach dem alle Frauen in Deutschland verrückt sind?«

»Ja, mit Mr. Robinson Crusoe höchstpersönlich. Wir treffen uns auf dem Christkindlmarkt – Samys Idee, weil er den optischen Gegensatz zwischen den Filmbildern einer einsamen karibischen Insel und dem winterlichen Menschengewühl hier in München ganz reizvoll fand. Danach geht's zum Dinner in die Grüne Gans, Hoffmanns Lieblingslokal in der Stadt. Nächsten Donnerstag ist es endlich so weit. Ich freue mich schon wie eine Schneekönigin!«

»Also, manchmal beneide ich dich sehr um deinen Beruf, Malou«, sagte Roxy sehnsüchtig. »Süße Viecherl hin oder her. Aber Seite an Seite mit gewissen Stars – das hat was!«

»Weißt du, was, Roxy? Manchmal beneide ich mich selbst.«

*

Malou packte gerade ihre Unterlagen für das Treffen mit Robert Hoffmann zusammen, als Samy an ihren Schreibtisch trat.

»Komm mal mit in den Konferenzsaal«, sagte er leise. »Ich will dir was zeigen.«

»Jetzt? Aber ich muss gleich los …«

»Jetzt«, beharrte er. »Ich denke, das wird dich interessieren.«

Sie gingen nach oben und betraten den Saal, der erwartungsgemäß leer war.

Dort öffnete Samy seine Mappe.

»Kleine Vorrede«, sagte er. »Mein Verleger Jochen Rotbaum ist wirklich ein ungewöhnlicher Mann. Als wir vor zwei Wochen die Bildstrecke für *Sündiges München* gelegt haben, hat er sich plötzlich erkundigt, ob ich nicht vielleicht noch mehr hätte. ›Haben Sie nichts Schwules?‹, hat er mich gefragt. ›Oder gibt es sonst nichts Sündiges in Ihrer Stadt?‹ Ich also noch einmal zurück in mein Archiv – und natürlich bin ich dort fündig geworden. Die halbe Nacht hab ich in der Dunkelkammer verbracht, um neue Abzüge zu machen. Und sieh mal, wen ich dabei entdeckt habe …«

Wie einen Fächer breitete er seine Schwarzweißfotos vor Malou aus.

»Teddy Bar«, sagte Samy und zeigte auf eines der Bilder. »*Der* Schwulentreff, seit 1945.« Sein Finger wanderte weiter.

»Die Laterne, ein ganz neuer Geheimtipp in der Szene. Und hier, Der Ochsenstall, für alle, die es härter mögen.«

Malou starrte auf die Fotos.

»Aber das ist ja Schenk«, sagte sie. »Hier und hier – und da auch!«

Samy nickte grimmig.

»Und jetzt schau mal auf die Rückseite. Da steht das Jahr, in dem ich die Aufnahmen gemacht habe.«

»1959«, las sie laut. »1964, klar, ist ja neu, wie du sagst. Und 1961 …«

»Unser Kollege besucht also seit Jahren schwule Etablissements, das wäre hiermit dokumentiert. Du solltest noch einmal sehr präzise bei ihm wegen der Nacht nachhaken, in der Freddy sterben musste. Blockt Schenk weiterhin, legst du ihm diese Fotos vor. Dann wird er reden, das garantiere ich dir!«

»Das mache ich. Aber die bringt ihr nicht im Buch, oder? Sonst geht Schenk dir noch an die Gurgel.«

»Keine Sorge, Jochen hat sich ansehnliche Jungs gewünscht, ›was Knackiges‹, hat er gesagt, und dazu gehört Schenk garantiert nicht mehr. Aber das musst du ihm ja nicht auf die Nase binden.«

Malou nickte.

»Ich weiß, dass Schenk in der Enzian-Alm war«, sagte sie. »Wer sonst hätte der Polizei sagen können, dass ich Freddys Verlobte war? Aber ich will es aus seinem Mund hören.«

»Viel Glück«, sagte Samy. »Wenn du Hilfe brauchst, lass es mich wissen. Wäre mir eine Freude, den Typen mal ordentlich zu zerlegen.« Er lächelte sie an. »Und wie halten wir zwei es heute mit Mr. Crusoe? Wollen wir gleich zusammen los?«

»Gib mir eine halbe Stunde zum Aufwärmen«, bat Malou. »Danach kannst du mit der Kamera loslegen.«

Mit den verräterischen Fotos in der Tasche lief sie zum Marienplatz. In der Nacht hatte es heftig geschneit; die Sendlinger Straße trug eine dicke Schneeschicht und zwang die Autofahrer, erheblich langsamer als sonst zu fahren, was zu dem einen oder anderen wütenden Hupkonzert führte. Um ein Haar wäre Malou auf einer Eisplatte ausgerutscht, die der Schnee nur verdeckt hatte.

Ein hastiger Blick auf die Armbanduhr sagte ihr, dass sie bereits ein paar Minuten zu spät dran war, was Malou normalerweise um jeden Preis vermied. Doch als sie endlich die Mariensäule erreicht hatte, kam der Schauspieler gerade erst auf sie zu. Robert Hoffmann trug einen hellen Mantel, der seine leicht gebräunte Gesichtsfarbe perfekt unterstrich. Aus der Nähe sah er noch umwerfender aus als auf dem Bildschirm, was vielleicht auch an dem strahlenden Lächeln lag, mit dem er Malou begrüßte.

»Christkindlmarkt«, sagte er. »Ein Kindheitstraum! Und echter Schnee – da fühle ich mich gleich wieder ganz zu Hause!«

»Sie stammen ursprünglich aus Salzburg«, sagte Malou während sie gemeinsam an den bunten Buden vorbeiflanierten. »Aber jetzt arbeiten Sie vorwiegend international.«

»War anfangs gar nicht so leicht, mein heimisches Idiom loszuwerden«, erwiderte er. »Manche Dialekte kleben an einem wie Pech. Glücklicherweise aber bin ich sprachlich nicht ganz unbegabt ...«

»Sehr bescheiden, Herr Hoffmann«, unterbrach ihn Malou. »Sie sprechen Englisch, Italienisch und sehr gut Französisch, wie ich gehört habe, denn Sie haben länger in Paris gelebt. Habe ich noch etwas vergessen?«

»Spanisch«, sagte er lächelnd. »Das allerdings nur leidlich.

Griechisch würde mich noch interessieren – wenn ich einmal sehr viel Zeit habe.«

Beide lachten.

»Das wird wohl noch eine ganze Weile warten müssen, fürchte ich«, sagte Malou. »Jetzt bezaubern Sie erst einmal das Fernsehpublikum in Deutschland und Frankreich als berühmtester Schiffbrüchiger aller Zeiten. Wie fühlt man sich als Robinson Crusoe auf einer tropischen Insel?«

»Der arme Kerl war ganz schön einsam, bis er seinen Freitag gefunden hat«, erwiderte Hoffmann. »Ich dagegen hatte stets ein riesiges Team um mich herum. Und gar so tropisch war es in Wirklichkeit auch nicht. Wir haben auf Gran Canaria gedreht, alles andere hätte das Budget gesprengt. Aber im Film merkt man es nicht. Der Süden der Kanareninsel ist nämlich so spärlich besiedelt, dass er einen idealen Drehort abgab.«

»Illusion und Wahrheit«, sagte Malou lachend. »Immer wieder ein spannender Gegensatz!«

Sie sah Samy mit seiner Kamera heranstapfen und stellte die beiden Männer einander vor.

»Mein Kollege Siegfried Samtner. Herr Robert Hoffmann alias Robinson Crusoe.«

»Vor Ihnen steht einer der glühendsten Fans dieser Geschichte«, sagte Samy. »Zu meiner Jugendzeit in Nazideutschland habe ich nach allem gegiert, was nicht von deutschem Pathos durchdrungen war. Ich glaub, den Defoe hab ich mindestens vier Mal gelesen, obwohl ich natürlich mit der altmodischen Sprache zu kämpfen hatte. Und dann wollte ich nur noch eins – weg von hier!«

»Ich mag das Buch auch sehr«, sagte Hoffmann. »Und als man mir angeboten hat, diesen Abenteurer darzustellen, war ich sofort dabei. Dass die Leute sich so sehr dafür begeistern, haben wir zwar gehofft, aber natürlich nicht gewusst. Erfolg ist ein warmer Mantel in kalten Zeiten, so ist es doch, oder?«

Samy begann mit seinen Fotos, zwischen den Ständen, an der Mariensäule, neben dem Fischbrunnen. Immer wieder kamen Passanten herbei, die den Fernsehstar erkannten und sich ein Autogramm von ihm wünschten, was Hoffmann freundlich erledigte.

»Genug«, entschied Malou irgendwann resolut, als es immer mehr wurden, die sich um ihn drängen wollten. »Für den Rest des Abends gehört Herr Hoffmann mir und meinen Fragen! Samy, du hast alles, was du brauchst?«

Der Fotograf nickte.

»Ich verzieh mich gleich in die Dunkelkammer. Viel Spaß noch in München, Herr Hoffmann! War mir eine Ehre und ein Vergnügen.«

Bis zum Lokal war es nur ein kurzes Stück, und Malou genoss die Wärme, die sie dort empfing. In weiser Voraussicht hatte sie einen Tisch in einer geschützten Nische reservieren lassen, um mit ihrem Gast ungestört reden zu können.

»Hier muss man natürlich Gans bestellen«, sagte Hoffmann, nachdem er die Karte studiert hatte. »Für die Rolle des Robinsons habe ich mir etliche Kilos abtrainieren müssen, denn ein gut genährter Schiffbrüchiger wäre sicherlich nicht sonderlich überzeugend gewesen. Ich hab sie noch immer nicht wieder drauf. Also kann ich dieses Festmahl heute guten Gewissens genießen.«

»Ist es eigentlich anstrengend, so schön zu sein?«, fragte Malou, nachdem sie bestellt hatten.

»Sie finden mich schön?«, fragte er zurück.

»Und ich bin nicht allein damit. Manche vergleichen Sie

mit Helmut Berger, der ja als einer der schönsten Männer der Filmbranche gilt.«

»Ach, wissen Sie, Schönheit« – er spielte mit seinem Weinglas – »ist ein Geschenk, aber auch gleichzeitig eine Bürde. ›Hat er die Rolle nicht nur wegen seines Aussehens bekommen?‹ ›Kann er wirklich etwas, oder ist er bloß so ein Modeltyp, der eher auf den Laufsteg als vor die Kamera gehört?‹ Was glauben Sie, wie oft ich das oder Ähnliches schon gehört habe? Dabei will man doch mit seinen Fähigkeiten als Schauspieler überzeugen und nicht, weil die Nase zufällig gerade ist oder man keine O-Beine hat. Manchmal beneide ich die Charaktertypen, weil sie die spannenderen Rollen spielen dürfen.«

»Und die beneiden sicherlich Sie«, warf Malou ein. »Einmal so aussehen wie Robert Hoffmann, nach dem sich alle umdrehen …«

Die Tür ging auf, und Philipp kam hereingestürzt, so fahl im Gesicht, wie Malou ihn noch nie zuvor gesehen hatte.

»Entschuldigung für die Störung«, sagte er. »Aber du musst sofort mit mir kommen, Malou!«

»Mein Freund Philipp Prinz«, sagte Malou zu Hoffmann. »Und ich hab keine Ahnung, weshalb er uns hier …«

»Deine Mutter hat angerufen. Ein Unfall. Dein Vater liegt schwer verletzt in der Klinik.«

Wie sie zum Krankenhaus gekommen waren, wusste Malou später nicht mehr. Nur dass es so heftig geschneit hatte, dass die Scheibenwischer schier aufgeben wollten.

In der Klinik zog Philipp sie durch endlose Krankenhausflure, bis sie vor der Chirurgie-Station endlich auf Malous Mutter trafen, die wie ein Häuflein Unglück auf einem der unbequemen Plastikstühle hockte.

Mühsam stand sie auf und fiel ihrer Tochter schluchzend um den Hals.

»So oft hab ich es ihm gepredigt, aber meinst du, dein Vater hört auf mich? Der ist genauso eigensinnig wie du! Nicht bei Schneeglätte mit dem Motorroller fahren – erst recht nicht mit deinem Bein! Aber natürlich hat er wie immer alles besser gewusst. Und jetzt ist es passiert. Ich hab es kommen sehen! Wenn ich jetzt auch noch ihn verliere, dann will ich nicht mehr leben …«

»Was genau ist denn passiert, Mama?«, fragte Malou und streichelte ihren schmalen Rücken, damit sie sich ein wenig beruhigte.

»Ein Kleinlaster hat ihm die Vorfahrt genommen«, schluchzte ihre Mutter. »Theo kam ins Rutschen, ist auf die Straße gestürzt, der Motorroller halb auf ihn drauf, und dann hat ihn auch noch der Laster erfasst …«

»Aber Papa lebt?«, fragte Malou angstvoll.

»Ja, er lebt, aber wie? Sein gesundes Bein ist mehrfach gebrochen, dazu einige Rippen, er hat eine Verletzung am Kopf sowie eine gefährliche Leberruptur – und so viel Blut verloren! Es ist wirklich ernst, das hat der Oberarzt mir vorhin gesagt.«

»Er bekommt sicherlich Bluttransfusionen«, sagte Philipp. »Das wird ihn stabilisieren und den Verlust ausgleichen.«

»Wenn das so einfach wäre!« Malous Mutter hatte sich aus den Armen der Tochter gelöst und sah ihn mit wilden Augen an. »Offenbar ist die Klinik gerade knapp mit Blutkonserven. Ich hab natürlich sofort angeboten zu spenden, aber es funktioniert nicht. Ich hab nicht die richtige Blutgruppe …«

»Vielleicht kann ich ihm ja Blut spenden«, sagte Malou sogleich und lief los, bevor ihre Mutter etwas dazu äußern konnte.

Im Gang traf sie auf eine Krankenschwester, der sie sofort ihr Anliegen schilderte.

»Das muss Oberarzt Dr. Richter entscheiden«, erwiderte die. »Kommen Sie bitte mit.«

»Ich bin die Tochter von Theo Graf, der dringend eine Blutspende braucht«, erklärte Malou, als sie in dem Arztzimmer angekommen waren. »Meine Mutter hat gesagt, von ihr könne er kein Blut bekommen, ich hab allerdings nicht ganz verstanden, weshalb …«

»Weil Ihre Mutter laut Impfpass Blutgruppe A hat und Ihr Vater Blutgruppe 0. Blutgruppe 0 ist ideal als Spenderblut für alle anderen Gruppen, kann selbst aber nur Blut von derselben Blutgruppe vertragen, also nur von 0.« Er sah Malou eindringlich an. »Sie haben Blutgruppe 0, Fräulein Graf?«

»Keine Ahnung. Aber es wäre doch möglich, oder? Wie schnell können Sie das feststellen?«

»Sehr schnell«, erwiderte Dr. Richter. »Schwester Regina, nehmen Sie Fräulein Graf bitte Blut ab. Und dann sofort ab damit ins Labor. In einer guten halben Stunde wissen wir Bescheid.«

Mit einem Pflaster am Arm kehrte Malou zu ihrer Mutter und Philipp zurück.

»Jetzt haben sie mich angezapft. Vielleicht kann ich Papa ja helfen.«

Ihre Mutter nickte matt. Hatte sie sie überhaupt verstanden?

»Geh du ruhig nach Hause«, sagte sie zu Philipp. »Wer weiß, wie lange das hier noch dauert. Und du hast doch morgen den Termin mit dem Oberbürgermeister!«

»Kann ich euch denn wirklich allein lassen?« Er klang unschlüssig. »Und dein Robinson Crusoe? Was ist mit dem?«

»Kannst du«, versicherte Malou. »Hoffmann hat sicherlich in Ruhe seinen Gänsebraten genossen und geht dann zurück ins Hotel. Er hat sofort verstanden, dass es sich um einen Notfall handelt. Und du sieh auch zu, dass du noch ein paar Runden Schlaf bekommst.«

»Gut.« Er küsste sie und reichte ihrer Mutter die Hand.

»Wenn Sie etwas brauchen, Frau Graf – jederzeit.«

»Einen Mann, der wieder gesund wird«, schluchzte sie. »Nichts anderes brauche ich!«

»Papa wird wieder gesund«, versicherte Malou um einiges überzeugter, als ihr wirklich zumute war. »Das ist hier schließlich die Uni-Klinik. Die wissen, was sie tun, Mama.«

Nach schier endlosen Minuten kam Schwester Regina zurück.

»Ich soll Sie zum Chef bringen«, sagte sie.

Malous Mutter stand sofort auf.

»Nicht Sie, Frau Graf. Nur Ihre Tochter, das hat er ausdrücklich gesagt.«

»Aber ich muss doch …«

»Bleib sitzen, Mama«, sagte Malou. »Ist sicher nur was Bürokratisches. Ich bin gleich wieder bei dir.«

Die Luft in dem kleinen Raum schien dicker als zuvor. Dr. Richter räusperte sich mehrmals, bevor er zu reden begann.

»Sie haben Blutgruppe AB«, sagte er schließlich. »Und scheiden hiermit ebenfalls als Spenderin für Theodor Graf aus.«

»Wie schade«, sagte Malou leise, und ihre Unterlippe begann zu zittern. »Ich hätte meinem Vater so gern geholfen! Was geschieht nun?«

»Wir bekommen zum Glück eine große 0-Blutspende vom Rotkreuz-Krankenhaus«, sagte er. »Sie müsste in wenigen Minuten hier eintreffen. Ihr Vater ist inzwischen stabil. Akute Lebensgefahr besteht nicht mehr, was mich sehr erleichtert. Jeder Patient, den wir verlieren, ist ein Patient zu viel.«

Malou atmete tief aus. »Und mich erst«, sagte sie mit feuchten Augen. »Papa ist so ein feiner Mensch. Und was er nicht alles schon durchgemacht hat! Den Krieg, die Amputation, die Bombennächte …«

»Ich wünsche ihm und Ihnen alles Gute, Fräulein Graf«, sagte der Arzt. »Und ich lehne mich jetzt weit aus dem Fenster, aber ich kann nicht umhin, Sie auf einen nicht unwesentlichen Umstand hinzuweisen: Ein Mann mit Blutgruppe 0 kann nicht der leibliche Vater eines Kindes mit Blutgruppe AB sein.«

Es dauerte einen Moment, bis sein Satz Malou wirklich erreichte.

»Was sagen Sie da? Natürlich ist Theo Graf mein Vater! Ich liebe ihn und habe so viel von ihm geerbt. Sie müssen sich geirrt haben. Irgendetwas an Ihren Messinstrumenten ist defekt!«

»Da ist gar nichts defekt, Fräulein Graf. Die Wissenschaft lügt nicht – aber Menschen tun es, und bisweilen aus sehr plausiblen Gründen. Theodor Graf mag sich als Vater bewährt haben. Gezeugt hat er Sie jedoch definitiv nicht.«

Malou blieb eine ganze Weile auf dem Stuhl sitzen, die Augen geschlossen.

In ihr war es plötzlich ganz leer. Als sei alles ausradiert.

Gelogen, hämmerte eine metallische Stimme. Sie haben dich vom ersten Moment an belogen!

Mit Beinen schwer wie Blei schlich sie zu ihrer Mutter zurück.

»Was ist denn los?«, fragte die verheult. »Sie holen dich einfach weg, ohne mir zu sagen, weshalb, und du kommst so lange nicht wieder und lässt mich hier ganz allein. Red mit mir, Marie! Ist etwas mit Papa?«

»Ist etwas mit Papa?«, wiederholte Malou gedehnt. »Gute Frage! Ja, was mit Papa ist, das wüsste ich auch gerne – und zwar von dir.« Sie sah ihre Mutter an. »Dr. Richter hat mir gerade meine Blutgruppe genannt, Mama. Und er hat mir auch gesagt, dass Theo Graf nicht mein Vater sein kann, weil unsere Blutgruppen nicht zusammenpassen. Aber wenn er es nicht ist, wie ihr es mir all die Jahre vorgemacht habt – wer ist es dann?«

DREIZEHN

Frühling 1965

Kann man aufhören, einen Menschen zu lieben, wie man es vom ersten Augenblick seines Lebens getan hat, nur weil er nicht der leibliche Vater ist?

Malou konnte es nicht.

Dazu kam, dass Theos Heilung nur schrittweise voranging, da es wegen seiner Leberruptur auch noch zu einer gefährlichen Bauchfellentzündung gekommen war, die sie abermals um ihn bangen ließ. Zwei Wochen hing er auf der Intensivstation an verschiedenen Schläuchen, dem Tod oft näher als dem Leben, bis er endlich auf die normale Station verlegt werden konnte. Doch selbst da sah er in seinem Bett noch so klein und grau aus, dass Malou ihm gegenüber kein Wort über das verlor, was sie unablässig beschäftigte.

Ihre Mutter jedoch schonte sie nicht.

Noch am Abend seines Unfalls war sie mit ihr in die elterliche Wohnung gefahren, hatte dort Tee gekocht und sich dann mit ihr am Küchentisch niedergelassen.

»Die Wahrheit, Mama. Ich will die ganze Wahrheit wissen – und wenn wir beide bis zum Morgengrauen hier hocken!«

Karin weinte, wand sich, blieb ewig lang im Badezimmer verschwunden, bis sie schließlich mit geschwollenen Augen wieder herauskam. Sie setzte sich und sah ihre Tochter an.

»Nun gut. Wenn du es unbedingt willst«, sagte sie und räusperte sich. »Ich war blutjung und furchtbar verliebt. Er war mein Held, mein Ritter, hat mir Rilke-Gedichte vorgelesen, mich mit Komplimenten überhäuft ... Ich sei das Mädchen seiner Träume, die Eine, die Einzige! Einen herrlichen Sommer lang ging das so, ich bin förmlich durchs Leben geschwebt, habe meine Eltern belogen, die Ausbildung geschwänzt, alles nur, um mit ihm an unserem Lieblingsplatz am Fluss zusammen zu sein. Wir haben uns geliebt – ja, auch körperlich, was mir richtig erschien, da ich ja mein ganzes Leben lang mit ihm zusammen sein würde. Damals hatte der Krieg schon begonnen, was unsere Liebe nur noch intensiver gemacht hat.«

Fahrig begann sie in ihrer Tasse zu rühren.

»Irgendwann erreichten mich erste Gerüchte: Er habe eine andere aus Breslau, Tochter aus gutem Hause, reich, schön, gebildet, sei sogar bereits mit ihr verlobt. Ich habe ihn zur Rede gestellt, er stritt alles ab, doch mein Misstrauen blieb. Kurz darauf entdeckte ich, dass ich schwanger war. Zwei Tage später las ich am Standesamt sein Aufgebot. Was tun? Ich war total verzweifelt, spielte sogar mit der Idee, ins Wasser zu gehen. Meinen strengen Eltern wollte ich keine Schande bereiten. Es gab nur einen einzigen Menschen auf der ganzen Welt, der mich verstehen würde: Onkel Julius. Also habe ich heimlich meinen Koffer gepackt und bin zu ihm nach München geflüchtet. Er hat mich aufgenommen wie ein Vater. Durch ihn habe ich wenig später Theo kennengelernt, der gerade aus dem Lazarett entlassen wurde. Ihm hab ich alles erzählt, und er war ganz wild darauf, mich zu heiraten. Stell dir vor, er fand es wunderbar, dass ich ein Kind erwartete, und wollte von Anfang an dein Vater sein. Verstehst du, Marie? Er *ist* dein Vater ...«

»Und der andere? Mein wirklicher Vater?«

»Gestorben.«

»Er ist tot?«

»Es war Krieg, Marie. Viele Männer sind damals gefallen.«

»Wie heißt er? Wie ist sein Name?«

Ihre Mutter schüttelte schluchzend den Kopf. »Er hat mich tief verletzt, mein Kind. Benutzt, getäuscht und dann verlassen. Du kannst mich jetzt für einen schlechten Menschen halten, aber ich war erleichtert über seinen Tod.«

Den Namen gab sie trotzdem nicht preis, egal, wie oft Malou es versuchte. Auch bei Julius, dem sie ihre Enttäuschung über sein jahrelanges Schweigen ebenfalls unverblümt mitteilte, kam sie mit der Frage nicht weiter.

»Du hättest es mir sagen müssen! Du, der doch sonst immer vor allen Heimlichkeiten warnt! Vielleicht noch nicht, als ich klein war, aber das bin ich ja schon lange nicht mehr. Ich fühle mich so unendlich hintergangen – gerade von dir, Onkel Julius …«

»Ich kann verstehen, dass du böse auf mich bist«, sagte er zerknirscht. »Wäre ich auch an deiner Stelle. Und ich stehe nach wie vor zu allem, was ich jemals über Heimlichkeiten gesagt habe. Aber ich musste Karin damals schwören, dir nichts zu verraten, und du weißt, dass ich meine Schwüre immer halte. Für mich war Theo dein Vater, vom ersten Augenblick an. Den Namen des anderen kenne ich nicht. Deine Mutter hat ihn mir niemals genannt.«

War das die Wahrheit?

Oder gab es noch eine Wahrheit hinter der Wahrheit?

Manchmal wusste Malou nicht mehr, was oder wem sie noch glauben sollte, und dieser Verlust jeglichen Vertrauens setzte ihr sogar körperlich zu. Es gab Momente, in denen ihr mitten auf der Straße schwindelig wurde und alles vor ihren Augen verschwamm, sie sich fühlte, als trage der Boden sie nicht mehr. Dann musste sie stehen bleiben, nach Halt suchen und möglichst ruhig ein- und ausatmen, bis ihre Sicht wieder klar geworden war. Sie verriet niemandem etwas darüber, auch Philipp nicht, weil sie kein Mitgefühl wollte, sondern einfach nur die Wahrheit.

Als Theo endlich wieder so weit hergestellt war, dass Malou ihn darauf ansprechen konnte, begann er schon nach ihren ersten Worten zu weinen.

»Deine Mutter ist das Glück meines Lebens«, sagte er unter Tränen. »Zuerst konnte ich gar nicht glauben, dass Karin mich überhaupt wollte. Die schlesische Schönheit und ich, der kurzsichtige Krüppel – ich wette, die meisten um uns herum haben keinen Pfifferling für den Bestand dieser Ehe gegeben … Und doch hält und gedeiht sie seit über zwanzig Jahren, gekrönt durch dich, unser wunderbares Mädchen! Ich war als kleiner Junge an Mumps erkrankt, hätte also selbst niemals Kinder zeugen können, obwohl ich stets davon geträumt hatte, Vater zu sein. Karin hat mir auch diesen Herzenswunsch erfüllt.«

»Aber warum habt ihr mir das alles nie erzählt? Ich hätte dich doch kein bisschen weniger geliebt, wenn ich es gewusst hätte!«

»Weil alles perfekt sein sollte, Marie-Louise. Das hat sich deine Mutter gewünscht. Der Riss in ihrem Herzen war so tief. Ich wollte alles tun, damit er wieder zuheilt. Du bist mein Kind. Bist es immer gewesen.«

Philipp war Malou eine wichtige Stütze in jenen kalten Wochen, bis das Licht zurückkehrte und es endlich langsam Frühling wurde. Soweit es ihre beruflichen Verpflichtungen erlaubten, führten sie lange und intensive Gespräche, in denen er Malous Eltern zu ihrer Überraschung in Schutz nahm.

»Sie wollten nur das Beste für dich«, sagte er.

»Und deshalb haben sie mich angelogen?«

»Sie haben die Wahrheit verheimlicht, um mit dir ein harmonisches Familienleben zu führen. Deine Mutter hat mit ihrem Mann das große Los gezogen, und du mit diesem Vater doch auch, Malou. Meine Eltern mussten auch heiraten, weil ich unterwegs war, aber ihre Ehe war ein einziges Fiasko. Mal sind die Fetzen zwischen ihnen geflogen, dann herrschte wieder tagelang eisiges Schweigen. Ich sage dir, das war für uns alle ganz schön aufreibend auf Dauer … Vielleicht ist meine Mutter ja auch deshalb so früh gestorben. Offiziell lautete die Diagnose Krebs, aber inzwischen würde ich eher ›permanentes Unglück‹« sagen. Man kann an einem gebrochenen Herzen sterben, das kommt gar nicht so selten vor. Man kann aber ebenso an einer vergifteten Beziehung zugrunde gehen, davon bin ich überzeugt. Irgendwann hatte meine Mutter einfach keine Lust mehr auf Leben …«

Was er ihr erzählt hatte, gab Malou zu denken.

Rührten Philipps Fluchten womöglich daher? Auch die in die Luft?

Dass das geplante Weihnachtsessen in großer Runde wegen Theos Unfall ausgefallen war, schien ihm nur recht gewesen zu sein. Ebenso, dass so rasch keine Wiederholung drohte. Familie war etwas, womit er keine guten Erfahrungen gemacht hatte.

Wäre jemand wie er, der so etwas wie Nestwärme niemals erlebt hatte, überhaupt in der Lage, sie später eigenen Kindern zu schenken?

Philipp konnte so zugewandt sein, so zärtlich, so unterstützend, um sich dann im nächsten Moment abzuwenden und niemanden an sich heranzulassen. Malou war bewusst, wie fragil ihr Glück mit ihm war. So sehr sie die warme Jahreszeit herbeisehnte, um sich wieder lebendiger zu fühlen, so sehr fürchtete sie den Tag, an dem Philipp seine Flugstunden wiederaufnehmen würde. Innerlich scharrte er bereits mit den Hufen wie ein Pferd, das zu lange im Stall gestanden hatte.

*

Die Bambi-Verleihung im Kongresssaal des Deutschen Museums bot Malou eine willkommene Abwechslung von ihren Grübeleien. Senator Dr. Franz Burda hielt die Gala seit dem Eklat im vergangenen Jahr, wo er sich in seiner Rede entrüstet jede Kritik am deutschen Film verbeten hatte, nun in München ab. Die Auswahl der Preisträger bot keine großen Überraschungen: In den nationalen Kategorien gewannen wie schon in den Vorjahren Heinz Rühmann und Liselotte Pulver; in der internationalen Kategorie Sophia Loren und Rock Hudson, der sich zu Malous Bedauern gegen Pierre Brice durchgesetzt hatte. Immerhin wurde *Winnetou* als kassenstärkster nationaler Film gekürt, was den Schauspieler sehr zu freuen schien.

Auf dem abendlichen Ball hatte Malou dann Gelegenheit, ein paar Worte mit Brice zu wechseln, bevor die Party richtig begann. Er trug ein helles Dinnerjacket, das sich wohltuend von den dunklen Anzügen der anderen Männer abhob, und sah eleganter aus denn je. Sie selbst hatte sich für ein ärmelloses, wie immer hochgeschlossenes Abendkleid in Königsblau entschieden, das ihre zarte Hautfarbe unterstrich.

»*Comme la reine de la nuit.*« Brice reagierte auf ihren Anblick mit einem formvollendeten Handkuss, den Samy mit der Kamera festhielt.

»Von einer Königin der Nacht bin ich meilenweit entfernt«, widersprach Malou lachend. »*Working girl* würde besser passen. Was, glauben Sie, wen ich heute noch alles sprechen muss. Und ich darf niemanden übersehen!« Sie senkte ihre Stimme und sagte verschwörerisch: »Denn wenn sie nicht im *Blitzlicht* stehen, hagelt es wieder empörte Anrufe beim Chefredakteur.«

»Sie machen das schon«, sagte Brice. »Winnetou wird heuer übrigens sterben. Aber bitte davon noch kein Wort auf *Blitzlicht*! Bin gespannt, wie sehr uns das Publikum das verübeln wird. Erste Morddrohungen an den Produzenten sind bereits eingegangen – und das noch vor Drehbeginn von Teil 3.«

»Sie trauen sich was!«, erwiderte Malou. »Ein Meer von Fan-Tränen ist Ihnen sicher, das wissen Sie.«

»Winnetou ist stark«, sagte Brice schmunzelnd. »Und wer weiß, in welchem Film er womöglich doch wieder auf die Leinwand zurückkehren wird …«

Inzwischen schwiegen die stimmungsvollen Streicher des Orchesters Mantovani, und die Max Greger Band übernahm mit flotten Rhythmen. Während Oberbürgermeister Hans-Jochen Vogel sich zur allgemeinen Erheiterung mit Aenne Burda an einem Letkiss versuchte, erhielt Malou Gelegenheit zu einem kurzen Gespräch mit Sophia Loren, von deren Begleiter Maximilian Schell charmant ins Deutsche übersetzt. Anschließend amüsierte sie sich über eine Art »Reise nach Jerusalem«, da die Stühle im Saal offenbar so knapp waren, dass die Stars sie sich untereinander streitig machen mussten. Senta Berger und ihr Mann Michael Verhoeven, die Malou eigentlich auch noch gern interviewt hätte, hatten sich inzwischen leicht angesäuert in den zweiten Rang verzogen.

Das üppige kalte Büfett versöhnte schließlich alle wieder, ebenso wie der Auftritt von Joachim »Blacky« Fuchsberger, der als Conférencier elegant durch den Abend führte. Sechzig Stars in einem Raum – Malou war müde und leicht beschwipst, als sie endlich die Wichtigsten begrüßt, kurz interviewt und mit einigen von ihnen angestoßen hatte.

»Ich will nach Hause«, sagte sie zu Samy. »Und ich trinke keinen Tropfen mehr, sonst wird das morgen nichts mit *Blitzlicht*. Außerdem laufen unsere Vorbereitungen für den Besuch der Queen auf Hochtouren: acht Bundesländer, achtzehn Städte – und München, sagt Hornberg, muss der absolute journalistische Höhepunkt werden. Vergiss Charles de Gaulle und den ganzen Hype um seinen Staatsbesuch: So royal wie jetzt waren wir noch nie!«

Samy grinste.

»Hab meine Ginvorräte schon entsprechend aufgestockt. Außerdem halten sich meine Assistenten bereit, damit wir *Her Majesty* an möglichst vielen Stationen ablichten können. Ihr zuliebe tu ich mir sogar den *Rosenkavalier* an. Und du weißt, wie wenig ich mit Opern anfangen kann. Aber die Queen in der Königsloge? Ein Jahrhundertfoto!« Seine Augen leuchteten auf. »Doch nach Hause fahre ich jedenfalls jetzt noch nicht. Sophia Loren, Rock Hudson und Maria Perschy wollen nämlich noch nach Schwabing und den Käfig unsicher machen. Diese Fotos kann ich mir unmöglich entgehen lassen!«

»Na gut, dann tu, was du nicht lassen kannst, und ich nehme eben ein Taxi«, sagte Malou. »Aber pass auf dich auf, ja? Laut den Aufzeichnungen des Barons können speziell diese drei Stars bisweilen ziemlich unartig werden …«

Samy lächelte. »Weiß ich doch. Loren tanzt gern barfuß auf dem Tresen, Maria Perschy küsst alle Männer mit Bart, und Hudson geht lieber mit dem Barmann nach Hause, als immer nur den dauercharmanten Frauenversteher zu spielen. Na ja, Doris Day in Überdosis kann eben auch abtörnend sein …«

Seine Worte klangen in Malou nach, während sie im Taxi saß, und dabei fiel ihr wieder Schenk ein, der nach außen hin den nimmersatten Don Juan gab, in Wirklichkeit jedoch auf Männer stand. Sie hatte ihn vor einiger Zeit mit Samys Fotos konfrontiert und dachte noch immer mit Vergnügen daran zurück.

Es hatte eine Weile gedauert, bis sich die richtige Gelegenheit ergab. Doch an einem Abend im März hatte sie sich mit Schenk allein im Großraumbüro wiedergefunden. Alle anderen waren bereits nach Hause gegangen.

Schweigend hatte sie die Bilder wie einen Fächer auf seinem Schreibtisch ausgebreitet und einen Moment gewartet, um Schenk Gelegenheit zu geben, die Bedeutung der Fotos zu erfassen, bevor sie sagte: »Und jetzt raus mit der Sprache. Waren Sie in der Nacht von Freddys Tod in der Enzian-Alm?«

»Wo haben Sie das her?« Schenk fauchte, aber sein Fauchen klang kraftlos.

»Tut nichts zu Sache. Antworten Sie mir.«

»Und wenn nicht?«

»Dann werden Sie die Fotos demnächst in einem ansprechenden Bildband wiederfinden. *Sündiges München.* Ich denke, der Titel spricht für sich.«

»Das dürfen Sie nicht!« Er begann zu schwitzen. Seine Angst war unübersehbar. »So etwas verstößt gegen meine Persönlichkeitsrechte …«

»Ist mir piepegal. Verklagen Sie mich ruhig, wenn Sie den Mut dazu aufbringen. Allerdings landen die Fotos in diesem Fall dann vor Gericht.« Sie grinste. »Ich sehe schon die Schlagzeile: *Lebemann im Schwulenclub? Renommierter Journalist kämpft um seinen Leumund.* Vielleicht schreibt ja sogar Ihr Freund Klein von der Lokalredaktion den Artikel …«

Schenk sackte in sich zusammen.

»Sie wollen mich vernichten«, stöhnte er. »Was hab ich Ihnen denn getan?«

»Mir? Das waren lediglich ganz normale Belästigungen verbaler und körperlicher Art, damit kann ich als Frau umgehen. Aber Freddy Krenkl haben Sie das Leben zur Hölle gemacht, ihn erniedrigt, gebrandmarkt und öffentlich gedemütigt, wann immer Sie konnten. Regelrecht von Ihnen gehetzt hat er sich gefühlt. Ich frage jetzt zum allerletzten Mal: Waren Sie in jener besagten Nacht in der Enzian-Alm?«

»Ja!« Jetzt schrie er, den Blick starr auf die Fotos gerichtet. »Ja, ich war da! Ich hab die Bullen kommen hören, und ja, ich hätte ihn warnen können, doch dann hätte er gewusst, dass ich auch da bin. Er ist raus durch den Hintereingang und wollte über die Mauer, da hat einer der Polizisten eine Holzlatte genommen und mit ihr auf seinen Rücken gedroschen. Das Toilettenfenster zum Hof stand offen, von da aus hab ich gesehen, wie Krenkl rückwärts auf die Tonnen gestürzt ist …«

Mit fahlem Gesicht stierte er Malou an.

»Werden Sie mich jetzt bei Hornberg und den anderen hinhängen?«

»Wieso sollte ich?«, gab sie kühl zurück. »Ich habe nichts gegen Männer, die auf Männer stehen. Nur gegen Heuchler und Feiglinge habe ich was, und das ganz gewaltig.«

»Und die Fotos?« Seine Hand zitterte.

»Bedienen Sie sich. Der Bildband ist bereits im Druck. Vielleicht findet ja auch bald eine Lesung vor Ort statt. Zu der sind Sie hiermit herzlichst eingeladen.«

Selbst als sie vor ihrem Haus aus dem Taxis stieg, musste Malou noch schmunzeln, weil sie an Schenks fassungsloses Gesicht dachte. Nicht immer fielen ihr so schlagfertige Antworten ein, doch mit dieser war sie bis heute mehr als zufrieden.

Der Aufzug brachte sie nach oben. Vielleicht war Philipp ja noch wach. Er feilte seit Tagen bis spät in die Nacht an einem Feature über Queen Victoria, um den aktuellen Besuch der englischen Monarchin zu ergänzen. Wenn er noch nicht schlief, konnte Malou ihm bei einem kleinen Absacker den aktuellen Klatsch aus der Promiwelt erzählen, und wer weiß …

Ihre letzte Nacht war besonders aufregend gewesen.

Doch die Wohnung war dunkel und leer. Kein Philipp weit und breit, nur Monsieur Filou, der sie mit schläfrigem Schnurren begrüßte. Auf dem Kopfkissen fand Malou schließlich einen Zettel.

Bin schon nach Niederbayern. Der Himmel ruft.
In Liebe
dein Philipp

*

Beim *Tag* gab es am nächsten Morgen nur noch ein einziges Thema: die Queen. Aufregung hatte die gesamte Redaktion erfasst, wie auch alle anderen Redaktionen des Landes.

»Ich erwarte Großes, Leute«, sagte Hornberg in der morgendlichen Konferenz. »Wir haben schon zweimal bewiesen, dass wir dazu fähig sind, einmal beim Besuch von Charles de Gaulle, und dann mit der schwarzen Titelseite unserer Sonderausgabe zum Attentat auf Kennedy. Doch jetzt muss die Steigerung folgen. Das sind wir unseren Leserinnen und Lesern schuldig.«

»Der baumlange Franzose hat ein besonderes Bett aus der Residenz bekommen, um seine Beine unterzubringen«, spottete Samy. »Die Königin jedoch bringt sogar ihr eigenes Silberbesteck mit und lässt Wasser aus Great Britain für ihren Tee mitführen. Ganz schön crazy, wenn ihr mich fragt.«

»Exzentrik hat in Great Britain eben Tradition«, bemerkte Schenk. »Elizabeths Vorfahrin Queen Victoria ließ bei ihrem Besuch der preußischen Rheinprovinzen vor 120 Jahren sogar eine eigene Kuh mitführen, um nicht auf ihre gewohnte Milch zum Tee verzichten zu müssen.«

Allgemeines Gelächter.

Seit einiger Zeit gab sich Schenk ganz offenkundig Mühe, nicht mehr unangenehm im Redaktionsteam aufzufallen. Und sollte ihm wider Willen doch einmal etwas Unflätiges entschlüpfen, äugte er sofort zu Malou. Ihre Radikalkur schien Wirkung zu zeigen, was sie freute.

»Wir brauchen Fotos, Fotos und noch mal Fotos«, sagte Winkler. »Seit Elizabeths Urgroßvater Edward VII. 1909 in Berlin war, hat kein englischer Monarch mehr Deutschland besucht. Dazwischen liegen zwei Weltkriege. Den meisten Engländern war und ist alles Deutsche aus gutem Grund zutiefst verhasst. Theodor Heuss hat das 1958 bei seinem Besuch in London noch deutlich zu spüren bekommen.«

»Immerhin ist der Prinzgemahl deutscher Abstammung«, steuerte Klein bei. »Ganz vernünftige Ansichten scheint er auch zu haben, ist nicht nur das hunnische Raubein, als das man ihn gern darstellt. ›Mit Deutschenhass allein können wir nicht überleben‹, soll er gesagt haben. ›Es ist eine öde Beschäftigung, sich über die Geschichte zu ärgern, und sie macht blind für die Aufgaben der Zukunft.‹«

»Und ein halber Grieche ist er ja auch«, kam es prompt von

Adrienne. »Jener Teilaspekt seiner Herkunft, der mir entschieden sympathischer ist.«

»Sie nun wieder mit Ihren anti-nationalen Thesen«, stänkerte Klein.

»Ruhe, die Herrschaften!«, rief Winkler. »Die Queen weilt vom 18. bis zum 28. Mai in unserem schönen Land. In dieser Zeit legt sie dreitausend Kilometer in einem Sonderzug der Deutschen Bundesbahn zurück, in dem sie in den zehn Nächten auf deutschem Boden sieben Mal übernachtet. Was, *by the way*, jede Menge lästigen Protokollkram erspart. Wir brauchen Fotos der Innenräume. Herr Samtner, wie sieht es damit aus?«

»Sind schon im Kasten, Herr Winkler! Ich konnte in dem Sonderzug der Journalisten, die die Reise begleiten, ausgiebig fotografieren. Die Privaträume der Queen sind natürlich tabu – aber für alle.«

»Wo können wir live dabei sein, und das so nah wie möglich?«, fragte Winkler weiter. »Natürlich mit den entsprechenden Fotos.«

»Beim Eintrag der Queen in das Goldene Buch der Landeshauptstadt München im Rathaus«, erwiderte Malou. »Natürlich *hinter* der Absperrung. Oberbürgermeister Vogel war ja im Vorfeld angeraten worden, das Buch zum Staatsempfang in der Residenz mitzubringen, aber er hat sich geweigert. ›Das Goldene Buch ist kein Poesiealbum, das man unter dem Arm trägt‹, hat er gesagt.«

»Stark.« Ella Weiss nickte beifällig. »So viel Chuzpe hätte ich unserem OB gar nicht zugetraut. Die ganze BRD will es der Queen recht machen. Dabei kommt Elizabeth doch eigentlich auf Besuch, um das junge demokratische Deutschland kennenzulernen.«

»Und um für den englischen Beitritt in der Europäischen

Wirtschaftsgemeinschaft zu werben«, ergänzte Hornberg. »Frankreich ist noch immer strikt dagegen. Der ganze Besuch der Queen ist in Wirklichkeit also eine hochpolitische Angelegenheit.«

»Ich sehe es als noble Geste der Versöhnung, dass die Queen die ehemalige ›Hauptstadt der Bewegung‹ mit ihrem Besuch beehrt«, ergänzte Winkler. »Umso wichtiger, dass unser Blatt dabei glänzt. Sie sind mit dabei, liebes Fräulein Graf, wenn Josef Neckermann Ihrer Majestät seine Dressurübungen vor der Amalienburg vorführt?«

Malou nickte.

»Mit Samy. Neckermanns Vorführung dürfte die pferdenärrische Queen weitaus mehr interessieren als die langweilige Nymphenburger Porzellansammlung zuvor«, sagte sie. »Vermutlich vermisst sie unterwegs ihre heißgeliebten Corgis. Da kommen ihr ein paar prächtige deutsche Rösser gerade recht …«

Winkler nickte und wirkte plötzlich zerstreut.

»Ausgerechnet in diesen kritischen Tagen, wo rein gar nichts schieflaufen darf, hat sich unser Großer angesagt«, erklärte er schließlich. »Und wichtige Entscheidungen über seine Zukunft müssen auch getroffen werden. Aber so ist das nun einmal mit dem Nachwuchs: Kleine Kinder – kleine Sorgen, große Kinder – große Sorgen.«

»Geht es ihm denn gut?«, erkundigte sich Adrienne Riehl. »Ich hab Ihren Junior schon eine halbe Ewigkeit nicht mehr gesehen.«

»Viel zu gut sogar, denke ich manchmal.« Winkler zuckte die Achseln. »Wenn man mit vielen Talenten gesegnet ist, weshalb sollte man sich für eines entscheiden? Da trudelt man doch lieber unverbindlich durch die Welt, während andere jeden Tag brav ihren Job erledigen. Wird jede Menge Gesprächsbedarf zwischen Vater und Sohn geben. Das zumindest steht schon mal fest.«

Zwei Tage bevor die Queen in München eintraf, kehrte Philipp aus Niederbayern zurück.

»Und? Bestanden?«, fragte Malou.

»Ja, ich hab den Schein«, erwiderte er.

»Wieso sehe ich dann kein glückliches Strahlen auf deinem Gesicht?«

»Weil es verdammt knapp war. Um ein Haar hätten sie mich durchfallen lassen, das steckt mir noch immer in den Knochen.«

Malou munterte ihn auf, aber es wollte ihr einfach nicht gelingen. Doch auf ihre Umarmung reagierte er positiv. Sie zogen sich ins Schlafzimmer zurück und liebten sich, doch kaum war es vorbei und sie waren wieder angezogen, waren seine Gedanken bereits anderswo.

»Wie geht es jetzt weiter mit der Fliegerei?«, fragte Malou schließlich, während Philipp ruhelos im Wohnzimmer auf- und ablief.

»Wie wohl?« Mit gehetztem Gesichtsausdruck drehte er sich zu ihr um. »Üben muss ich, verstehst du? Nichts als üben! Das muss jeder Anfänger in einer neuen Disziplin. Wie sonst soll man darin sicherer werden?«

Darauf hätte Malou jede Menge sagen können, tat es aber nicht. Mit ihrem eigenen Training nach dem Führerscheinerwerb sah es nämlich zappenduster aus. Freddys Auto hatten die Eltern Krenkl nach dessen Tod einkassiert, ans Steuer seines Sportwagens ließ Philipp sie nicht, und die Autos der väterlichen Fahrschule waren ohnehin tabu. Auch Samys rechtsgesteuerter Austin fiel aus, da er ihr im deutschen Straßenverkehr in der Handhabung zu kompliziert war. Manchmal befürchtete sie, schon wieder alles verlernt zu haben.

»Dann fährst du also bald wieder hin?«, fragte sie und gab sich Mühe, gelassen zu klingen.

»Jetzt gleich. Muss schließlich am Ball bleiben. Ich geh nur schnell heim, um frische Wäsche zu holen. Dann bin ich schon wieder weg.«

Malou starrte ihn ungläubig an.

»Und deine Arbeit für den Rundfunk?«, fragte sie leise.

»Das Feature habe ich abgeliefert. Alles Weitere ist vertagt. Sollen andere Kollegen mal ran. Gibt Wichtigeres, als in der Geschichte zu graben, aber das verstehst du ja leider nicht.« Er klang aggressiv. »Ich will endlich etwas haben, das nur mir gehört. Und davon wird mich niemand abbringen – auch du nicht mit deiner Angst, die zudem vollkommen unsinnig ist.«

Er bewegte sich von ihr weg, mit Riesenschritten. Malou spürte es ganz genau.

Eigentlich war er schon längst nicht mehr da.

»Dann lass uns doch eine Pause einlegen, Philipp.« Ihre Stimme klang erstaunlich fest.

»Du willst dich von mir trennen?«, fuhr er sie an. »Weil ich in der Luft glücklich bin?«

»Das habe ich nicht gesagt. Aber nachdenken über uns und unsere Zukunft, das will ich. Ich muss mir überlegen, ob ich einen Mann lieben kann, um den ich immer zittern muss. Und das geht besser, wenn ich mich dabei innerlich frei fühle.«

Seine Augen waren dunkler geworden.

»Ich soll meine Gefühle für dich einfach ausschalten, so wie man einen Schalter ein- und ausknipst?«, fragte er aufgebracht.

»Eben gerade nicht«, erwiderte Malou. »Aber manchmal

muss man Wahrheiten finden und sich ihnen stellen. Scheint aktuell so etwas wie mein Lebensthema zu sein.«

»Ganz wie du meinst.« Malou glaubte, galaktische Kälte zu spüren, so eisig war seine Stimme. »Aber ich bin kein Mann, mit dem man spielen kann. Das solltest du dir merken.«

Kaum war die Tür hinter Philipp ins Schloss gefallen, tat es ihr schon leid. War sie eigentlich verrückt, eine Beziehung aufs Spiel zu setzen, in der sie so glückliche Momente erlebt hatte?

Vielleicht war sie das.

Aber Malou brauchte Gewissheit; und sie hatte keine Lust, in ständiger Angst zu leben. Vor allem aber brauchte sie jetzt erst einmal einen freien Kopf, um in Ruhe nachzudenken.

Sobald der Münchenbesuch der Queen glücklich überstanden war …

*

Alles lief wie am Schnürchen. Sogar das Wetter spielte mit, zeigte den berühmten weißblauen Himmel und lockte mit frühsommerlicher Wärme. Ganz in Weiß mit passendem Blumenhut entstieg die Queen nebst Prinzgemahl Philipp Punkt zehn Uhr dem Sonderzug und bekam von Ministerpräsident Alfons Goppel zur Begrüßung einen Strauß gelber Teerosen überreicht. Der Musikzug der Bayerischen Bereitschaftspolizei intonierte zuerst die britische, dann die deutsche Nationalhymne und schloss mit der bayerischen Landeshymne ab, was von Bonn später als harsche Provokation erachtet wurde. Im offenen Wagen ging es anschließend in die Innenstadt. Tausende begeisterter Zuschauer säumten jubelnd und winkend den Weg. Viele von ihnen waren mit englischen Fähnchen ausgerüstet – vor allem die Kinder, die extra schulfrei bekommen hatten.

»Nur kein Heil-Zeichen«, war als strenge Maxime von der Presse im Vorfeld ausgegeben worden. »Nichts, was die Queen an die Nazi-Zeit erinnern könnte!«

Bei der Begrüßung im Rathaus war Malou dann unter den zahlreich anwesenden Journalisten. Ganz formell mit Amtskette geschmückt, begrüßte Oberbürgermeister Hans-Jochen Vogel die englischen Gäste mit einer kleinen Rede, und die Queen trug sich ins Goldene Buch der Stadt ein, bevor es im Eiltempo weiter zur Alten Pinakothek ging.

Während die Queen in der Residenz ein Presse-freies Mittagessen einnahm, hetzten Samy und Malou bereits zum Schloss Nymphenburg, um sich dort vor der Amalienburg im Schlosspark eine möglichst gute Sicht zu sichern. Josef Neckermann und eine Gruppe anderer Reiter waren mit ihren Pferden bereits anwesend.

»Der Herrenreiter der Nation«, sagte Malou. »Seine Haltung ist wirklich tadellos.«

»Auf dem Pferd schon«, erwiderte Samy.

»Wie meinst du das?«

»Muss sagen, mir ist das Ross wesentlich sympathischer als sein Reiter. Die berühmte Stute Antoinette.« Samy betätigte den Auslöser. »Mit ihr hat er bei der Olympiade im letzten Jahr Gold geholt.«

»Neckermann wird ja nicht nur als Reiter geschätzt, sondern gilt vor allem als einer der wichtigsten Vertreter des deutschen Wirtschaftswunders«, entgegnete Malou. »Viele im Land bewundern seinen Unternehmergeist.«

»Mag sein. Für mich zählt mehr, dass er sich im Zuge dieser verdammten ›Arisierung‹ 1935 und 1937 zwei jüdische Textilgeschäfte quasi für lau unter den Nagel gerissen hat. Und 1938 dann die ›arisierte‹ Wäschemanufaktur Carl Joel in Berlin, nach Witt und Quelle immerhin das drittgrößte Versandhaus in Deutschland. So lässt sich leicht ein Imperium aufbauen! Nach 1945 hat es zwar Prozesse vor einem amerikanischen Militärgericht gegeben, Neckermann wurde zu einem Jahr *hard labour* verurteilt und durfte keinerlei unternehmerische Tätigkeit mehr ausüben, aber Typen wie der fallen immer wieder auf die Füße. Seine Frau hat einfach die Geschäfte übernommen, und ab 1951 durfte er dann auch wieder selbstständig schalten und walten …«

»Ob die Queen weiß, wen man ihr da als Starreiter vorsetzt?«, fragte Malou.

»Der Herzog von Edinburgh weiß es garantiert. Prinzgemahl Philip soll äußerst beschlagen in nazideutscher Geschichte sein.«

»Und du?« fragte Malou. »Woher weißt du das alles so genau?«

»Die Herren mit den angeblich so weißen Westen haben mich schon immer interessiert«, sagte Samy grinsend. »Wenn du nur ein bisschen daran kratzt, wird es darunter manchmal ganz schnell wieder braun.«

Ankunft des Wagenkonvois.

Die Queen stieg aus und begann selig zu lächeln, als sie die Pferde erblickte. Ein Programmpunkt, der ihr ganz offensichtlich gefiel.

Samy fotografierte wie um sein Leben.

»Wenn sie lächelt, sieht sie richtig niedlich aus«, sagte er zu Malou. »Aber ich glaube, sie kann auch ordentlich zubeißen.«

Natürlich gab es keine Möglichkeit, auch nur ein Wort mit der Königin zu wechseln, das sah das Protokoll an dieser Station nicht vor. Aber Malou konnte schauen und alles in sich aufnehmen. Hastig notierte sie ihre Eindrücke in Stichworten, um bloß nichts zu vergessen.

»Jetzt darf sie noch einmal zurück in die Residenz, um sich dort kurz auszuruhen und für den Abend umzukleiden – übrigens in den gleichen Räumen wie vor ihr schon Charles de Gaulle. Und dann geht es auf ins Nationaltheater ...«, sagte Samy.

»Ich beneide dich«, sagte Malou. »Den *Rosenkavalier* hätte ich auch gern gesehen.«

»Bedaure mich lieber, Malou«, antwortete Samy mit Leidensmiene. »Vier fette Stunden lang dauert diese Oper! Ob die Queen weiß, worauf sie sich da eingelassen hat?«

*

DER SCHÖNSTE TAG MEINER REISE, so titelte *Der Tag* als Headline nach dem Staatsbesuch der Queen und wies es als ein königliches Originalzitat aus. Malou las es noch im Schlafanzug bei einem fast mittäglichen Frühstück, dann legte sie die Zeitung wieder weg.

Sie war nur noch eins: müde. So erschöpft von den Ereignissen der letzten Tage, dass sie nicht einmal wie sonst Musik hören wollte. Adrienne war aufgefallen, wie ausgebrannt sie war, und sie hatte Malou dazu gedrängt, sich zwei Tage frei zu nehmen.

»Ist doch alles im Kasten für dein *Blitzlicht*«, sagte sie. »Abwickeln kann ich deine fertige Seite, habe ich früher auch schon für den Baron gemacht. Erhol dich mal ein wenig. Schau in den Himmel. Zähle Sterne oder Pusteblumen auf einer Wiese. Jetzt ist Nichtstun angesagt, meine Liebe!«

Nichtstun?

Das hatte Malou nach der arbeitsreichen Zeit beinahe verlernt.

Lange ausgeschlafen hatte sie zumindest. Hungrig war sie auch nicht mehr. Jetzt nahm sie ein Bad, wusch sich dabei die Haare und cremte sich anschließend von Kopf bis Fuß genüsslich mit Papa Theos duftender Rosencreme ein, wozu im Alltag oft keine Zeit blieb. Weil das warme Wetter anhielt, entschied sie sich für eine weiße Bluse und den weiten türkisfarbenen Sommerrock mit der Blumenborte, den Philipp so an ihr liebte.

Ach, Philipp!

Ihr Herz zog sich für einen Augenblick schmerzlich zusammen. Seit jenem Abschied im Streit hatte sie nichts mehr von ihm gehört – aber war es ihr nicht eigentlich genau darum gegangen?

Sie vermisste ihn. Fühlte sich einsam. Und natürlich hatte sie nach wie vor Angst um ihn.

Warum konnte sie nicht so flexibel sein wie Roxy?

Die arbeitete inzwischen glücklich an der Seite ihres griechischen Veterinärs. Wenn ein Mann sie als Schneewittchen wollte, dann wurde sie eben Schneewittchen. Der nächste begehrte einen Vamp – Roxy mutierte zum Vamp. Jetzt war Natürlichkeit gefragt, und genau so war sie geworden. Sogar ihre schwarzen Haare waren verschwunden. Der modische Bob glänzte wieder in Dunkelblond.

Doch Malou war immer nur sie selbst.

Vielleicht war das ja einer der Gründe, warum ihr Freund in die Lüfte strebte?

Energisch schob sie diese Gedanken beiseite.

Heute kein Philipp, befal sie sich. Heute nur Malou!

Sie schwang sich auf ihr Fahrrad und fuhr zum Englischen Garten. Überall blühte und grünte es. Es war, als ob die Natur, die so lange geschlafen hatte, nun mit einem Schlag erwacht sei. Erst wollte sie zum Kleinhesseloher See, dann aber steuerte Malou den Monopteros an, jenen Rundtempel, den Baumeister Klenze im 19. Jahrhundert entworfen hatte und der seit Neuestem junge Leute aus allen Teilen der Welt wie ein Magnet anzog. Bislang hatte sie sich auf bloßes Hörensagen verlassen, heute aber wollte sich Malou das bunte Geschehen dort mit eigenen Augen ansehen.

Zu ihrer Enttäuschung jedoch war kaum etwas los.

Im Tempel schlief laut schnarchend ein junger Mann, den Kopf auf seinen Rucksack gebettet. Nicht gerade einladend, wie sie fand.

Ein Stück entfernt knutschte ein Pärchen auf einer Decke. Die brauchten ebenfalls keine Zuschauer, also zog Malou sich dezent zurück. Sie suchte sich ein Plätzchen am Fuß des Hügels, legte sich auf die Strickjacke, die sie für alle Fälle mitgenommen hatte, und zog das Buch aus der Tasche, das Adrienne ihr vor einiger Zeit ans Herz gelegt hatte.

»Wenn schon Krimi, dann von ihr«, hatte sie gesagt. »Patricia Highsmith ist für mich die Meisterin des Abgründigen. Aber Vorsicht: Sie macht absolut süchtig.«

Schon nach den ersten Zeilen hatte Malou Feuer gefangen. Sie mochte die Sprache, besonders jedoch das Lakonische der Erzählweise. Allerdings stimmte das Thema des Romans sie ein wenig melancholisch: Es ging um einen Besessenen, trunken vor Liebe, der sich, gefangen in seinem Gedankenlabyrinth, immer weiter von der Realität entfernte und damit für andere zur tödlichen Gefahr wurde.

Die Sonne wärmte, Malous Müdigkeit nahm wieder überhand. Irgendwann rutschte ihr das Buch aus der Hand.

Sie schlief.

Etwas kitzelte ihre Nase.

Ein freches Insekt? Sie hob die Hand, um es zu verscheuchen, und erwachte.

Das vermeintliche Insekt entpuppte sich als Pusteblume, und ein junger Mann hielt sie in der Hand. Er lag neben ihr im Gras und sah sie unverwandt an.

»Du sahst so süß aus beim Schlafen«, sagte er. »Da wollte ich dich eigentlich nicht stören.«

»Hast es dann aber doch getan«, erwiderte sie lächelnd. »Weshalb?«

»Weil ich plötzlich die Idee hatte, dass du wach noch süßer aussehen könntest, und siehe da, ich habe mich nicht getäuscht.« Er lächelte und zeigte dabei sehr weiße, nicht ganz gerade Zähne. »Ich bin Chris«, sagte er. »Und wer bist du?«

»Malou.«

»Schöner Name.«

»Ich mag ihn auch.«

Sein Gesicht war schmal, ein wenig kantig und von Sommersprossen überflutet. Die leicht aufgeworfene Oberlippe gab ihm etwas Keckes. Seine Augen waren hellbraun, fast golden. Er hatte wellige, rötlichblonde Haare, viel länger, als es die meisten Männer trugen. Eine Mischung aus Theater und Märchen, dachte Malou. Und das, was Hermann Prey über Papageno erzählt hatte. Dazu passte auch das Lederarmband mit den bunten Perlen an seinem linken Handgelenk.

Vielleicht nicht ganz alltagstauglich der Bursche, dafür aber ungemein anziehend.

»Du erinnerst mich an einen Faun«, entfuhr es ihr.

»Und du siehst aus wie eine Sommerelfe. Elfe und Faun – passt doch ganz gut, findest du nicht?«

Malou lachte.

»Stimmt«, sagte sie und fühlte sich dabei so leicht wie schon seit Monaten nicht mehr.

»Und was lesen Sommerelfen heutzutage?« Er nahm ihr Buch hoch. »Highsmith«, sagte er. »Gute Wahl. So herrlich abgründig.«

»Bin noch nicht sehr weit damit gekommen«, sagte Malou. »Aber ich bin garantiert nicht eingeschlafen, weil ich es langweilig fand.«

»Sondern weshalb?«

»Zu viel Arbeit«, sagte sie. »Und dazu noch Stress mit der Familie …«

»Kenn ich.« Chris winkte ab. »Kaum bist du zu Hause, wollen sie dir schon vorschreiben, was du tun sollst. Dabei ist der Himmel doch so blau, das Gras so grün, und meine kleine Sommerelfe so wunderschön …«

Ganz sanft berührte er Malous Wange.

Eigentlich hätte sie seine Hand jetzt wegschieben oder ihm sagen sollen, dass sie es nicht mochte, von fremden Männern einfach so angefasst zu werden, aber sie tat nichts davon, sondern ließ es einfach geschehen.

Als er die Hand schließlich wieder zurückzog, bedauerte sie es.

»Musst du noch arbeiten?«, fragte er. »Oder vielleicht zurück in die Uni?«

Malou schüttelte den Kopf.

»Weder noch«, sagte sie. »Heute und morgen habe ich frei. Aber ein bisschen wie Schwänzen kommt es mir trotzdem vor.«

Chris lachte.

»Hab ich früher oft gemacht«, sagte er. »Bis sie andere Saiten aufgezogen und mich unter Beobachtung gestellt haben.

Hat allerdings nicht sehr viel genützt. Es gibt immer Mittel und Wege, um abzuhauen, wenn man clever genug ist.«

»Eigentlich mag ich meinen Job.«

»Der da wäre?«, wollte Chris wissen.

»Vergessen«, sagte Malou, erstaunt über sich selbst. »Und du? Was machst du?«

Er zuckte die Achseln.

»Dies und das«, sagte er. »Heute zum Beispiel will ich unbedingt das Leben mit dir feiern. Bist du dabei?«

Malou nickte.

»Ist das dein Rad?«, fragte er.

»Ja«, erwiderte sie.

»Ganz schön stabil. Ich glaube, das hält uns beide aus.« Er reichte ihr die Hand und zog sie hoch. Dabei spürte sie seine Kraft, obwohl er schlank war, fast mager. »Willst du fahren, oder soll lieber ich? Der andere kommt auf den Gepäckträger.«

»Du«, sagte sie.

»Okidoki. Dann musst du mir nur noch sagen, wohin.«

»Ich kenne eine kleine Pizzeria in der Seestraße …«

»Pizza ist gut«, sagte Chris sofort. »Dort, wo ich gerade herkomme, können sie alles Mögliche, aber keine Pizza.«

»Und wo ist das?«

»Vergessen«, sagte er lachend. »Scheint irgendwie ansteckend zu sein.«

War das wirklich sie?

Mit baumelnden Beinen mit einem Fremden auf dem Gepäckträger ihres Fahrrads durch die engen Straßen kurvend?

Seltsamerweise war Malou dieser Chris Goldauge kein bisschen fremd. Sie mochte, wie er lachte, wie er sich anfühlte, denn sie musste sich ja notgedrungen an seinem schmalen Rücken festhalten, um nicht herunterzufallen.

Und sie mochte, wie er redete – das ganz besonders.

Die Pizzeria war nur mäßig besucht. Sie fanden sofort einen Platz am Fenster und bestellten Pizza, Salat und Wein, der Malou so gut schmeckte wie selten zuvor. Chris aß hungrig, aber nicht gierig, und obwohl er seine Hände für die Randstücke benutzte, merkte sie, dass er sehr wohl wusste, was Tischmanieren waren.

Irgendwann erzählte er, dass Fotografieren seine Lieblingsbeschäftigung sei und er am liebsten Profifotograf wäre.

»Wer oder was hindert dich daran?«, fragte Malou.

»Du gefällst mir, kleine Sommerelfe.« Sein Lachen war plötzlich nicht mehr ganz so entspannt. »Als ob das so einfach wäre! Zum einen gibt es bereits tausendundeinen Fotografen. Mich da ganz hinten einzureihen, macht keinen großen Spaß.«

»Aber bei Weitem nicht alle davon sind gut. Und wenn du es bist, kommst du schnell nach vorn.«

»Und dann immer auf Aufträge lauern …«

»Nachtragen wird sie dir vermutlich keiner. Könnte es sein, dass du ein bisschen bequem bist, Chris?«

»Ertappt.« Die zarte Röte, die sein Gesicht flutete, stand ihm extrem gut. »Jetzt hast du dich beinahe wie meine Mutter angehört, aber die lebt schon lange nicht mehr.«

»Du bist Halbwaise?«, fragte Malou.

»Lass das bloß meine Stiefmutter nicht hören«, sagte er grinsend. »Allein, dass ich das Wort *Stief* verwende, würde sie bereits auf die Palme bringen. Noch lieber allerdings wäre sie meine allerbeste Freundin. Dazu wird es allerdings in diesem Leben nicht mehr kommen. Aber um deine Frage zu beantworten: Ja, das bin ich. Und du?«

»Ich hab zwei lebendige Eltern – und dann auch wieder nicht. Irgendwie ist alles ziemlich kompliziert bei uns.« Sie schob ihm ihr leeres Glas hin. »Kann ich bitte noch mehr Wein haben?«

»Unbedingt!« Chris rief den Kellner und bestellte.

Später saßen sie in einem der Schwabinger Straßencafés, aßen Eis, tranken Campari, redeten, lachten, vertraut wie alte Freunde.

Nein, mehr als das.

Es bitzelte zwischen ihnen, unsichtbare Funken flogen von einem zum anderen.

»Du bist die erste Sommerfee in meinem Leben«, sagte Chris und küsste sie unvermittelt.

»Und du mein allererster Faun.« Malou erwiderte seinen Kuss.

»Lass uns tanzen gehen!«, schlug er vor. »Kennst du das Big Apple? Alles reden davon, und ich möchte unbedingt mal dorthin.«

»Meinetwegen.«

Er bezahlte, sie standen auf und machten sich auf den Weg.

»Es ist eng, es ist heiß, es ist einfach nur wunderbar«, sagte Malou. »Aber man kommt nicht immer rein. Manchmal ist es einfach zu voll.«

»Du kennst es?«, fragte er.

Sie zuckte lachend die Schulter.

»Ja und nein. Mit einem Faun war ich jedenfalls noch nie dort«, erwiderte sie.

Sie hatten Glück, denn der Discjockey, der heute auflegte, verstand offensichtlich sein Geschäft. Harte, schnelle Nummern in Folge, dann wieder Soul, der direkt in die Seele floss. *She loves me* von den Beatles, *Downtown* von Petula Clarc, *Baby Love* von den Supremes, Roy Orbinsons *Pretty Woman* – und *Satisfaction* von den Rolling Stones. Wieder und immer wieder.

Als schließlich Dean Martin seinen Evergreen *Everybody Loves Somebody Sometimes* anstimmte, nahm Chris Malou in die Arme und hielt sie so fest, als wolle er sie nie wieder loslassen.

»Der schönste Abend meines Leben«, flüsterte er und küsste sie wieder. »Möge er niemals vorübergehen!«

Sie verließen die Disco vor der Sperrstunde. Am Nachthimmel stand ein schlanker heller Mond.

»Geh noch nicht«, bat Malou.

»Natürlich nicht.« Er lächelte sie an. »Aber wohin jetzt? Ich fürchte, alles ist schon zu.«

»Zu mir«, sagte sie. »Ich hab eine Loggia und einen roten Kater und jede Menge Wein …«

Chris lachte. »Na, dann nichts wie los!«

Leicht schwankend erreichten sie auf dem Fahrrad ihr Ziel. Im Haus nahmen sie nicht den Lift, sondern liefen Hand in Hand die Treppen nach oben. Vor dem Aufsperren zögerte Malou einen Moment. Es war Freddys Wohnung gewesen, dann in gewissem Sinn ihre und Philipps, und jetzt …

»Komm rein«, sagte sie entschlossen und stieß die Türe auf. »Fühl dich ganz wie zu Hause.«

Monsieur Filou schien den unbekannten Besucher zu mögen und strich ihm um die Beine, während Malou mit schlechtem Gewissen sein Näpfchen füllte, weil sie ihn heute so lang allein gelassen hatte.

»So ein Katzentier hatten wir früher auch«, sagte Chris. »Als die Welt in Ordnung war, ich klein und Mama noch am Leben.«

Er verließ die Küche und streifte durch die Wohnung, neugierig, aber nicht aufdringlich. Malou, die ihm langsam folgte, mochte die Art, wie er sich umsah.

»Du hast ja echten irischen Whiskey«, sagte er überrascht,

»Midleton Very Rare. Eine Kostbarkeit. Weißt du das eigentlich?«

»Keine Ahnung«, sagte Malou. »Stammt noch von dem Freund, der früher hier gewohnt hat.«

»Dein Freund?«

»Ja und nein.«

»Wieder ziemlich kompliziert, sehe schon.« Chris schmunzelte. »Den trinken wir jetzt. Gibt den besten Kater *ever*!«

»Ich mag eigentlich keinen Whiskey …«

»Den schon.«

Während er zwei Gläser aus der Küche holte, wechselte Malou schnell ihr Oberteil. Die Bluse war vollkommen durchgeschwitzt. Sie zog sich ein einfaches weißes Unterhemd an und ließ auch den ebenfalls feuchten BH weg.

Fühlte sich gut an, so ohne jeden Zwang …

»Auf dich!«, sagte Chris. »Meine süße Sommerfee …«

»Schmeckt mir doch«, erklärte Malou nach dem ersten Schluck. »Ist im Mund ganz weich – und danach explodiert ein kleines Feuerwerk in deinem Bauch – puff!«

Er goss nach.

»Einfach nur sein, nichts müssen, nichts denken, nur lieben …« Malou klang sehnsüchtig.

»Dazu gehören zwei, kleine Sommerfee.«

Unter seinen Küssen wurde Malou noch heißer.

»Und wenn ich jetzt verglühe?«, flüsterte sie zwischendrin.

»Dann wirst du zu einem wunderschönen Diamanten. Und funkelst für die Ewigkeit.«

Sie erwachte mit brennendem Durst. Nie zuvor hatte ihre Zunge so am Gaumen geklebt, niemals ihr Kopf derart gehämmert.

Unwillkürlich tastete ihre Hand nach links.

Doch die Stelle im Bett neben ihr war leer und kühl.

Malous Hand tastete weiter und fand ein Blatt Papier, das sie sich nah vor die Augen halten musste, um das Geschriebene darauf zu entziffern.

Tausend Dank für diesen Abend der tausend Sterne, kleine Sommerfee! Du hast meinen Weg hinaus in die Welt mit wunderschönen Blüten bestreut, mich zum Ritter der Liebe geschlagen und wetterfest für alle Abenteuer gemacht. Ich gehe jetzt die Drachen besiegen, und danach kehre ich zu dir zurück, wenn du mich dann noch willst, denn wo ich dich finden kann, das weiß ich ja jetzt.

Love Chris

Zum Ritter der Liebe geschlagen – was genau meinte er damit?

In jäh aufflackernder Panik schlug Malou die leichte Sommerdecke zurück.

Kein Slip!

Sie berührte ihre Brüste und stieß auf Stoff. Das weiße Unterhemd trug sie also noch immer.

Hatte sie mit Chris geschlafen? Und wenn ja – geschützt?

Sie wusste gar nichts mehr.

An ein Kondom konnte sie sich beim besten Willen nicht erinnern. Sie selbst besaß keinen Vorrat; es war immer Philipp gewesen, der sich darum gekümmert hatte.

Sie kannte ja nicht einmal seinen Nachnamen.

Chris war alles, was sie von ihm wusste. Chris – und dass er sie an einen Faun erinnert hatte.

Malou stand auf, schlurfte ins Bad und trank lange am

Wasserhahn, bis diese entsetzliche Trockenheit allmählich aus ihrem Mund verschwand.

In der Küche fand sie schließlich noch ein Zeichen von ihm – das Lederarmband mit den bunten Perlen, zu einer Schlange zusammengerollt. Daneben lag ein Zettelchen.

Alpha und Omega, Anfang und Ende, du und ich.
Vergiss mich nicht.

Malou zog sich einen Stuhl heran und knotete sich das Armband um das linke Handgelenk.

»Wie könnte ich das jemals?«, flüsterte sie.

VIERZEHN

September 1965

Was wählte man als Gastgeschenk für ein Paar, das schon alles hatte? Nach endlosem Grübeln hatte Malou sich für einen Strauß Sonnenblumen entschieden.

Fast ebenso lange hatte sie darüber nachgedacht, was sie anziehen sollte. Ganz so groß war die Auswahl ja nicht mehr. Die weiße Hose, die sie zunächst im Sinn gehabt hatte, ließ sich leider nicht mehr ganz schließen, der türkisfarbene Rock passte zwar noch, erschien ihr dann aber doch zu leger. Zum Glück gab es noch das Kleid in Jadegrün, kastig geschnitten, was ihr aktuell sehr entgegenkam, schön kurz, wie man es jetzt trug, und mit einer schmeichelnden, kaschierenden Chiffonlage im selben Farbton versehen.

Bevor Malou die Wohnung verließ, musterte sie sich noch einmal kritisch im Spiegel. Noch konnte ihr Bäuchlein als Sommerspeck durchgehen, doch bald würden es ohnehin alle sehen. Und das war nur ihr geringstes Problem, das sie in diesem Moment eher zum Lachen brachte, nach all den Nächten fassungsloser Verzweiflung, von denen nur Roxy wusste.

Ein Kind mit zwei Vätern?

Ein Kind ganz ohne Vater!

Der eine hatte sich in die Lüfte verabschiedet, der andere gondelte vielleicht gerade durch die Welt oder lebte irgendwo sein Leben und hatte sie sicherlich längst vergessen, auch wenn sie sein Armband bis heute nicht abgelegt hatte.

Eine ledige Mutter – ob sich das Schicksal manchmal wiederholte?

Ihrer Mutter hatte das Schicksal immerhin Theo Graf beschert, doch solch ein Retter war für Malou derzeit nirgendwo in Sicht.

»Wir schaffen es auch zu zweit«, flüsterte sie dem winzigen Wesen zu, das in ihr wuchs. »Verlass dich auf mich! Ich werde immer für dich da sein.«

Noch konnte sie sie nicht spüren, aber Malou vergaß keinen Augenblick, dass sie da war.

Ein Mädchen.

Da war sie sich ganz sicher.

Bereits als sie das Haus verließ, bereute sie es, Samys Angebot abgelehnt zu haben, sie mit dem Austin abzuholen. Es war später Nachmittag, und die Hitze stand noch immer wie eine glühende Wand zwischen den Häusern. Viel zu warm für Anfang September, doch geradezu ideal für eine sommerliche Party.

»Ich nehme die Straßenbahn, kein Problem«, hatte sie voreilig zu Samy gesagt.

Sehr wohl ein Problem.

Schon nach den ersten Metern begann ihr Schweiß zu fließen, etwas, das Malou bislang gar nicht an sich gekannt hatte. Sie musste wirklich erst lernen, sich mit dem neuen Zustand zurechtzufinden.

Bis zum Nordbad schaffte sie es gerade noch. Dort aber ließ sie sich am Taxistand erleichtert in den Fond eines Mercedes sinken, der zum Glück im Schatten gestanden hatte.

»Nach Harlaching bitte«, sagte Malou. »Autharistraße.«

Die Stadt schien wie ausgestorben, wahrscheinlich bevölkerten alle die Schwimmbäder oder die Seen im Voralpenland. Der Taxifahrer versuchte sich mit ihr zu unterhalten, doch Malou war gerade so gar nicht nach Small Talk.

»Nehmen Sie es bitte nicht persönlich«, bat sie ihn. »Aber ich muss nachdenken.«

Danach ließ er sie in Ruhe.

Sie ließ ihn zwei Hausnummern früher halten und ging, den Strauß fest in der Hand, die letzten Meter zu Fuß. Die Villa war cremeweiß; das grüne Gartentor stand einladend offen. Ein gepflegter Vorgarten. Wie kleine Soldaten standen links und rechts Sonnenblumen in Reih und Glied.

Eulen nach Athen getragen, dachte Malou. Fängt ja schon mal gut an!

Bevor sie klingeln konnte, öffnete sich bereits die Tür.

»Da sind Sie ja«, sagte Camilla Winkler lächelnd. Sie trug ein bodenlanges weißes Kleid mit bunten Stickereien, hatte die dunklen Haare zu einem lockeren Knoten hochgenommen und sah strahlender aus denn je. Von ihrer sonstigen Kühle war bei der Begrüßung heute nichts zu spüren. »Herzlich willkommen in unserem Zuhause – ich freue mich, dass es endlich geklappt hat. Und dann auch noch mit meinen Lieblingsblumen! Woher wussten Sie …«

Malou zog die Schultern hoch.

»Wahrscheinlich Intuition«, sprudelte Camilla Winkler weiter. »Sagt man uns Frauen ja schließlich nach. Kommen Sie, liebes Fräulein Graf, ich nehme Ihnen den Strauß ab und führe Sie rund ums Haus in den Garten zu den anderen Gästen …«

Garten war ein bescheidener Ausdruck für das stattliche Grün, das sich vor Malous Augen erstreckte. Alte Bäume, üppige Rosenrabatten und im hinteren Bereich ein länglicher Pool, der ihre Aufmerksamkeit auf sich zog, weil Schenk bereits darin plantschte.

»›Badezeug mitbringen‹, das hätte ich noch auf die Einladung schreiben sollen, entschuldigen Sie.« Camilla Winkler klang zerknirscht. »Einige haben auch so daran gedacht. Aber ich könnte Ihnen gern etwas von mir …«

»Vielen Dank«, sagte Malou schnell. »Aber noch ist mir gar nicht so heiß.«

Lügen konnte sie inzwischen, ohne rot zu werden.

»Ganz wie Sie wollen. Sie können sich noch immer umentscheiden. Der Abend fängt ja gerade erst an.«

Camilla Winkler verschwand in Richtung Villa, während Malou von Adrienne und Ella freudig begrüßt wurde, die ihr kürzlich ebenfalls das Du angeboten hatte.

»Die Bowle ist der Hammer«, rief Samy von hinten. »Soll ich dir gleich ein Glas davon eingießen?«

»Lieber Wasser«, sagte Malou dankend. »Sonst haut es mich noch um bei diesen Temperaturen.«

»Bitte sehr.« Nathalie, die Tochter des Hauses, servierte ihr das Gewünschte auf einem Silbertablett. »Ich darf heute die Oberin spielen«, sagte sie lachend. »Macht richtig Spaß!«

Ein Mädchen an der Schwelle zum Teenager. Unter ihrem Kleid, weiß wie das ihrer Mutter, zeichneten sich erste weibliche Rundungen ab, auch wenn die Beine noch staksig waren. Die gleichen dunklen Haare, das gleiche ovale Gesicht wie Camilla Winkler. Lediglich die hellen Augen hatte Nathalie vom Vater, und die zarten Sommersprossen, die ihr etwas Keckes verliehen.

Alle waren sie gekommen: Hornberg mit Gattin, Klein, Schenk, Freddys Nachfolger Willem Bautz mit seiner Verlobten, Ella, Adrienne, Samy, nur den Gastgeber selbst konnte Malou nirgendwo entdecken.

Während sie trank, erschien Hans Wolfgang Winkler plötzlich auf der Terrasse.

»Liebe Malou«, sagte er herzlich. »Sie bei uns zu sehen, bedeutet mir sehr viel. Ich musste gerade im Wohnzimmer noch die letzten Vorbereitungen treffen. Unser gemeinsamer Abend beginnt nämlich besonders – und danach wird natürlich das Büfett eröffnet! Haben Sie alles, was Sie brauchen?«

»Habe ich«, erwiderte Malou. »Danke noch einmal für die Einladung, Herr Winkler.«

»Unser Vergnügen!« Er breitete die Arme aus. »Wenn ich unsere hochgeschätzten Gäste dann kurz nach drinnen bitten dürfte …«

Alle folgten seiner Aufforderung, blieben jedoch schon bald überrascht stehen, denn im Wohnzimmer war es stockfinster.

»So geht das doch nicht, Hans«, erklang schließlich die Stimme seiner Frau aus dem Dunkel. »Unsere Gäste brechen sich ja noch den Hals. Das Notlicht musst du bitte schon einschalten …«

Ein fahles Lämpchen erglomm.

Nun war es immerhin hell genug, um zu sehen, dass eine riesige Leinwand aufgestellt worden war, und vor ihr zwei Reihen Stühle. Leicht erhöht stand ein Projektor.

»Bitte Platz zu nehmen«, sagte Winkler aufgeräumt. »Geht gleich los!«

»Mir schwant Übles«, raunte Samy Malou zu, die sich neben ihn gesetzt hatte. »Der neueste Schrei: Dia-Abend mit Urlaubsfotos …«

»Manchmal sind Väter eben doch nicht die Schlauesten«, begann Winkler. »Ich habe unserem Sohn ganz schön zugesetzt, als er mir von seinen Plänen erzählte. Aber ich habe mich getäuscht. Was Sie nun zu sehen bekommen, wird sicherlich auch Sie überzeugen. Seine Reise in den Süden hat über Jugoslawien und Albanien bis nach Griechenland geführt. Sehen Sie selbst …«

Landschaft, rau und unberührt. Berge, Meer, Tiere bei der Arbeit, knorrige Bäume. Und nicht minder knorrig viele der Gesichter, einige lachend, die meisten davon Kinder, der Großteil aber ernst, gezeichnet von Entbehrungen und den Spuren harter Arbeit.

Gesichter wie Landschaften.

Man wurde nicht müde, sie zu betrachten …

Ein enttäuschtes Raunen, als das letzte Bild stehen blieb: ein zahnlos grinsender Alter, der unter seiner aufgetürmten Holzlast zu schwanken schien.

»Darf ich Ihnen den Schöpfer dieser Reise in den Süden vorstellen? Mein Sohn Christopher Claus Winkler.«

Malou wusste es, noch bevor das Licht wieder anging und der junge Mann sich spielerisch verneigte. Er war noch dünner geworden in den Monaten seiner Reise, und offensichtlich hatte er im Süden keinen Friseur gefunden, denn die rotblonden Haare reichten ihm inzwischen bis zu den Schultern. In seinem offenen Leinenhemd und den Jeans sah er lässiger aus denn je – ein Faun auf Wanderschaft, der zurückgekommen war, und Malous Herz flog ihm ungestüm entgegen.

Der Applaus war lang und herzlich.

»Eindrucksvoll«, sagte Samy zu ihm, als alle aufstanden und wieder ins Freie drängten. »Wo haben Sie das gelernt?«

»Selbst ist der Mann. Träume muss man leben, sonst verwelken sie wie Blumen«, sagte Chris lächelnd, doch sein Blick suchte nur Malou.

Endlich standen sie sich gegenüber.

»Tut mir leid, dass ich damals so schnell abgehauen bin«, sagte er. »Aber ich hatte Angst, dass ich nicht mehr losfahre, wenn ich noch länger mit dir zusammen bin. Immerhin hab ich dir ja was von mir dagelassen.«

Er berührte das Lederband an ihrem Handgelenk.

Wenn du wüsstest, dachte Malou, in der gerade alles drunter und drüber ging.

Was sollte sie sagen?

Womit anfangen, um ihn nicht gleich wieder in die Flucht zu schlagen?

Sie entschied sich für das Einfachste.

»Du bist also Winklers Sohn«, sagte sie.

»Bin ich. Sein Erstgeborener, der ihm so viele Scherereien beschert hat. Schlimm?«

»Weiß ich noch nicht«, wollte Malou gerade antworten, da wurde sie durch lautes Gekreische abgelenkt. Nathalie hatte sich einen herumliegenden Gartenschlauch geschnappt, das Wasser aufgedreht und jagte damit ihren Vater.

»Papa brauchte Abkühlung«, schrie sie. »Und jetzt bekommt er sie!«

»Gnade«, sagte Winkler atemlos. »Ich bin doch schon tropfnass! Mein Hemd ist zum Auswringen …«

»Dann zieh es doch aus!«, brüllte Nathalie zurück. »Oder traust du dich das etwa nicht vor unseren Gästen, altes Papilein?«

»Geb dir gleich altes Papilein! Warte nur ab, du Motte! Natürlich trau ich mich.«

Winkler riss die Knöpfe auf. Das Hemd fiel ins Gras.

Malou stockte der Atem.

Unter den Schulterblättern des Verlegers leuchtete eine halbmondförmige Ansammlung von dunkleren Muttermalen, die ein wenig an die nächtliche Milchstraße erinnerten.

Danksagung

Mein herzlicher Dank geht an die Historikerin und Journalistin Lilly Maier, die mich auch bei diesem Projekt wieder mit klugen Kommentaren und kritischen Einwürfen auf das Wunderbarste unterstützt hat.

Lilly, du bist eine Schau!

Neu im Team und ebenfalls eine große Bereicherung für meine umfangreiche Recherche ist die junge Geigerin Nora Johanna Eder, die mit viel Einfühlungsvermögen und bester Spürnase spannende Begebenheiten aus der Vergangenheit ausgegraben hat.

Danke, liebe Nora!

Tolle Gespräche mit der Psychologin und Fernseh-Fachfrau Margaretha Stephan haben dieses Romanprojekt bereichert.

Danke, liebe Margaretha, der nicht einmal die kleinste Schludrigkeit entgeht!

Ich bedanke mich bei dem Literaturwissenschaftler und Journalisten Prof. Dr. Christoph Bartscherer, der auf so liebevolle Weise seine Redaktionserfahrungen mit mir geteilt hat.

Was wäre ein Roman über eine Klatsch-Reporterin ohne ihn, »Mr. Schimmerlos«, alias Michael Graeter?

In spannenden Lunch-Verabredungen ließ er mich tief eintauchen in die Welt der Schönen und Reichen – das gäbe Stoff für unzählige Bücher!

Zum Glück erscheint ja demnächst Band 2 …

Danke, lieber Michael!

Und danke ebenfalls an meinen besten Freund, Rechtsanwalt Reinhard Riedl, der diesen Kontakt so charmant eingefädelt hat …

Last, but not least geht mein Dank an meine wunderbaren Erstleserinnen Babsi, Blanka, Moni, Margaretha, Sabih, Johanna und Marlene – eure Stimmen bedeuten mir so viel! ☺